福田恆存の手紙

福田逸
編著

文藝春秋

緒言

人間が生きたあかしとは、たとえば福田恆存の場合、その評論や戯曲という形で残される。が、本当のあかしは同時代の人々との交流にある。その意味で書簡はもっとも正統なるあかしではないか。故にこの一書を著す。

目次

○表記について

書簡・引用文は正仮名遣い、漢字は現代の表記を基本としているが、書簡という性質上、統一を図らず表記の乱れをそのままにしてある箇所も多い。編著者による訂正・注釈等は〔　〕の形で示し、恆存の書き損じ等も〔　〕で示した。ただし読み易さを考慮して、編著者の判断で句読点を適宜付し、明らかな誤字脱字については直した箇所もあることをおことわりしておく。

カバー　コロンビア大学
（手紙）　C・V・スター
東亜図書館所蔵
カバー・扉写真　文藝春秋
装幀　中川真吾

第一章
教え子への手紙

恆存は昭和十一年（一九三六）三月に東京帝国大学卒業、劇作や若干の評論などを書きながら職探しをしていたようだが、一年を経ても就職口が見つからず、翌年四月に東京帝大大学院に進む。『福田恆存全集』（文藝春秋）年譜に従えば、その翌年静岡県立掛川中学（現・掛川西高校）に赴任するも「野球選手の白紙答案に零点を与へたことから、甲子園出場に熱心だつた校長と対立し翌年七月退職。自分では辞職のつもりだつたが、後年、辞令を見ると馘首になつてゐる」とある。

しかし、恆存が必ずしも掛川中学に悪い印象を持ったとも思われない。生徒に恵まれた。その一人は鈴木由次という。後に都立小石川高校で国語の教員を勤めあげ、退職後は大手予備校の講師をしていたと記憶する。

父とは終生の付合い、家族ぐるみというか、私も幼いころから叔父ででもあるかのように遊んでもらった。元日の夕刻には大磯の父の家に新年の挨拶に、というより遊びに来るのが恒例だった。冗談の旨い人物で、しばしば兄と私を笑わせてくれた。いつの頃からか、私たち兄弟は氏を「アギリン」という妙な愛称で呼びならわし、親と話すときにも「鈴木さん」と言うようになったのは、小学校も高学年になった頃ではなかったか。父の死後何年くらい経っていたか、鈴木氏の葬儀には私も参列した。夫人から棺の中の氏が締めているネクタイは父が差し上げたものとの説明を受けた。

掛川といえば年譜の昭和二十年五月の項に「家族は日大の教へ子中島邦夫に附添はれ、掛川中学時代の教へ子鈴木由次を頼つて静岡県小笠郡東山口村伊達方十四番地村松方に疎開する」と記載されている。[1]小笠郡は今の掛川市。兄、適《かなふ》はここで生れた。年譜では、昭和二十年十月の項に「疎開先の東山口村にて長男適誕生」とある。我家では「掛川生れ」という言い方をしていた。

ちなみに、「適」という字は現代仮名遣いでルビをふれば「かなう」、つまり大相撲の千秋楽の最後三番だかの取組で、「役相撲にカノー」と呼ばれるあの「適う」で、「願いが叶う」の「カナウ」と同じ言葉、我が家では常に音便で「カノウ」と呼ばれていた。病院の窓口などで「フクダカナフさん」と呼び出され、兄は困り果て、せめてということで、ルビを「カナウ」としていたという。

掛川中学[2]で鈴木由次と同じクラスに寺田泰政という生徒がいた。寺田は幾つかの中学高校で国語教師として教鞭を取ったのち、浜松市立高校の教員となる。そこで定年を迎えた寺田は、賀茂真淵以来国学の盛んな土地の出身者らしく真淵研究家として活躍した。『賀茂真淵：生涯と業績』（昭和五十四年）を著し、賀茂真淵翁顕彰碑の建立（昭和五十六年）、浜松市立賀茂真淵記念館の建設（昭和五十九年）に尽力して同館の初代学芸職員となり、賀茂真淵翁生誕三百年記念歌碑建立（平成八年）などにも関わり、平成二十二年には『明解賀茂真淵』を刊行と活躍の時期は長く、平成二十八年、九十三歳の高齢で亡くなっている。後出の恆存の手紙から寺田は病弱であったと分かるが、この世代としてはかなりの長寿といえよう。

さて、令和四年の秋も終ろうとしていた頃だったか。浜松在住の小山晴久と名乗る方から電話を貰った。「先日、大磯の恆存先生の御墓に参り写真を写して来た、それを研究論文に掲載したいのだが、許可してくれるか」、概略そういう話だった。以前にも「遠江」という研究誌に恆存のことを書いたと言う。ふと思い出し「その雑誌なら拝読しました。以前、知人がＰＤＦで送ってくれたのです」と応じた。憲法学の泰斗、百地章《ももちあきら》氏がわざわざ送って下さったもので、興味深く読み、今でもそのＰＤＦはパソコンのデスクトップに張り付けたままである。三号に亙《わた》って掲載された小山氏の論文には、恆存から寺田泰政という教え子宛の手紙が何通か掲載されている。

さらに話を聞くと、同じく賀茂真淵記念館の学芸職員だった小山氏は、寺田の家がたたまれるに当って恆存の書簡が多数見つかったから引き受けてくれと言われ、保管しているというのだ……。

不思議なものだ、今こうして私が父の書いた書簡類を纏めて上梓しようとしている折も折、偶然のような、それでいながら何かに導かれるような形で父の書簡の所在が分かる。第二章の長岡輝子宛の恆存の手紙も私が探し出したのではない。坂口安吾宛〔3〕も、どれもがみな偶然のように私の元へやってくる。私的書簡を公にすることにためらいは無くもない。しかしこういう、私の背中を押すような偶然が重なると、亡くなって三十年になる父もそれを許している、そうも思われる。

寺田泰政も鈴木由次同様、高校[4]の国語教師だったという。そもそも金田一春彦門下で遠州方言の研究者だった。やがて、国学研究の盛んな遠州出身者らしく賀茂真淵研究へと歩みを進めたわけである。

寺田泰政と恒存の邂逅は昭和十三年（一九三八）五月のこと、その寺田宛の恒存の手紙を小山氏から譲り受けたわけである。以下、時間軸に従って紹介していく。最初の書簡は昭和十五年の年賀状（消印一月七日）、印刷の余白にペンで、「ありがたく賀状拝受。君のこと故、大いに勉強してゐるでせう。個性を大いにのばして下さい。」と通り一遍の挨拶を書きこんでいる。

それに続く書簡が、次の昭和十五年十月付の手紙である。恒存は寺田氏の進路を相当気に掛けており、かなり親身といえば親身だが、差し出がましいといえば差し出がましい意見を諄《くど》いくらいに綴っている。宛名は「静岡県榛原郡金谷町栄町　寺田泰政様」、差出人住所はゴム印で「東京神田錦町一ノ十　福田恒存」。

①書簡　昭和十五年（一九四〇）十月二十七日消印（封筒裏「二十七日」と墨書）

お手紙拝見しまして君の気持ちよく分ります　しかし徴用令といふものがどの程度まで及ぶかは問題だと存じます　米露と戦へば相当の範囲に亙るでせうが医者から欠陥ありといはれてゐる君にまで来るとは考へられません　又米露と戦ふか否かも大分疑はしい見込みです　弱味を見せたらいかんので

今にも始める勢を見せてはゐますが　出来ればこの際日本としても戦はざるに若くはないといふところでせう。國學院入学決して悪いとは申しません　しかし掛川で教へた相等劣等生も入つてゐるところを見ると、掛中の一、二の優れた先生を標準にしてあの学校全体を信じる気にはなれません〔5〕　やはりたとへ浪人しても時機を待つた方がよいと存じます　と申すものゝ時機を待つて勉強する役目は君ですし、及落の喜びや悲しみを味はふのも君です。行為と結果に責任をもつ君を措いて何人が君の将来に対して正しい指針を与へ得るでせうか　凡ゆる忠告が常に無力な所以です　強くおなりなさい　体の弱さを精神の強さで補ひなさい〔6〕　自分の将来は自分で決定しなさい　僕は敢へて　この点無情になります　しかしくれぐ〵もお体お大事に

福田恆存

寺田泰政様

---

②書簡　昭和十六年（一九四一）一月八日

寺田様

拝復　御返事おくれてすみません。よき一年を御祈り申上げます。

井出先生のお話では、去年大分体をやられた様にきいてゐますが、もうすつかりよろしいのですか。まあ充分お労りの上。ゆつくり勉強して下さい。まだ四年なのだから〔7〕　何もそんなに急ぐことはない

と思ひます。

それについて一寸異見を述べます。君の将来について何も言ふ権利はないのだけれど、一年間教壇で顔を合はせたといふ縁につながつて一言申上げます。國學院大學へ行かうと仰しやるには何か確固とした目標があつてのことですか。

文学をやるからと云ふだけの話なら國學院は恐らく不適当と思はれます。あれは大学と云ふものゝ、一種の専門学校の様なもので、神道の色彩に貫かれてゐる学校です。ところが文学と云ふのはさう云ふものではないのですから。


　次に文学をやるやらぬと云ふことゝは別個に考えて、帝大を卒業する方がどれほど有利かといふことを申し上げたいと存じます。官学崇拝でも我田引水でも何でもありません。君位の年頃ではわかりますまい。僕も大学に居たころは気付かなかつたのです。この頃つくづく大学（帝大）を出たものと外の学校を出たものとの違ひがわかつて来ました。勿論どこの学校を出たにしても特殊なすぐれた人は別の話です。一般人の場合を言つてゐるのです。ことに高校三年間[8]は専門に色どられずゆつくりと自己の将来を定める絶好の機会です。而もこの年頃[9]になつて漸く自分の天分がはつきりわかつてくるのですから。それを一定の学校へ行つてしまふと、もう大体コースがきまつてしまつて型にはめられた教育を受けるのです[10]。専門の学者で優れた人々が主に帝大から出るといふ事実を考へてごらんなさい。而も、帝大は、外の学校にくらべて、最も遅く専門教育を授け、その期間も短い位なのです。これといふのも高校三年間、青年の魂の自由な発展を許したからなのです。私立大学の予科とは大分違

ひます　高校へ入つてみるとその違ひがよくわかります。ことに文学をやるなら帝大をおすゝめします。外の学校を出たのでは、他の科ならいざ知らず、文学では第一飯をくふことすら出来ますまい。又飯をくへても、文学などとても生涯やつてはいけますまい。しかし、何か別に目標があつて、國學院の内部をよく知つた人でもあり、その人の歩いた道を歩んでゆかうと云ふなら別の話です。〔11〕とにかくよく考へて下さい。一年やそこら浪人しても将来の発展を考へなくてはならぬ時です。今が最も大切ですから。ことに四年なのですから、静高か浦校〔12〕でも受けてごらんなさい。よくご両親とも相談の上。

福田拝

次に送られたのは、以下の葉書かと思われる。消印の年号がはっきりしない。昭和十五年とも読めそうだし、十九年にも見える。が、内容から判断すると昭和十六年であろう。

③葉書（昭和十六年）七月二十四日消印（表書「23日夜」）

拝復、御ハガキありがたう存じました。
お蔭で元気で暮して居りますが忙しいのには閉口です。学校と本屋と両方かけもちの上、翻訳などやつたり、折角の夏休みも休めさうもありません。来春、君は何処を受けますか。目先のことは考へずに、自分の本分を最も生かす道をよく考へて下さい。

時流と他人の言葉には耳をかさず、真剣に自分の裡の声に耳を傾けて下さい。御研鑽を祈る。

――「学校」と「本屋」と「翻訳」で忙しいという。昭和十六年、恆存は神奈川県立湘南中学（現・湘南高校）・日本大学医学部予科などで教鞭を取り、雑誌「日本語」の編集を手掛け、ロレンスの『アポカリプス論』（のちに『現代人は愛しうるか』と改題）を訳している最中だった。全集年譜を見てもこの前後にこの三つを「掛け持ち」している年はないので、ここに掲げておく。

④書簡　昭和十六年（一九四一）九月十一日

拝復、お便り、及び見事なお品まことにありがたく拝受致しました。僕にとつては君達の学級が一番なつかしく出京[13]の折には訪ねて下さるだけで大いにありがたいと存じてゐるので、些少な悦びの表現に対して再びお礼とは却つて恐縮の至りです。しかし時節柄何よりありがたく頂戴致します。何卒御両親始めお家の皆様によろしくお伝へ願ひます。

なほ御状中　父上の御案梅よろしからざる由承りましたが、くれぐ〳〵も御注意肝要かと存じます。今の世の中はどうもよかれあしかれ大変な時で、自由にお過ごしになつて来られた父上位の御年配の方には嘸《さぞ》おつらいと存じます。御孝養専一に願上げます。

東京では大変倅[14]が参つて居られるやうでしたね。しかし神経的に東京の騒然たる動きに負けてしまつてはいけないですね。僕達の様に永く東京に暮した者にとつては決して東京は無秩序な落ち付きのないところではありません。慣れてしまつたからではなく、騒々しさのうちに統一を、乱雑のうちに落着きを見つけることを覚えてゐるからです。流れは、それに逆らへばつらいものですが、それに乗つて共に流れれば淀みと同じ、いやそれ以上の平静さを見出すことが出来ます。それに又どんな激しい急流にもふとした岸辺の淀みや大きな岩石の蔭に木葉など動かずにぢつとたまつてゐる静かな場所があるのと同じに、東京――いな 世界の騒乱の中にも必ずさういふ場所は見付かるものです。弱い意志の人の逃避の場所ではなく 強い意志の人が賢明に生きる時の休息所です。

弱い体に悲観せず、強い意志の人となつて下さい。[15] 体が弱いか強いかなどと考へる余地のある人はまだ隙があるともいへませう。自分の目的に邁進する為には何ものも省みぬ激しい精神こそ現在最も必要なのです。然し肉体を無視しろといふのではない。肉体にはあくまで従順でなくてはいけない。しかし肉体の弱さを口実としないやうにといふ意味です。弱い肉体も弱い精神も覚悟次第で強くなります。また書きます

福田恆存

寺田泰政君机下

〔欄外＝岡本君に一高受験の決心はよいが、血の出るやうな勉強が必要だと仰しやつて下さい。〕

父の寺田氏宛の中でこの書簡が私は一番好きだ。「強い意志の人」にも「休息所」のあることを説くくだりなど、いかにも恆存らしい優しさと勁さとが同居している。これが恆存の本質だ。

このあとしばらく封書はなく、恆存は葉書を幾葉か送っている。日本語教育振興会（文部省の外郭団体）に所属して雑誌「日本語」を編集したり、いくつかの学校の嘱託や講師を兼務しての忙しさにもよるのであろう。

⑤葉書　昭和十七年（一九四二）四月二十三日消印

拝復　過日はお手紙うれしく拝見。今日又お見舞状　忝《かたじけな》く存じます。当方お蔭にて無事御放念願ひ上げます。空襲と申して　今後はます〳〵危険率は少なくなる一方と存じます。くれ〴〵も御心配なき様。それより御自分の健康御留意何よりと存じます。勉強もほど〳〵にして下さい。生きる道はいろいろあります。ゆつくり（いづれ近く）由次君[16]と寄書きでもしたいと存じます　今日は多忙中取り急ぎ御礼まで　匆々

---

⑥葉書　昭和十七年（一九四二）七月五日消印　静岡県金谷町菊川　鈴木信太郎様方　寺田泰政様

〔欄外＝御上京は由次君の在京の時になさるとよいと存じます〕

お手紙いたゞき放しで御免なさい。相変らずの忙しさで閉口してるます。菊川閑居羨しく存じます。

由次君と時折噂申上げてるます。

お体はくれ〴〵も大事にして下さい。私もこの頃疲労困憊はなはだしく と申して休むこともならず、読んだり書いたり、こゝ一、二ヶ月は翻訳で時間がつぶれてるます 来年は志望貫徹祈つてやみません。人間最も大事なものは命ではありません。その行はんとする志であります。志に生きて下さい

匆々

⑦葉書　昭和十七年（一九四二）八月五日消印

お葉書拝誦また御病気の由

何卒お力おとしなく一意御快癒に御専念のほど願い上げます

由次君とは既に会つたことゝぞんじます

相変らず小生雑用に忙殺されて居ます　そのうちまた出なほして勉強しようかと存じて居ます

匆々

この葉書の一ヶ月半ほど後、恆存は日本語振興会より満州、蒙疆（当時の内モンゴル自治区のあた

り)、中支、北支の視察に出かけ、十二月初めまで日本を留守にする。

⑧葉書　昭和十八年（一九四三）一月九日消印

新年の御祝詞有難く拝誦
御健康をとり戻された由　なによりも
うれしく存じました。静校でも國大でも
是非今年こそは突破して下さい　同じ道
に進むもの丶一人でも多いのは心強い限りです
一日も早く由次君と三人で卓をかこんで
文章について語る日の来たらんことを祈りつ丶
祝詞にかへます
匆々

寺田氏はこの年、國學院大學に合格。それを祝う恆存の葉書——

⑨葉書　昭和十八年（一九四三）三月二十日消印（差出人欄「十九日」）

吉報拝受心から御祝ひ
申し上げます　陽春　鈴木
三橋君等と共に乾杯を
あげる日が待たれます　　　　　　　　　　　　　　　匆々

――が、寺田は同年、理工系および教員養成系を除く文科系の学生に対する徴兵延期措置撤廃に従い、十月には徴兵検査を受け、乙種合格となって千葉県四街道の陸軍野戦砲兵学校に配属される。[17] のちに、教官として三島の東海第十部隊（陸軍野戦重砲兵第三連隊補充隊）配属、そこで終戦を迎えている。

⑩書簡　昭和十八年（一九四三）十一月九日消印（封筒裏「十一月九日」）

折角の御入来にもかゝはらず　お目にかゝれないで残念。第三乙種とのこと、御入隊後ハくれぐれもお体に気をつけて下さい。多分大した労働は与へられまいと　これは一般の予想ですが、中には二、三ヶ月で帰つてくるのだらうといふ人もあります。小生もさう考へる一人。

もう兵隊さんになつてしまへば、国家の干城　昔のやうに何でも対で話すことは出来ないでせう。由次君も、会へなかつたのをとても残念に思つてるます。

何とかもう一日余暇を見つけて御出京下さい。

一晩ゆつくり話しあはうではありませんか。四、五年分を。是非　御出京お待ち申し上げます。今度は電話をください。家でしたら　神田の三四二二（呼出）、役所でしたら銀座の八四五〇、あるひは文部省（銀座五七七一—九）へかけて、内線の四六七、で呼び出して都合つけて下さい
きつと御出京願上げます

匆々
福田恆存

寺田泰政様

この書簡ののち寺田氏は陸軍に入隊した。恆存は次の速達書簡ではうって変って候文で入隊を寿ぎ、軍人となった寺田氏に敬意を表し、「些少ながら」と書いて「はなむけ」を送る——

⑪書簡　速達、昭和十八年（一九四三）十一月二十七日消印（封筒裏「十一月二十六日」）

拝啓　おはがき拝見　御上京不可能の由　承り落胆仕候　先夜も由次君と御噂申上候
上京切にお待ち申上候へども今はそれも諦め居候
この期に及んで何も書面にて申上ぐ可きことも御座なく候　世の常の御挨拶申述ぶるも今更らしく被存候　たゞ一夕の清談、牛鍋を共につゝきつゝよしなしごとをそれとなく話合はんとのみ願居りしまでに御座候

この上は御心づよく御自愛専一、一日も早く御凱旋の上、再び三人拙宅に文学を論ずるの日を待上候
末筆乍ら御両親様によろしく御伝言願上度　御父上様の御健康も祈上候
却つて失礼とは存じ候へども御はなむけまでに同封些少ながら御送申上げ候〔18〕
御両親のおひざもとにては何御不自由も無之事と存じ候へどもほんの志までお受取り被下度願上候

匆々不備

二十六日夜

福田恆存

寺田泰政様

さらに、赤い罫線の便箋一枚を同封、次の和歌と漢詩の一行を墨書して門出を祝す。

熟田津に舟のりせんと
月待てば潮もかなひぬ
今は榜ぎ出でな
白鶴含苦桃

昭和十八年十一月二十六日

恆存　印

贈寺田泰政君

右の和歌は斉明天皇が新羅討伐に向かう途次、伊予の熟田津《にきたつ》に停泊した折に詠まれたもので、作者は斉明天皇とも額田王ともいわれる。出陣を寿ぎ勇気づける歌を、恆存は軍人となる寺田氏への「はなむけ」とした。恆存の戯曲『有間皇子』（「文學界」昭和三十六年十月号初出。『福田恆存全集』第八巻及び『福田恆存戯曲全集』第四巻所収）ではこの歌が幕切れで額田王によって詠われ、華やかで勇壮たる味わいを持たせている。

なお、この『有間皇子』は昭和三十六年九月三日から十月十五日まで日比谷の芸術座で上演された。有間皇子には中村萬之助（先年亡くなった二代目吉右衛門）、蘇我赤兄に八代目松本幸四郎（後の初代白鸚）、中臣鎌足に八代目市川中車、そして額田王には草笛光子があたった。当時十三歳だった筆者もこの舞台は観ている。萬之助演ずる有間皇子の幽愁や草笛光子の美しさとともに、幕切れの中大兄皇子と大海人皇子の対立の緊張感ははっきり記憶にある。そして、草笛演ずる額田王が最後に「熟田津に船乗りせむと月待てば、潮もかなひぬ、今は漕ぎ出でな」と歌う。戯曲のト書きでは「繰返し歌ひ、采女達がそれに合せる」とあるが、その場面の草笛光子の姿と声も記憶から消えずにいる。

漢詩の出典を確認すべく父の蔵書から『中國詩人選集　5』「寒山」を取り出し、栞のはさまれていた頁を開くと、まさにこの詩が出てきた。

白鶴銜苦桃　　白鶴《はっかく》　苦桃《くとう》を銜《くわ》え　　白鶴が苦い桃をくわえて旅立ち

千里作一息
欲往蓬莱山
將此充糧食
未逹毛摧落
離群心慘惻
却歸舊來巣
妻子不相識

千里《せんり》に一息《いっそく》を作《な》す
蓬莱《ほうらい》の山《やま》に往《ゆ》かんと欲《ほっ》し
此《これ》を將《も》って糧食《りょうしょく》に充《あ》つ
未《いま》だ逹《たっ》せざるに毛《け》は摧落《さいらく》し
群《むれ》を離《はな》れて心慘惻《こころさんそく》たり
却《かえ》って旧来《きゅうらい》の巣《す》に帰《かえ》れば
妻子《つま》も相《あ》い識《し》らず

千里飛んでは一休みし長い旅をした
蓬莱山に行こうとして
桃を食料にしたのだ
が、目的地に着かぬのに、毛は抜け落ち
ひとり群れから離れ、悲痛な思いに沈む
さぁ、元の古巣に戻ってみると、
変り果てた姿に、妻もこの自分と気づいてくれない

恒存は入隊する寺田氏に、いつ俗世に戻り家族に再会できるかもわからぬ苦しい旅路の如き日々を耐えて欲しくて、この一行を選んだのではないか（「銜」が「含」に変っているのは意図的か記憶違いか、詮索の意味もあるまい）。手紙に添えて、赤い綺麗な便箋に和歌と漢詩を書いて教え子に贈った、人生の先を歩く人間の心根を感じ取れれば充分であろう。

ちなみに、この寒山の詩の二行目「千里作一息」は後年、父がしばしば書いては額装し、人に贈っていた。母に贈ったものもどこかに残っているかと思う。母への感謝とも取れるが、息子にはのろけとしか思えない。「長い旅を終えて安らげる土地、愛する人のもとで一息つく」と読むこともできようから。

寺田氏宛の葉書に戻る——氏に宛てた恒存の書簡は、この後、葉書のみ。入隊した部隊所属の氏宛と

なる、おそらくは検閲を考えてのことであろう。

⑫葉書　昭和十九年（一九四四）六月二十五日消印　千葉県印旛郡千代田町四街道　陸軍野戦砲兵学校幹実隊三中隊一区隊　寺田泰政様

御元気なおたよりなによりうれしく拝誦仕りました　御入営前に申上げました如く、どうも一死報国身を以て事に当つてゐる諸君にはもはや言ふべき言葉がありません。時間切迫致してをります現在　御自愛の程祈上げます　空襲必死の声をききますが、依然として小生泰然自若、もとをたゞせば無かつた命、三十年生きたゞけだと思つてゐます。くれぐも御自愛祈り上げます　由次君は通年動員で工場通です。

匆々

これは岡山の後楽園の絵葉書に認められている。

⑬葉書　昭和十九年（一九四四）十一月六日消印（本人「五日」）　三島市　中部十部隊　藤田隊三班　寺田泰政様

一暫くぶりで御便りうれしく拝見　御元気の様子何よりと蔭ながら安心仕りました　体重が一貫半以上

増したとのこと、あの君がと かつ驚きかつ喜んでをります。立派な兵隊さんになられたことでせう
軍服姿　一見致したいものです。修正のない写真をそのうち是非一枚お送り下さい。由次君と写真を
はさんで一夕の歓談致したいと存じてをります。僕も君にまけずに大いに頑張りたいと存じます。最
近の心境大分変りました。その事についてはいづれ又。

匆々

次の葉書は日付不明（昭和十九年、年末）で、恆存が麹町区二番町十一番地九に転居したことを知らせる通知。印刷葉書で、ご丁寧なことに住所の後に「都電麹町四丁目下車」と印刷されている。割愛する。

⑭葉書　昭和二十年（一九四五）一月四日消印　三島市　中部第十部隊よ隊　寺田泰政様

御葉書拝受　偉くなられた由　陰ながら御祝ひ申述べます
年頭の祝詞とあはせて、近いうちに三島へ行くついでが
出来さうなのですが、そのときお目にかゝれるでせうか。
至急御一報いたゞければ幸甚です。尤も必ず三島へ
寄れるかどうかはわからないのですけれども。

匆々

これは南京中山陵（孫文の陵墓）の絵葉書に書かれている。

⑮葉書　昭和二十年（一九四五）二月十九日消印　三島市　中部十部隊よ隊　寺田泰政様

いつぞやハ三島へ行き損ねお目にかゝれず残念　小生の結婚につき御祝詞頂戴仕り忝く存じ候　相手はいつぞや君と由次君　神田へ御来訪の節同席せし女人にて御座候
今後ともよろしくお願ひ申上げ候
又御上京の節にお立寄下され度候
御自愛祈り上げ候
匆々
二月十八日

父はこの年の一月十五日に、母敦江と挙式している。

⑯葉書　昭和二十年（一九四五）三月二十日消印　三島市　東海十部隊よ隊　寺田見習士官殿

おはがきありがたう
一同未だ無事です

由次君のところは
北海道旭川市北部
第九部隊佐々木隊です
お元気の御様子何より
です。当方最悪の場合
を覚悟し、しかも静か
な日常生活を維持して
をります

「大上海特選名勝」と銘打った絵葉書。「市政府警察局」と「一輪車」の写真。

以上で、寺田氏宛の書簡は終る。

除隊した氏は、敬愛する折口信夫や金田一京助が教えていた國學院大學に復学した。やがて金田一春彦の知遇を得、師と仰ぐようになり、方言の研究へと歩を進める。

前述の小山氏の論文によれば、後の金田一京助と福田恆存の間で論争となった仮名遣い問題で、寺田氏は徐々に「新仮名論者」となったらしい。が、恆存との手紙の遣り取りは続いていたのではないか。恆存が浜松を訪れた折などに会っている可能性も否めないが、戦後の書簡は残っていない。比較的新しい書簡などは、寺田氏が処分したのかもしれないが、憶測の域を出ない。

ただし、なんらかの書簡の往来があったと思われる。というのは、平成六年の正月に母敦江が父に代って賀状を出しているのだ。宛先が「浜松市蜆塚三ノ十ノ十四　寺田泰政様」となっていて、一月十三日付。「お賀状有難うございました　お寒さに弱い福田ハ、此の頃床に入つて居る事が多くなり、失礼申上げますが、よろしくと申して居ります　五、六年以前でございますが、私、蜆塚を見学し、真淵記念館にも参りましたので、お懐かしく存じ上げます。お健やかにいらつしやいますやうに　福田恆存内」と年賀状の宛名面下半分に書かれ、裏には父の「賀春」という書が印刷されている。寺田氏との間に賀状の遣り取りはあったと考えてよかろう。

父の書について、少し横道に逸れる。私の生れる前年（昭和二十二年七月）に亡くなった祖父は書をよくし、寺子屋的な教授をしていたという。その影響もあって、父も若い頃から習字をよくやっていたらしい。後に大磯に移って、仕事の一番忙しい時機に習字を再開、平塚の田中真洲という書家を家に招き、母、兄と私まで巻き込んで週末に書を学んでいた（おかげで私は習字が嫌いになった）。この真洲師と祖父は同じ書の系譜に連なるらしく、祖父仕込みの父の書はもともと真洲師の書に似ていたが、晩年になるに従ってますます似てきたように思われる。

父の字は、息子が褒めるのも気がひけるが、上手い。母も父が亡くなって二十年も経った頃か「お父さんは、いい字を書くねぇ」と言っていた。先の「千里作一息」もそうだが、陶淵明の「飲酒二十首」

の其四が好きで、一行目の「栖栖失羣鳥」と七行目の「因値孤生松」から「失羣鳥」と「孤生松」を自分と妻になぞらえ（「群れを失った孤独な鳥が、一人生える松に身を寄せる」の意）、最後の二行「託身已得所　千載不相違」につなげて半紙に書いていた。「こうして身を預けるところを見つけたからには、千年の後まで（この松と）仲違いなどするものではない」というわけだ。これは自分への戒めなのか、妻への忠告のつもりなのか……いずれにせよ「のろけ」には違いない。これを掛け軸にしたものを父は母に託した。が、母は何を思ったか、父が亡くなって何年経った頃だったか、この軸を福田家の墓のある大磯の妙大寺に寄贈してしまった。照れくさかったのだろうか。

少々、話が横道に逸れ過ぎたが、この種の諺にでもなりそうな漢詩などを見つけると、いや、一字だけでも、色紙などに書いては人にやるのが好きだった。習字の押し売りといったところである。年賀状はいつの頃からか、「賀春」「壽」など新春にふさわしい字を選んで墨書したものを印刷して送るのが習慣になっていた。

寺田氏宛の母の手紙が他にも寺田家に残されていた。恆存の青山斎場での告別式（十二月九日）を終えて後のものである。恆存をして恆存を語らしめるという本書の主旨から少々それるが挙げておく。

平成六年（一九九四）十二月二十八日消印（封筒裏「十二月二十七日」）　福田敦江

此の度　福田の死去に際しまして御鄭重なお便りと御供物賜りまして有難うございました

昨年暮重い肺炎を致しまして、一月お葉書差上げました頃ハまだ入院中でございました。春頃帰宅致しましたが　以後酸素の助けを借りながら、ベッドの中での暮しでございました。酷暑の夏を何とか凌ぎましたものゝ　果してこの冬がこせるものだらうか、と半ば覚悟致しては居りました。それでも、一と月足らずの再入院で逝かれてみますと、あまりの呆気なさに　何か夢のやうでございます

唯、この八ヶ月ばかりの自宅の療養生活で、本人も家族もそれなりの心の準備とでも申す事が出来ましたことを有難く思つて居ります。終りは、何の苦しミもなく、潮の引いて行くやうな静かなものでございました。

この数年はすつかり引籠り勝ちとなり、どちら様へも御無沙汰ばかり重ねて居りましたこと、お詫び申上げます。

お体お弱いとか、どうぞお大事になさつて下さいませ。鈴木由次様も此の頃幾分お弱りの御様子、段々故障の出る年齢に、私共もさしかゝつて参つて居ります。何卒、呉々も御自愛下さいますやう祈り上げます。

取りあへず一筆御礼の御挨拶を申し上げます　かしこ

平成六年十二月二十七日　福田敦江

寺田泰政様

なほ同封のカード[19]、故人の筆で
ございます。お使ひ頂けれバ
嬉しく存じます。
又、この一月差上げました賀状の字
福田が毛筆を採つた最後
のものでございました。

父の死に際は、まさに「潮の引いて行くやうな静かなもの」という母の言葉通りのものだった。私は父の右手を握ってあれこれ語り掛けていたが、目から徐々に徐々に光が失われ、表情も僅かずつ力を失っていくが、生と死との境目をこれっぽっちも見せずに去っていった。医者の言葉がなければそれと気づかぬような去り際だった。

もう一通、母から寺田氏に宛てた書簡がある、掛川に疎開し、彼の地で長男を生んだ母が、寺田氏の裡に同じ記憶を手繰り寄せようといった趣もあり、載せて置きたい。

平成十一年（一九九九）六月二十日消印　福田敦江[20]

先日はお便りを有難うございました
「東海展望」〔浜松で刊行されていたタウン誌。昭和六十二年八月号をもって休刊〕の記事は初めてで
掛川のことなど懐かしく　様々思ひだしながら読ませて頂きました　鉄砲屋のまさ子さんのお声を聞
いたのも　もう四五年前のことゝなりますがどうしていらつしやるでせう。働き者で気持ちが真直ぐ
で深切だつた自転車屋のハツ小母さんも数年前に亡くなつたとか。龍登院〔掛川市〕の御住職はお若
い御子息が継いでいらつしやるとか時折伺つたお噂など次から次へと切もなく思ひ出されました
掛川の街も伊達方も今参りましたら　浦島太郎のやうな気持になることゝ存じます
由次さんといへば　ご存じかもしれませんが　この春又一ヶ月余りご入院なさつたとのこと
まあまあ　何とかやつてるますと仰言いますが　案ぜられることでございます
御労作の抜刷りも有難う存じました
八木美穂〔21〕の名に触れますのは初めてでございますし　上代特殊仮名遣など遠い昔の学生時代に一寸覗
いただけの不勉強でございますので　仮名袋に関る細い御考察はなか〳〵飲み込みにくうございまし
たが　名前や和歌などの項は成る程〳〵と大層面白く楽しく拝読いたしました
遠州には真淵から後　脈々とかういふ流れが続いてゐるかと感じ入りました
あとがき拝見しながら　かうした地味でも　有意義な御研究を次々と御発表の御様子　嬉しく存じま
した。
どうぞ充分お体にお気をつけくださいまして　これからも良いお仕事をお重ね下さいますやうにと願

つて居ります
お蔭様で私ハ体だけは丈夫でございまして　子供や孫共に囲まれて元気に好きな庭仕事など致して居ります　他事ながら御放念下さいませ　取りとめない事書き連ねましたが　遅れバせながら御礼まで

かしこ

六月二十日

福田敦江

寺田泰政様

以上で、葉書⑮にある「神田へ御来訪の節　同席せし女人」の手紙も含め、入手した寺田氏宛の書簡はすべて終る。

こうして寺田氏宛の恆存の手紙や葉書を書き写してみると、結局のところ、昭和十五年の最初の書簡にある「凡ゆる忠告が常に無力な」と「体の弱さを精神の強さで補ひなさい」という言葉、あるいは、昭和十六年と推断した葉書③の「時流と他人の言葉には耳をかさず、真剣に自分の裡の声に耳を傾け」といった言葉に、恆存の氏への思いのすべてが表現されているように思う。この章を書き終えてみると、私自身、具体的な個々の記憶ではないが、常にこのような父の思考に晒されて生きて来たような気がするのである。

コラム1

恆存の短歌

寂寞のきはみにありて御佛は
　なにみそなはすらむ今のうつゝに
　〈福田恆存・昭和五十二年以前作、以下同〉

恆存作といえる和歌は四首しか遺っていない。和歌にせよ俳句にせよ、いわば「詩心に欠ける」とは本人の弁だが、この一首は麗澤大学出版会から刊行した『福田恆存評論集』別巻に収録してある。この別巻には評論の巻に収めるには少々躊躇われるエッセイなどを集めた。中に現代演劇協会機関誌に書いたエッセイ「思ひつくままに」がある。締め切りに追われ、窮余の策として以前書き散らしてきた詩や俳句を並べて誤魔化すと弁解している。しかも寝酒を飲みながらの酔余のエッセイ、チャタレイ裁判の折の睡眠薬中毒がどの程度に酷い依存症であったかなど、かなり私的なことも記されている。

そこに四首の和歌を掲げているのだが、私は右の歌が一番好きだ。和歌であれ何であれ、物を書くという行為は必ず作者の心を投影する。この一首にしても、恆存自身が生きている「今」、あるいは見据えている「うつゝ」が透けて見えるわけで、仮に恆存が奈良か京都で出遭った仏像のうちに何かを読み取ったとしても、私には恆存が仏のうちに何を「読み取ったか」より、恆存が何を「読み取りたかったか」、そのことの方が重要に思える。それが何であるかまで踏み込めば憶測の域に入り込みかねない。敢て「うつゝ」に生きる恆存が「寂莫のきはみ」にいる御仏を通して、永遠の静止を凝視していると言ったら深読みに過ぎるか。

それが戯曲『解つてたまるか！』の世界に通ずる

ものか、評論『人間・この劇的なるもの』に繫がるものであるのか、難しいところだが、私には恆存が酔余の座興でものした一首が下手であれどうであれ、たとえば演劇評論の一つに「醒めて踊れ」と名付けた恆存の姿勢が投影されているように思われる。
「寂莫のきはみ」と「今のうつつ」という対比は、「醒め」ていながら「踊る」(狂乱する)ことを同時に、いや、一つものとして捉えることに繫がり、逡巡するハムレットのうちに行動家を見ることにも符合する。一元論よりは常に二元論を、二本のタイト・ロープを綱渡りすることを自らに課し、役者にも現代日本人にも求めた恆存らしい一首だと思う。他の三首も紹介しておく。

仄くらき木陰の小道ひとすぢの
　わがうつし世の消ぬべくおもほゆ

ここでも、「うつし世」が細く真直ぐ消えて行く、この世が静止する永遠の彼岸へと一筋に繫がる。

踏韜《たふとう》の孤獨のうそと知りながら
　死をこがれつゝ生とたはむる

上の句は「孤独と嘯いてはみたところで、嘘は百も承知」といった意味合いか。孤独を見据えた恆存が龍之介ばりの孤独地獄を、ひょいと横から自分で笑ってみせたに違いない。照れていたのか苦笑いをしていたのか……。言うまでもないが、これは啄木の「東海の小島の磯の白砂にわれ泣きぬれて蟹とたはむる」のもじりで、「韜韜」(東海)、「孤獨」(小島)、「うそ」(磯)、「知りながら」(白砂に)、「生とたはむる」(蟹とたはむる)と対応させていることにお気づきだろう。狂歌とさえ呼べない、酔狂歌?
なお、「踏韜《たふとう》」の「韜」一字でも、「つつむ」「かくす」など「踏晦」の意味がある。

最後にこれも殆ど狂歌というべき一首。

世も末か俺のためには死ねといふ
　人もなければ死ぬ人もなし

偶々遺された四首の歌が、どれも生と死とを主題にしている、単なる偶然とは言えまい。「酔余の座興」にしても、人はやはり生と死のうちに永遠を求めるのか。

第二章　女性演出家への手紙

一　長岡輝子への手紙・『キティ颱風』の頃

福田恆存の演劇活動が劇作も含め本格化するのは、戦後――上演されたことのない『最後の切札』（昭和二十三年・一九四八）はさておき、文学座で上演された『キティ颱風』からと言ってよいだろう。戯曲発表は昭和二十四年（一九四九）十二月（「人間」昭和二十五年一月号）、翌年三月に三越劇場で上演されている。この昭和二十五年を恆存の演劇元年と呼ぶことも出来よう。同年一月に一幕物『堅塁奪取』を発表（「劇作」二月号）、十二月に文学座アトリエで上演されてもいる。

この『キティ颱風』を演出したのが長岡輝子。恆存の代表作と言われる『龍を撫でた男』の初演演出も長岡輝子である。その長岡への恆存からの手紙が相当数ある。行間に二人の親しさというか信頼関係がほの見える書簡ばかりである。

長岡輝子といっても今の読者、あるいは新劇の舞台に詳しくない読者にはぴんとこないかもしれない。恆存の書簡に入る前に、私の調べた限りにおいて、長岡の「履歴」とその周縁の新劇の「世界」のごく一部を書いておく――長岡は昭和三年（一九二八）から二年間フランスに留学して演劇を学び、帰国後の昭和六年に金杉惇郎《じゅんろう》（のちに結婚）と「テアトル・コメディ」という劇団を創立、後の森雅之や、北沢彪《ひょう》（文化学院での長岡の同窓生）が在籍した。長岡はフランス戯曲の翻訳や演出を数多く手がけ、この劇団は三十回近くの公演で五十篇ほどの戯曲を上演したという。その多くはフランスのマルセル・アシャールなどブールヴァール系の喜劇だったようだが、ノエル・カワードやジュール・ルナール、カルロ・ゴルドーニなどの作品とともに、日本の作家では岸田國士や有島武郎の作品も上演している。後の飯沢匡《ただす》も本名の伊澤紀《ただす》として在籍、劇団のために上演戯曲を書いている。

長岡は金杉の早世もあったのだろうが、昭和十二年（一九三七）にテアトル・コメディを解散、昭和十四年に文学座入りして、その年の七月には早速自作戯曲『マントンにて』を勉強会で演出上演する。紆余曲折を言えば、長岡は文学座に籍を置いたまま加藤道夫・治子夫妻、芥川比呂志、荒木道子等と「麦の会」という演劇サークルを創るが、文学座の幹事の一人、岩田豊雄の誘いを受けて、麦の会は文学座に合流する。以後、長岡は多くの作品を演出。女優としても活躍を始め、いわば二足の草鞋を履いたのち、文学座の座員から座友に退く。晩年は舞台から朗読へと活躍の場を移し、出身が同じ岩手の宮澤賢治の詩などを方言で朗読して活躍、平成二十二年（二〇一〇）、百二歳の高齢で亡くなっている。

蛇足になるが、前述のテアトル・コメディの役者の一人、北沢彪は劇団解散後、戦地に赴き復員後、朗読（のちに演劇）集団「やまびこ会」を主宰した。この会が発展して現在の「テアトル・エコー」になった、その名称もやまびこ会の仏訳そのものである。エコーがブールヴァール的な軽妙な戯曲を採りあげるのも、その出自に由来するのであろう。

その長岡宛の恆存の手紙だが、残されている最初の一通が上述の『キティ颱風』上演の頃になる。消印が昭和二十五年一月三日付になっており、恆存は封書裏に「元旦」と書いている。『キティ颱風』上演はこの年三月三日から二十六日にかけて、三越劇場において三十三回の、さらに三月三十日から四月三日にかけて大阪毎日会館で十回の公演を行っている。ということは、稽古は正月明け、遅くとも月半ばには稽古が始まっただろう。第一便は、それに向けて恆存が長岡と連絡を密にして打ち合わせを行っていたことを窺わせる。（この先をお読みいただく前に、原作『キティ颱風』を読んでいただく方が、書簡の内容も把握しやすいかもしれない。『福田恆存全集』第八巻、『福田恆存戯曲全集』第一巻所収。演出・配役等も掲載されている。）

①書簡　速達、昭和二十五年（一九五〇）一月三日消印（封筒裏「元旦」）

先日ハ失礼いたしました　大変気もちよくお話でき、拙作もいゝ舞台ができるのではないかと新しい期待を持ちはじめました

三日は研究所の生徒は出ぬ日だといふことでとりいそぎお手紙さしあげます　私は五、六、七、いつでも都合つきますが、雑用に追はれてゐますので、定例出京日の土曜（八日）にしていたゞければ何よりです。しかし、いろ〳〵御都合もありませうゆゑそのまへの方〔が〕好都合でしたら、電報なり電話なりいたゞければいつでもおうかゞひいたします

八日でしたら、331一、四六五　新月社に御連絡下さい、二時から四時ころまでをります。あるひは当夜、一緒にお食事しながらお話してもよろしいかと存じます

なほ妙子配役の件、よく〳〵考へましたが、本人の為によくないと存じまして、わかつてはゐたものゝ、やはり私情にとらはれたのでせうか、たゞ新人だけでやりたいといふ私の気もちは、パブリックなものと御諒承いたゞきたく存じます

遅くも五日までには私の演出ノートつくつておきます

あとさきになりましたが　おめでたうございます、どうぞよろしく

みなさんにもよろしくお伝へ下さいまし　匆々

元旦　福田恆存

長岡輝子様

年末に長岡と恆存は『キティ颱風』の打ち合わせをし、年始早々、再び恆存が土曜の夜に会おうとし

ているのだろう。なお、この昭和二十五年は一月七日が土曜日である。「土曜（八日）」となっているのは、恆存のそそっかしさ故であろう。

「なほ妙子配役の件」の「妙子」は恆存の妹。恆存には三人妹がおり、真ん中が妙子である。ついでだが、恆存には弟が一人いた、が、二歳にもならぬうちに赤痢だか疫痢だかで亡くなったという。私は、長男に恆存などと御大層な名前を付けておきながら、十二年後に生れた次男には「二郎」などと簡略極まりない名前を付けられたわが叔父が、すねて早世したのだと決めてかかっている。

で、妙子の配役のことだが、おそらく年末の会談で、当時文学座の準座員か研究生に在籍していた妙子をなんらかの役に付けられないか、恆存が長岡に相談したのであろう。その「私情」を恆存はやはり潔しとしなかったわけだ。結果的には妙子は配役されなかった。

この妙子叔母は、結婚の遅かった恆存のいわば女房役をして（させられて？）いたらしく、父はいつだったか、私の「妙子叔母批判」に対してその旨を口にして怒った記憶がある。大正九年生れの叔母は『キティ颱風』の時には既に三十歳だった。当時としては「行き遅れ」もいいところだったろう。後に三十五歳にして、同じ文学座の俳優加藤和夫と結ばれる。

「新人だけでやりたい」という恆存の言葉がどこまでを言っているのか不明で、本公演を新人のみで打つわけにも行かぬだろう。咲子という中心的登場人物を杉村春子が演じており、その他にも三津田健、宮口精二、中村伸郎といった劇団創立メンバーがそれなりの年齢の役を演じているし、若者たちには岸田今日子、小瀬格など若手が充てられている。上演企画が初めは小規模公演もしくは試演会、勉強会的なものとして進められていたのか、そのあたりは不明である。

次の書簡も『キティ颱風』稽古中のものである――ただ、この書簡②と①の順序は正確には分からない。『キティ颱風』の初日は三月三日、三越劇場において。この書簡②の終わりにある「別紙配役」と「いづれ十三日に」という文言を考えると二月の初旬に書かれたものと推測して、ここに入れる。あるいは、これが前年十二月の初旬に書かれたという可能性も否定はできない。

②書簡　※封筒なし　年月不明

今日は失礼しました。僕が一番心配してるること――長岡さんが、めんどくさくなつて投げちまひはしないかといふことです。ずいぶんごめいわくのことゝ存じます。しかしこれも腐れ縁と思召して、とにかく御協力願ひます。やけをお起しにならず、ゆつくりわかつてもらはうぢやありませんか。本当にお願ひします。

けふ感じたこと脈絡なく申しあげます。まづ文句のないのが大泉氏の健造、北城氏の房江、三津田氏の敬介といふところでせうか。それから作品の意図をわかつてもらへさうな感じがしたのは荒木氏、芥川氏。

しかし芥川氏の今日の役はやはりだめだと思ひます。作品の意図をわかるといふこととそれは別事のようです。たとへば、大泉氏など僕の意図などぜんぜん意識しないで、しかも肝どころを押さへてゐるらしい。この人にこの役をふつていたゞいたこと感謝します。

ミス・キャストの一番は中村伸郎氏、これは非常に重要な役、いはゞ狂言廻しに当るので、〔わが町の解説者みたいなもの〕、これだけはなんとかしていたゞけないでせうか。今日申しあげようと思つたんですが、うしろにずつと中村さんがいらしたのでいひにくかつたのです、少くとも梧郎だけはテアトル・コメディ。[1]

北沢彪の役どこなんですが。せりふも動作もシャレて、軽快で。たとへ子供つぽくなつても芥川氏をこゝへもつてきたほう〔が〕いゝのではないでせうか。

宮口さんより中村さんのほうが、浩平ならまだうまくやれるとおもひます。それにしてもあの1, 500走つたあとみたいにあへぐような深刻なセリフは困りますね、どうにもこれはしかたないですか。〔欄外＝ふだんのあの人がしやべるようにしてやつてもらへればいゝんですが、それは注文してもムリでせうか〕。浩平のセリフはもつとオヅオヅ、ドモリドモリ、あたりを見まはすようにしていつていたゞきたい。

龍子はおつしやるように南氏のほうがいゝでせう。丹阿弥氏どうも甘すぎます。できれば、荒木氏が龍子で南氏が理春のほうがなほいゝと思ひますが、いかゞでせうか。

春夫はやはり稲垣氏のほうがよかつたんぢやないかしら、気ちがひの甘つたれの感じが出るんぢやないかしら、すくなくとも出せると思ひます。

禮子に丹阿弥氏をもつてきたらどうかしら、加藤氏でもけつこうです。しかしこれはもうすこし、ハスつぱにしやべつていたゞきたい、もつとも今日のところは大してせりふもなかつたけれども。

俊雄はおつしやるとほり宮口氏。

それから辻君、どうも芝居に未レンがあるらしく、もしさうだとすれば、ぼくの芝居にでも出ないと当分キッカケ失ふといふところ。気の毒だと思ふんですが、これも私情でせうか、
それから金子氏の三橋、どうも生活のバックがなさすぎます。もつとキビキビ、カサにかゝつて、みんなをなぐりつけるやうなセリフでいつてもらひたい。おなじハッタリでも吉岡のほうはいやにくそ落ちつきに落ちついて、口をへの字にして太い声でものをいふように。

全体の感じとしては、しめりけなしで、文学座をテアトルコメディにしていたゞきたいといふことです、オモシロイところは性格をゆがめてもいゝからオモシロクやつていたゞきたい。

以上勝手なことばかり。いづれ十三日に。　とりいそぎ乱筆多謝

福田恆存

長岡輝子様

別紙配役　御参考までに〔別紙、ナシ〕

まず役者の名を挙げておく。大泉は大泉滉《あきら》、北城は北城真記子、三津田は三津田健、荒木は荒木道子、芥川は芥川比呂志、宮口は宮口精二、丹阿弥は丹阿弥谷津子、南は南美江、稲垣は稲垣昭三、加藤は加

藤治子、辻は不明、金子は金子信雄（丹阿弥の夫）。

結果的に配役されなかったのは丹阿弥、加藤、稲垣の諸氏。ということは、この日に行われたのは本格的な稽古ではなくオーディションに近いものか、あるいは稽古中ではあるが、殊に若手の配役を決定する為といった可能性も考えられる。

長岡が「めんどくさくなつて投げちまひはしないか」という恆存の危惧は分かる。この戯曲は役者の方でそれぞれの役の個性をしっかりと把握して的確に表現できないと、人物像はおろか作品としての整合性や纏まりが付かなくなると思う。稽古の初期段階では俳優の人物造形を辛抱強く待たなくてはならなかったのではないか。

中村伸郎への不満は無理からぬ面がある。彼が演じた里見梧郎という役は、一読しただけでは作者のいう解説者的狂言回しであることが理解しづらい（そこまで書けていないのか？）。ただ、テアトル・コメディ的な役造りや芝居を恆存が望むのは分かる気はする。次の書簡にも書かれているが、梧郎という役は舞台で起きている出来事に決して巻き込まれず、いつも距離を置いている。そういう意味ではいかにも中村伸郎の得意そうな人物である。が、中村を浩平にもって行って、芥川を梧郎にという恆存の発想も分かりやすい。もし梧郎を狂言回し的な役と考えていて、かつ芥川の演ずる浩平が一五〇〇メートルを走ったあとの必死な科白回しのようだといった不満を恆存が抱いていたなら、梧郎には中村ではなく芥川を考えるのが常識的な配役だろう。

龍子の役は結果的に南美江に落ち着いている。禮子は最終的に岸田今日子になっている。

なお、この戯曲をテアトル・コメディ的に軽妙に演ずるのは少々難しいのではないかというのが私の感想である。

――上演時の最終的な配役等を挙げておく。

演出　長岡輝子　装置　伊藤熹朔　照明　穴沢喜美男

配役

大村　浩平　芥川比呂志
同　咲子　杉村　春子
同　禮子　岸田今日子
同　亮一　小瀬　格
同　二郎　荒牧　源之
田澤　敬介　三津田　健
中井　貞寛　龍岡　晋
同　理春　荒木　道子
同　春夫　高木　均
辻　あき子　日塔　智子
里見　梧郎　中村　伸郎

佐々木俊雄　宮口　精二
同　房江　北城真記子
塚田　健造　大泉　滉
林　龍子　南　美江
同　正利　久門　祐夫
加藤　時男　加藤　和夫
三橋　勝郎　金子　信雄
吉岡　三郎　加藤　道夫（二日目まで、及び大阪公演）
鳴海　弘

次の書簡は間違いなく稽古が始まり、初日から一月ほど前に書かれている（初日は昭和二十五年三月三日）。右の配役表を参照しながら、お読み頂きたい。

③書簡　昭和二十五年（一九五〇）二月六日消印（文末「五日」）

昨日は色々暴言失礼いたしました。

諸君にもよろしくお伝へ下さい。帰りの車中　気のついたこと二三、忘れぬうちに書きしるしておきます。

実はかへり道、中村さんとお話できると思つてゐて、はぐれてしまひましたので、左のこと中村さんにおつたへ下さい。

中村さんが、梧郎のキザさ、子供つぽさを弱点とおつしやる気もちよくわかります、それは一応弱点であり、若気のいたりではありますが、その程度は私の意図と中村さんのお考へとの間に多少のずれがあるのではないかと気づきました。

梧郎のせりふは一段高いところから軽くあしらふようにいはれねばならず、たとへ、すごむようなところでも、相手をマジメにきめつけるようなところでも、そんなばあひでも自分でその場の自分を制御し、操つてゐる余裕を残してをり、それがすごみながら一方で照れてゐるといふことにもなります。すなはち自分のことばを自分から離し、自分の体臭を消去して、オモチャにしてゐるところが欲しいのです。

弱点といへば弱点、キザといへばキザですが、御承知のとほり、かういふタイプの人間はフランスのようにサロンの雄弁が発達した国では五十、六十になつてもざらに見いだされるので、たゞ気のきいたことをいつて自分が偉さうに思はれるのに得意になつてゐる日本のキザな青年とはちがふところを強調していたゞくよう頼んで下さい。その点中村さんは少々ムキになつていつていらつしやる。ムキになれば中村のいふような弱点が出てきます。梧郎はこの作品中、一段高いところに離れて解説者的、批評的立場に立つてゐる、それが、最後で、ボロを出しかゝる。ボロといふより、人間、なんぴとも現実ではそんな解説者的立場を維持しうるものでないといふ証拠なのですが、そのばあひすら、すぐ立ちなほつて、とぼけてしまふ、といふわけです。

それから、杉村さんにお話する機会がなかつたので、一言おつたへ下さい、杉村さんが、若い連中のメチャな調子はずれをどうにも受けようがないとおつしやつてるましたが、一応もつともなのですが、咲子といふ人間が、他人の変調やなにかを細く感受しうる人間ではなく、お客の眼には春夫や正利の変なのがわかつても、咲子はそれをウスウス変だと感じてるるにしても、その場では自分と相手のずれにさほど気がつかず、自分の関心のまゝに動いていつてしまふ、そのため、即、相手のことばが咲子にすつと受け入れられぬため、ずれがはつきりめだち、それが笑ひを起すといふのが、この劇の眼目なのです。もちろんそれを誇張して出していたゞきたいのです。相手の変なのを気づかぬはずがないといふのは杉村さんの考へ、人間とはいつもそんなものだといふのが私の考へ、このさい御協力願ひます。

宮口さんには、笑ひの解説までやつていたゞくといふこと、それがこの芝居全体の演技術であるといふこと、特に御力説願ひます。

貞寛、やはりセリフに気のはいらぬ面が出てまゐります、それから申し忘れましたが、第二幕のはじめ指圧の場、きのふ聞いてをりまして、私が長岡さんにさしあげた訂正がまだ充分伝つてるないことに気つきました、もう一度、御照合願ひます。

ほかのかたにには大ていお話できたので、大丈夫と思ひます。また気がつきましたらお手紙さしあげます。

さうさう正利はあれほどまでやらなくても、アマッタレの度がすぎた位でけつこうでせう。変態までいかなくても、一時期の倒錯感情といふ程度で。もちろんオヤマは参考にして下さつてけつこうです。

来週月曜一時にうかがひます、いづれその節。

五日

福田恆存

長岡輝子様

右のこと、長岡さんのお口を通じておつしやつて下さい。この手紙はお見せにならぬように（たとへば、「……は杉村さんのお考へ、……が私の考へ」は少し皮肉のようですから）

ここで述べられる中村、杉村、宮口、三氏へのダメ出しは、全て作者の「乾いた喜劇・ファルス」を念頭に置いてのダメ出しだと考えると腑に落ちるのではないか。

——しかし、『キティ颱風』という戯曲が私は苦手である。私の読みが浅いのかもしれないが、何度となく読んでも、演出しろと言われたら自信がない。恆存がドナルド・キーン宛の書簡で、「チェーホフをファースにしたようなもの」（第四章、一五〇頁）と言っているのはこの作品のことだと思うが、私にはチェーホフの詩情が感じられない。また、どうしても散漫に思えてならないのと、不要な登場人物も多い気がするのだが、いかがだろう。ただ、この戯曲は自選の『福田恆存全集』第八巻にも収録されている。本人にはそれなりの自信作なのであろう。

もっとも時代ということもあるかもしれない。四幕仕立てで、休憩を挟んだら四時間近くになりかねない。昭和二十五年ごろ（私が二歳）と、七十年余りを経た今では、時間への我々の身の委ね方がまるで違っているのかもしれない。

何も今さら、そんな昔のだれも見向きもしない戯曲に目くじら立てることもなし、又、息子が親父の作品にケチを付ける謂われもありはしないのだが、読み返すたびに居心地が悪いのである。冗長な印象や無理やりねじ伏せて行くと言いたくなるような作劇術（舞台の進行）は、巧い役者達によって演じられた舞台を観る観客には何の違和感も感じさせないのだろうか。もはや二度と上演される可能性のない作品について、上演を仮定した議論も成り立たぬし、初演を観た観客に感想を聞くすべも今やあるまい。決してレーゼドラマとは思わぬが、私には父のこの作品の位置づけが出来ずに、なんとも釈然としないのである。

ただ一つだけ、前掲の書簡にある、「梧郎」をいかに演ずべきかという点――中村伸郎の梧郎に入り込み過ぎた演技と、作者の考えた「解説者」的演じ方については、戯曲を読んで分からなくはない。狂言回し、解説者、客観的立場に立つべき人物として作者が意図したことは戯曲からでもよく分かる。恐らく中村伸郎は見事に軌道修正したことだろうと、むなしくこの舞台を空想するばかりである。そして「新人劇作家」福田恆存の心中を察すると、この書簡の希望的ダメ出しも妙に納得してしまうのである……。

少々飛躍するが、ここで坂口安吾に宛てた恆存の手紙から二カ所、短く引用しておく。どちらも昭和二十四年（一九四九）の秋に書かれたもので、触れられている戯曲はこの『キティ颱風』のことと推定できる。

「春から書下しがうまくいかず、金はいらず、形而上並びに形而下両面からはさみうち、神経衰弱の気味でいやが上にやせてしまひました、今四幕の戯曲を書きはじめるところ、構想中に気負つてゐたのにひきかへ、早くも下らぬものができさうで、うんざりしてゐます」

「おてがみありがたく拝見しました

すぐとんでいつて色々お話したいんですが戯曲ちようど百二〇枚ばかりで完結します　できあがつたら読んでいたゞくつもりですが　よせばいゝのにといはれさうなものができあがりつゝあり　何度筆を投げようかと思ひつゝも　何人かの食ひしろになるかと思ふと歯を食ひしばつて（少々大げさですが）書きあげようと思つてをります」

――「何人かの食ひしろ」の一人としては少々気がひけるが、戯曲の成果にまで私が責任を持つのは御免である……。「何度筆を投げようかと思ひつゝも」とは安吾宛の心安立てとはいえ、この『キティ颱風』という戯曲、作者自身がどこか納得出来ぬところがあったのも事実なのであろう。

なお安吾宛の書簡は他にも数通あるが、さほどの内容のあるものでもなく、割愛する。もう一カ所だけ挙げるとすれば昭和二十二年（一九四七）二月二十五日付で書かれた以下の一文であろうか。

「安吾論、いさゝか自信があります、でも書きあげるまでは、たとへお目にかゝつてもこれについてはお話致したくないのです、作者の暗示にかゝるといけませんので」

この安吾論とは昭和二十二年十二月から翌年八月にかけて銀座出版社から刊行された九巻の安吾選集に付した解説のことであろう（ただし第九巻には恆存の実質的な解説はなし）。『福田恆存全集』第一巻及び『福田恆存評論集』第十三巻（麗澤大学出版会）に収められている。

二　長岡輝子への手紙・『堅塁奪取』の頃

④書簡　消印不明（昭和二十五年？）

長岡輝子様

福田恆存

お手紙拝見　遊びに来て下さるとの事　楽しみにしてをります。
たゞ、現在の仕事のびのび、目下やうやくラストヘビーの時期に入りましたので、脱稿後にお出でいたゞきたいと存じます。そのほうが落ちついてゆつくりお話できるので、海を見ながらお話するのを楽しみにしてるます。

二十四日のラク（ひるま）三越へ参りますから、そのとき日取りをきめませう。折角の女人、しかもパートナーの来訪を仕事のために延期するなどとは、色気も味もない男と思召すやもしれませんが、さにあらず、たゞ乾いてゐるだけの事であります。

これで筆をおかうとしたのですが、このまへのお手紙に用件ばかりの手紙を書く男だといふおことばがありましたので、一寸それにこだはり一言——パンフレットの小文、「にくらしい」とのことですが、その意味はよくわかります。自慢にするわけではないのですが、ぼくはなにかわからぬようなふりをしてゐるときでも、実はよくわかつて困るのです。本当に自慢ぢやなくて、これはぼくの弱点です。それ、一つの事件に十の原因を仮設するといふやつで、「にくらしく」なる原因を十も考へれば、きつとそのうち一つ位は当つてゐるといふものでせう、（あとを切つたりして失礼。書きかけてマトマリつかなくなり、メンドクサクなつてしまつたので。お許し下さい）〔二枚目を九行目まで書いて、ここで原稿用紙を切断〕

この書簡は長岡が演出した『出来ごころ』（メリメ作）の公演の最中に送られたものと思われる。この舞台は三越劇場で昭和二十五年（一九五〇）五月三日に初日、二十四日に楽を迎え、その後名古屋から関西以西へ一か月に亙る巡演に出かけている。楽日に恆存が舞台を観に行って、長岡が大磯に遊びに来る日取りを決めるとなると、一つ気になるのは、演出家は関西公演に付いて行かなかったのかということだ。勿論、諸々の事情で同道しないことや、旅公演の初めだけ帯同ということもあり得るが……。

長岡に「にくらしい」と言われたパンフレットの小文、「文学座のアルバム」というシリーズで、演出家や俳優のことを外部の人間が書いている。短いので全文挙げておく。

長岡輝子さんへの期待　　福田恆存

長岡輝子さんは新劇の世界には珍しい常識人である。健全な市民であり、善良な家庭人である。そのことが演出家としての、或は俳優として、長岡さんに幅と温味とを与えている。ぼくも常識人としてこういう長岡さんが好きである。が、同時にその同じ事実が長岡さんの芸術にとって障碍にならぬとはいえない。ジッドではないが、やはり芸術には悪魔の協力が必要なのである。ただ多くの芸術家は安易に小悪魔と協力したがる。殊に日本の新劇人の間では常識人としての欠陥を逆に利用してひねくれた持ち味を自慢にしている人が多い。それは持ち味であっても真の個性ではない。長岡さんは常識をもって小悪魔をしりぞけるのに成功した。既に大事業である。あとは大悪魔との協力を望むばかりである。

たしかに「にくらしい」、もしくは意地の悪い小文かもしれない。

それはさておき、大磯に長岡が遊びにくる話も恆存の「パートナー」という言葉も、二人の信頼関係、良好な友人関係がよく見える書簡と言えよう。「にくらしい」ことを書いても、それは二人の友情の上に成り立っている。

⑤書簡　昭和二十五年（一九五〇）七月三日消印（封筒裏「七月三日」）

〔冒頭欄外＝伊澤さん[2]い丶人ですね。〕

おてがみ拝見しました　七月一日、じつはジャンダークの試写会、二度の機会を放棄してるるので行きたかつたし、それよりもあなたと並んで見たかつたのですが、当日来客の約束あり、つひ伺へませんでした、お許し下さい。

詩を書いて下さつた由、女性が男性に（その逆でも）詩を捧げるといふのは穏かではありませんぞ。常識的に解釈すればね。とにかく御慎重に願ひます。ぼくは元来、見かけと反対に非常に浮気で、第一、ロレンスのお弟子ですから。

文学座は困りますね、僕の作品を上演したとき文壇との結びつきを考へたりしてるながら、今度の開所式にはその意図をぜんぜん示さないんですからね。きのふ神西清に会つても、その事知りませんでした。神西君には研究所のとき名まへを借りておきながら、かうなると失礼の部類に足をつきこみます。

お心やすだてに、勝手な御託をならべてすみません。この頃の僕の言動あなたに対して少々無礼でせうか。い丶気になりすぎてるるようで一寸気がひけます　それこそ「以後気をつけます」しかしこれはあなたのスナホさを敬愛してゐるからこそです、あしからず。

仕事の都合で、多分開所式には伺へぬかもしれません、しかし近いうちにシナノマチへ拝見に出かけます。

皆さんによろしく

匆々

福田恆存

長岡輝子様

この書簡はまさに「お心やすだてに」書いたものだろう。映画を二人で並んで見たかっただの詩を捧げるだの、この二人、相当気が合ったのだろう。ロレンスのお弟子さん、どこまで行動が伴ったのやら……。ジャンダークとは、一九四八年にアメリカで製作された映画、イングリット・バーグマン主演の「ジャンヌ・ダーク」。日本公開は一九五〇年六月三十日であるから、試写会を二度も見損なったので、封切りされたものを「あなたと並んで見たかつた」ということだろう。

それよりも「雲の会」（六二頁参照）と同じく文学座も文学（文壇）の世界との結びつきを意識していながら、恆存にこういう不満を感じさせるのは、やはり劇団というものの限界かもしれない。後の劇団「雲」「欅」「昴」にしても、文学と演劇の融合を唱えながら、その空気は歳月と共に弱くなって行った。

最後の「開所式」はアトリエ落成記念の式典であろう。文学座アトリエ落成は昭和二十五年七月のことである。

次の書簡は、それから数か月後である。おそらく長岡は大磯に遊びに来て、東京（文学座）でも二人は時折「お目にかゝつて」いたと推測してよかろう。勿論、半年近く「お目にかゝ」る「機会を得ず」じまいだったとも考えられるが。

⑥書簡　消印曖昧　昭和二十五年（一九五〇）十一月か（『堅塁奪取』上演前）

お元気でいらつしやいますか　その後お目にかゝりたいと思ひつゝ　つひ機会を得ず今日に至りました。

いろいろお話したいことはあるのですが、気にかゝつてゐることのみ申しあげます。妙子のベレー、いたゞいた由、重ね〴〵恐縮です、お礼の申しようもありません　それからマフラ、堅塁奪取の折、「物議をかもすといけないので御礼状さしあげなかつた」と申しましたが、あなたはカンちがひなさつたようです。

あれはわが家で物議をかもすといけないからではなく、お礼状出すとお宅で物議かもすかもしれないの意でした。

いづれにせよいろ〳〵御心配かけて申訳ありません。何かお礼しようと思ひながら（あなたの事ゆゐ不要とおつしやるかもしれませんが）適当なものを思ひつかず失礼いたしてをります、不要でも僕として何か贈物をしたいのです。今度お眼にかゝつて御希望（？）うかがひたいと存じてをります。今月中旬すぎればひまになりますので、ゆつくりお眼にかゝりたいと思つてをります。七日の夜は堅塁奪取のケイコで信濃町へ出かけます、もし御都合ついたらお眼にかゝりたいけれど、そしていろ〳〵御指示いたゞきたいのですが、もちろんけつして御無理なさらぬように。

気にかゝつてゐますので、右一筆まで、お元気で。

福田恆存

長岡輝子様

詩集たのしみにしてをります

これは註釈も講釈も不要だろう。『堅塁奪取』は恆存作の一幕物。昭和二十五年十一月二十三日に大阪の毎日会館で一回上演され、東京では十二月十五日～十七日文学座のアトリエ公演として上演された。「堅塁奪取の折」というのは、大阪・毎日会館向けの稽古を長岡も観に来たのだろう、その折ということではあるまいか。そうだとすれば、「七日の夜」は十二月の東京公演に向けての稽古、つまり十二月の七日となって辻褄が合う。この十一月二日～二十日は岸田國士の『道遠からん』が三越劇場で上演されており、長岡輝子が役者として出演している。もしも十一月七日だとしたら、平日の火曜日、夜の公演があっておかしくない、公演中の俳優に会おうというのは少々無理がある。従って、『堅塁奪取』東

京公演一週間前の十二月の七日だと推測してほぼ間違いなかろう。

「御指示いたゞきたい」というのがなんの事かは不明。『堅塁奪取』の演出は矢代静一であるので、長岡の指示というのもおかしな話である。まだ若く経験も浅い矢代（演出時二十三歳）のアトリエ公演の演出に、ベテラン長岡（当時四十二歳）の意見を聞きたかったとも考えられるか。

三　恆存、『武蔵野夫人』脚色の頃

次は大岡昇平の小説『武蔵野夫人』を恆存が脚色し、文学座で上演した折（昭和二十六年・一九五一・五月五日～二十七日　於三越劇場）、演出の戌井市郎とぶつかった「経緯」である。恆存が長岡に逐一「説明」しているので、書簡を読んで頂ければ、なにがあったのか、恆存の不満、怒りも十分お判りいただけるだろう。

⑦書簡　昭和二十六年（一九五一）（封筒裏「四月十五日」）

妹からいろ〳〵長岡さんが御心配してくださつてるる由、うかゞひました、ほんとうに申しわけないと思ひます。正直に申して今度の文学座の態度は僕には不愉快なのです。「キテイ颱風」の時ハあなたが演出家でしたので気もちよく出来たので、あれは特例だつたと今更ありがたく思つてるます。

かんたんに申しのべますが、第一にぼくの台本が不満なら不満で、どういふ点がよくないのか、まづ第一にぼくに話し、ぼくの欠点は改め、また相手側の理解の不足はぼくからよく説明し、最善の策をとるのが、一番常識的でもあり、礼儀でもあります、それなのに、よそをぐる〳〵廻つて、ぼくには御苦労様の一言ですまさうとするのは、河原乞食の根性だと思ひます。第二に、けいこはじめの日、帰りぎはに戌井氏が、なんの理由もなく、第三幕と第四幕との間に、一つ書き加へさせてくれと申出がありました。ぼくは呆然としまして、経緯を知つてゐればこそ、その理由はわかつてゐましたが、さういふいひかたは滅茶だと思ひます。まづ最初に「自分としては第四幕が混乱してゐるように思はれるが、脚色者はどういふつもりか」ときくのが当然です（ぼくは文学座の座附作者ではないのですから）。ぼくはよつぽど何かいはうと思つたのですが、大岡氏もゐたし、次の約束の時間も迫つてゐたしで、そのまゝ帰りました。第三に、数日後戌井氏作の第四幕案が届けられました。ぼくは見なくてもいゝからやつてくれと突放しておいたのですが、どうしても見てくれといつて持つてきました。一応ぱら〳〵と眼をとほして、怒り心頭に発しました。いづれ機を見てお話しますが、あんなものは戯曲でもなんでもない、実にふざけたものです。人物の出し入れもなつてゐず、セリフもセリフになつてゐず、性格もめちやくちや、たゞ事件の説明があるだけです。ぼくは自分の口をだすべきすぢでないといつてかへしました。

要するに、かれらは原作を読んでゐて（それも読みちがへてゐて）ぼくが原作どほりにやつたこと、そしてさらにあのモラルを発展させたこと、それがぜん〳〵わかつてゐないで、原作と脚色との間の相関関係をつかめずになんのかんのと文句をいひ、しかもそれについてのぼくの意見をきかうともしないのです。

ぼくは誠意をつくされればどんなにでもいつしよけんめいになりますが、あれでは手の出しようがありません。あの人たちは座附作者なみに、ぼくに武蔵野夫人の脚色を「やらせてやらう」ぐらゐに考へてゐるのでせうが、ぼくとしてはなぜそれを引受けたかといへば、大岡氏への友情、あの作品への愛情、それから口はゞつたいいひようですが、技術的にはぼくより達者な人もゐようが、作品の理解といふ点では自分が一番適任だと自覚したからであり、さらに雲の会の趣旨から、文壇と劇壇の結びつきを考へてのうへで、やる気になつたのです。しかも、多くの人間にまた憎まれるであらうことを予期しつゝ。

それを文学座の人たちはカンチガヒしてをります。他のことをいふのはなんですが、たとへば自由学校の脚色のとき、こんなごたくが起きたでせうか。そしてあの脚色と今度のぼくの脚色との間に、それほど決定的な差があるでせうか。第一脚色などといふものは、原作の看板を借りたもので、致命的な欠陥がなければそれでいゝといふ程度のものです。しかし、おそらくどんな本を書いても文句は出たでせう。ことに俳優個人の文句は、脚色でない創作のときだつてあるものです。それを作品そのものの傷のやうに考へ、作者の意図もきかずに、自分たちでこしらへなほすことにぜんぐなんにも感じてゐない神経、これはぼくにはつきあひきれぬものです。

結論は、ぼくは完全に手を切ります。ムサシノのことのみならず、文学座と手を切ります。（長岡さん個人とはもちろん別です）けいこにも行きませんし、雲の会以外には見にもいきません、もちろんダメもだしません。しかし、大岡君の立場もあることです、氏は二十五日ころ帰つて来ますが、そしたらよく会つてぼくの気もちを述べ、同氏の諒解を得、なほ同氏が何かいゝちゑを貸してくれれば、また出かけていくかもしれません、又、目下戌井氏がアレンジしつゝある第四幕が、ぼくのよりよく出来れば、今までの無礼を一切水に流してムサシノ夫人に関するかぎり、おつきあひします。しかしそのばあひは（ぼくのよりよく出来れば）意図その他について、もうぼくの口を出す幕はないので、戌井氏が完全にあの作品を自分のものにしたことになりますから、ぼくの必要はなくなるでせう。

つまらぬことを書きましたが、長岡さんが心配してをられるから、といふ妹のことばで、現在のぼくの気もち、あなたにだけお伝へする義務を感じました。いづれ何かの機会に詳しくお話します。いつかお話した、文学座の人々をまへにおいて一席演説する気はもうなくなりました。長岡さんとだけの友情にとゞめたいと思ひます。妹の進退のことなども、そのうちに御相談したいと存じてをります。

右ヤボな話ばかり　恐縮ですが、けふは要用のみにとゞめます。

福田恆存

長岡輝子様

「雲の会」とは、誤解を恐れずに簡略に言えば、岸田國士の提唱で始まった「文学立体化運動」と称されるもの。文学、演劇、音楽等々の日本の芸術がお互いに交流し、それぞれがタコつぼに閉じこもることなく、小説家が戯曲を書くといった形で、総合的な芸術の交流を生み出そうとした運動のことである。『武蔵野夫人』上演前年の昭和二十五年（一九五〇）に会が生れ、小林秀雄や中村光夫なども名を連ねたが、昭和二十八年（一九五三）の加藤道夫の自殺、翌年の岸田國士の急逝により、活動は頓挫した。

なお、恆存が芥川らと文学座を飛び出して創立した劇団「雲」の名称は、この「雲の会」に由来すると共に、恆存の「高みを目指す」という思いが籠められていた。ちなみに劇団「欅」は、大地にしっかり根を張り、幹は太く背は高くその葉は小さく繊細なところから、劇団のあり方も強さと繊細を合せ持つことを願って命名した。劇団「昴」は劇団「雲」の分裂を受けて、「雲」の残留組と「欅」を統合して創ったわけだが、二つの出自の違う劇団の俳優たちが一つに纏まることを願った恆存の祈りのような命名だ。「すばる」とは、他動詞の「すべる」＝「統べる」（＝統一する・一つに纏める）の自動詞「すばる」＝「自然に一つに纏まる」に由来したわけで、「分裂せずにおのずと一つに纏まる」ような劇団になる事を、やはり恆存が願いを込めて命名したものである。さらに、星が纏まって出来た星座・昴のように高みに輝いてほしいという意味も込められている。恆存は単に星の名前を付けたのではない、空高く一つに纏まり輝く星座の如き劇団を目指したのである。

「自由学校」は文学座の創設者三名の一人、岩田豊雄（小説の筆名は獅子文六）が前年（昭和二十五年）に書いた小説で、この年五月に渋谷実、吉村公三郎両監督作が同時公開されることになっていた。文学座が上演した記録がどうしても見当たらないので、ここで恆存が言わんとしたことが曖昧である。戯曲版が文学座にいた小山祐士と岩田との共著という形でこの年に河出書房の市民文庫に入れられてはいる。なお、文学座創設者は、岩田と久保田万太郎、岸田國士の三名である。

恆存はこの手紙では文学座との縁切り宣言をしているが、そのまま退座といったことにはならなかった。昭和二十七年（一九五二）の十一月には『龍を撫でた男』を長岡演出で上演している。この手紙は信頼する長岡に一時の怒り、鬱憤をぶつけたのであって、長岡に説得されたかほかにも理由があったか、「縁切り状」とはならずに済んでいる。それどころか恆存全集の年譜に拠れば、『龍を撫でた男』上演ひと月前の十月に「「文学座」に入る」とあり、退座は昭和三十一年（一九五六）四月頃と記されている。その後も欧米遊学から帰朝後の『ハムレット』翻訳・演出（昭和三十一年・一九五六）の大成功、続いて自作の上演演出としては、八代目松本幸四郎（後の初代白鸚）一統と文学座の合同公演『明智光秀』（昭和三十二年・一九五七）で初めて歌舞伎と新劇の合同公演を成し遂げるなど、文学座との関係は続き、最後は昭和三十八年（一九六三）一月、中堅俳優を引き連れての文学座脱退、財団法人現代演劇協会及び劇団「雲」発足に至っている。

やはりこの手紙は、本気で向かっ腹を立ててはいるが、信頼する長岡への「甘え」もあるのだろう。こういう時の人間の心理というものは、必ず自らを裏切り示すようなところがある。恆存にしても「手を切ります」とまで言ったのは、そこまで爆発させることで長岡に引き留めてほしいという、少なくとも無意識の心理が働いていているに違いない。

この文学座と恆存のぎくしやくした関係は、なおまだ続いたようである。二ヶ月半ほど後に出された恆存の書簡も、この問題が尾を引いていたように思われる。

⑧書簡　昭和二十六年（一九五一）六月三十日消印（封筒裏「六月二十九日」）〔『武蔵野夫人』上演直後〕

おてがみ拝見しました。体がなか〳〵本調子にならぬので返事が遅れて申訳ありません。

文学座を見すてるなんて、冗談おつしやつちや困ります。第一、ぼくは見すてるほど、これまでお役に立つてはまるりませんでした。第二に、友情を感じなければ、あんなヤボなことをいふわけがありません。杉村さんにも申しあげましたが、あんなに勝手なことをいつて、しかもそれを正面から気にせずに受けとつてくれたのはとてもうれしかつたのです。実はあのとき、あれで怒つてしまへば、これでお別れだと思つてゐたのです。それをムリな脚本にあれだけ努力してくださつた杉村さんに感謝したくらゐです。〔欄外＝ムサシノ夫人は富子と秋山以外はみんな失敗です。〕

芝居の世界はとかくうるさく、ことに文学座はお姑さんが三人、ぼくとしては表だつてお力にはなれませんが、個人としては出来るだけ利用して下さい。長岡さん、杉村さんと一夕ゆつくりお話できる機会をもてれば又いろ〳〵詳しくお話いたします。いづれシラノの稽古拝見に出かけますから、そのとき適当な時機を御相談しませう。

今日妙子からきゝましたが、お眼を悪くなさつてゐる由、自重なさつて、よい成果をおあげになるように祈つてやみません。ぼくはシラノのような芝居をやる意味も大いに認めてをります。あれは泉鏡花といふ北陸の見えつぺの通人ぶりと同様に、ヤボがシャレてみせた芝居、長岡さんだと少々シャレすぎて田舎くさゝがなくなりはしないかしら。どうかヤボな大時代調をきかせて下さい。又、悪口になりました。しかし長岡さんは信頼して悪口いへる人だと思ひますので。

福田恆存

長岡輝子様

杉村さんによろしく

前便に見た通り「結論は、ぼくは完全に手を切ります。ムサシノのことのみならず、文学座と手を切ります。（長岡さん個人とはもちろん別です）けいこにも行きませんし、雲の会以外には見にもいきません、もちろんダメもだしません。」とまで啖呵を切っておいて、この書簡の書き出しはコロッと態度豹変、おそらくは大岡氏から説得や懇願を受けたのだろう。これはあくまで推測の域を出ないが、杉村春子からも説得されたのではあるまいか。

『シラノ・ド・ベルジュラック』は長岡輝子と戌井市郎の共同演出で八月八日に初日を開けている（三越劇場・全幕通し本邦初演）。当然稽古は六月後半には始まっていたであろう。ちなみに『シラノ』は好評で、九月二日までの舞台が続演となって同劇場で九月十八日まで日延べ上演された。三越劇場初のロング・ラン、観客動員は実に二万九千余名という。昭和二十年代三十年代の演劇（新劇）全盛の頃にしても、相当の動員数であろう。東京で五十四回の公演の後、旅公演は大阪、京都、名古屋で計二十二回行っている。ちなみに東京の入場料は二百五十円、関西は二百三十円だったという。

なお、〔欄外〕に書きこまれた富子は杉村春子、秋山は芥川比呂志（五月十四日以降、及び関西公演は宮口精二）が演じている。

次の書簡は、その『シラノ・ド・ベルジュラック』上演中ということになる。

書簡⑨　昭和二十六年（一九五一）八月三十一日消印（文末「八月二十五日」）

先日は失礼しました。芝居のこと文学座のこと、いろ〳〵お話したいと思ひつゝ、時間がないので失礼しました。あの座談会のこと、杉村さん、こだはつてゐるとすれば大変なまちがひです。あの連中はみんな文学座への愛情からものをいつてゐるのです。さもなければ、だれがあんな憎まれ役を買つて出るでせう。杉村さんが、あれを読んで、一席話したいといはれたので、それを理解してくれてのことかと皆でよろこんでゐたのですが、がつかりです。率直にものをいひあつてのちの友情だけしか、ぼくたちは信じないのですが、さういふ態度は外には通じないのでせうね。

詩暦、かへりの汽車のなかで一気に読んでしまひました。ナイーブで、やさしくて、明るくて、それでゐて甘つたれがなくて、楽しく拝読しました。女の人つてうらやましいですな、あんな気もちをすなほにうたへるんですから。

男はやはり憎まれ口専門、宿命とあきらめませう。

さう、申しわすれましたが、ケイコ見にいかないで失礼しました。別に他意はなかつたのです。忙しかつたし、それにあまり長岡さんと親しくすると、長岡さんの立場もまづいと考へてをりましたので。

文学座はともかく、ぼくもまだ芝居のことはやるつもりです。戯曲を書く情熱だけは失はれません。

いづれまたの機会にゆつくりお話したいと思ひます。

お元気で、右お礼かたゞ゛

八月二十五日

福田恆存

長岡輝子様

詩集、ほんとに驚きました。あなたにまたかういふ才能があること　全然知りませんでしたので。

「あの座談会」についてなるべく簡略に説明したいが、なにしろ十八頁に亙る長いものである。「座談会」が掲載されたのは「雲の会」編集になる雑誌「演劇」の創刊第三号に当る、昭和二十六年（一九五一）七月刊行の八月号で、「劇壇に直言す」という題がついている。出席者は鉢の木会のメンバー——中村光夫、神西清、大岡昇平、福田恆存、三島由紀夫の五名、全員「雲の会」のメンバーでもある。要約するのは難しいが、劇団・劇壇への直言といったところである。

面白いことに、同じ号に「『直言』に答う」という、これもかなり長い反論座談会が掲載されている。この出席者は菅原卓・内村直也兄弟に田村秋子、千田是也、杉村春子の五名。次号に反論が載るなら分かるが、同じ号とは何とも奇妙である。それが狙いだったのか、公平に発言の場を与えようとしたのか……。

もし私が編集者なら、次号（つまり「演劇」四号）にそれぞれから、たとえば神西・福田・三島、内村・千田・杉村の六名を集めて、テーゼ、アンチテーゼを受けジンテーゼを求めての対決座談会をやらせただろうに。いや、そういう話も出たのかもしれない。としたら、逃げた人々がいたという事か？憶測は無意味だが、この座談会の内容に関しては触れ始めると長くなるので割愛する。

書簡に戻る。『詩暦』はユリイカから長岡が出版した詩集。恆存の追伸二行に対応したものと思われる。「ケイコ見にいかないで」云々は長岡が演出していた『シラノ』の稽古のこと。続く「文学座はともかく、ぼくもまだ芝居のことはやるつもりです」という言葉は少々穏やかではない。恆存の文学座への、あるいは杉村への距離感が出た文言で、ずっと先の劇団「雲」分裂への微かな前奏なのかもしれない。「雲」分裂の経緯や空気は私にも知るすべはないが、第六章の芥川比呂志宛の書簡の所でもう少し詳しく触れるつもりである。

四　長岡輝子演出『龍を撫でた男』

次の一通は書簡ではなく、封筒入り『龍を撫でた男』の配役案である。恆存が演出の長岡に直接手渡したのだろう。文学座がこの作品を上演したのは昭和二十七年（一九五二）十一月十一日〜三十日、三越劇場で二十六回の公演を行い、その後、大阪、京都、名古屋で計十四回の旅公演をしている。前掲の書簡から一年近く後のことである。

⑩配役案　年月不明

「龍を撫でた男」　配役原案

佐田家則　○芥川比呂志　　○印は動かしたくありません

和子　○杉村春子

綱夫　○中村伸郎

蘭子　北城真記子、賀原夏子、田代信子
丹阿弥谷津子、日塔智子、南美江

秀夫　○宮口精二
第一の男　加藤和夫、金子信雄
第二の男　稲垣昭三
警官　加藤和夫

恒存の配役案に対して、実際の上演時の配役を記しておく。

佐田家則　芥川比呂志
和子　田村秋子
藤井綱夫　中村伸郎
蘭子　杉村春子
水野秀夫　宮口精二
第一の男　広沢英雄
第二の男　有馬昌彦
警官　稲垣昭三

一見して分かるが、中心的な配役の異同は、和子と蘭子にそれぞれ田村秋子と杉村春子が充てられたことであろう。恆存が動かしたくないという〇印のうち、男優陣はそのママだが、和子役に田村が入ったため玉突きが起きて、創立メンバーの杉村が蘭子役に廻ったわけである。

そして次の書簡は公演のふた月ほど前、郵送するつもりのものを、手渡す機会があったのであろう、宛名は書いてあるが切手も貼られていない。いや、恆存は郵送するより、手渡すことを口実に長岡に会いたかったのかもしれない。

まずは読んで頂こう。面白い書簡とも言える。

⑪書簡　昭和二十七年（一九五二）　消印不明（封書裏「九月一日」）

お手紙拝見いたしました。いろ〳〵お手数かけます。今に始つたことではありませんが、とにかく御礼申述べます。田村女史の決断、あなたのお力とはいへ有難いことです。蘭子を書き加へるのに張りあひが出ました、杉村女史がやつてくれるとなると。

同時にあなたと芥川君の荷は重くなつたわけです、なんにせよ名だたるカンバ〔悍馬〕二頭を操るのは大変です（内緒〳〵）僕も今度は真剣にやるつもりです。真剣になるキッカケといふものはたしかにあるので、今度がそれだと思ひます。

十月は仕事をあけて、文学座通ひするつもり、もちろんあなたの御迷惑にならぬよう神経は使ひます。

ぼくも早くお目にかゝつて、いろ〳〵御相談したいと思ひます。遅くも二十日までに決定稿つくりたく、そろ〳〵加筆についての参考意見うかゞひたいのです。三日には例の会であへるでせう、そのとき、ゆつくりお会ひする日時相談します。その他細かいこと多々その席上で。とりあへず御返事かたゞ〳〵御礼まで。

匆々

九月一日

福田恆存

長岡輝子様

八月三十一日夜帰宅、御返事が遅れまして、あしからず。

この書簡で重要なのは、なんと言っても田村秋子の出演である。その結果、杉村が蘭子役に回っているが「とにかく御礼申述べます。田村女史の決断、あなたのお力とはいへ有難いことです。蘭子を書き加へるのに張りあひが出ました、杉村女史がやつてくれるとなると」という言葉には、恆存の心底から喜んでいる姿が眼に浮かぶ。蘭子の杉村への変更だけでも恆存をして「張りあひが出ました」と書かしめるだけのことはあった。最初に恆存が想定した数名の女優はみな杉村より十歳から十五歳程年下である。経験は浅く、役造りにも相応の差が現れたろう。なにより田村秋子の和子役への出演の「決断」は長岡にも恆存にも大きな収穫、成果と思えたに違いない。「田村女史の決断、あなたのお力とはいへ有難いことです」（傍点筆者）という言葉は通り一遍の挨拶などではない、恆存は舞台の成果に想像を逞

しくしたのではあるまいか。
ところが、田村秋子の方はと言えば『一人の女優の歩んだ道』（昭和三十七年、白水社）で小山祐士のインタビューに応えて、この『龍を撫でた男』での経験を次のように述べる。皮肉なものである。恆存の持っている感覚と自分の感覚のズレについて触れたのち、こう述べている。

……人物が浮き彫りとしてはうかんで来ないわけですね、自分に。この人物は、こういう人物だから、こういうふうにという感じでなく、その場その場の才気にとんだせりふにまきこまれてしまって、どういう性格の女性なんだか、結局わからなくって終わらしちゃったんじゃないかと思うんですよ。「みんな狂奏曲でやって下さいよ」と福田さんはあの時おっしゃったんですよ。あたしの役に入って行き方っていうのが、非常に律気《りちぎ》なんですね。奔放にパッと入ってパッとやるっていうやり方がないんで、何か糠味噌臭さみたいなものが身についちゃって、抜け切らなくって、ああいう気持ちだけで動いてる妻君の奔放さは出ないんです。芝居の種類によっては、いろいろの入り方があるはずなんですが。ほんとに生活してるとかいうことなんぞ、どうでもいい芝居もあるわけですからね。せりふだけをパッと言ってスッと過ぎて行く面白さ、それを役者として即座に受けて、スパッと役にとけこむ。それが出来たら、どんなにいいだろうなあと思うんですが、さっき申し上げた、ただただ一本調子にしきゃものがいかないあたしの性格が、役をきゅうくつにしてしまいました。若い人がパッとやったほうが、あの芝居引き立ったんじゃないかと思うんですよ。〔中略〕真船〔豊〕さんの『稲妻』は、生活の程度が、あたしに理解出来る生活をしてる女でしょ。『竜を撫でた男』のほうになりますと、日本人には違いないけれど、やはり何か外国の影響をいっぱい受けて、洋服を着てる西洋人でもかまわない感じがあるので、あたしの頭の中で考え出すと、何か外国の役を演ってるようなね。身近じゃないんですよ、『稲妻』に比べて。〔中略〕そうですね。理詰めですね。あたしなんぞ、やはり人物が滲み出てくるような出来の芝居のほうが、どうも性分には合ってるらしいですよ。だから、理詰めのせりふを消化して、お客さんに説得するやり方ね、そういう行き方ももちろん芝居の中になければいけませんけれど、どうも両方は出来ないらしいですね。あたしはやはり人間をこつこつなんとかして浮き彫りさせて行こうと努力する側の役者だと思ってるんですよ。結局はつかみ切れなかったんです。でも、役者にはそれぞれどうにもならないものがあるんですからね。自分の出来ないものをどうしてもわかろうと努力したほうがいいですか。それはしますけれど、出来ないものは出来ないで、しょうがないですね。

こうまで開き直られては仕方あるまい。果たして『龍を撫でた男』の舞台成果はどうであったのか、ここがもどかしい。舞台芸術の宿命ではあるが、「喜劇」として成立して観客に伝わったのか、観客もまた田村のように西洋的な変った芝居として戸惑ったのか、今となっては確かめるすべもない。ただし、恒存全集の年譜に従って列挙すると、この戯曲は昭和二十七年十一月に池田書店より刊行され、同月文学座により三越劇場で上演、続いて旅公演に出かけ、十二月半ばの名古屋公演では名古屋演劇賞を受賞している。つまり、田村秋子の役者としての「やりにくさ」は別として、舞台芸術としてはそれなりの成果を挙げている。田村が演じた主人公の妻・和子が不出来だとしたら、芥川比呂志の演じた主人公がどこまで優れていたとしても、舞台成果に対する賞を受賞することはなかったろう。戯曲自体は第四回の読売文学賞を受賞してもいる。主要な登場人物に宮口精二、中村伸郎など精鋭ぞろいの舞台であったことも事実で、長岡輝子の演出も相俟って、いや、恐らく演じにくさをこれほど嘆いていても田村の力量は確かなものであったろう。「田村女史の決断」の成果は舞台の上に表れたことと思われる。

いずれにしても『龍を撫でた男』は、当時としては新しい戯曲、新しい喜劇だったと言えるのかもしれない。

さて、このさほど長くない、むしろ簡潔な長岡宛の手紙は、本書で扱った書簡の中でもとりわけ自分の喜びを素直に現わしているとは言えまいか。「僕も今度は真剣にやるつもりです。真剣になるキッカケといふものはたしかにあるので、今度がそれだと思ひます」というくだりも、どの行をとっても恒存のうれしさとでもいった感情とやる気満々といった様子を、ここまで顕わにした書簡は少ない。すこし年長の長岡への慮りや敬意はさておいても、恒存の言葉から欣喜雀躍とでもいった様子が読み取れる。嬉しくなるのも当然だろう。自信作の『龍を撫でた男』、おそらく『キティ颱風』を書いた時とは全く異なる手応えを感じていた所に、長岡の努力の結果、まさかの田村の出演許諾と、その結果として、後々の杉村なら断った可能性も大いにある蘭子への出演という吉報が入ったのだから。文学座内の当時の人間関係、力学すら読み取れるところである。

また、この時期に既に田村、杉村を「名だたるカンバ」と評しているのも、こちらの空想を逞しくさせるところである。杉村は恐らく、田村に振られた和子の役をやりたかったに違いない。が、あくまで憶測ではあるが、普段あまり出る機会を積極的に作ろうとしない田村、しかも本来は文学座の中心女優たるべき田村が出演許諾したとあれば、杉村は蘭子の役に回ることを潔しとせざるを得なかったのではあるまいか。

括弧でくくられた「内緒〳〵」という恆存の書き込みが微笑ましい。

『龍を撫でた男』の公演は三越劇場で十一月に二十六回行われたのち、旅に出て、大阪・京都・名古屋を廻って十二月の半ばに終っている。暮正月と慌しく過ごしたであろう恆存は、翌昭和二十八年（一九五三）二月、唯一の小説『謎の女』[3]（新聞連載）の取材旅行のために北陸を訪れた。一部、井上靖と同行。上野から會津八一と乗り合わせた。全集年譜には「その話おもしろく人を倦ましめず」とある。

次の書簡は、その旅先から長岡に宛てたものである。

⑫書簡　昭和二十八年（一九五三）二月十七日消印（封筒裏「新潟にて　二月十六日夜」）

お元気ですか。もつと早くお便りしようと思ひながら、毎日、半ば他動的にあちこちふりまはされ、目的の取材より遊山兼講演旅行になつてしまつた観あり、少々悲鳴をあげてをります。そんなわけでずいぶん御無沙汰してしまひました。といつて別に何も申上げることもないのですが、こちらへ来る数日前、電車で岩田さんと会ひ、あなたが岩田さんのところへいらして、神西福田はいつ退座しようか、寄り寄り相談中だなんておつしやつたらしく、先生、ばかに気にしてをりました。それを聴いて今度こつちが気になりはじめました。

あれはぼくのヘラズ口、あなたがさう気になさつてるといふことが、実はぼくには気になるわけです。

只、岩田さんにも話したのですが、我々はもう本公演や映画や文学座の方針にはタッチすまいと思ふのです。その代りアトリエにだけ全力をそゝぎます。但しそのためには現在のやうにアトリエが中途半端では困ります。本公演に出すには弱いからといふ理由でアトリエに廻すといふ現状を改めて、アトリエは全然本公演と無関係にアトリエ独自の方針を打ちたてて、レパートリーもその線でいきたいと思ひます。そして我々も文学座員といふよりは、完全にアトリエ企画委員として位置づけてもらひたいのです。岩田さんもそれに賛成でした。帰つたら詳しく相談し、その具体的実現方法を計りませう。ぼくも今まであなたに遠慮があつて、いろ〳〵言へなかつたこともありますが、ざつくばらんに今度は話しあひませう。

新潟は吹雪いてをります、しかし大磯よりしのぎやすいような気がします。寒さが安定してるからでせう。
二、三日うちに北陸を廻り、来月上旬には帰宅します。
いろいろ不快なことも多いでせうが、じつくり頑張つて下さい。短気を起さずに。ではお元気で。
二月十六日　夜
福田恆存
追伸　妹よりおきゝおよびかとも思はれますが、小生、外国行、決定しました。六月には出発します。一年の予定です。文学座、それまでになんとかしておきたいものです。

アトリエ企画委員会というのは幻の構想に終ったのであろう。それどころか『文学座五十年史』昭和三十年（一九五五）三月の項には、「映画、ラジオ等のマスコミ攻勢に対応し、演劇至上主義を再確認の上、（中略）近来の多数決制を停止して、岩田、久保田両幹事の一年交替の当番制施かる。今期当番は岩田幹事、委員・龍岡晋、中村伸郎、福田恆存。」とある。「文学座の方針にはタッチすまいと思ふ」と書いた恆存の意図とはまるで逆の方向へと、事態は進んで行ったようだ。

この後、北陸から戻った恆存が長岡と「具体的実現方法」を探ったのか否か全く分からないし、どのような曲折を経て事態が動いたのかも今や歴史の彼方である。一つ憶測を逞しくすれば、岩田氏が恆存を説得し、その結果の「委員」就任なのかもしれない。

一つには、昭和二十九年に外国から戻った恆存が、ロンドンで観たリチャード・バートン主演の『ハムレット』の刺激を受けて、我が国でのシェイクスピア劇上演の可能性を自らの手で示したかったということはあるだろう。自分の演劇活動の場を失いたくないという気持ちもあったろう。渡航前の気持ちは一先ず置き去りにしてでも、芥川の『ハムレット』を実現させたかったのではないか。

話が先走りすぎた。恆存渡米前の長岡宛の最後の手紙に移る。先に書いてしまうが、結局、恆存も根っからの芝居好き、「小生腹の中では文学座のこと想ひわづらつてゐるようです。くされ縁でせうか」とある。洋行前からそうそう簡単には縁は切れず、帰国後は『ハムレット』上演のみならず、演劇界のエポック・メイキングといえる、歌舞伎役者と新劇との交流を果たした『明智光秀』という世間を驚かせるような企画まで立てているわけだ。

文学座分裂、劇団「雲」創立にはさらに十年を閲することになるのである。

「湯河原で頑張る」というのは、当時、恆存が大きな原稿を書くとき、しばしば湯河原の「加満田」旅館に泊りこんだ。おそらく私ら兄弟がうるさくて自宅では仕事にならなかったのだろう。「頑張る」の原稿がなんの原稿かは不明だが、アメリカまで持ち越したらしいエリオットの戯曲の翻訳か、恆存唯一の新聞連載小説『謎の女』かどちらかであろう。この加満田は今なお高級旅館として営業している。

⑬書簡　昭和二十八年（一九五三）八月二十一日消印

一　〈冒頭欄外＝妙子からおことづけ伺ひました

御せんべつ、お心におかけいたゞきありがたう存じました
心から御礼申述べます〕

小生　連日大童、少々へばりました。

二十五日頃まで湯ケ原で頑張るつもりでしたが、ヴィザの手続不備だつた為、昨日今日と医者へ行つたり何やかやで大変です。こゝ二三日大磯にゐて、また出かけます。帰つて来て仕事から解放されるのは、月末になりませう。

あなたの西下に間にあひさうもありません　二十三四日と妙子から伺つてをりますが、その頃、東京には出られないのです。

どうやらこれでお別れです、文学座の事いろ〳〵お話したかつたのですが、やつぱり、小生腹の中では文学座のこと想ひわづらつてゐるようです。くされ縁でせうか。向ふから手紙書きます。

当座は左記へ、いづれきまり次第おしらせします
どうぞ、芝居に関するかぎり純粋でお仕事なさつて下さいまし。お体くれ〴〵もお大事に

福田恆存

長岡様

Tsuneari Fukuda

℅ Dr. Fahs
The Rockfeller Foundation
49 West　49 Street　New York 20,
U.S.A.

恆存のアメリカへの出発は、この書簡の翌月のこととなる。渡米後（帰国後）の長岡への書簡は、私の調べたかぎりでは見当たらない。恆存が書かなくなったのか、廃棄されてしまったのか、どこかに埋もれているのか、事情は一切分からないが、現段階では存在しないものと考えるほかはない。

一つだけ憶測を書いておく。アメリカからイギリスに渡った恆存は、オールド・ヴィック劇場で上演されたマイケル・ベントール演出、リチャード・バートン主演の『ハムレット』を観て驚愕する。三回の観劇を重ねた挙句に、四度目にはペンライトと台本を持ちこんでメモまで取ったという。そして、これなら「現代」の日本でも上演できる、自分には翻訳も出来ると確信を持った。おそらく演出もやる気になったのだろう。

帰国しての恆存は自分の仕事として三本の柱を立てる——国語問題、平和論問題、そしてシェイクスピアの翻訳である。つまり、読書としてのシェイクスピアではなく、自ら翻訳して演出まで手掛けてみようという意味でシェイクスピアを再発見したわけだ。帰国翌年の昭和三十年（一九五五）五月には河出書房から『シェイクスピア全集』の第一回配本『ハムレット』を翻訳刊行。それに先立つ四月には、自らの演出の『ハムレット』（芥川比呂志主演）の名古屋・関西公演、続いて五月には東横ホールで東京公演を実現させている。長岡輝子を自分の戯曲の演出家として恃むよりも、いわば血が騒ぎ、自ら日本にシェイクスピアの舞台を復活させたくなったのだろう。

さらに平和論にしても国語問題にしても物議をかもし、帰国後の恆存の身辺は一挙に慌しくなった。この忙しさに加えて、恆存の心境としては、長岡の演出に一種の物足りなさを感じたか、自分には自分の進むべき舞台造りの道があると感じたか、あるいはその両方なのではあるまいか。

長岡との関係が疎遠になったというような事ではあるまい、自分が進みたい道、進むべき道が余りにも明確に見えてしまったのである、忙しさも相俟って、それが長岡への手紙を書かなくなった大きな理由ではなかろうか。

コラム2

田村秋子のこと

田村秋子について、氏の歴史を遡ったところから書いておく。そして人生の偶然、皮肉、歴史の非情、そういうものがどれほど我々の一生を左右してしまうか考えてみたい。

明治三十八年（一九〇五）生れの田村は、大正十四年（一九二五）に俳優の友田恭助と結婚し、昭和七年（一九三二）に友田と共に築地座を結成、翻案劇『にんじん』などで活躍。その頃のことを、後の文学座創立者の一人岩田豊雄はこう綴る。

「〝築地〟の役者のうちでも、友田の芸には好感を持っていたし、その頃、田村秋子がメキメキと上達して、私たちに希望を与えていたので、私は〔『にんじん』の〕演出依頼を快く引き受けた。」

「彼女〔田村〕は稽古が終っても、私の側を離れず、台本を持ってきて、抜き稽古を求め、腑に落ちぬ個所を徹底的に理解しようと努め、〔中略〕柳に跳びつく蛙の情熱と意志だった。私も彼女の熱心に打たれ、また難所を着々と克服していく彼女の力に感心した。これは日本で最も傑れた女優になる女ではないか」（『新劇と私』昭和三十一年、以下の引用も同じ）

やがて築地座は御多分に洩《も》れず分裂騒ぎを起こす。岩田はその時、友田に「ぼくは、田村秋子のいる方の組につくよ」と言ったという。

結局築地座は解散、岩田、岸田國士、久保田万太郎と友田恭助がはかって、新劇団創設を企図した。それが文学座である。田村秋子は否定でも肯定でもないような曖昧な態度を取っていたらしい。ともあれ、昭和十二年（一九三七）に、文学座という名も決められ、今も使われているLとTを組み合わせたロゴも岩田の発案で作られた。俳優陣には友田夫妻、中村伸郎、森雅之、杉村春子、堀越節子らがいた。演技部長は友田恭助となった。つまり、座の俳優の指導者ということだろう。

ところがその年の八月に第二次上海事変が起きて友田恭助が出征、一月ほどであっけなく戦死する。岩田は、その時のことをこう書いている。

「これには参った。文学座を興す最初の相談をかけたのも彼であったし、将来の運営も、名儀は演技部長だが、彼を一番心頼みとしていたのだから、私は大きな打撃を受けた。しかし、文学座という列車は、すでに動き出してる。〔中略〕第一回公演を有楽座で行うという話がきている。演目も、森本薫に新訳させた〝人形の家〟(これは田村主演)、岸田の〝沢氏の二人娘〟〔中略〕ということにきまって、そろそろ稽古にかゝろうという時なのである。〔中略〕ところが、田村は当分舞台へ立つ意志がないといい出した。〔中略〕友田の戦死が世間の大きな話題となったが、そういう時に興行の売物になりたくない〔中略〕どうも永久に出たくないというような口吻を洩らす。／私は少し腹が立ってきた。彼女は戦死の報が入る前の数日前に、新宿の宝亭で催された創立総会にも出席している。そして、友田の不在中は演技部長を代理することも、承諾している。〔中略〕もし、良人の戦死の打撃がひどく、当分舞台に立てぬのなら、せめて他のお手伝いでもしましょうとでもいうところである。いや、彼女が芸術家であるなら、私情を忘れて、舞台で優れた芸を見せ、良人を弔うべきである。田村はわがまゝだ。思い上ってる――／田村不出演で、〝大寺学校〟と〝沢氏の二人娘〟に演目を変えたが、今度は有楽座の方で、〔田村が出ないならと〕断わってきた。公演を断わられた腹癒せもあって、私はあれほど贔屓にしていた田村に、反感を持った。それなら、それでいゝ。友田も、田村もなくても、劇団は決してツブさないという気持になった。」

私が「人生の偶然、皮肉、歴史の非情」というのは、このいきさつである。もしも、という言葉が、つい出てしまうところだ。もしも友田が戦死しなければ、もしも田村が第一回公演から主役として出ていたなら、そして、もしもその後も田村が文学座に積極的で座の中心メンバーとして活躍していたのなら……。勿論、考えてみても始まらぬ、いくら憶測を逞しくしても、なんの意味もないことなのだろう。

しかし、である。文学座が発足当時から友田という中心的男優を欠くことなく発展し、田村が積極的に座に関わっていたなら、その後の文学座の姿は異なるものだったかもしれない。杉村の個性というものもあり、人を惹き付ける力も変らなかったかもしれないが、友田・田村が中心にいたら、あるいは昭和三十八年の分裂騒動(福田、芥川らの脱退、劇団「雲」創立)はなかったかもしれない。恆存の文学座、あるいは演劇との繋がりも甚だ異なっていたかもしれない。大袈裟に言えばその後の新劇界全体が、現実とは異なる歴史を辿っていた可能性もあり得る。

が、残された田村はその後も舞台に立とうとせず、名誉座員として籍を置くのみで、『龍を撫でた男』の後は翌昭和二十九年(一九五四)六月に一橋講堂で上演された『牛山ホテル』(岸田國士作、久保田万太郎演出)の主役牛山よねを演じたのを最後に、昭和三十年(一九五五)には名誉座員の立場もおりている。

「田村がいたら」という言葉は、当時文学座にいた人々から何度か耳にした記憶がある。ただし、これは脱退組の人々の随分後の言であり、逆に「田村がいても」歴史はそうは変らなかったのかもしれないが。

岩田の『新劇と私』にこんな文章が載っている。

「……近年、つまらぬことから、騒ぎが起って、彼女は、名誉座員という地位すら、拒否してしまった。こうなると、私は、彼女と文学座の関係というものに、因縁の祟りでもあるのかと、考えざるを得なくなった。創立の時の重要な人物でありながら、彼女は、座員である間は、一回も、出演しなかった。そして、不即不離の関係になった時に、やっと、数回、舞台を踏んだが、それすら、遂に絶縁という結果に終った。所詮、彼女と文学座の縁は、薄かったのである。彼女の意志というよりも、これは、運命というべきだった。」

長くなるが田村の言い分も聞いておこう。これは昭和三十七年（一九六二）に出版された、劇作家小山祐士と田村の対談集である。小山の問いに田村が答える形で演劇遍歴、心境等を語り尽くしたもので、『一人の女優の歩んだ道』という題名ではあるが、日本の一時期の優れた新劇史ともいえる。

前述の友田の戦死後の芸術座等への田村の不出演のことから――

「あたしには出ろということをおっしゃったんですけど、あの当時のあたしとしますとね、友田が戦死をしなければ、人があんなに騒いでくれないっていうことに腹が立ったんですよ。一体、あの時分のマスコミですね。それまで片隅の小さな所でやってる役者だったのが、戦死したっていうことのために天下の名優に一躍なり上がったわけですよ。それに準じて、あたしもたいへん偉い女優のように思われちゃったということが、なんだかしゃくにさわっちゃったんですよ。芝居以外のことで有名になっちゃったっていうことが、ほんとにしゃくにさわったんですよ。兵隊としては全くめめしい五郎さん〔恭助の本名〕が、戦死したことであんなに有名になったことは、ちっとも五郎さんの本懐じゃないような気がしちゃったんですよ。それで、なんて言うのかな、全く忙しくって、朝起きるとすわったきり、ご飯も食べられないような忙しさなんですよ。お悔みの人が後から後から詰めかけて。その時分はまだ思いがけない人が、戦死したっていうことで、皆さんからたいへん関心をもたれたんです。皆さん、好意を持って来て下さるんで、来た方があたしに挨拶して行かなければ承知しないわけですよ。そりゃあそうですけど、相手替わってもあたしは一人でしょう。すわったら便所に行く間もないくらいでしたよ。〔中略〕やはり皆さんも興奮状態です。〔中略〕戦争の重大なことを改めて感じるのかどうか。でも、あたし、なんだかバカらしい気がして、だんだん人に会うのがおっくうになって、嫌になっちゃって、〔中略〕大体、あなた、友田の芝居を一回でも見て下さったんですか、と訊きたくなっちゃったんですよ。見ない人が、伝説の人みたいに、たいへん巧い役者みたいに言うので、何いってんだ、という気がして。そういう時に片っ方で芝居に出ろっておっしゃるし、とにかく、あたしは子供を抱えて〔中略〕先生方は「文学座がやっと出来たんだし、友田君がいないのだからとにかく出てくれ」とおっしゃるんですよ。「あなただって役者なら、それぐらいのことはわかるだろう」とおっしゃるのよ。わかりますけれど、そういう風変わりな商売の男がお国のために、戦死したっていうことは、あの当時のマスコミのなかでたいへんな題材になったわけですね。それで、あたしが涙をのんで舞台に立つっていうことがやっぱり一つの材料になるわけですよ。だけど、あたしのあの当時の気持ちで芝居をやっても巧くいくはずがありません。巧くいかなくてもいいというなら、何のために芝居をするのか、と思うんですよ。やるならちゃんとした気持ちでやりたい。そういう気持ちでやるのが本当の役者じゃないか、と言ったんですよ。

でも、あの当時のあたしの気持ちと、文学座をやっと創立した先生方のお気持ちとは、共通点が全くありませんでした。先生方は、嫌な奴だ、と思われたか知れないけど、当時、結果としては「役者としてして認めてくれないで、戦死した男の妻君である女優としての興味でお客さんはたくさんきてくれたでしょう。あたしはただ今戦死しました名優友田恭助の妻でございます、と挨拶すればいいんですか」、と言ったんです。喧嘩腰ですが、それぐらいあたしは気がたっていたんです。五郎さんが一生懸命苦労して芝居をやったとき、彼はこれほどみとめられたでしょうか。戦争に引っ張り出されて殺されれば、みんなが絶賛する。すっかりつまらなくなっちゃったんですよ。自分たちがコツコツやったことなんぞは、何でもないんだな、と思ったんですよ。で、何もかも嫌になっちゃったんですよ。何もかまわず放っといてもらいたくなったんですよ。〔中略〕こっちが戦死してるのに、それを冷静に報道班は写してるっていうことね。世の中が進歩すると戦争まで分業的な単なる仕事の一つになりさがる、人間の生命なんか問題じゃない。そういうものがだんだんあたしの中で凝り固まって行っちゃったんですよ。そのことであたしをわがままとおっしゃっても、あたしはあたしなりに……「役者の本分を忘れている」とおっしゃっても、今でもあたしは嫌です。悪いと思わないんです。」

――戦争の熱狂がどんなに狂ったものか、どれほど人間から理性を奪うか、田村が語る弔問に訪れる一般人の描写ほど分かりやすく証明してくれるものもあるまい。私はそれを理解できただけでも、この田村の「証言」に心動かされた。田村がこの後、徐々に舞台から遠ざかり、やがて退いた理由が腑に落ちた気がする。

岩田豊雄の言い分と、おそらくはそれに応えるつもりの田村の言葉と、どちらに「味方」するかはそれぞれだろう。むしろ、こう言った方がいい。それぞれがそれぞれの立場で正しいことを言っている、と。どちらも困り果て、疲れ果てたであろう。

劇団や劇場の経営に携わった私の立場からすれば、岩田の言い分に味方するし、それが当然と思う。が、一個の人間としてみた時、田村の気持ちの方が心情的には遥かに近いと言わざるを得ない。田村の感情が「正しい」とさえ言いたくなる……。

第三章
吉田健一との往復書簡
～ニューヨークから、ロンドンから

この章ではニューヨーク、ロンドン滞在の恆存と吉田健一が交わした往復書簡を中心に挙げておく。さしたる解説は不要と思われるので、最小限の註にとどめる。

書簡に進む前に「鉢木会《はちのきかい》」（鉢ノ木会、鉢の木会とも表記）について説明しておこう。鉢木会という名は、謡曲「鉢木」にちなんでいる。粗筋は以下のようである。これは後掲のサイトにある説明を、ほぼ全面的に引用したものであるが——

鎌倉時代中期のこと、大雪が降る中、鎌倉を目指す一人の旅僧が上野国《こうずけのくに》佐野を訪れる。旅僧は雪のため先に進むことができず、道中にある一軒家で主人の妻に一夜の宿を請う。やがて帰宅した主人の佐野源左衛門尉常世《げんざえもんのじょうつねよ》は、貧苦のために宿を貸すことは叶わぬと断る。が、妻の助言もあり、常世は立ち去った旅僧を追いかけて連れ帰り、一夜の宿をと申し出る。寒さも寒し、常世は大切に育てていた梅と桜と松の三本の鉢の木を火にくべて、旅僧に暖を取らせる。旅僧が常世に名前を尋ねる。常世は名乗るほどの者ではないと応じなかったが、やがて旅僧に名を告げ、さらには親族に領地を横領されたために零落した身の上を語る。それでも鎌倉で事変などあれば誰よりも先に駆けつけるつもりだと旅僧に語って聞かせる（これが「イザ、鎌倉」である）。翌朝、お互いは名残を惜しみながらも旅僧は去って行く。

それから月日を経たある日、鎌倉の北条時頼は関東八州の武士に召集をかける。召集を聞きつけた常世は、みすぼらしい出で立ちながら鎌倉へと馳せ参じる。一方時頼は部下の二階堂に、ちぎれた甲冑を着て錆びた薙刀を持ち、痩せた馬を連れている武士を探し出して、自分の前に参上させるように申しつけ、二階堂はさらに従者に言いつけて、そのみすぼらしい武士、すなわち常世を見つけ出す。

常世は時頼の前に出て、以前家に泊めた旅僧が実は時頼であったことに気が付く。今回の召集は、時頼が常世の言葉に偽りがないかを確かめるためのものだった。時頼は実際に鎌倉にやってきた常世を褒め称え、横領された土地の回復を約束し、三本の鉢の木のお礼に、梅、桜、松にちなみ、加賀の梅田、越中の桜井、上野の松井田の三カ所の庄を与える。常世は喜んで上野国へと帰って行く——（https://www.the-noh.com/jp/plays/data/program_100.html——このサイトには粗筋のみならず、みどころや現代語訳も掲載されており、我々の理解を助けてくれる。一見の価値はある。）

なぜ鉢木会という名称にしたかはもうお分かりだろう。戦後数年にして開かれた鉢木会、これは贅沢な料亭などに集まる会ではなく、持ち回りで主人役を決め、自宅でそれぞれに出来る限りのもてなしをするところから、常世の梅桜松の鉢の木を切る心意気にあやかって鉢木会と名付けられたのである。

この会がいつ始まったかというと、全集の自筆年譜の昭和二十二年（一九四七）の項に「この年、中村光夫、吉田健一に誘はれ、「批評」の同人となる。三人で親睦の集りの「鉢木会」を作り月に一度の清談雑談を楽しむ。後、吉川逸治、神西清、大岡昇平、三島由紀夫が加る」と記されている。昭和の文壇を代表する作家や評論家がこれだけ集まって、月に一度、十年二十年の長きに亙って談論風発の会を催していたということに、驚嘆讃嘆を禁じ得ない。

恆存が渡米したのは、昭和二十八年（一九五三）の九月。ひと月遅れで鉢木会の仲間大岡昇平も渡米し、西海岸サンフランシスコへ入る。大岡から既にニューヨークで暮している恆存に宛てた手紙二通を掲げる。一通目はサンフランシスコのHotel MAURICEの便箋に書かれていて、欄外に「これは5・50の安ホテルだが割といゝ」というメモがある。

①書簡　大岡昇平↓福田恆存　昭和二十八年（一九五三）十一月九日付

福田大兄　Cisco　9日
お元気なりや。もっと早く書くべきだったのですが、ロックフェラーとなまじこゝで連絡がついてしまったので、英語の手紙を書かねばならず、それにはポータブルを買はねばならずとか、何とかかんとかおくれ、あなたにだけ早く書くのも変なので、今日一緒に出します。そして夜行でロスへ向う。

御忠告に基きロスを減らしサンタフェを増しました。たゞしニューオーリヤンズは26日のサンクスギビングをついで〔に〕見て立ちますから、五日滞在。27出発29日に〔ニューヨークに〕着く。つまり日曜ですから、ロックフェラーも休みならん。そこでホテルでゆっくり大兄とも相談の上、30日出頭とずるく考えました。（おびえているのです）

全く金はいくらでも出て行くし、アメリカ人は取っつく島はないし、早くもホームシック。婦人雑誌 ハワイで、前の連載を終り、こゝで次の連絡〔載〕をはじめました。

日本のことなんか考えられないよ。それに大事なトランクが missing です。多分今日はもう出ないでしょう。ハワイで間違えて下してしまったか、日本で積まなかったかどっちかです。大兄は船室へ持ち込んでよかったです。五ヶ月後にニューヘヴンで受取るなんてありがたくないですな。

いづれ会ってゆっくり話しますが、どうやら一人歩きより二人連れの方が心強いことは〔二字不明〕だが、といって二人連れでは、二人同志で相談しすぎて、もまれるべきところを、もまれないということになりそうですね。

浦津さんには随分世話になりましたが、そのかはりいつまでたっても一人立出来ない。これからです。

今（九日朝6時）徹夜で婦人雑誌、片づけたところ。書くことはうんとあるが、とにかく今日はこれまで。ペンが動きません。

ハワイで中村氏ユネスコでどっかへ行くのにきまっと〔た〕と新聞（日本）読んだ。もう大兄には詳しい information が入ってると思います。といっても行先がきまらずでは、要するに30日まではどうしようもない。

とにかく、当日適当　5ドル―10ドル（安い方がよい）の宿を取っといて下さいませんか。

右お願いまで。

昇平

ステグナーはやっぱり会いました。

キンゼイ報告を読んでいます（今、僕が、です。頭散漫）

大岡からの二伸――

②書簡　大岡昇平↓福田恆存　封筒欠　昭和二十八年（一九五三）（十一月）十三日付

13日
今朝グランドキャニヨンに着きました。この景色は僕は期待が大きすぎたので、少し感激が少いと思います。明日の muleback[1] はしかし楽しみ。
ロスを一日早く発って来たので、万事食いちがって来ました。間違いは僕が二晩といったのにアメリカン・エキスプレスは三晩にしてしまったためですが、うっかり乗ってしまったのは、内心余程あわてゝいるためと思います。しかしロスの日本人と早く別れられてよかった。ここでは一世二世はしようがない。

そこで26日のNew Orliens〔Orleans〕のサンク〔ス〕・ギビングを割愛して、もっと早くNew Yorkへ発つと思います。日附はっきりしたら、New Or. から電報しますから。New の American Express 気附で手紙書いといて下さい。（今いるところのアドレスも入れて）よほど遠いところだったら、迎えに来て貰わなくても大丈夫です。

New Or. に20日に着き、24日位に発つだろうと思います。大兄の忠告に従い Pullman にしたが、これはルメットと違い、室で煙草も飲めなければ、便所へいちいち洋服を着て行かねばならない。やはり roomet〔roomette〕がいゝですぜ。Santa Fe—New Or. は roomet に切り替えました。New Or.—New York をとれゝばいゝがと思ってます。

いづれにしても、New Or. の学者に会ってからです。

車中大兄の指図を読みながら来ています。僕の狼狽に引きかえ、大兄は何でも一人でやっているらしく、羨しく思います。小生は常にホーム・シックで、もはや駄目であります。

Stegner の教えてくれたサンタ・バーバラの人は親切で、車を出してくれて助かりました。大兄に役に立たないのを大分恥ぢ入っていた様子でした。

ではまたいづれ

昇平

恆存様

大岡氏はホームシックにトランク紛失、プルマン車両には不満と、踏んだり蹴ったりで散々の思いをしてニューヨークに辿り着いたようだ。恆存さんが昇平さんをいかに慰めたのか笑い飛ばしたのか定かではない。

さて、本題の恆存から吉田への最初の書簡は十一月十九日消印。この前に恆存は、吉田たち鉢木会の寄せ書きを受け取っている。

③エアログラム　福田恆存↓吉田健一　昭和二十八年（一九五三）十一月十九日消印

お元気らしく何よりでした。寄せ書たのしく拝見。英語でウソがつけるやうになつたのは大したものとおつしやるが、あれは逆です。一々日本語から翻訳してしやべつてるる状態では、自分のいつてゐることに実感がこもらぬから、ウソをついても、白昼シラフでくどいても、すこしも顔が赤くならぬといふわけです。買ひかぶつて下さつてはこまります。つまりチャタレー裁判[2]で検事のいふごとく、英語版ならワイセツも許されるといふのと同断であります。

エリオット、やつと見〔「目」か〕やすがつきました。あと三十頁で終了、月末か遅くも十二月六日頃までには新潮社に原稿とゞくやうにいたします。私が遅れたため売行が落ちはせぬかと心配です。

その節はお許し下さい。私の方は全体で六百七十枚くらいになりさうですが、大兄の方はいかゞ、もしこの倍になると全体で千三百枚。多すぎますね。大兄の方は少ないのかしら。

カクテル・パーティーはともかく、今度は本当に苦労しました。ファミリー・リユニオン、〔3〕マーダー・イン・ザ・カシドラル、〔4〕こいつを日本語にほんやくするなんてどだいばかげてるます。日本語の能力の自信を失ふばかり、ことに日本語のリズムを周囲にきけない土地でやつてるると不安でしかたありません。

新潮の「英国の対日感情」〔5〕拝見。（文春のも）〔6〕。イギリスほんとうですか。大兄の文章から察するとムリをして、不快だつた面をかくしてるるようにも感じられるフシがありますが。エリオットに会ふこと、その辺にこだはつていまだに躊躇してるます。もしその気になりましたら、御手配お願ひします。

未だに外国へ来たといふ感じがいたしません。郷愁も起りません。いつたいどうしたのかしら。僕といふ人間のなかに、何か足りないものがあるんぢやないかと思つたりもしてるます。

鉢の木のみなさんによろしく。中村さん、吉川さん、三島さんにはそれぞれ、順々に用があつたついでに書きます（エリオットが終つてから）。神西さんにはこの間書きました。

河上さんによろしく。

大岡さんが二十七、八日に着きます。手紙によると、早くもホーム・シックの由、うらやましいかぎりです。

末筆ながら奥様によろしく。　匆々

十一月十八日　福田恆存

福田は「ドライ」、大岡は「ウエット」という分類が出来るのかもしれない。福田は「情」に篤い人間である。が、孤独や孤立を怖れる人間ではなかった。相手が人間ではなく街や都市であっても、それらを通して、それらを生み出した人間と付き合うことが出来たのではないか。

なお、この書簡から頻出するエリオットの戯曲等の翻訳への言及は、後出（一八〇頁）の新潮社から出版された『現代世界文学全集26』に収録するために福田と吉田が分担して訳していたもののことである。

次は、この手紙を受けての吉田からの書簡である。

④エアログラム　吉田健一↓福田恆存　昭和二十八年（一九五三）十一月二十六日消印

拝復　お手紙有難う存じました。これは君に差し上げる最初の手紙になる勘定なので（寄せ書きを別とすれば）、初めから書くと、僕が乗つてる飛行機が羽田の上空に差し掛つた時、この間大岡さんが立たれたのと同じ型の船が下を進んで行くのが見えました。〔7〕そして東京の家に着いたその晩に中村君が君をお送りした後で家に来てくれて、どうも君の船の出港時間から察して、あれは君が乗つてお出になつた船なのだつたと思ひます。両雄海空を異にして別るといふ所でせうか。

エリオット、お互様にやれやれです。僕が今度訳した評論は丁度二八〇枚で、それに解説の一部と「荒地」を合せて全部で三四〇枚か五〇枚だらうと思ひます。「荒地」が何枚になつたか忘れました。今日、新田君（新潮社出版部）に会つた時の話では、君の原稿が六日頃までに届けば、発売は来年の二月で、それでも六万は確実と言つてゐましたから御安心下さい。僕の分として百万円入るといふことでしたが、君の方が六七〇枚なら、全部で三百万円の印税になるのでせうか。さうなることを祈るや切なるものがあります。こつちが百万円入れば借金が返せます。

家が漸く家の体を整へ始めて、時々書斎に坐つてゐるとぼんやりしてしまふことがあります。

英国に就て書いたことは全然本当です。新潮の人に、対日感情などといふ題を出されて、面食つた位です。日本人であるといふことは、日本人に会はない限り意識しないですみます。フレイザーに御紹介してエリオットのことを斡旋してくれるやうに言ひますから、是非お会ひになるといいと思ひます。フレイザー夫妻〔8〕も実にいい人達です。

僕も英国にゐる間、郷愁などといふものはちつとも感じませんでした。我々の方が大岡さんよりも若いのではないでせうか（こんなことを大岡さんに言つてはいけません）。又百万円の借金をしてでもいいから行きたいと思ひます。

先日、福田さんから僕のことを聞いて来たといふ何とか言ふアメリカ人に会ひました。大変面白い人で、一年後を愉快に過しました。アメリカといふものを見直した程です。

昨日鉢の木会が吉川さんの所であり、別送の寄せ書きの通りで盛会でした。余り皆が漢詩その他で派手なので、衆人有学賢人独黙と書いて皆をシンとさせた――積りです。

君の所に「文藝」は行きますか。僕の小説と称するものが載ります。[9] これが小説なら、このジャンルはこれからも開拓して見たいと思ひます。

文春の旅行で東北の酒を二種類ばかり文春誌上で褒めたら、酒が二斗届きました。この他に友人がくれた菊正が一斗あり、まるで酒屋みたいです。

御健康を祈ります。

十一月二十五日　　吉田健一

福田恆存様

次に揚げる書簡は吉田へのひと月遅れのニューヨークからの返信兼年賀の挨拶であろう。

⑤エアログラム　福田恆存↓吉田健一　昭和二十八年（一九五三）十二月三十日消印

――おめでたうございます。昨日お手紙書かうとおもつて表書きだけ認めて寝みましたところ、（どうも風邪の具合が悪いので）今朝、早々と賀状を頂戴しまして、実はまだ暮の二十九日ですが、こちらに暮してゐると、クリスマスの余波を受けて、冒頭の「おめでたう」がごく自然に口をついて出まして、昨日送られて来た東京新聞を十日分まとめて読んでをりましたら、大波小波の進歩主義者への苦言（?）を拝見、同感、つゞいて私の影響を受けた本といふのを読ませていたゞきまして、賀状と共々、ます〳〵嬉しく思つた次第です。さういふとスネてゐるみたいにきこえますが、大兄が遠く国を離れた小生のことを、正月の一週間もまへに思ひ出し（たとへついでにせよ）祝詞をくれてやらうと筆をとつて下さつたことは、思ひがけない喜びでした。厚く御礼申上げます。

ところで「文藝」の小説いかゞなりましたか。おついでの節、河出から送るよう申しつたへて下さいまし。批評家が小説を書いてやらうとおもふのは並大抵のことでないといふ事実を編集者は理解してくれましたか。といふのは、稿料はづんでくれましたかの意です。小説家の二倍はくれなければいけません。

エリオット訳の方は既に十二月六日頃新潮社の方に届いたはずです。ところが解説なか〳〵書けません。理由は、翻訳ならとにかく、又通信文的駄文ならとにかく、少しまともなものを書かうとなると、旅の空では、なんとなく手ごたへがなく、その気にならないことと、大兄の解説が既にあり、戯曲にもふれてゐてくださつてあることと、クリスマス前からひきこんだ風邪がこぢれ、ます〳〵悪化しつゝあることです。もし間に合はぬときは、私の解説なしで出すよう、おつたへ下さいまし。

月報原稿はもう出来てゐるのですが、いゝ写真が見つかりません。

印税の件、こちらでは見当がつきません。といふのは定価がわからないのと、もう一つは私の枚数がはつきりしないからであります。その理由はカクテルパーティーの枚数に記憶がないことであります。おぼろげな記憶を辿り、これを大体320と勘定して全体で670と申しあげましたが、そのとほりとしても、なほこれからマイナスしなければ実数は出ません。と申しますのは、エリオット集が薄手になるのを恐れて、編集部と相談の上、セリフの発言者の名に一行づゝとつたからであります。たゞそれが何千行になるかいまのところわかりませんせん。二千行から三千行の間ではないでせうか。(それもよくわかりません。カクテルパーティとファミリー・レユニオンが手もとにないので)二千行とすると、それだけで一〇〇枚。

それを670から引けば570。即570対350になるわけです。(三千行なら520対350。)

あなたはお忘れになつたかもしれませんが、僕は前に大体半々位になるのぢやないかと申上げたことがあります。それは今申上げたように、セリフ(の発言者の名)を一行とつてあるので、これで大分マイナスが出るといふ予想と、私の予定では全部であなたが四百枚越えるとおもひ、私が五百枚(マイナスされたもの)[10]と思つたからです。私の方はその位になるかもしれませんが、あなたの方が案外少なくなりました。しかし、セリフの発言者の名を一行づゝマイナスして勘定するといふ考へは、数日前はじめて編集部に伝達したので、それまでは誰にもいつてゐません。[11]新田君が気を利かして、計算したのならいゝけれど。340対670であなたが百万で、私が二百万で、全体が三百万となると、それで六万しか刷らないのだと、一冊五百円といふことになります。そんなに高かつたかしら。私は三百円か三百六十円位におぼえてるます。〔12〕それとも印税は一割二分かしら。それにしても全体で三百万にはなりません。そのためには、えゝ面倒になりました。とにかく、340対670ではないといふこと、それから、あなたに百万といふのは本当かもしれないけれど全体で六万刷つて三百万円になるといふのは、をかしいといふことと、この二点だけ御返事出来ます。よくよく御調査下さい。

もつと早く御返事しようと思つてるたのですが、編集部に右の不審を問ひ合せる意味で、印税換算を出してくれるよう頼んだのですが、返事がなかなか来ないので、とりあへず右まで。

やゝこしい手紙になりました。しかし、考へてみれば、お近くのあなたに、こちらからお知らせするのも妙な話、たゞ、私の方の原稿が六七〇はないといふことだけ早くおつたへすべきでした。

明夜、大岡君が、ニューヘヴンから出て来て、一緒にタンホイザーを見ます。これでメトロポリタンのオペラは三度目ですが、みんなどれもこれもレヴューみたいです。河上さん読売賞おめでたうございました。よろしくおつたへ下さいまし。なか〳〵早耳でせう。アメリカの諜報機関を近頃利用してをりますので　呵々

お家の方々によろしく。

吉田の返信、消印は一月十二日、福田の書簡を受けて直ぐ書かれている。

⑥エアログラム　吉田健一↓福田恆存　昭和二十九年（一九五四）一月十二日消印

拝復　お手紙有難う存じました。お風邪の由、アメリカこそ風邪薬の用意が万端整つてゐる所のやうな気がしましたが、その後の御経過は如何ですか。僕だつたらアメリカにある筈のスコッチをいやになる程飲んで寝て、翌日は大分よくなつたといふ風にして直しますが、これは君にお勧め出来ることではないかも知れません。[13]併しもうどつちにしても御全快のことと存じます。解説の件（エリオット）、編輯部に伝へて置きました。

百万円のことは（顧みれば、我々も百万円などといふ数字を口にするやうになつたのですから大したものです）、あれは新田君の概算かも知れないし、百万円を越えても割つても、どうせそれまでに又新潮社から本が出ることでせうから、運を天に任せませう。それに六万部[14]などといふケチなことはしないかも知れません。

「文藝」をお送りするやうに、巌谷君に頼んで置きました。同君は大晦日に会つたら、僕の小説[15]が評判がいいと言つて喜んでゐる顔をしてゐました。お蔭様にて、実際に評判がいいやうです。併し読めばお解りになると思ひますが、あれはラムのエッセイの伝統を継ぐもので、小説ではありません。併し編輯者は小説だと思つてゐるのですから、稼ぐ為にこのジャンルをこれからも開拓しようと思つてゐます。批評家の小説の原稿料は倍のことゝもつと前に伺つて置かなくて惜しいことをしました。一枚八百円の割で前借りしてしまつた後だつたのです。

併し、「文藝」の仕事（とは言へない性質のものですが）で元気が出て、今度は「オール讀物」に我々一行がスコットランドで古代の遺物のやうな怪物に会ふ話を書きました。かうい〔ふ〕ものを書いてゐると借金も返せるし、本を読む余裕も出来るので、得だと思ひます。

昨年は文春の忘年会に招待され、感激して出席して、結局、河上さんと他所の旅館で飲み明かしました。中村君がそのうちにフランスに行くとのことで、歓送会の秘策を練つてゐます。併しかう鉢の木の連中が次々に外遊するのでは、今年の夏辺りは自然休会にでもする他ないかも知れません。

又書きます。お体お大事に願ひます。

一月十二日　　吉田健一

福田恆存様　　○大岡さんに宜しく

次に、中村光夫宛の恆存の書簡も残っているので挙げておく。

⑦エアログラム　福田恆存↓中村光夫　昭和二十九年（一九五四）一月四日消印

新年おめでたう　皆さんお元気のことゝ存じます。（皆さんといふのはお宅の皆さん）鉢之木の皆さんからの寄せ書[16]は二日の朝拝見しました。

丁度、大岡さんが大晦日から泊り合せてゐたので、二人でにやくく笑ひながら、街に出かけるバスの中で読みつゞけました。やつぱり懐しいですね。それについてはスペイスがあつたらまたあとで書きます。

ユネスコ決定しないらしいですけれど、多分パリでといふお話で大体うまくいくこと丶察してをります。ロックの方[17]、御参考になるかどうか知りませんが、一寸こちらの状態お知らせします。といつても大兄のことではありません。大兄のことはファーズに会つても知らん顔してゐます。といふのはあまり僕たちグループの感を懐かせてもまづいと思ふからです。しかし状況によつては（さしつかへなしと思へば）話さうと思ひます。そちらで手紙往復では埒あかず、坂西[18]経由ではかへつて混線するとお思ひになることがあつたら、どうぞ御遠慮なくお考へおつしやつて下さい。ファーズに会つて貴兄の本志を伝へるのに役立てば、何よりと思ひます。

さてこちらの状態といふのは、ロックは作家関係に全く未経験だといふことです。予想はしてをりましたが、これほど無力とは思ひませんでした。大学の先生ならはつきりした専門があるし、どこかの大学なり教授なりを世話係としてあてがつてしまへば、それですむのですが、われわれの場合はさうはいかないのです。こちらはアメリカ文学についてさう詳しいわけではないし、また文学なんていふものは、試験官をうしろにして誰とでも立ち話できるように〔な〕、共通の話はなし、日本の文学はもとより日本の文化事情に興味なり関心なりをもつてゐる人間は、ましな連中ほど少いし、誰も彼も忙しいのに、われくくにさうシンミにつきあつてくれるような奴はゐません。いきなり合つても、本気に相手にしない。まあロックの顔をたてるためにいゝかげんにあしらつて追ひかへさうとするだけ、それも自分もロックに将来世話にならうと思つてゐる大学の先生だけです。

まああたりまへでせう。戦争中われ〳〵のところへ文部省の世話で、スマトラの小説家が来たからといつて、われ〳〵本気につきあふ気にはなか〳〵なれない。（かれらが日本語で小説を書いてゐるのでないかぎりは）

その点、日本の新聞社のバックのあつた三島君の方がよかつたかもしれません。[19]

こつちへ来てはじめて知つたのですが（全くうかつな話です）ロックの「教育部」の仕事ですから、仕方ありませんや。ことに演劇関係は全然だめ。なにもこちらが日本の批評家だの劇作家だのと大きなツラをしてゐるわけではないのですが、とにかく相手にされません。本当は学者だつてさうなんぢやないかと思ひます。たゞ皆日本へ帰ると、こちらで大変モテタような顔して、対日本人に箔をつけて見せたがるだけぢやないかしら。ケイコは見られないし、単なる旅行者と同じ、ロックによる特権全然なし。それだけは覚悟して下さい。芝居の切符代で音をあげます。メキシコへ行けといふのは去年の秋、ファーズ氏がメキシコへいつてルートをつくつて来たからいふのでせうが、それはつまりメキシコの奴をアメリカに呼んでやるその代償に、大兄の世話をメキシコでさせようといふのでせう。

いづれ大学の先生の家をあてがはれると思ひます。しかし考へなほしてみると、アメリカ、ことにニューヨークで一市民と同様の資格でうろ〳〵してゐるより、トクかも知れません。なぜなら、ロックの光がニューヨークよりメキシコの方が利くと思ふからです。メキシコ自体に興味あるなしは別問題ですが。ですから私の考へでは、半年とすれば四月か五月をメキシコにあて、一月か二月でニューヨークを見物されてはいかゞ。演劇映画大学等は私と大岡さんで大体吟味しておきますから、短い期間で要所だけ見てまはれるでせう。ことに芝居は、ましなのは（一九五三―五四のシーズンで）この一月から五月までに出て、今年の秋はその生き残りと次のシーズンの前座だけですし、大学の先生など会ふ値打のあるのを探しておきます（これは殆ど期待してゐません）それとボストン、ワシントンを美術カンめぐりで送ればまあ一月半ほしいところですが。右尽しませんが、こちらの事情を一筆。なほ不審の箇所はおつしやつて下されば御返事申上げます。右小生の独断だけでなく、大岡さんも同感、二人で会つてボヤイた話です。

そんな次第で、まして女性などから相手にされるわけあひ全然なし。それはパリに限りませう。アングロ・サクソンの女など、三島さんの話ぢやないが、とても食事や観劇に誘へません。こちらがいやだと思ふ前に、向ふさんで日本人と一緒に出かけてくるのは嫁入前の女ではをりません。奥さんはもちろん番ひでなければムリですよ。女が男に関心を持つ三つのモメント、力、金、名声、この三つが皆ダメなんだから仕方ない。大兄は力の方で何んとかなるかも知れません。

僕はブロードウェイの芝居はせめて演出とケイコでも見ればなんとか得られると思つたのにこれがだめなので、本を読み、レコードをきゝ、そんなことばかり。（大岡先生も同じ）。でも、二月一杯は芝居につきあひ、三月末になつたらワシントン、ボストン、シカゴと見物、五月早々に、出来れば四月中頃にロンドン、そこで七月まで（或は六月まで）ゐて、パリ経由、二ヶ月で、九月には帰るつもりです。とにかく金が乏しく、帰りも思つてるたほど方々へ廻れません。

今日はもつと文学青年みたいにまじめな手紙書くつもりだつたのに、逃げてるるうち、紙数がなくなりました。大兄にはもう二月もまへからそんなこと考へてるて、つひそのため機会をなくしてるます。そのうち書きます。

腎虚[20]とは情ない。しかしあれは皆さんの exoticism と解釈します。異国趣味と訳してはまづい、なんと申しますか、異国の異性への憧れではありますまいか。でも大兄はもう少ししたら、パリーから奥方愛慕の手紙を書くことでせう。（これは小生のノスタルジーではありません）大岡さんも私も未だ貞潔であります。大岡さんといふ人物を大分ベンキョウしました。

それから二か月近く後の吉田健一から福田宛の書簡。消印は二月二十四日と思われる。

⑧エアログラム　吉田健一↓福田恆存　昭和二十九年（一九五四）二月二十四日

拝啓　先日は（と言つても、もう随分前ですが）、ボール・ペンを有難うございました。エリオットの校正をやつてるる最中だつたので、赤インキを入れて大変重宝しました。インキが切れたら補充が利かないだらうと思ふので、赤インキの時は校正にだけ、青い方は外出用にだけ使つてるます。

もつと前にお礼を差し上げるべき所、雑文だの何だのが多くて、今になつてこれを書いてるる次第です。これが英国から帰つて以来のことであるのを思ふと、洋行は確かに宣伝価値があるやうです。ペンクラブの代表になつて行きたがる馬鹿が多い理由がやつと解りました。

そちらは如何ですか。読売新聞の山村亀さん[21]が伝へたデマによれば、大岡さんは飲めない君を相手に飲んでばかりゐる由、もし本当だとすれば大慶の至りに存じます。外国で飲むことこそ男子の欣快とする所と申しませうか。これは、君も釣られて飲んでをられると仮定してのことです。飲まなくても勿論、楽しみは尽きないものがあることと存じます。

五月には英国に渡られる由、なるべく早目に正確な日取りをお知せ願ひたく存じます。英京での歓迎陣の用意をして置きたく、尤も、君が会ひたい人とか行きたい場所に就て便宜を図る、といふ程度のことです。食べもの屋、飲み屋、買ひものをする店などのことも、その人達に任せることにします。

エリオットは愈々三月に出るらしく、その次がヴァレリーださうです[22]。ヴァレリーで少しはお釣りが来るのではないかと思つてゐます。今日、君の新大阪の小説が広告に出てゐました[23]。あれ以来、引き続いて新大阪を送つて貰つて読んでゐます。この新聞から察するに、大阪人の方が生活の楽み方を知つてるやうです。「謎の女」で気が付いたのですが、我々は誘惑されたり、強姦されたりする楽みがない点で女にそれだけは敵はないのではないでせうか。それとも、まだ女に誘惑された経験がないからかしら。まだ誰にも接吻されませんか。尤も、あつたとてお知せになる必要はありません。英国にいらしたら、素人の女となるべくお付き合ひになることです。

二月の鉢の木は神西邸で開かれ、猛吹雪の徴候があつたので不参の電報を打つた所が晴れてしまつて損をしました。この間、東京新聞の会に大島のアンコが来てゐたので、[24]懐しく、宜しく伝へて貰ふことにしました。どうも少しあすこは遠過ぎるやうです。

この頃、又英国の詩の勉強をやり直してゐます。手始めにイエイツ[25]を買ひました。昔は大して何とも思つてゐませんでしたが、フレーザーなどがあれだけ持ち上げてゐる所を見ると、読まなければならない気がします。その次はT・E・ヒューム[26]といふ所でせうか。かうして読んで行つた結果が近代英文学論になるのはいつのことか解りません。

河上さんの受賞祝賀会は大変な盛会でした。あんな気持がいい会は少くとも戦後始めてではなかつたかと思ひます。帝国ホテルで、初めにモツアルトの五重奏があり、それからカクテル・パーティー。この頃はこちらでカクテル・パーティーがはやつてゐます。瀆職事件で政界は大騒ぎ。お留守中の日本は賑かです。

又、書きます。大岡さんに何卒宜しく。

対する福田の返信――

⑨エアログラム　福田恆存↓吉田健一　昭和二十九年（一九五四）三月十五日消印

――三月十三日夜

お手紙ありがたう存じました。ボストン、ワシントンと駆けまはつてをりましたので、御返事遅れてしまひました。

英国の方のお手配下さるとのお申出でありがたくお受けします。実は予定が変更になり、小生の希望通り、アメリカ半年ですみ、今月の二十八日にロンドンに飛びます。翌日ロンドン着、よろしくお願ひします。出来れば紳士を御紹介下さい。芸術家はけつこうです。こちらが芸術家でなく、紳士でありますから。勝手をいつてすみません。

私の住所は℅ Miss Hilda Lynn, The Rockefeller Foundation 56 Curzin Street, London SW1——この56の次のスペリングが怪しいのですが[27]、よろしく御諒察下さい。

アメリカでは精神的にも肉体的にも完全に無収穫でした。イギリスでとりかへしたいと思ひます。再びよろしく。接吻などされるどころか、「おつきあひいたゞく」ことさへ出来ません。ロックフェラー財団は質実剛健、男か、或は女であることをやめた老婆か、それより悪いことには、かつて女であつたことがあつたかどうか疑はしい老婆しか紹介してくれません。勢ひ、自力で開拓する以外に手はなく、少しは努力もしてみましたが、その結果得た結論は、白人優越意識の如何に根強いかといふことであります。日本及び日本人など白人の女から相手にされるわけがありません。その逆は可能です。白人の男は日本人の女を珍重します。どうも馬鹿々々しい結論で恐縮。アメリカくんだりまで来て、一人前の男子が、それも文学者のはしくれが、こんな感慨を親友に送るなどといふことは全くもつてお恥づかしい次第。

とにかくこの一種のnationalismへの復帰を、あと半年で食ひとめるか否かは、ひとへに大兄が紹介してくれるイギリスの「素人の女」にかゝつてをります。くれ〴〵も慎重にお願ひします。

どうも面白くありません。白人の女の影響を受けて、ニグロの女までだめになつてしまひました。さういふ連中を見てゐると、小生などとてもリンカーンにつきあふ気にはなれません。冗談はともかく、世界中、どこもかしこもダメであります。この短い言葉の中にこめた痛憤お察し下さい。決して持てないゆゑの私憤などではありません。神経衰弱のためでもありません。

大岡先生は元気です。帰つたら御用心なさい。会ふたびにシェイクスピア、それもハムレット、小生の無学を軽蔑しながら、古今東西の（?）ハムレット論を論じて倦みません。それとエリオットの悪口、まるで僕をエリオットの手先と思つてゐるみたい。帰つたら、今度は大兄を相手に因縁つけるのを楽しみにしてゐるらしいです。お酒は日本にゐるときより飲んでゐないようです。お年のせいか、見てゐると飲み方が少々老人くさくなつたようです。

大兄の小説〔28〕拝読、あれと同じことを、こちらでちょい〳〵痛感いたします。つまり、リエゾン・マン（輸出用文学者、文化人）の歩いた足跡にぶつかり、全く呆れてをります。

それに比べて三島君はなんと鮮かにアリバイを造つたことか！　未だに彼の足跡に接しません。多分、ソドミストの一群にだけしか会はなかつたのでせう。

とりとめのないことばかり書きました。お元気で
みなさんによろしく（イギリスの人、男女共、小生、英語が下手であること、それゆゑ忍耐づよく

——話をきいてくれるように頼んで下さい）

再び吉田からの書簡——

⑩エアログラム　吉田健一↓福田恆存　昭和二十九年（一九五四）三月二十二日消印

拝復　お手紙有難うございました。愈々御渡英の由、羨望に堪へません。紹介は名刺に書いてロンドンにお着きになる頃にロンドンに届くやうにします。他に手紙を別に銘々に書いて置きますから御安心下さい。

その人達に就て一寸説明して置きます。

I・I・モリス氏[29]は外務省の役人で本職は日本文学研究、芥川、太宰治などの翻訳を試みたことがある人で、日本に戦後に行つたこともあり、日本語が出来ます。奥さんもいい人です。

G・S・フレーザー[30]夫妻はご存じの通り。奥さんもいい人です。

H・トレイシー[31]は「カケモノ」の著者で、立派な知識人、カーメン・ブラッカー[32]はウェーレー[33]の高足の由、日本語が非常によく出来て福沢諭吉〔「喩吉」と書き、隣の行に「かうでしたつけ」と註あり〕の研究家です。他にBritish Council[34]といふ所に紹介状が貰へるやうに工作中です。これは芝居の切符だとか、演劇関係の人に会ふとかいふ時に重宝だらうと思ひます。出来れば、同じBCを通して会へる筈のオックスフォードのレン教授[35]といふ人にお会ひになつたらと思ひます。専門はアングロ・サクソン文学ですが、そんな区別は意味をなさない大家で、エリオットでも何でも知つてゐる人です。女の方のことも、それとなくモリス夫妻及びフレーザー夫妻に頼んで置きます。向うからもうたまらなくなつてモーションを掛けて来る所まで敵を引き付けて置いてじつとしながら、思ひを談笑に紛らすといふ風な態度を取るのが便利かと存じます。

大岡さんのハムレット熱はどういふことなのかと思つてゐます。新ハムレットでも出来れば収穫です。宜しくお伝へ下さい。

二十五、六日にロンドンに宛てて又書きます。

いいpub（バー）に行きたければ、タクシにDean（DEAN）St.（STREET）[36]と言つて、そこのYORK MINSTER[37]といふ所にはイギリスの飲みものの他に、フランスの逸品が何でも大安値で所蔵してあります。

健一

こうして、福田はニューヨークからロンドンへと移る。その時期を狙って吉田が、ロンドンのロックフェラー財団気付で福田宛に次の書簡を書いている。

⑪エアログラム　吉田健一↓福田恆存　昭和二十九年（一九五四）四月五日消印

拝啓　ロンドンに無事御着、色々と御多忙のことと存じます。紹介の名刺をお送りするのが大変遅れて申し訳ありません。先にその銘々に宛てた別に手紙を書いてゐたので、手間取つたのです。要点だけを先に申しますと、堀新助氏[38]は日本大使館の情報部にゐて、会つてお置きになれば、何かと便利かと存じます。大使館の所在地は32 Belgrave Square, 電話はBAYswater（ベイズウォーター）7215です。自働式の電話の場合は初めの三文字B、A、Yを廻すのですが、まだロンドンでは交換手が出て来る電話の方が多いやうです。直接に大使館に僕の名刺を持つてお出でになればいいと思ひます。カーメン・ブラッカー女史は妙齢の婦人なので、僕の名刺を添へて手紙を先にお書きになつた方がいいかと存じます。

Dear Miss Blacker
Have a card of introduction for you from my friend Kenichi Yoshida which I enclose and would like very much to see you. If I may, will you please let me know when and where.

Yours ～～～～

といふ風な文面で如何。
トレーシーの電話の番号は　BAYswater 2999、フレーザーのはFLAxman（フラックスマン）705
2、その何れからも先に君の所に手紙が来るかと思ひますが、待つてゐて来なかつたら（或は待たなくても)、君の方から手紙をお出しになつて構ひません。名刺はお会ひになつた時お渡し下さい。モリス夫妻にはこれから手紙を出します。

何だかこの頃は忙しくてやり切れませんが、夜だけは自分の時間にすることに大体成功したやうです。エリオットの本が出て、お互いに大変芽出たく存じます。まだ部数のことなど聞いてるません。中村君が六月の末にパリに立ちます。何とかして君の御滞在中に僕もそちらにもう一度行きたいものです。

今日は用事だけで終りにします。

四月五日

吉田健一

福田恆存様

この吉田の手紙を受け取る前、福田はロンドン到着直後に次の書簡を書いている。

⑫エアログラム　福田恆存↓吉田健一　昭和二十九年(一九五四)四月一日消印

三十一日未明
二十八日ニューヨークをたち、二十九日朝ロンドン着。

なんといふことはない一目でロンドンに惚れこんでしまひまして、名まへは知らないけれど黒々とした幹に吹きだしてゐる小さな若芽の緑の美しさ、馬車そのまゝのタクシー、ホテルの古めかしいリフト（こんなのは見たこともありません、きいたこともありません、建物の天辺から底まで一本のロープが通つてゐて、それにしがみついて登ったり降りたり、大変重宝なるかなです）おいしいお茶、六ヶ月ぶりで味ふタバコ（アメリカのは、ありやタバコぢやない）、ピカデリー・サーカスの近くで偶然、飛びこんだ料理屋のエビ料理とオイスタースープのうまいこと。今までガマンしてゐたけれど、急にアメリカが憎くなりましたよ。

その料理屋といふのが、どうも小生が「ホレイショー日記」[39]で冒頭に書いた料理屋らしいといふのが、エビを半分程食つたときにふと気がつきました。手もとに本がないので思ひだせませんが、スコッツ Scott's といふやつです。そのうち本がとゞくので、一々実地検証してみます

着いた日、ロックフェラーが一寸も頼りにならないので、早速モリス氏に電話したら、今日パーティーに招かれて大変カンタイされました。夫妻とも、とてもいゝ人です。席上たま〳〵メイソン夫妻[40]に会ひました。僕は知らなかつたけれど夫君は「風は読むことができる」（or「読むことができない」どつちだか忘れました）といふ小説の作者で、日本語に訳された由、細君のほうはBCにつとめてゐるといふ美人。その美人に連れられて明日はBCの Visitor's Department のデューク氏に会ひ、どこかいゝ下宿を世話してもらふつもりです。

芝居の切符なども様子をきくつもりですが、それは会つたときの様子にします。もし大兄から何か御助言がいたゞければこれ以上の幸ひはありません。六月末まで滞在するつもりです。出来たらもう半月ばかりのばします

York Minster にでもあす早速でかけてみます。もし御存じでしたら、その他、洋服生地のやすいところなど教へて下さい。もつともそれだけの余裕ないかもしれないけれど。

モリス夫妻がよろしくとのこと、氏とは今後も度々あふはず。フレイザー、トレイシー、ブラッカー、レン等の諸氏にも会ふつもりです。

右まづは御礼かたぐ〵第一信、あなたの手紙がなかつたら、ロンドンについてまづ路頭に迷ふところでした。

匆々

この間は「宰相御曹子家を建つ〔41〕」といふのを呼〔読〕んで声をあげて笑ひだしました。大兄のユーモアはどうやらますく〵磨きがかゝつてきたようです。伊藤整のは僕はユーモアとは呼びません。あなたのがわが国唯一のユーモアの本流と思ひます。これはお世話いたゞいた故のオセジではありません。

イギリスの金の勘定には往生してゐます、早くなれる方法はないものでせうか

リフトというのはイギリス英語でエレベーターのことであるが、この描写では読者には皆目分からな

いと思われるので、若干の説明をしておく。私もこの「リフト」のことは子供心に聞いた記憶がはっきりある。ロンドンのベイズウオーター通り（Bayswater Road）にあったコバーグ・ホテル（Coburg Court Hotel）の話。今ではヒルトン・ホテル（Hilton London Hyde Park）となっているが、昔の雰囲気のあるホテルである。さて、エレベーターの中に太い綱があって、それを乗客自身が引張って昇り降りする、というのはどういうことかと訝る読者も多いだろう。

エレベーターの歴史を調べてもなかなか分からない。要はエレベーターの床と天井に穴があり、そこに太いロープを通してある。ボーイ的な人間がそれを扱っているデパートなどもあり得ただろう。が、恆存が投宿したコバーグ・ホテルなどは客の乗り降りが滅多にないわけで、ボーイなど居るわけがない。で、乗客自身がそのロープを引っぱるわけだ。エレベーターの上部から建物の天辺まで届くロープは滑車とおもりでも使うのであろう、人力でもエレベーターの箱自体と乗客の重さなど、なんという事なく、昇降させることが出来る。電動のエレベーターが出現する前、十九世紀終りから二十世紀初頭の頃「発明」され、非力の福田恆存氏でも自分が乗って昇降できるほど、手軽で便利な昇降機だったのだ――ここまで書いても、眉に唾する読者が大方であろう。これ以上の説明は私にも不可能である。が、百聞は一見にしかず、是非ともネットで次のサイトをご覧頂きたい。父と私が親子して与太話をしているのではないと分かって頂けよう（https://www.meltec.co.jp/useful/technology/1199879_1625.html）。

一八七〇年にニューヨークのデパートで世界初の人が乗ることができる商業用エレベーターが登場したのだという。その図が掲載されているが、恆存氏の言葉通りのことをやっている。こんなエレベーター、どこかの遊園地に造ったら面白いのではないか。私は乗りに行ってもいい。

ちなみに、エレベーターの起源は古代ローマ（!?）だという話まで出ている。アルキメデスの発明だとか。このサイトを作った三菱電機ビルソリューションズ株式会社には、感謝と脱帽のみ。

イギリスに十進法が導入されたのは一九七一年のこと。一ポンドが百ペンスとなった。それ以前は一ポンド（£）が二十シリング（s）、一シリングが十二ペンス（d）だった。一ポンド九シル十一ペンス、などと言っていた。つまり一ポンドは二百四十ペンスということになる。私が初めてロンドンに連れて行かれた時二十歳だったが、私もかなり苦労した。が、慣れるとどうということもなかった……。

些事はさておき、吉田はすぐに返信を書いている。

⑬エアログラム　吉田健一↓福田恆存　昭和二十九年（一九五四）四月九日付

拝復　ロンドンからのお便り大変嬉しく拝見致しました。安心もしました。実は紹介先の人達の方から君に電話を掛けるなり、手紙を出して御招待するなりさせることばかり考へてゐて、その人達宛の手紙を四、五通書くのに手間取り（先月はどうしたのか、雑文だけで食つて行ける盛況で、かういふことは有難いのですが）、モリス夫妻宛の手紙を最後に漸く書き上げ、やきもきしてゐた所に君のお手紙が来た次第です。モリスと連絡がお付きになつたのならもう安心です。今度お会ひになつたら、君のことを頼んだ手紙をこの間出したばかりの所だとおつしやつて下さい。忙しかつたのだと言へば解ります。頼むと言つても、君の日本での文壇的な地位に就て若干説明したまでのことです。御自分では三文々士のやうな顔をしていらつしやることでせうから。ロンドンの御描写、断腸の思ひです。大体英国、そして殊にロンドンがよくなるのはこれからなのですから、全ていい時にいらしつた訳です。食べもの屋その他の店などに就てもお教へしたいのですが、どこをどう行けばいいのか言へないこともあり、最も確かな方法として確か British Travel and Holidays Association といふ所から出てゐる筈の "Shopping" といふパンフレットを本屋でお聞きになれば、これには何でも書いてあります。それから "How to see London" (これは George Philip & Son, Ltd.) は地図として手頃です。それからモリスもさうですが、トレーシーもロンドンの店のことをよく知つてゐます。そのモリス夫妻に連れて行つて貰つたのですが、ヨーク・ミンスターがあるデューク街の同じ家並みに Casa Pepe といふスペイン料理屋があり、ここは旨いと思ひました。それからストランドのアデルフィ座の向ひ側に横に入る道があり (そこを真直ぐ行けばコヴェント・ガーデン)、そこを少し行つて左の Maiden Lane を入つた右側にある Rules といふ料理屋は料理も旨いし、一流の酒があります。〔Rules から線を引き欄外に「夜なら予約した方がいいかも知れません。」と註あり〕赤は Chateauneuf du Pape, 或は Chambertin, 白は Pouilly Fuisse, Chablis など、ワイン・リストにあります。

二千円が一人ではとても使ひ切れません。それから君が行かれた Scott's は有名です。又一般の買ひものに、ピカデリー・サーカスに集まつてゐる道の中に、Jermyn St. といふのがあり、ここにある男物の店はダンヒルを初めとして間違ひがないのばかりですし、衣類は大体東京と同じ値段か、或はそれ以下です。

これから大急ぎで大岡さんの「野火」の解説を書かなければなりません。空しく西方の空を睨むの図。御憫察願ひたく存じます。

又書きます。

四月九日

吉田健一

福田恆存様

イギリス滞在中は、必然的にイギリス好きの吉田宛が多くなったものか。次の書簡はロンドンから旅に出て、戻ってからの報告となっている。

⑭エアログラム　福田恆存↓吉田健一　昭和二十九年（一九五四）四月二十八日付

Salisbury, Stonehenge, Winchester, Romsey, New Forest, Bath, Bradford, Lacock, Oxford, Stratford-upon-Avon と旅行して帰つて来たところです。立つまへにおてがみいたゞき御返事遅れて申しわけありません。かう書き並べたのは、大兄に望郷（?）の念を起させ、イギリスまで飛んでこさせたいからです。復活祭は Salisbury で過しました。

残念だつたのは、このCathedral余りhigh churchの方でなく、ceremonyがおそまつだつたこと。でもイギリスはいゝですね。本当に惚れ惚れしました。帰るのがいやになる。君が始終眼を細めてイギリスの事を語る理由が、よくうなづけます。心配してゐた反日感情は、おつしやるとほり全く事実無根、internationalでopen-mindedだなんて評判とつたアメリカよりずつとopen-mindedだし、人情は細やかで吾々日本人の神経にぴつたりあひます。町も田舎も美しいし、しつとり落ちついてゐてどこへいつても建実〔堅実〕な生活の裏付けがあつて気もちがいゝです。世界中（アメリカでは殊に然り）どこもかしこも観光客にspoilされてゐるのに、こゝでは一寸もさういふ感じがない。そりや、名所となれば人出はあるし、かくいふ僕もその一人なので余り文句はいへませんが。そのために町中が浮ついて安つぽくなるといふようなことがありません。そのことをSalisburyで話したら、彼等から見ればやはりspoilされてゐる由、そこで僕は日本の観光地の事を話し、江の島の叙景をし、それから例の有名な「頼朝公九才の時のシャレコウベ」といふ落し話をしてやりました。始めポカンとしてゐましたが、五秒位たつたらどつと笑ひだしました。ロクに英語が話せないくせにこんな話になると妙に調子が出ます。Stratfordでもシェイクスピア誕生日に市長から昼食とお茶に招待されて、お茶の時、たまたま僕のところでurn〔42〕が空になつて、相手がemptyだから待つてくれといつたとたんに、勿論待つ、“I prefer indian tea to empty〔43〕”なんてダジャレが飛びだし周囲を笑しました。しかし本物の英語は一向進歩しません。何より相手のいふことをきくのが苦手です。もつともこれは日本語でもいつもさうなのですが、しかしアメリカ英語より大分わかりやすいので助かります。

Old Vicを見てから、今更らしくShakespeareに感服し、今Tempestを読みなほしてゐます。丁度やつてゐるのです。Hamletもtextを読んでもう一度見なほすつもり。

来月は南海岸の方へいつてみるつもり。それから月末には嵐ヶ丘やロレンスの生れた炭坑地帯を通つて、Scotland, Ire〔44〕まで足をのばします。ヨーロッパは、かうなつたら出来るだけ割愛してなるべくイギリス中心でいくつもりです。

Stonehengeといへば、テスはあの巨石のかげで捕つたのでしたつけね。そればかりでなく、イギリスへ来たら学生時代読んだ色んな作品が、殆ど記憶の彼方に沈んでゐたのに、湧然と意識の表に浮かび出て来て、どこもかしこもいたづらに懐しくてたまりません。別にどの作品といふことではなくても、車で田舎を通つてゐると、イギリスの郷土色とでもgeneralizeできるような一種の気分に満たされて、居ながらにしてイギリス文学を読んでゐるような気もちになるからふしぎなものです。

かうしてみるとイギリス文学はいゝ意味で郷土文学なのですね。日本人に一寸わかりにくい理由ものみこめます。

しかし、翻訳と紹介が何よりわるかつた。やりようによつてはさういふものだつて伝へられると思ひます。たゞこゝの自然の美しさは容易に人を酔はせ、それを知らない人間にも理解できるようにそれを伝へる能力を失はせてしまふような魅力があるのでせう。僕たちの先輩もそれにひつかゝつたのだと好意的に解釈することにしました。

話は前後しましたが、紹介状ありがたう存じます。君は僕の事を何と吹聴したのかしら。勿論

Morris氏　い丶人で前から親切ではありましたが、大兄の手紙をもらつてからは更に急に親切にしてくれだしました。食事に招待される芝居に連れていつてくれる、奥さんは、そのうち“short skirt”の女性に紹介してくれる由、ありがたいが、下手な英語で彼等の期待を裏切りはしないか、大兄の顔をつぶしはしないかとそれだけが心配です。御紹介下さつた面々にはもちろん会ひます。外国に来て、い丶外国人に会ふこと位たのしみはないですから。いづれまた。お忙しいでせうから、おひまのときに限り、おてがみ下さい。（是非こ丶へは行けといふ場所、ロンドン以外、ぜひお教へ下さい）

英国人が「日本人の神経にぴつたりあひます」の件りについて——

私の何度目の渡英か、何歳の頃かも忘れたが、ストラットフォード＝アポン＝エイヴォンのB&B（個人経営の安い宿）に宿泊した折、宿の女主人が、私との雑談でこんなことを言っていた。「私はアメリカ人より日本人の方がいい、なんて言ったらいいかなあ、sympathyとは違うな、そう、日本人の方にempathyを感じられるのよ」と。

sympathyの「同情、思いやり」に対して、empathyは「共感」とか「感情移入」といったニュアンスになる。恆存が日本人の側からの「神経にぴつたりあ」うという言葉と響きあうのではあるまいか。

次はふた月ほど後の吉田発の書簡である。

⑮書簡　吉田健一↓福田恆存　昭和二十九年（一九五四）六月十日消印

拝復　お手紙有難う存じました。イーベリー・ストリートといふのは御承知の通りムア（Moore）〔45〕のConversation in E. S. の場所で、どうしてもお説の通り英国はどこの名前にも昔の日本の地名と同様に何か聯想がまつはり付いてゐて、名前なしの景色にも文学があり、だからElm〔46〕とかashとかいふ木の名前一つにも文学の夢が漂つてゐて、確かにその辺りに英国の文学の凡そ妙な魅力があるやうです。

といふ風なことを書いてゐる間にも、心空を駈け廻り、東志那海、印度洋、ペルシャ湾を越えて今にもロンドンの飛行場に着陸しさうですが、さうも行きません。工作はしてゐますが、これが成功するかどうか、もししたらば世紀の儲けものです。日本に帰つて以来、日本に英国を建設するといふ考へを生活の上で試みてゐますが、勿論これには限度があります。

大岡氏が今月の二十日にそちらに行かれる由。前から、モリス氏ならば大岡さんのものが訳せると思ひ、モリス氏自身にその気があるかどうか解りませんが、兎に角、会つて置いて貰ひたく、名刺を大岡さんへの手紙に同封しておきました宜しくお引き回しを願ひます。大岡さん一人では、はにかまれたり、ひがまれたりしてはいけません。尤も、モリス氏ならば大丈夫かとも思ひますが。ブラッカー女史も候補者の一人で、これには前に日本で「武蔵野夫人」〔47〕の訳を頼んで、その時はブラッカー女史の方が論文を書くので忙しくて断られたことがあります。どつちかで大岡氏の作品紹介の道ならしが出来ればと思つてゐます。それから大岡さんもＢＣ〔48〕と連絡が付けば何かと御便利だらうと思ひますので、シェイクスピアに非常に興味を持つてゐるといふことでMrs. Mason〔49〕にでも、お話し下さいませんか。ＢＣはパリにも支所がある筈で、そこの人が大岡さんに会つて予め英国滞在中の希望を大岡さんから聞くやうにしてくれれば、つまり、結局は英国文化の為にもなる訳です。

いつか僕の歓送会をして下さつた新橋の若竹でこの間、飲んでゐたら、隣に占ひがゐて、いきなり、僕は水を渡るのだと言ひました。当る方の八卦であることを祈つてゐます。

夕方以降は英国の近代文学を読む時間に出来るやうに、苦闘中です。雑文を安請合ひで引き受ける癖を止めなければなりません。やつとイエーツの詩集を読み終りました。

これは僕の秘中の秘で、公開したくないのですが、ロンドンの他に英国で一番美しい所はケムブリッヂです。別にケムブリッヂのどことといふことはなくて、コレッジが並んでゐる河の辺りをぶらつけばいいのですが、なるべく天気がいい時の方がいいです。友達はそこにゐたのは大概どこかへ行つてしまひました。

Sie hören nicht die Folgenden Gesänge
Die Seelen denen ich der ersten sang!
Verschoben ist das freundliche Gedränge
Zerstorben ach! Die erste Widerklang

の心境です。だから多分に主観的な見方をしてゐるのかも知れません。またお便りを願ひます。

ケンブリッジに関する吉田の述懐はまさにその通りで、穏やかな川のほとり、緑の芝を歩むだけで幸せというか、穏やかで満ち足りた気持になる。街中にあるオックスフォード大学の雰囲気より、私もケンブリッジの街と大学の広々と伸びやかな雰囲気が好きである。

さて、最後のドイツ語だが、これが厄介。出典はゲーテの『ファウスト』、冒頭の"Zueignung"つまり「献辞」の一節からの引用。高橋義孝は「口上」と訳している。森鷗外は「薦むる詞《ことば》」としている。鷗外による該当部分、以下の如し。

我が初の数闋《すうけつ》を歌ひて聞せし霊等《たま》は
後の数闋をばえ聞かじ。
親しかりし団欒《まとゐ》は散《あら》けぬ。
あはれ、始て聞きつる反響は消えぬ。

次に、「大胆にも」拙訳を挙げておく。

かの人々も、もはや吾が唄ふ詩《うた》を聴くこともなし
嘗てわが唄ひし初めの詩に耳傾けしかの人々よ！

心温まる親しき集ひはもはや消えうせ
今は跡形もなし、あゝ！　かつての木魂は

拙訳は、辞書を引き引きのものではあるが、吉田が嘆く昔の友人たちへの追慕の情は伝わるだろうか。吉田はゲーテの詩を憶えていてさらさらと記した。それだけで、恐れ入るというか畏敬の念に堪えない。ただし、諳んじて記したこの四行に少々難あり、細かな記憶違いやスペルミスはさておいて、三行目と四行目の冒頭に、原典と全く異なる単語が書かれている。正しくは三行目冒頭の一語は、綴りが怪しいが吉田が四行目冒頭に書いたZerstoben（消え失せる、散り散りになる）であり、四行目冒頭はVerklungen（消滅する、消える）となる。吉田は似た意味の語彙を知っていたために、混乱して諳んじていたということになる。

この書簡を読んだ福田が果たしてこの『ファウスト』からのドイツ語の引用を理解しえたのかどうか……。

吉田の記憶が曖昧で誤記があったにしても、このゲーテの詩でこの章を締め括るのが洒落ているかもしれぬ。が、恆存の中村光夫宛の書簡が一通ある。付録として載せておこう。

⑯エアログラム　福田恆存↓中村光夫　昭和二十九年（一九五四）六月二十四日消印

六月二十三日夜

御ぶさたしてをります。家信によると、送金のことで逆に大兄のお世話になりさうな気配、何とも申しわけない次第です。私も肝に銘じて承知してをりますが、出発前の忙しさは格別。何卒御気軽にお考へ下さるよう。

実は私が前に用ゐたルートで今度も頼まうと思ひ、大兄の分をそれに背負はせるように家内に命じ、それがだめなら、他になんとかするように二三心当りもいつておいたので、それが逆の結果にならうとは思ひがけなく、恐縮の至りです。私が数日前だした手紙により家内の方でうまくやつてくれて、大兄に御迷惑かけずにすんでゐればと祈つてをります。

七月七日に出発がのびた由、うけたまはりました。ついては私の方の予定を申上げます。

七月十五日（出来れば13日）パリに参ります。

宿は大岡君と同じ、Hotel Royer-Collard, Rue Royer-Collard, Paris Ve（大岡氏最近こゝへ引越しました）

二十一日までコメディー・フランセーズがあるよし。従つてそれまでは昼は美術カン巡り、夜は芝居。それから月末までがお寺詣り。Amiens, Chartres, Rhein, Bourges, Vézelay, Autun, Dijon。That's all であります。月末にイタリへ立ちます。大体大岡氏も似たようなコースです（もつとも　氏はふたゝびパリに戻ります）。

私の（吾々の）希望としては大兄もこの旅に加はつて下されば、うれしいのですが、お着きになつたばかりで、いきなり身勝手な旅程を突きつけるのも気がひけるし、大兄は一度見てゐるところだし、とにかく一応御勧誘申上げるにとゞめ、大兄の自由におまかせすることにします。

それにしても又一年半お目にかゝれなくなるわけ。なんでもないことだけれど、今までのおつきあひからいつて、なんだか変な気がしないわけでもありません。

イギリスは思つてゐた以上に気に入り、うかうかと三月くらし——などとウラシマみたいなことを申しますが——やうやく帰り仕度で切符やらヴィザの手配となつた今、なんだか旅の疲れが出てきたみたいです。といつてもなんのことはない、今まで家で独裁者で暮らしてゐた人間が何をするのにも、自分からしなければならないことのオックウさです。自分でするのはまだいゝです。自分からしなければならぬのは面倒です。たとへば何時に飯をくふか、何を何処で食ふか、そんなつまらぬことにしても自由意志を働かせるなんて、昔のバチにしても四十すぎてバチがあたるのは少々ザンコクです。どうも日本語が変だ（それだけ英語がうまくなつてゐるだらうなんて思はないでください）変な日本語でゴメイワクでせうが。

僕といふ人間は、どこを歩いたつて、ものが見えない人間だと、これはこつちへ来るまへから承知してゐましたが、つくづく感じてゐます。所詮、何千ドルかムダ使ひして、一年仕事を棒にふつて、世間なみの観光旅行をやつただけ、代議士の悪口も言へません。

結局、絵だけですね。まあイギリスでは Old Vic の Shakespeare これだけは感心しました。

それは別としても、イギリスへはやはり一度はいらした方がいゝと思ひます。一週間でも二週間でも。

それこれお目にかゝつてから詳しく申上げますが、どうやら世界中で、人心地に堕ちざる国はイギリスだけみたいです。よかれあしかれ、一見に値しませう。

なほ、お会ひしたら、私の旅程について何か suggestion いたゞければ幸甚です。大兄の戦争までと三島君のアポロの杯[50]とは羽田までガイドブックの代りに使ふつもりで持つて来てはゐますが。

末筆ながら奥様によろしく。(留守たくお見まひ下さつた由、ありがたう存じます。)[51]

福田恆存

以上でこの章を終える。この書簡からも大岡のいう神経的な細かさというか、福田の気配りが見えて面白いような、一方で、どこか父親を懐かしく思う気持も起きてくるのである。

コラム3

小林秀雄の葉書

随分前になるが、白洲信哉氏に遭う機会があった。氏は白洲次郎、正子夫妻の孫であると共に、小林秀雄の孫に当る。で、聞いてみた、福田から小林宛の書簡など残っていないかと。一言、「ありません」とにべもない返事——。そりゃそうだろうな、とは思った。あれば、本書に収録を考えたのだが。

それはさておき、恆存が意識的に残したのかどうかわからぬが、小林からの葉書が一枚残されている。小林が大作『本居宣長』をものし、福田は昭和五十六年（一九八一）一月刊の「小説新潮スペシャル」に「小林秀雄『本居宣長』」を書く。冒頭に近いところで、福田は「この本をこれだけ讀み熟《こな》せるのは私だけではないかといふ、これは自惚れとは全く異る、一種の喜びに絶えず浸つてゐた」「それは著者に掻き口説かれてゐるといふ喜びであり、私はその口説きに獨り聴き惚れてゐたのである」と書く。

その意が小林に通じたか否か、それは誰にも分からない。

我が家に残された一枚の葉書、それには以下のように書かれている——

本居宣長評を讀み　ひどく嬉しくなりました　嬉しくなつたので先を讀むのを止めました。
どうも有がとう存じました。

小林秀雄

消印は昭和五十六年十一月十日となっている。「小林秀雄『本居宣長』」が収録された恆存の『問ひ質したき事ども』が十月二十日に刊行されており、小林は福田からの献本を受けて読みはじめたのだろう。なお、文藝春秋刊行の『福田恆存全集』第七巻に収録された当該論文は「小林秀雄の、『本居宣長』」と改題されている。

いずれにしても、小林は先に引用した福田論文の初めの方に出てくる数行を読んで納得してしまったのではないか。私はそう憶測している。

もう一つ、我が家に残された小林関連のものといえば、色紙が一枚。墨書された「小林秀雄」という署名が左端にあり、その右に十センチ余りの幅に切られた原稿用紙が糊付けされている。その用紙には、なんと神奈川県辻堂にある某鰻屋の略図と、その店に行くまでの道順を示した地図が書かれており、店の名と電話番号が記されている。文字はまず間違いなく小林のものである。

一体どういうことか、その色紙を見つけてから暫くの間、謎だった。が、その謎が漸く解けた、と思う。

本書最終章、下諏訪の黒田良夫氏の自費出版の『著作集』を読んでいて見つけたのだが、小林が（おそらく講演のためと思われるが）三百人劇場に顔を出した折、事務局員が色紙を出してサインを求めたという。小林は嫌がらず（仕方なしに？）署名をしたそうな。すると、何を思ったか恆存が「小林さんは、僕の客だ、その色紙は僕が貰う」と取り上げてしまったという。

恐らくは、そうして自宅に持ち帰った色紙が恆存の書斎に放置された。ここからは私の憶測になるが、色紙とは関係なく、二人で会食をしようという話でも持ち上がって、小林が「これこれしかじかの鰻屋が旨いから行こう」とありあわせの原稿用紙に地図を書いて福田に送った。福田はその地図を頼りに鰻屋に出向いたのだろう。で、帰宅後、いたずら半分で例の色紙にその地図の肝腎な部分を縦長に切って張り付けた……ということではないか。そう考えれば付合する。

まさか、小林が署名入りの色紙に原稿用紙に書き込んだ地図をわざわざ張り付けて福田に郵送したり、手渡したりするわけもあるまい。

さて、本書の編纂もほぼ終りに近づいている。(コラムは掲載順に書かれたわけではない。)

今の私の楽しみは、本書の入稿を済ませたら『小林秀雄全集』を読破する事なのである。人生の黄昏に、小林秀雄は悪くないと思う。

第四章
ドナルド・キーンとの往復書簡

一　書簡往還六通

はじめにお断りしておくが、私はドナルド・キーンに関しては文学的にも研究者としても全くの不勉強である。が、手許にある父、恆存との往復書簡に入る前にキーンのことを文学事典等々を手掛かりに書けば、大正十一年（一九二二）生れの彼が日本の文学者との交流を始めたのは、昭和二十八年（一九五三）にフォード財団の奨学生として京都大学大学院に留学した頃からである。

そのことはコロンビア大学のC・V・スター東亜図書館に収められたキーン宛の日本の作家たちの手になる書簡が、ほぼ一九五四～一九五五年に始まっていることからも確かめられる。この図書館には三島由紀夫、福田恆存などの書簡類、或は谷崎や川端の書簡等々も収められている。

ただし三島の書簡九十七通は以前中央公論社より出版され、今でも古本で入手可能。昭和三十一年

（一九五六）から昭和四十五年（一九七〇）の自決に至るまで、十五年に亙る軌跡が描かれている――殊に、三島の机上に残され、十一月の二十六日に投函された最後の手紙は、それまでの九十六通とはうって変った静謐をも感じさせ一読に値する（『三島由紀夫未発表書簡：ドナルド・キーン氏宛の97通』）。

なお、その他の交友に興味ある方は是非、C・V・スター東亜図書館のサイトをご覧頂きたい。勿論、書簡の中身は正式な依頼をしない限り見られはしないが――（http://www.columbia.edu/cu/lweb/eresources/archives/eastasian/keene/ldpd.4268273.001.f.html）

さて、この図書館の司書Sさんの協力を得て、父、恆存の計二十通余りのキーン宛書簡等々を入手したが、本稿では恆存とキーンが最初に交わした往復書簡を扱う。二人のやりとりを見ると昭和の文人たちの知性・学識のほどが分かろうというものである。それを味わうだけでもいいのかもしれない。

恆存は、相手が誰にせよ、受け取った書簡をほぼすべて廃棄しており、私の手元にその種のものは非常に少ない。その中でどういうわけか、キーンからの最初の三通と思われる書簡が纏めて残されていた。話題はかなり広範に亙り、同時に専門的に過ぎるというか、私のような生半可の素人の手に負えるものとも思えないが、蛮勇とでもいうか素人の図々しさで、分かる範囲で「解説」「解釈」を試みてみる。が、まずはその三往復の手紙を通読して頂いたほうがよかろうと思われるので、最低限の情報のみを付け加えて列挙しておく。

第一便は昭和三十年（一九五五）一月七日に書かれたキーンからの書簡。速達で京都の消印が一月八日、大磯局の消印が九日の午前〇時―八時。キーンの住所は、氏が長く下宿した京都市東山区今熊野南日吉町二三である。原文は以後三通とも英文、第一信第二信はタイプ書簡、最後の一通は手書きである。キーンの手紙は拙訳による。

＊　＊　＊

1955年1月7日

福田様

過日は東京にてお会いでき幸甚に存じます。また、昼食、御馳走に与り、美味しくいただきました。

ところで、この一時間というもの貴兄の著名な論文への平野義太郎の「回答」を読もうと苦心惨憺。しかし、不可能の一言――文章の一行一行に苛立たされ、次の行を読み進めようとしても、心の平衡を取戻すのに、毎回十分を要するありさまです。日本の極左の連中の何にウンザリするかと云うと、連中が何を語っているかではなく――連中の言っていることに新奇なことなど殆どありません――ウンザリするのは、連中のヒステリックとでも言いたくなる物言いそのものです。私の表現力のテストとして、連中にとってはおなじみの陳腐な決まり文句を一切使わずに、連中の思考を論理的に表現してみたいものです。おそらく、そんなこと出来っこない。

それはさておき、こうして筆を執ったのはそんなことを書こうと思ったからではありません！「文學界」（昭和三十年一月号）をお送り頂いたことにお礼を申し上げたかったのです。とても興味深くあなたの戯曲[1]を拝読致しました。ただ、自分で声に出して読んでみても、その日本語に自信が持てないので、あなたが意図して一行ごとに置いたストレス（強勢）を正確に把握できているのか定かではありません（といって、隣人達に読んでもらったら、科白が京都弁の抑揚になってしまうでしょう！）、ただ、ある種のリズムが感じられ、明らかに韻文の戯曲を体験したこと、これは紛れもない事実です。あなたの戯曲を読む前でしたら、標準語で韻文劇を書くことは不可能だろうと断言したと思います。標準語が私には好きになれないのですが、これは私が関西に滞在しているからでしょう。それにしても、あなたはこの上ない成果を挙げていらっしゃると思われる。是非、この戯曲が俳優の肉体を通した言葉として語られるのを聴いてみたい。

貴兄の戯曲を読んで、私は一連の思索の道を辿りました、現代日本文学固有の問題、つまり日本文学のあるべき姿、もしくはあらまほしき姿という問題ですが、これはとりわけ日本的と言えるのではないか。このテーマで論文を書いてみたい。その二三の事例の一つとしてあなたの戯曲を採りあげたいのですが、私の解釈が余り的外れにならないように、まずあなたの見解をお聞きしたいのです。そこでいま私の考えていることを書きます。お気に入らないなどということがないとよろしいのですが。まず初めに申し上げたいのは、あなたの戯曲にとても感銘を受けたということ。何よりも最初に感じたのは、私には日本の戯曲とは思えなかったということです。つまり、いくつかの小さな事柄（例えば、刑事の無作法！）はさておき、この戯曲はイングランドを舞台にしていると言ってもおかしくないし、実際、エリオットの『一族再会』の雛型とさえ思えます。交わされる会話は時に甚だしく非日本的な印象を与えるのですが、勿論これは登場人物が置かれた状況に関して私が無知なのかもしれない。罪の問題は（もし「罪」が'sin'と同じ意味だとしてですが）、今まで私が日本の人々の会話や議論で聴いたことのないテーマだということと共に、現代の日本人には無縁で異質のものではないかとさえ思うくらいです。（ただ、これもまた私の無知をさらけ出すものでしかないかもしれない。）とはいえ、私に非日本的と思えたのは、単に登場人物たちが自らの思考を実に見事に言葉に表しているからに過ぎないからかもしれない。日本で普段普通に聴く会話、あるいは小説に描かれる会話、いや、殆どの戯曲における会話は私にはとても二次元的な会話に思えるのです、ところがあなたの戯曲では三次元的な様相が感じられる。

ここで心に浮かんでくる疑問は、果たして日本の作家たちが今日の日本の社会をあるがままに描写することを主にすべきなのか、あるいは彼らに求められているのは現実とは異なる世界を日本のために生み出すことなのかという問題なのです。同様の問題は、いうまでもなく、日本の画家と音楽家にもあるわけです。私の考える限り、殆どのヨーロッパ人、そしてアメリカ人なら、この問いにこう答えるでしょう――日本人は自分たちの伝統に従うべきで、自国における自らの経験をこそ描くべきだと。この考えかたには多くの問題がありますが、こういう意見をあまりにもしばしば耳にしますので、私は今後それに対する反論を展開してみようと思っています、つまり、日本人にとって重要なのは、自分たちの伝統を忠実に墨守することに安住するのではなく、文学的芸術的地平を拡げていくことなのではないでしょうか。なにも私は和歌や狩野派に関して、いや、そう言い出したら、能や浄瑠璃についてなにか大仰なことを云わんとしているわけではありません。芸術家は自分のアイディアを枠に嵌めようとするより、何か自国に根っこを持たないまったく新しいことを試みる方が好ましいと思う。

正直に言って、私には「和洋折衷」というものに対する生まれ付きといってもよい反感があって、この反感は、日展のような代表的展覧会などで膠と金箔で工場や作業場を描いたりする表現法にまで及ぶのです。私が好きなのは、これといって特に日本的だとは感じさせないような絵画であり――言ってみれば、その作品が優れたものであるなら、それは他国の作品に引けを取らないはずであり、ことさらに「日本的」であるか否かを論ずる必要もないでしょう。「日本的」な特質といったものは、無意識下に表現されるべきです、例えばピカソの絵が無意識下に「スペイン的」な特質を現わし、モディリアーニの絵も無意識下に「イタリア的」特質を現わしているように。

あなたの戯曲の話に戻りましょう。あなたご自身は、あの戯曲が精神的にあるいは表現手法上から見て「日本的」だとお感じになりますか？　それとも、中部日本放送を聴く人々の世界よりも、例えば、そう、エリオットの世界に近いものだとお感じですか？　もし私が感じたように、エリオットに近いとなると、模倣の誹りを免れないかもしれない。が、そうなっても、その誹りは無意味といっていいのです。新たな文学の形式を（この場合、韻文劇ということになりますが）生み出そうとしたら、無から出発するわけにはいかない、過去の文学作品はどれも理にかなった種本といえます。マルローが言っているように、画家は自然から学び取るのではなく、先人たちが自然と格闘して得たものから学び取るのであって、古い技法を習得することによってのみ、初めてそれらを壊して乗り越える道が開けるのです。現代の日本語で詩劇を書く場合、浄瑠璃のような伝統的な七五調の科白に基づくか、現代の英語やフランス語で書かれた韻文劇の全く異なったリズムを利用するかのどちらかでしょう。貴兄が後者をお選びになったのは賢明です、尤も、その場合、貴兄が乗り越えねばならぬ日本語固有の問題にぶつかったのも事実と思います。今日、七五調で意味深い重要な科白を喋るのは無理でしょう、それは、英語のヒロイック・カプレット〔弱強五歩格を二行ずつ押韻したもの〕の形式で今さら詩劇を書きようがないのと同断でしょう。願わくは、あなたやほかの作家にこの新たな手法を開拓していただきたいが、おそらくその場合「非日本的」状況が描かれるだろうと思われます。

長文の手紙を書いて、お時間を取らせてしまい申し訳ありません。貴兄の作品の意図を誤解していないこと、祈るばかりです。いかがお思いでしょう、あなたの戯曲を論ずるためにも、何らかの御教示を頂けると幸いなのですが。日本文学に関して論文を書くように勧められるのは大変嬉しいのですが、自分が過ちを犯しはしないか不安でもあります。最近の事ですが、「中央公論」一月号に書いた論文に関して毎日新聞に「キーン氏の不勉強」〔実際には「キーン氏の勉強不足」〕と題する記事が出ました。署名のない記事でした。論点はどうやら私が西洋文学についてあまり知らないということらしいのですが、そう判断する筆者にそれだけの資質があるのか何も書かれていないので、真面目に受け取るつもりもありませんが。西洋文学に関する無知を批判される限りにおいては、気にも掛けません――日本文学に関する無知を批判されたとなれば、心穏やかではありませんが。

佳き新年をお迎えになりますよう念じてやみません。

心をこめて

ドナルド・キーン

＊

＊

＊

速達を一月九日に受け取ったと思われる恆存は翌日の夜に返信を書いている。（これには封筒は残っていない。）

ドナルド・キーン様　　一月十日夜□福田恆存

お手紙大変おもしろく拝見いたしました。私たち「同業者」同士は日頃よく会ひますし、手紙はいつも雑事に関することばかり。ですから、私がいたゞいた唯一の重要なお手紙といつてさしつかへありません。お申しこしのことにつき、私がふだん考へてゐることを、思ひつくまゝに書いてみます。

あなたがおつしやつておいでのように、大（一字不明）の知日外人が、日本人は日本人であれ、日本の作家は日本の現実を描け、さう申します。

いつか機会があつたら、それに答へるつもりですが（多分「文藝」の連載評論「日本および日本人」のなかに書くでせう）いまその大体の考へを申し述べます。ですからこれはあなたへのお答へといふより、一般の知日外人への解答といふ形になると思ひます。

第一に、吾々の現実、吾々の経験とはなにか、それは外国人が見たとほりのものかどうか、そこに問題がありはしないでせうか。

話を単純にするために、かう大別してみます。日本には歴史的な日本固有の風習、生活感情、ものゝ考へかたがあります。同時に明治以来、西洋の文物がはいつてきてをります。かなりに西洋的な考へかたが吾々のものになつてゐます。風俗や習慣はいふまでもありません。

ところで、吾々日本人の現実、日本人の生活経験とは、そのどちらに属するか。勿論、両方とも吾々のものです。もつと厳密にいへば、両者の衝突から生じる混乱そのものが吾々の現実だといへます。ですから、現代の日本において、「現実」が問題になるとき、つまり「現実」とはなにか問はれゝば、西洋にくらべて、それは多分に心理的なもの、主体的なものたらざるを得ないのです。それを排除して、客体的なものだけを現実と見なすところに、多くの誤りが生じる――といふのが、実は、私のノートリアスな論文の背景にあつた考へなのです。べつのことばでいふと、欧米では、普通いはれてゐる社会的現実のなかにその一部としてすなほに生きていけば、それだけで主体性といふか、精神の自律性が確保できる、即ち、他と融合しながら自己を保持できるといふわけです。(近松の時代でも大体さういへます)吾々の明治のような文化伝統の隔絶がないからでせう。そこにはつねに共通の地盤があります。しかし吾々の場合、混乱した現実のなかにたゞ身をゆだねるだけでは、自己は保てません。さういふところでは、ただ客体としての社会的現実を描くだけでは、真に日本人の現実は表現できない、どうしてもサブスタンスそのものより姿勢が大切になるのです。ファンクショナルになりがちです。

第二に、右のことと関聯して、神とか、宗教とかの問題が出てまゐります。あなたが指摘してをられるように、日本人に罪の観念はありません。(クリスト教的な意味ではありません。)それは歴史的にもいへることです。しかし、とくに明治以後さういへます。なぜなら過去の日本には、クリスト教的な絶対唯一神もなければ、宗教を基にし宗教に帰結するような人間全体感(妙な言葉で恐縮です)もありませんでしたが、それでも、日本人は日本人なりに罪の意識がありました。少くとも自己を犠牲にし、自己の善悪を判断し、自己を奉仕せしめるにたる全体の観念といふものがあり、それに背くことは罪だつたのです。ですが、明治以後それも破壊されてしまつたのです。論理的には、現代の日本人には、なにを善しとし何を悪しとするか行為の基準がありません。あるのは一片の常識です。常識である以上、背に腹は変へられない事態がくれば、いつでもそんな基準は捨てさります。自由といへば自由、放縦といへば放縦、しかし、かういふ混乱状態に、一般の民衆は「これは都合のいゝことだ」といつてるとは思へません。一見、罪の意識の欠如の裏で、何かものたりないものを感じてゐるのです。一種の空虚感といつてもいゝでせう。それは悪いことをしても、もう叱つてくれなくなつた老父を見て感じる若者の心細さみたいなものではないでせうか。

以上の二点からいつても――さて、私の戯曲のベンカイにうつりますが――「崖のうへ」は必ずしも、非日本的とはいへぬように思へます。と申して、私は自分の才能の薄さをごまかさうとしてゐるのではありません。いろ〳〵欠点を認めます。私のいひたいことは、「崖の上《ママ》」に代表される現代日本の作家の努力が必ずしも非日本的ではないといふことだけです。さらに――これはいゝ気になつていふのではありません、あなたが中部日本の聴手〔取〕者についてふれてをられたので申上げますが――あれは放送局が芸術祭の時にだけ許されるゼイタクとして、私にラジオドラマといふことを考へずに舞台のものとして書いてくれ、又、ラジオの低い聴取者といふことも無視して、私の思想を自由に語つてくれと頼まれたので引受ける気になつたのですが、係りの者の予期に反して、大成功でした。今までラジオドラマで投書がなかつたのに、今度だけは、「はじめて身になるものを聴いた」といふ声が多く、再放送をした程でした。どうも自慢めいて恐縮ですが、背景に現代日本文学といふ大問題を控へてるるので、第三者になつたつもりで、臆せず事実を申上げたまでです。

なほあの形式が、七五調に反しながら、ある点ではそれを継がうとしてるるものであること、これは「文學界」二月号の、神西〔清〕、中村〔眞一郎〕両氏の対談を御参照下さい。

さらにもう一つ附け加へたいこと、さきに挙げた現代日本の特殊性に関する二点、即ち、社会的現実のなかにそのまゝ身をゆだねられないといふこと、及び善悪の基準、自己より大きな存在、さういふものが少々あいまいになりだしたといふことは、程度の差こそあれ、世界的なものではないでせうか。これはあなたの御意見もうかゞひたいと存じます

なほ話が前後しますが、私の「崖の上」が「一族再会」を思はせるといふこと、おつしやられて、なるほどと思ひました。しかし書くとき殆ど念頭にありませんでした。私は「メデア」を考へてるました。これはまだだれにもいつてありませんが瑞枝はメデアをもぢつたもの、康夫はドイツ語よみにしてヤーソンをもぢつたものです。さういふとます〳〵非日本的といはれさうですが、思想は純粋に私のものです。「遺憾ながら」エリオットと少々似てをります。私にいはせればエリオットが私よりさきに私をまねたのであります。呵々

以上一切のことを前提としても、あなたの「崖のうへ」評は実に適切であります。〔欄外＝標準語への疑問も同感です〕ことに、登場人物が、自分の考へを明確に述べる点がもつとも非日本的だとおつ

しやられた。勿論意識してやつたことですが、悪口にせよ、うれしかつたのです。私はまへにもつとリアリスティックな喜劇をいくつか書きましたが、そこでは客観描写に近いものをやり、（喜劇なるが故に）語ることばと心理とのギャップを表現しました。チェーホフをファースにしたようなものも出来ましたが〔2〕、劇といふものは、ことに悲劇はそれではいけないようです。人物は意識しきつてゐて、しかもその意識から洩れたところに禍ひが戸をたゝくといふものではないでせうか。

最後に、あなたの「中央公論」〔一月号〕の論文、実におもしろかつた。伊藤整、並びに現代日本文学といふより現代日本文壇の弱点をものの美事に突いてをられます。恐らくあなたはそこまで考へられなかつたのかもしれませんが、小説中心、しかも私小説中心の考へにかたよつてゐる伊藤さん、及日本文壇にとつて、文学のものつとも〔「もつとも」の書き損じか〕美しいものは詩と戯曲だといふ発言はそのまゝすぐには理解されますまい。〔欄外＝そのあとで、ギリシア悲劇のこと書いておいでしたが、（カタルシスのこと）全く同感、ついでに戯曲といふものは、いはゆるリアリズムではないといふことで、「崖の上」の非日本性お許しいたゞけませんか？〕毎日七本槍の言など意に介しなさいますな。どしく〳〵おやり下さい。いざとなれば、及ばずながら助太刀に出ます。

日本の文壇といふところは実にむづかしいところで、純粋な作品批評だけでは通らず、裏に廻らねばわかりにくいところがあります。いつでもお力になります。しかし今日のように長い手紙は、現在の私には殆ど不可能です。（書くことを職業として以来、はじめてこんな長い手紙を書きました。いや、生れて以来ラヴ・レター以外にこれほど長く書いたことはありません）お手紙よみなほしてをりますともう一度お目にかゝつてよくお話したい気もちになります。一度出ていらつしやいませんか。二三日、大磯の拙宅に泊つていらつしやい。夜はお話しあふことも出来ませう。尻切とんぼですが、これまで。お元気で。

追伸、中央公論二月号にあなたのおことば引用させていたゞきました。その罰として、私の考へ、同感の節は盗んで下さつてけつこうです。これも呵々

*　*　*

キーンの第二信はやはり長文、キーンは自分でも言っているとおり、軍務に就いている時からいわば手紙マニアとなったのだろう。封筒ナシ。これも恆存の返信を受けて少なくとも翌日には書かれたものと思われる。

1955年1月13日

福田様

簡略なお返事以上のものは望むべくもないと思っていましたのに、長文の興味深いお手紙を頂き、とても光栄に存じます。ただし、あなたと違って私は本職の物書きではないので、そのためか、多分

手紙を書くことに淫するきらいがあるのかもしれません。これは間違いなく戦争体験のせいです。三年間というもの私は友人たちに会うことも叶わず、彼らに書き綴った手紙のみが私の唯一の創造的営為となったのです、そのことを別にしたらあとは一様に不毛な日々でした。手紙を書くのが楽しみでしたが、私が返事を書くのが余りにも速いため友人達には憂鬱の種だったらしい。しかしながら、その時期に私が学んだのは、他者に多くを期待しないことだった！ あなたに貴重な時間を費やして私に手紙を書いていただくのは恐縮してしまいますが、やはり、そうして下さるととても嬉しい。

それはそれとして、先ず何よりも正直に申し上げなくてはならないことがありますが、申し上げてしまうと、あなたは私に手紙を書くのをお止めになってしまうかもしれない、しかも、私に関してあなたにお持ち頂けたかもしれない好意的な評価すら失うかもしれません。しかし恐るべき事実を申し上げましょう――吾が住居はイングランドではありますが、私はアメリカ人です。今まで、日本では英国人と思われていた方が実に都合がよかったのです。誰もが私を典型的な英国人と見做し、恐るべき米国人と比較するのです。しかも、アメリカ人に対抗して英国人と日本人との間に連帯を生み出すためのストーリーで私を嬉しがらせようというわけです。「どうです、日本人と英国人はとても似ていませんか？」とくる。実際のところ、私はそうは思わない。（おかげで私が思い出すのは、大戦直後に今は亡き日本海軍が見せた涙ぐましき努力、つまり陸軍の見せた粗雑な間抜け振りとは全く異なって、紳士的な礼儀正しさを維持し続け、戦時中にしても英語の単語を忌避しなかった態度なのです。）ただ、そんな意見を耳にするのは愉快ではあるし、自分が退廃的なヨーロッパ人とみなされるのも気に入ってはいますが、そのことはさておき、これが憂鬱なる現実ですから、あなたが、もう私との付き合いなど止めるというなら、それもやむなし！

「中央公論」二月号掲載の貴兄の論文拝読したところです。お見事、鮮やかなものです。実際、英国的という言葉でいうなら、私が日本の雑誌で読んだものの中で英国的特質を——つまり、論理的で常識を備えた唯一の論文、そう、ほぼ唯一の論文です。日本ではいわゆる'commonsense'に当てはまる「常識」という言葉はある種の人々が意図的に使う悪口なのですね。これは西郷信綱が私に浴びせた悪口の一つです。（「文学」に私の事を書いた彼の論文はお読みになりましたか？　不愉快な出来事でした。）あなたの論文で一つ残念なのは清水幾太郎の扱いです。おそらく清水は現在一種の重大な岐路にたたされているのではないか、いわば他の敵共に比して清水の態度は「かわいらしい」とすら言えるかもしれません。ついでながら、清水氏が礼儀正しさに関して発言しているところに居合わせたのですが、聴衆の反応は必ずしもあなたがお書きのようなものではなかった。ミス・キシという名の（岸輝子か）馬鹿な女優が「中国は天国だわ」といった内容で話を終え、阿部知二が、中国では学生たちが手厚く養われているのに比べて日本では学生が飢えていると強い皮肉を込めて話した後、学生たちが割れんばかりの拍手をした直後の事だったのです。そこで清水が立って、聴衆の期待に反して、西欧に比べてロシアと中国の方がいかによいかといったことは言わず、日本人がどれほど不躾かに力点を置いて話したため、これは聴衆の一部から嘲笑さえ巻き起こし、私の印象では、拍手は前に演説した人々よりはるかに少ないと感じました。勿論、私はあなたが清水に関してお書きになったことに反対だというのではありませんが、清水に関して今穏やかに論ずるのは彼のためにならないのではないでしょうか。

さて、あなたのお手紙に戻りましょう。私が申し上げようとしたのは、『岸《ママ》のうえ』が真の意味で非日本的だということではなく、外国人が「非日本的」という言葉を使う場合のその意味において非日本的だということです。真の意味でなら、日本人が日本において誠実に考えたり感じたりしたことなら、何ひとつ非日本的ではありえない。あなたの作品の原型が『メデイア』だと知って驚いております、尤も、『メデイア』が如何なるものかという私の印象は、主としてジュディス・アンダーソン主演の舞台から導き出されたもので、他の女優達では滅多に到達し得ないような強烈な緊張感で演じ始め、終幕では観客が他の俳優たちの身に危険が及ぶのではないかと心配したくなるほどの怒りと激情で演技を終えたのです。(ふと、こんなことを思いつきました、野心的なプロデューサーだったら『蝶々夫人』を『メデイア』的な幕切れにするかもしれない。つまり、蝶々さんがケイト・ピンカートンに毒入りカステラでも送り、自分の子供を短刀で殺して、外交特権のあるアメリカ領事と駆け落ちし、あとには一人悲しみに暮れるピンカートンが取り残される!)

過日東京に行き、木下順二に会った折、フランスの劇作家のようにギリシャ劇を底本にして日本の戯曲を書けないかというテーマで議論しました。氏はさほど興味を惹かれた様子ではなかったのですが、試してみる意味はあると思います。一番取り組みやすいのは『バッコスの信女』ではないでしょうか。そんな翻案をする場合、いうまでもなく出来る限り日本的な作品にしなくてはいけません。そういう実験的試みに取り組むには、例えば木下順二が『夕鶴』を書く時に日本の民話を基にしたほどに、今のところギリシャ神話が日本人に親しまれているか否かが大いに問題になりますが。

昨日映画の『ロミオとジュリエット』を観に行きました。酷いものでした。ヴェローナの風景をカラーで観られることはさておき、大変面白かったのは字幕を日本語で読めたことです。翻訳が余りにもいい加減というか、とんでもないもので、日本の観客にはあれで理解できたのだろうかと考え込んでしまいました。

本題から離れすぎたようです。私に貴兄の戯曲からエウリピデスよりエリオットを連想させる大きな理由は、罪の問題です。アイスキュロスの罪の意識への囚われ方は、エウリピデスの時代になると希薄になってしまい、エウリピデスはアイスキュロスに較べ低く評価され、取っ付きやすいと思われるきらいがあります。エリオットは(オニールに似て)アイスキュロスの継承者でしょう。あなたの戯曲が放送された時の聴取者の反応はどうだったのか、大いに気になるところです。あなたが最近の論文でほのめかしていらっしゃることからも私はそう確信したのですが、共産主義者が犯している最悪の過ちは大衆を愚か者だと考えたところです。彼らは愚かなのではない、そうではなく、愚かな存在として扱われてしまっただけのことです。昨今の日本の状況は、文学に対して大変好意的な雰囲気があると思われます。実に多くの文学雑誌の存在だけでも、それは確かなことでしょう。アメリカや、いや、イギリスにさえ見られるような、余りにも知的すぎるという理由で、文学を否定するようなことが全くないように思われます。今こそ、あなたの様な方々が優れた作品を生み出すべき時です。誰かが『岸《ママ》のうえ』のような戯曲を「非民主的」だと決めつけたり、劇場は民衆を愚鈍なままにしておくために利用されるべきだなどと主張したりせぬよう、願うばかりです。

貴兄のご意見、即ち、世界中の人々はみな自らより高い存在を求めているというご意見、全く同感です。私の友人の間でも、これは時にカトリックへの改宗という形で現れ、時にまた一般の民衆の善意へのナイーヴな期待という形をとる。日本では、何でもかんでもアメリカのものなら価値があるという信仰となってしまい、いまやそれが中国のものなら何でもと変化してしまっている。快適なんですよ、自分より上に何ものかが存在してくれる方が、それが神であろうがマルクスであろうが。でも私はナイーヴなのか愚かなのか、神秘的ではない人間的な生き方が可能だと思いたい。でも決して、神とマルクスという両極端に惹かれないということではなく、目下のところは、最初に虚偽を受け入れてその結果として真実に辿り着くという行き方は嫌なのです。

「文學界」（二月号）を買いました、貴兄の戯曲に対してどんな反応があるか読みたかったのです。でも、がっかりしました、批評の対象が主として韻律の問題に終始しているのですから。いずれにしても、中村（眞一郎）氏の七五調の問題に関する意見には余り賛成できません。第一に、世阿弥が当時何を頭に思い浮かべていたのか、或は七五調が当時どのように聞こえていたのか、これはだれにも分からないことだと思います。現代における能楽のそれぞれの流派はそれぞれに異なる朗誦術を有していますが、私の知る限り、いかなる流派も七五調を意識していません。それらの流派すべてが過った道を進んでいるのでもない限り、おそらく世阿弥の時代にも七五調は全く使われていなかったのでしょう。一方、むしろ浄瑠璃の場合は、七五調を意識的に使用したことは明らかだと思えます。例えば、能楽においては単語の分割がいつもはっきりしているとは言えません。「道成寺」の次の一節は、どう分割できるでしょう――「すはすは動くぞ祈れただ引けや手ん手に千手の陀羅尼不動の慈救の偈明王の火焔の黒煙を立ててぞ祈りける。」（「…」内をキーンは日本語で書いている）

それよりも大事なのは、能楽においては七―五の「行」に分割する場合、意味よりももっと純粋に形式的な構造に基いています。つまり、七五調の文は形容詞なりその他の独立語以外の品詞で終わることも出来るのです。言い換えれば、七五調は大雑把に言って英語のブランクヴァース（格、押韻がない）に対応するものでしょう、例えば次の詩のように――

Why didst not thou pity her? What an excellent

Honest man mightst thou have been,
If thou hadst borne her to some sanctuary!
〔エリザベス朝の劇作家ジョン・ウェブスターの『モルフィ公爵夫人』第四幕第二場からの引用。「何故お前はあの女を憐れと思わなかったのだ？　お前だって誠実な男にもなれたのだ、あれをいずこかの寺院に逃してさえいたならばな！」〕

それに対して、あなたが用いた詩劇の形式は意味に基づく分割であって、各行が次の行に跨ることはない。その結果、むしろフランスのアレクサンドラン〔十二音綴〕の詩に似ている。

それに比して、浄瑠璃では七五調は音楽的であり、大事なのは、決して十二音節の纏まりではなく、七と五の均衡です。あなたの科白には、私が理解する限り、内面的対比のようなものはない。それゆえに中村氏の指摘した見解は殆ど偶然のなせる業と思います。

浄瑠璃といえば、文楽座で秀逸な『曾根崎心中』を観ました。昨年、扇雀が出演している舞台を観てとても感動したのですが、明らかに人形の方が優れています。これは偉大な作品です、そして幸いなことに人形たちの方が近松が書いた原作を多かれ少なかれ忠実に体現しています。多くの人が近松をシェイクスピアと比較する愚を犯すのは不幸なことです——比較する意味などありはしない。ただし、近松と後世の英国の劇作家とを比較したら、近松の方が優れています。最近、リロの『ロンドンの商人』をもう一度読み直したばかりです、例の英国で最初の家庭悲劇〔市民悲劇とも〕ですが。あの戯曲を『曾根崎心中』と比べると、まったくどうしようもないほどお粗末なものです。願わくは、『曾根崎心中』の私の翻訳が、近松をシェイクスピアに擬する結果、生じた害悪からの復権の一助とならんことを。

そう、毎日新聞との私の戦いに、いざとなったら救援にはせ参じようとの貴兄の親切なお申し出、感謝の言葉もありません。併しながら、貴兄の参戦を要するほど深刻なものとも思えません。尤も去年の事になりますが、日本において同じような状況で甚だがっかりせざるを得ない状況に陥ったのも事実です。岩波書店から出ている「文學」誌上で西郷〔信綱〕に攻撃された折、私の知己であった数人の優れた学者たちに私の味方になって代弁してくれるよう頼んだのです。その人たちは了承してくれ、しかし、結果として誰一人として何一つしてくれませんでした。最後は私自身が反論せざるを得ませんでしたが、岩波の連中は私の反論を掲載してくれるどころか、私の原稿を受け取ろうとさえしなかった。私の印象では、日本の多くの言論人は、いわゆる「進歩派」の一群に好意的ではない人々でも、自分の立場を明確にするのを恐れている、なんとなれば、日本に革命が起きて共産主義者が勝利してしまったら、自分の書いたもののために冷遇されるのではないかと怖いのではないか。違いますか？

最後になりますが、ご自宅にお招き下さるとのこと、有難うございます。喜んでお邪魔したいと思います。併し、まず先に約束してある翻訳を片づけなくてはなりません。それを引き受けたのは、少し稼がなくてはならなかったのですが、どうやら、その金も返せそうです。普段はこういう嫌な仕事は滅多にしないのですが。もうひと月かそこらでその仕事も終わるでしょう、そうなれば、御親切なお申し出をお受け出来るかと思います。

前に申し上げた通り（書いた通り）、貴重なお時間をこの大変長い手紙への御返信に費やさぬよう。勿論、お気が向いたら、是非々々また御連絡頂ければ幸いです。

敬具

ドナルド・キーン

＊　＊　＊

恆存の返信はだいぶ短くなり用件のみに近くなって来る。葉書二枚に記され、消印から一月二十五日頃に書かれたと思われる——

1御返事遅れてすみません。実は原稿の〆切で追はれてをります。二月の二日までかゝります。でもお手紙気になりましたので、中間で御返事さしあげようと存じ筆をとりました。学兄イギリス人とのみ思ひこんでゐて失礼いたしました。実はアイリッシュと一人合点してゐました。しかしアメリカ人だといふことで、どうして私の気持ちが変るとお考へになつたのでせうか。私はアメリカ人が好きです。またさうでないとしても、中央公論に書きましたやうに国民と個人とは又別の話です。あなたらしくない御心配と存じます。

2清水幾太郎氏に対する私の批判手ぬるいとのお考へ、もつともと思ひます。しかし私ハ彼とは戦争中一番親しくつきあつてゐました。いろ〳〵個人的な理由があつて、あゝなつたのです。いづれお会ひしたときお話いたします。(あの講演会は、東京でも催されました。学生の拍手はそのときのことで、京都ではちがつたのかもしれません)

あなたの伊藤整に対する批判、あなたの名は出してありませんが、二ヶ所で同じ主旨のもの読みました。「群像」二月号の中村眞一郎の説、同じ雑誌の匿名批評 侃侃諤諤です。ご参考までに。

*　*　*

キーンの第三信、前に述べたように、これは手書きで消印は二十八日となっている——

1955年1月27日

福田様

お葉書を頂戴したところです、取り急ぎご返事申します。私が冗談で書いたことを本気になさってしまったようで、とても慌てております。いうまでもなく、私の国籍はあなたにとっては問題ではないことは分かっておりますが、是非ともお解りいただきたいのは、私が米国人であるために起る私の特殊な立場なのです。つまり、私はフランス人が言うところのデラシネ〔根なし草〕の一人なのです。米国にいる時は、根っからのアメリカ人でいられますし、英国にいる時は「英国人」に変身します、また、今こうして日本にいる時は、日本人的に物事を考えている自分に気づきます。人はこれを「コスモポリタン」と呼ぶかもしれないし、もっと冷たい呼び名で呼ぶかもしれない。自分が一国に縛られた人間であるより、国際的な人間であるということを自慢するつもりもありません――たまたま結果的に私はそういう人間だったというに過ぎないのです。

いずれにしても、あなたに誤った印象を与えてしまってとても申し訳ない。ユーモラスなことを言おうとしても、あまり成功しないことがあるようです。

「群像」に載った私に関する批判をお教え下さり、感謝しています。「群像」は普段読まない雑誌です――日本にはあまりにも沢山の文芸誌があって、すべてに目を通すなんて私には無理！

「中央公論」の三月号〔実際には四月号〕にあなたの戯曲『岸のうへ《ママ》』と舟橋聖一の『若いセールスマンの恋』に関する論文を書きました。この二作を共に論ずるのは、おそらくあなたは奇妙な組み合わせとお思いになるでしょう。ただ、私が試みたかったのは、私が現在の日本に見る、日本人の精神的及び物質的願望という観点から二つの作品を解説する事です。貴兄のご意見もお聞かせ頂けたら幸いです。このような問題について確信をもって議論できるとも思えないので。

目下、啄木に関する論文を書いています。彼の日記は私の知る限り明治文学のなかでも最も面白いものだと思っています。おそらく何らかのリアクションを巻き起こすかもしれませんね、啄木のように現在では左翼の所有物となってしまっている作家を大胆に取り上げているのですから。

以上はお詫びまで〔この一行は日本語で書かれている〕

敬具

ドナルド・キーン

＊　＊　＊

恆存の第三信は消印が一月三十一日、書かれたのはその日か、或は三十日か。

お手紙ありがたう存じました。これは明からに〔明らかに〕私の黒星。私も日頃人をからかつて〔平和論もその一例〕ヒステリックだなどといはれます。そのたびに、もつとよく文体を見ろとやりかへすのですが。やはり、英語の文体はそこまで見ぬけなかつたようです。シエイクスピ〔ア〕を訳すのが、そらおそろしくなりました。啄木の日記、おつしやるとほり、かれを左翼の財産としたのはとんでもない見当ちがひです。私もそのことを前に指摘して、騒動を起しました。あなたのもさうなるでせう。

あなたのお手紙、家内が東京についでがあり、今東京の宿屋へとゞけてくれたところです。二日には家へ帰ります。あとは雑誌とお別れハムレット一途です。お元気で。

ガケのうへ、三月号〔実際には四月号〕見るのがおそろしい。

以上で恆存がキーンと交わした最初の往復書簡は終る。以下、網羅的とはならぬだろうが、私にできる範囲で、令和の時代となっては分かりづらい部分等々、二人が触れている話題ごとになるべく簡潔に論じてみたい。

二　「平和論」論争のこと、そのほか

キーンの第一信冒頭に書かれた東京での会食だが、私はこれが二人の最初の出会いであろうと推測していた。が、柏崎にあるドナルド・キーン記念財団の年譜を調べてみると、その前年、つまり昭和二十九年（一九五四）の十一月にキーンが歌舞伎座で三島由紀夫と会っており、そこから鉢木会のメンバーとの交流が始まったらしい。とすれば恆存との出会いも二人の往復書簡のひと月ほど前、つまり昭和二十九年の十一月か十二月であったと考えた方がよいのかもしれない。十一月か十二月に鉢木会が開かれ、三島の紹介でキーンと鉢木会の面々が出会い、年末か年明け早々に福田とキーンが初めて二人で会食し

たとすれば、自然な成り行きではある。
いずれにせよ、これらの往復書簡を二人が交わした書信の最初と判断しても間違いではなかろう。コロンビア大学のC・V・スター東亜図書館に残された恆存のキーン宛の手紙類三十余り（封筒類も画像として数に数えている）の前に位置する三通ということになる。同図書館のリストを見ると、キーンが交わした日本の文人たちとの最も早い書簡でも昭和二十九年（一九五四）からである。森田たま、伊藤整、木下順二などからもキーンは早い時期から書簡を受け取っており、百名を超える文人等々からの手紙類が保存されている。最も多いのは三島由紀夫で様々の書類も含めて優に百種を超える。不思議なのはキーンの来日（京都大学大学院留学）の折、下宿先が同じ京都市東山区今熊野に寄寓し、終生の友となる永井道雄からの書簡は一切入っていないことだ。

手紙の内容に移る。キーンの第一信冒頭の「貴兄の著名な論文」とは、当時論壇を騒がせた恆存の「平和論の進め方についての疑問」（「中央公論」昭和二十九年十二月号の巻頭に掲載）のことであり（後に「平和論にたいする疑問」に改題）、キーンが読むのに「苦心惨憺」した平野義太郎の「回答」とは恆存への反論として同誌翌年新年号に掲載された「福田恆存氏の疑問に答える」を指す。一行読むと「心の平衡を取戻すのに、毎回十分を要する」というのは御愛嬌の冗談だろう、そんなに時間をかけていたら一日掛けても読み切れぬような、さしたる中身はないのに長い論文である。（つまり退屈。）今さら息子の私が恆存に加勢する意味もないのだが、平野氏の文章を少々引用してみたい、お読みになれば

むかしは、政府が戦争か平和かを決めたものですが、第二次世界戦争以後では、ピカソやサルトル、アラゴンのような芸術家、作家を含む働く人民大衆が、戦争か平和か、を決する力をもつようになりまして、現に、朝鮮休戦、ヴェトナム休戦をかちとり、平和勢力が戦争勢力に勝利しつつあります。

一九五三年七月の朝鮮休戦以来、世界は平和のほうへ、ぐつと大きく転回しつつあります。

……戦争勢力の退却に追いうちをかけ、戦争政策への切りかえにとどめをさし〔全欧会議、EDC〔欧州防衛共同体〕反対、SEATO〔東南アジア条約機構〕反対、金門島・大陳島の戦争挑発にとどめをさす〕平和を望む人民が団結し友好しあいさえすれば、世界を冷たい戦争から温い平和に変わらせ、自分の国の経済を繁栄に導くことができる段階に入つてきたのです。いまや平和が勝利しつつあるので、平和の勝利とは、武力でなく話しあいで国際懸案を解決することです。民族の独立、平和的共存が夢や理想ではなく、現実になつてきているることです。

平野義太郎が名うての共産主義者であろうがなかろうが、「平和」という言葉（衣）の下に「革命」という鎧を着ていたのだとしても、ドナルド・キーンが平野論文の「一行一行に苛立たされ」たのも無理はない。「ヒステリック」という言葉も頷ける。

重ねてここで平野論文の部分的引用であれこれ揚げ足を取るつもりもないが、先ほど「退屈」と書いたが、読者の中には噴き出してしまった方もいらっしゃるかもしれない。平野のごとく、これだけ「平和、平和」と声を大にしても、現実は常にその声を裏切る。この論争から七十年近くを経た令和の時代になっても、中国は香港を併呑し台湾を威嚇する、あるいはロシアはウクライナに侵攻する。そこから我々が学ばざるを得ないのは、実は「平和」というのは絵空事に過ぎず、世界は絶えず専制と紛争とを抱え込んでいるという冷厳な現実であろう。「平和」とは絶対に到達できないがゆえに、人類が渇望する貴き理想なのだろう。

恆存の返書第一信に出て来る「ノートリアスな論文」が、この「平和論にたいする疑問」を指すことは言うまでもない。

ところで恆存の論文は、すでに述べたように初め「平和論の進め方についての疑問」という少々回りくどいタイトルで発表されている。中央公論社では二十六歳の嶋中鵬二が社長に就任し、「中央公論」誌の編集長を兼ねて間もないことだったが、おそらく編集部の希望を入れて恆存がタイトル変更に応じたと思われる。後の恆存全集等々では、すべて「平和論にたいする疑問」で統一されている。

ついでに書くと、この論文が載った「中央公論」誌の編集後記には、「福田恆存氏の「疑問」はやや愚問だといわれるむきもあるかと思いますが、頭の良すぎる文化人同士はわかりあっていても大多数の一般人にはわからないことの多い昨今、このような根本的な問題が広い場所で大きな声で論じあわれる必要が大いにあると感じて敢えて巻頭に掲げました。ただこういう論旨が現状肯定派に歪曲され悪用されることは警戒しなければならぬと思います。」という、なにやら腰の引けたような、奥歯にものの挟まったような——言ってみれば、いわゆる進歩的文化人或はそのファンに遠慮がましい一文が載っている。これを載せなければならなかったという一事をもってしても、恆存が「疑問」を呈した当時の我が国の言論空間がいかなるものであったか、如実に分かるというものではあるまいか。


この福田論文が当時相当の騒動を巻き起こしたということ自体、今となっては余りぴんと来ないが、この悪名高い論文で恆存は保守の下に反動という言葉を付けられ、保守反動という名誉ある称号を奉られた。(この言葉だけは、我家でも笑い話になったのだろうか、そのころの記憶として当時七歳の私にも刻み込まれた。)

さらに恆存は「ふたたび平和論者に送る」という論文を書いた。つまり、二の矢である。キーン氏が第二信で「「中央公論」二月号掲載の貴兄の論文拝読したところです。」と記した論文であり、先の平野義太郎の「福田恆存氏の疑問に答える」を含め、一斉蜂起したかのごとき進歩派文化人の反論に対する再反論となる。

キーンが書いた「私が日本の雑誌で読んだものの中で英国的特質を――つまり、論理的で常識を備えた唯一の論文、そう、ほぼ唯一の論文です」という言葉は、数学のごとくロジカルに厳密に論理を組み立てる福田恆存の文章の特徴を見抜いていると言えよう。

恆存への反論は雑誌、新聞を問わず数知れず、恆存が言及しているものだけでも、大島康正（東京新聞・昭和二十九年十二月十五・十六日）、久野収（読売新聞・十一月十八・二十二日）などがある。今や後を辿れぬ匿名評はさておき、雑誌に大きく出た主要な反論に次のようなものがある。

南博　「平和論をめぐって」（「改造」昭和三十年新年号）
中島健蔵　「一人の平和主義者から福田恆存へ」（「中央公論」昭和三十年三月号）
清水幾太郎　「誤まれる平和論」（「知性」昭和三十年四月号）
佐々木基一　「知識人の知識人論」（「群像」昭和三十年四月号）

福田恆存はどう対峙したか、簡単に記しておく。福田への反論に対する反論「ふたたび平和論者に送る」については既にふれた。ただ、それより前の昭和二十九年十一月二十五日付の読売新聞に恆存は「平和論と民衆の心理」（後に「「進歩的文化人」への批判」と改題）というエッセイを書いている。その後「ふたたび平和論者に送る」を問うたのが先にも書いたように「中央公論」昭和三十年二月号、そこまでこの論争を終らせるつもりだったようだが、いわば〈戦争はなくならない〉という主題で「文藝春秋」六月号に「戦争と平和」（後に「戦争と平和と」と改題）を書き、「中央公論」八月号には「個人と社会―中島・清水・佐々木三氏に答へる」という論文を書いている。これらはすべて『福田恆存全集』第三巻、及び『福田恆存評論集』第三巻に収録されている。（また、この「平和論」等については、竹内洋著『革新幻想の戦後史』下巻〔中公文庫〕で恆存の戯曲『解つてたまるか！』と纏めて見事に論じられている。）

恆存は返信第一信で「平和論」論争に関連して自分の思想の背骨に言及している。うまく腑分けできるか心許ない次第ではあるが「私のノートリアスな論文の背景にあつた考へ」に関して、ここで若干の解説をしておく。（一月十日付書簡の冒頭に書かれている議論についてである。）

恆存の考え（思想）の根本にあるのは、日本が背負った宿命は、明治になって西欧の文化が押し寄せた結果、誤解を恐れずに言えば、それまでの単一民族が何の軋轢もなく生きてきた日本の歴史と異なり、解決不能の宿命と対峙せざるを得なくなった、という命題がある。つまり、日本が「歴史的な日本固有の風習、生活感情、ものゝ考へかた」と「風俗や習慣」はいうまでもなく、思考においても「西洋的な考へかた」との板挟みに陥り、その「両者の衝突から生じる混乱そのものが吾々の現実」となったというわけである。

従って日本の「現実」とは、西洋に比較すると抽象的・観念的なものとならざるを得ず、それを無視して客観的・具体的なものを日本の「現実」と見てしまうところに、近代日本の宿命があるという。西洋では社会的枠組みの中で自然体で過ごしていれば人間はその枠組みの中で共通の地盤の上に立って「精神の自律性」を保ち、自他の隔絶も社会との遊離も生れない。それに対して、近代以降の日本において日本人は伝統との乖離、文化の喪失を否応なしに受け止めざるを得ず、その結果として「サブスタンス」(実体・中身)より「姿勢」が重要になる――つまり本質よりも形式や姿勢が重要という、あえて言えば奇形的姿を晒さざるを得なくなった、それが日本の宿命であり、一種の悲劇なのだ、そう恆存は考えたと言えばよいのではないか。

そこまで考えると、では今現在の我々は、恆存が日本近代の宿命を抉り出した時代から七十年近くの年月を閲して、それを超克し得たのか、なんらかの妥協点でも見出したのか、そう問いかけたくなる。ただひたすら西洋化の道を歩んで本質も姿も非日本的な醜態を晒しているのだろうか。それとも、現代の日本人は本質としての精神の「ふるさと」を完全に喪失し、今や生活も精神も疑似的西洋化を果して、それこそデラシネと化し果せてしまったのだろうか。この後さらに半世紀を経た頃の我国の姿を見てみたいものだ。(なお、明治以来の日本が対峙した宿命については恆存の第一信に出て来る「日本および日本人」も併読することをお薦めする。『福田恆存全集』第三巻、及び『福田恆存評論集』第三巻所収)

三　『崖のうへ』、「罪」、ほか

読者諸兄は三往復の書簡を読んで、そこで触れられていることはほぼすべて理解していらっしゃることと思う。が、一応註釈めいたことを書き連ねておく。

キーン第一信の「文學界」に掲載された恆存の戯曲は、手紙に出て来る通り、『崖のうへ』である。この『崖のうへ』と、それを土台にした舞台用の戯曲『明暗』に関しては、数年前に出した『父・福田恆存』（文春学藝ライブラリー）のなかで「詩劇について少々抱負を——中村光夫（二）」というタイトルで一章を割いて中村光夫宛の手紙を紹介しながら存分に詩劇論を書いた。恆存が詩劇をどう捉えてこれらの戯曲を書いたのか、興味のある方は是非そちらを参照して頂きたい。

キーンが『崖のうへ』を間違えて『岸のうえ』と書いているのは御愛嬌でもあるが、これは「崖」でなくては拙い。「岸」から池に落ちて溺れる人もいるかもしれぬが、崖から突き落とされての即死という、この作品に必要かつ劇的な大事件は起こらぬであろうに……キーン氏、何を読み間違えたか、勘違いをしたのか……。

恆存自身が書簡に触れているとおり、『崖のうへ』は中部日本放送での聴取者の評判がよかったため再放送という珍しい展開となる（昭和二十九年十二月五日、同月十九日）。それどころか、キーンとの往復書簡が交わされた後の昭和三十年三月二十日、関東圏で文化放送が放送している。他局ということになるが、これはよほど珍しい出来事ではないか。評判を呼んだことには違いあるまい。

評判はさておき、この稿では二人の遣り取りに出て来る「罪」の問題、アイスキュロス的な戯曲かエウリピデス的な戯曲か、それともほかに考えようがあるのか、触れてみたい。

「罪」ということになれば、恆存が最初の書簡で触れているように、キリスト教の洗礼を受けた西洋と、宗教性が曖昧模糊とした日本とでは概念そのものが全く異なり、極論、比較のしようもないといえるだろう。キリスト教でいえば、私にしてみれば「原罪」の概念からして本質的には理解できない。いや、おそらく「理解」以前に存在するのが「原罪」という概念なのだろう。一方、日本人の持つ罪の意識ほど曖昧模糊としたものもない。あえて言えば、一日経てば本人も忘れてしまうがごときもの、あるいは「人の目を気にする」態のものに過ぎない。神の存在を前提にして(いや、この物言いが既に日本的なのだが)、罪を意識するのと、人の目を気にするのと、それだけ考えただけでも「罪」というものが我々日本人には「縁遠い」ということしか私達には分からない、私にはそう言うほかない。

道徳に反することは、大なり小なり、誰でも犯しているだろう。が、この道徳・徳目といったものがキリスト教の「罪」と接点・交点を持ちうるのか、それさえも私には分からない。

『崖のうへ』(『明暗』)で康夫と瑞枝が赤痢の子供を置き去りにした(その結果、死なせた=殺した)事は罪なのか、法的な意味ではなく「罪」と呼べるのか。神の前にという以外に「罪」という概念が成り立たないとしたら、やはり日本人は「罪」の「存在しない」世界に生れついているのではないか。この疑問は堂々巡りのように私の思考のループを廻るばかりなのだ。
戦地で逃げまどうさなか病気の幼子を置き去りにしたら、誰しも心の中で「罪の意識」に苛まれるだろう。が、この「罪」にどこからも「罰」はくだらない——神があって初めて「罪」が生れる所以であろう。

そうなると、瑞枝の「〔前略〕そんなとき、いつもあたしは罪を犯してしまふ。／いいえ、罪を犯したやうな氣になつてしまふの。／罪つて、さういふものでせう？ ただの感じだけ。／どんな惡いことをしたつて、それは罪ではない。／あとで惡いと感じたとき、はじめてそれが罪になる。〔後略〕」という言葉は、まさに日本的な曖昧な罪の概念を言い現わした言葉ではないか。

キーンに宛てて恆存が書いていているように「一見、罪の意識の欠如の裏で、何かものたりないものを感じてゐるのです。一種の空虚感といつてもいゝでせう。それは惡いことをしても、もう叱つてくれなくなつた老父を見て感じる若者の心細さみたいなものではないでせうか。」という言葉も、まさに言ひ得て妙ではないか。

神の裁きがどうの、罪がどうのといったことではなく、大甘に見てもせいぜいが「お天道さまが見ていらっしゃる」といったほどのことに過ぎない。「叱つてくれなくなつた老父」すら我々にはいない、「見ていてくださるお天道様」すら我々は失ったのではないか——日本人が「罪」の意識や概念から遠ざかり、なにをやっても個人の自由、個人の権利と自堕落を決め込み自分達に大甘の国を生み出した結果、我々はいま無慚な姿を晒しているのではないか。

恆存の第一信にある「人物は意識しきつてゐて、しかもその意識から洩れたところに禍ひが戸をたゝくといふものではないでせうか」という言葉は、悲劇の要諦を実に端的に示した見事な表現と言える。『崖のうへ』あるいは『明暗』をお読みになって頂きたい、かつて大陸から引き上げる時に見捨てた息子克己の亡霊が、思いもかけぬ時になって瑞枝に襲い掛かり、しかもそれが康夫の種ではなく、瑞枝の土井との不倫の「結晶」だという秘密が暴露され、そこから瑞枝の土井殺害が起こる、瑞枝に崖の上から土井を突き落として殺人を犯させるわけだ。しかも、康夫はそれを土井が瑞枝を突き落とそうとしたところ、過って逆に突き落とされたと刑事に「言ひわけ」をするのだが、これも刑事のトリックによって見事に打ち砕かれ、すべては「意識から洩れたところに禍ひが」姿を現し、瑞枝も康夫も自ら死を選ばねばならなくなるのである。

ところで『崖のうへ』を書くとき、恆存はエウリピデスの『王女メデイア』を意識していたというが、本当だろうか。一方、キーンは罪の「テーマ」を意識してアイスキュロス、オニール、エリオットの系譜に繫がりそうな色合いを『崖のうへ』に感じている。

話を進める前に、アイスキュロスとエリオットの相似に触れておく。アイスキュロスのオレステイア三部作（『アガメムノン』、『コエポロイ』＝「供養する女たち」、『エウメニデス』＝「慈しみの女神たち」）のうち、第三部『エウメニデス』はエリオットの『一族再会』のモチーフとなったと思われるものであり、どちらも復讐神と「罪」の影がちらつく。またエウメニデスは「慈しみの女神」を現わす言葉だが、作品の中ではコロス（合唱隊）がその役を担い、戯曲の終盤までは復讐の女神エリニュエス（主に殺人を犯した人間に付きまとう）として登場して、母殺しを犯した主人公オレステスを苦しめ復讐しようとするが、終盤に至って女神アテナの説得を聞き「改心」して復讐の神から「慈しみの女神」へと変貌を遂げる。

一方、エリオットの『一族再会』では、主人公ハリーは妻を殺害したと自ら口外する（証拠はない）。また、年老いた母親の望みを打ち砕き、絶望ゆえと思われる死へと追いやってしまう。そういうハリーのもとに、沈黙した復讐神が戯曲の進行に従って時折舞台奥に姿を現わすのだが、終幕近く、ハリーが一種の改心をすると二度と姿を現さなくなる。そしてハリーが、おそらくは慈しみの女神エウメニデスに変容した神に守られて（明示的にはどこに何をしに行くとは書かれていないのだが）、いわば償いを求める巡礼の旅に出たと思われるところで幕を閉じる。

アイスキュロスもエリオットも「罪」を、殊に親殺しの罪を主題にしている。

キーンはアメリカの大劇作家（唯一の劇作家とさえ言いたくなる）オニールの名も出しているが、代表作『喪服の似合うエレクトラ』（三部作）はまさにギリシャ劇オレステイア三部作をモチーフにしたもので、親殺しのテーマを扱った大作である、ただし、主人公はオレステス＝男ではなく、ラヴィニアという女性になっている。

つまり、アイスキュロス、オニール、エリオットは「罪」をテーマに大作を書いている、その意味で、キーンは『崖のうへ』が『王女メデイア』を書いたエウリピデスより、むしろアイスキュロス的ではないかと言うのである。

少し先走り過ぎたかもしれない。キーンがアイスキュロスの名を持ち出したのは、恆存の以下に再掲する部分を受けてのことだが、私は恆存には一種の韜晦あるいは逆に衒いがあるのではないかと、思っている。

……私の「崖の上」が「一族再会」を思はせるといふこと、おつしやられて、なるほどと思ひました。しかし書くとき殆ど念頭にありませんでした。私は「メデア」を考へてるました。これはまだだれにもいつてありませんが瑞枝はメデアをもぢつたもの、康夫はドイツ語よみにしてヤーソンをもぢつたものです。さういふとますく〵非日本的といはれさうですが、思想は純粋に私のものです。「遺憾ながら」エリオットと少々似てをります。私にいはせればエリオットが私よりさきに私をまねたのであります。呵々

私は『崖のうへ』(『明暗』)は何度も読んでおり、『王女メデイア』も数回読み返した。が、恆存が『崖のうへ』を書くとき『王女メデイア』を念頭に置いたとはとても考えられない。なるほど瑞枝がメデアの、康夫がヤーソンのもじりであることは頷けるが、作品のテーマも筋の展開も登場人物相互の人間関係も、およそ別物としかいいようがない。(若い読者は瑞枝は「みずえ」と考えてしまうだろうが、

正仮名遣いでは「みづゑ」である。Medeia と同じく「Midue」なのである。ヤーソン（イアソン）はJason、金羊毛皮の話で有名な、あの Jason である。）

敢えて言えば、恆存は、子殺し（罪と罰の概念）、及び主人公の名前のもじりは『メデイア』に借りたのかもしれない。あるいは、先ず『メデイア』から着想を得たのかもしれない。が、科白の強弱のストレスの置き方と、「罪」＝「赦し」の観念では、自らが翻訳して一年も経ていない、エリオットの『寺院の殺人』や『一族再会』から着想を得ていることは間違いあるまい。

と、ここまで書いてきて今更ではあるが、ここで『王女メデイア』と『崖のうへ』の粗筋などを記しておいた方がいいだろう。

『王女メデイア』――メデイアとの間に二児を儲けたイヤーソンは、その後、コリントスの王クレオンの娘と恋に落ち、メデイアを顧みない。一方、娘が可愛いクレオンは、メデイアに向かい二児を連れてすぐさまコリントスより出ていくように命ずる。たまたま旅の途次、コリントスに来たアイゲウスは、話を聴いてメデイアに自分の国に来て共に暮らすことを勧める。気性の激しいメデイアはアイゲウスの誘いを肯いつつも、イヤーソンを許せず、クレオンと王女を毒殺し、我が子二人を殺害、竜の車に乗ってアイゲウスの許へと去って行く。あとには恋する女も二人の子供も失ったイヤーソンが残され、悲嘆に暮れるところで幕が降りる。いわばメデイアの復讐劇である。（このストーリーを知っていると、キーンの「蝶々夫人」に関する冗談がよく分かると思う。）

『崖のうへ』――康夫と瑞枝夫婦と康夫の友人土井との三角関係と、満州から引き上げる時、康夫夫婦が赤痢の息子克己を見捨てて二人だけで内地に逃げ帰ったこと、克己は実は土井の種であった、つまり、昔から土井と瑞枝は姦通していた、というよりその二人の関係の方が古いものであったことなどが劇の展開と共に分かって来る。さらに土井と康夫はともに医者で、かつて医学実験の最中に故意か過失か土井の付けた火で康夫は失明、十五年後の今、土井の手術によって康夫はようやく目が開くところである。で、崖のうえで夫婦が過去から現在への話をしている所へ土井が現れ、諍いとなり、瑞枝が土井を崖から突き落とす。土井は即死。さらに、康夫を心ひそかに慕う瑞枝の妹祥枝、姉妹の母松子も描かれているのだが、この松子もかつて一度康夫と肉体関係を持ったことがあり、祥枝はその事実を知っている。

土井殺害を事故と見せかけようとする夫婦と刑事の駆け引き（と言っても、終始刑事が優勢なのだが）があり、殺害した瑞枝と、その隠匿に努めた康夫は絶望からそれぞれに崖から飛び降りて自殺して、母親松子は心臓発作で死亡、「見てゐるだけ」の妹祥枝が一人取り残されて幕を閉じる。

「罪」に相当する幼い克己を見捨てる行為は消極的であり、土井殺害も土井から三角関係を責め立てられたが故の、已むに已まれぬ殺人といえる。

メデイアの激しい嫉妬と怒りゆえの子殺しとは大分様相が異なるし、康夫にも『王女メデイア』におけるイヤーソンのような身勝手な振舞いも見られない。

こうして二つの戯曲を比較すると、「書くとき「メデア」を考へてゐた」という恆存の言葉は、俄かには信じがたい。一方「「遺憾ながら」エリオットと少々似てをります」と恆存は言うが、「遺憾ながら」ではあるまい。これはキーンに図星を指された恆存が「少々似てをります」という自己弁護で逃げを打った衒いなのではないかと私は推測している。

「思想は純粋に私のもの」という言葉はその通りに受け取ってよかろうが、「私にいはせればエリオットが私よりさきに私をまねたのであります。呵々」のくだりは、まさに「呵々」であって、図星を指された恆存が「エリオットが私よりさきに私をまねた」と冗句を入れて、あとは御推察のほどを、というつもりで呵々大笑したと考えればよかろう。

この私の考えを補強するために、いくつかの事実を挙げておく。既に触れたように恆存は昭和二十九年三月に吉田健一と共に新潮社からT・S・エリオットの戯曲や評論を収めた『現代世界文学全集26』を翻訳出版し、そのうちの詩劇三篇を担当している。この時期、恆存は渡米中であり、殆どの翻訳は渡米前に済ませている。キーンとの書簡の遣り取りも『崖のうへ』の執筆も昭和三十年初頭。つまり、恆存の記憶にエリオットの諸作が新鮮な時期であり、それら諸作から『崖のうへ』の(また、ストレスをおいた韻文劇の)着想を得たのは自然の成り行きと考えてよい。

もう一つ決定的な傍証もある。キーンの「刑事の無作法!」という言葉(第一信)――これは何を指し意味するかというと、康夫夫婦のいわば上流家庭に無神経に土足でずかずか上がり込んできたかのような、刑事の遠慮会釈のない態度のことを言っているのだが、キーンの意味するところはその態度行動のみではなく、言葉遣いの粗雑乱暴にある。

というより、その他の登場人物の科白がすべて韻文(詩劇)で、リズムとストレスが置かれて、言葉の選択が美しく書かれている。そこに突然闖入した刑事の科白は、全て散文で庶民の言葉で語られる。つまり、劇場で（或はラジオから）観客が（聴取者が）耳にする言葉が、韻文から突然散文へと変わるわけだ。そのギャップを想像して頂きたい。（極論「小諸なる古城のほとり　雲白く／遠くまで来ちまったねえ、悲しいわけだ」といったギャップである。）聴取者は相当の違和感を感ずるはずだ。

エリオットの『寺院の殺人』をお読みの方が読者諸氏の中にどれほどいらっしゃるか分からぬが、この戯曲も全編韻文で書かれた詩劇と言ってよい。ベケットも四人の騎士もずっと韻文で喋っており、観客がその韻に心地よさを感じ、その文体に慣れきった折も折——ベケット暗殺を決行した騎士たちが舞台から直接客席に向かって語りだすのが散文の会話なのである。

騎士たちが散文で語りだした時に観客が感じる違和感（新鮮味）と、刑事が突然現れて散文で語りだすそれとはまったく同じ効果を有している。このことにそれぞれの戯曲の翻訳者であり作者である恆存が気付いていない筈がない。恆存は明らかにエリオットをまねている。それゆえにこそ、恆存は——「遺憾ながら」エリオットと少々似ております。「私にいはせればエリオットが私よりさきに私をまねたのであります。呵々」——と遊んで書いたに違いあるまい。とはいえ、エリオットの技法を見事に自分の（日本の）戯曲に取り入れ、キーンが第一信で書いている「日本人にとって重要なのは、自分たちの伝統を忠実に墨守することに安住するのではなく、文学的芸術的地平を拡げていくこと」を恆存は実践していると言ってよかろうし、キーンのこの言葉があるからこそ『明暗』『崖のうへ』を一冊にして新潮社から出版した折の「あとがき」に「意外にも山本健吉、吉田健一、中村眞一郎、ドナルド・キーンの四氏がほめてくださつた。私は「崖のうへ」を詩劇としてばかりでなく、いはゆるスリラー劇として書いたつもりだつたが、その點は徳川夢聲氏に認めていただけた」と恆存が書いたのは嬉しさ半分、矜持半分といった所ではあるまいか。

蛇足ながら、以上のこと、殊に『寺院の殺人』の騎士たちの科白の変化に触れずに「刑事の無作法！」と書いたキーンは、おそらく『寺院の殺人』を読んでいないと私は想像している。少なくとも、劇場で『寺院の殺人』を観劇したことがなく、騎士たちの韻文から散文への科白の変化のもたらす効果に気づいていないと断じても、あながち過りではあるまい……。

ついでながら、ストレスの概念も恆存はエリオットの諸作品から「盗んだ」ものと言っても過言ではあるまい。ストレスについては『父・福田恆存』第二部の「詩劇について少々抱負を――中村光夫(二)」の中村宛の手紙で詳述した、是非それを参照して頂きたい。

四 「キーン氏の不勉強」ほか

キーン第一信の最後に毎日新聞に掲載された「キーン氏の不勉強」という記事の話が出てくる。これは昭和二十九年十二月二十四日付「憂楽帳」欄に「七本槍」という匿名で書かれた「キーン氏の勉強不足」という短いコラムの話である。全文を引用しておく。

ドナルド・キーンというケンブリッジ大学講師が中央公論の「紅毛文芸時評」で、伊藤整が「文学入門」の中で「戯曲というものは小説と全然ちがうようにいわれているけれども、戯曲が芝居の台本であるという点でちがうのであって、芝居の台本としてみずに、印刷した読みものとしては、それは会話を主とした小説の一種にすぎない」と書いているのに同意できかねるといって「偉大な小説の多くが取扱っているのは、我々の良く知っている問題や事件であり、多かれ、少なかれ作家の思想によって解明された我々の生活の描写である。偉大な戯曲は主として我々の余り体験していない事件や我々に似ていない人物の話で、作家に思想がなくても良い」と説いている。

伊藤の言葉は入門書に書くのにはやや不適当のようだが、キーン先生も、も少し西洋文学を勉強してから物をいっていただきたいと思うがどうか。

四百字あるかないかのコラムで三分の二ほどが引用というのもどうかと思うが、日本文学はさておき「も少し西洋文学を勉強してから」というのは見当違いも甚だしい物言いではあるまいか。キーンが件の「紅毛文藝時評」でこう書いているにもかかわらずと言いたくなる。すなわち——

……西洋文学の中で最も美しい最も深い、そして最も機智に富むのは戯曲である。ギリシア時代から、人生の根本問題を論ずるには戯曲ほど適当なジャンルはない。アリストテレスの『詩学』は文学評論として有数なもので、芝居の文学的人間的な重要さを論じている。

——こう論じた後にソフォクレスの『オイディプス王』のあらすじを述べ「父を殺して母と結婚したイーディパスの話がわれわれを感激させる理由は、父を殺して母と結婚する人が多いためではなく、われわれの心に無意識的にもそんな恐怖が潜んでいるからである」と書いている。西洋文学の根幹を捉えているとは言えないか。

面白いのは恆存宛の書簡で「論点はどうやら私が西洋文学についてあまり知らないということらしいのですが、そう判断する筆者にそれだけの資質があるのか何も書かれていないので、真面目に受け取るつもりもありませんが。西洋文学に関する無知を批判される限りにおいては、気にも掛けません——日本文学に関する無知を批判されたとなれば、心穏やかではありませんが」と書いているところだろう。彼の経歴を考えれば、ギリシャ劇の主要なものからシェイクスピアまで、文学（演劇）を専攻する人間なら、専門が日本文学であったにせよ、右のような西洋の作品を読んでいないわけがない。「七本槍」氏、どういうつもりで右のコラムを書いたのか、恥を晒したのはご本人の方だろう。

さて、本題に入る。伊藤整は戯曲は活字で読めば「会話を主とした小説の一種」と考えられるというが、果たしてそうだろうか。詩にしても戯曲にしても、書き手はそういう意図で書くはずがない。詩にしても戯曲にしても、肉体を有した我々人間が音声に出して読むことが一義的に目指されている。詩は読んで人に聴かせること、少なくとも自分一人でも声に出して読むことが（黙読していても脳はその音声を追いかけている）前提の芸術と言えるだろう。戯曲に至っては舞台上で複数の人物が「行動」しつつ喋る音声を、観客に届けるのが前提だろう。伊藤整がそんなことを知らないわけはなかろうが、「それが大前提であっても、活字として読む場合は会話による小説と思えばよい」と考えての発言なのだろう。

しかし、その「場合」という条件は得手勝手な考えと言わざるをえない。ギリシャ悲劇を考えただけでも分かるのではないか。まず祝祭のための賛歌ディテュランボスという合唱から始まり、やがてそれが対話へと発展してゆく。そもそもの始まりをみてもそれは詩であり、演劇の始まりは恐らく全世界的にそうだろうが、宗教的儀式に伴う祈りや歌が意識的な科白へと変化したものであろう。つまり詩と劇とはほぼ一つのものと考えられている。英国に行って書店に入って眺めてみるといい。まともな本屋ならDRAMAのコーナーの隣に必ずPOETRYのコーナーが並んでいる。それだけでも、詩と劇との同質性をかの国の人々がどれほど感じているかが分ろうというものだ。

さらに第二の問題としては、たとえばリア王でもよい、ハムレットでもよい、シェイクスピアの主人公の科白には（たとえ読者の想像の中にでも）行動し苦悩し怒りに狂う、そういった生身の人間の「動き」、つまりは舞台上の「演技」というものが想定されているのではなかろうか。黙読しようが音読しようが、主体となる読者はそこに詠われる人物や想念を追体験し、行動し、喜び、悩み、怒り、悲しみ……その他あらゆる感情を自らの肉体の中に取り込み、肉体が躍動的に感じ取っているはずだ。

もちろん、小説でも同じことかもしれない。しかし戯曲でこそ、舞台の上に結ぶ実像を描き出せ、その実像が発する音声を味わわせ、生身の人間を眼前に招来し得るのではなかろうか。詩にはそういう実像は生み出せないというかもしれぬ。それは違う。優れた詩を優れた俳優が音声に出して朗読する時、小説の朗読とは全く異なる動的、躍動的、生命の発露を聴衆に味わわせることができるはずだ。


一方、ハムレットの独白部分だけを活字で読んでも、人生の苦悩を描いた小説として読めばいいという説明は出来るかもしれない。かもしれないが、そもそもそれを小説として読む必要などありはしない。語られるものとして書かれたもの、シェイクスピアが音声を前提にして書いたものを、小説として読む必要はない。研究のため、勉学のために「読む」ことを言っているのではない。本来の目的を考えてくれというだけのことだ。シェイクスピアはソネットも書いた。美しい十四行詩は単に読まれるために書かれたのではない。シェイクスピアはその詩が諳んじられることを前提としているに違いない。後世の人にではなく同時代の人、あるいはシェイクスピア自身が詩を贈った相手に、そして、依頼されて書いた詩であっても依頼者とともに、その依頼者が詩を贈ろうとした相手に「呟いて」貰うためでないはずがあるまい。詩も戯曲の科白も音声としての言語以外の何物でもない。

キーン氏に義理立てするいわれはなにもないのだが、西洋の文学において詩と戯曲の位置づけを重視するキーン氏の言葉に私は賛同する。

このキーン氏の言葉に太刀打ちできる詩や戯曲が我が国にあるかどうか、これは返答に窮する。詩なら、確かにあると言える気もする。戯曲（劇）となると、結局のところ歌舞伎（浄瑠璃）しかないのではないか。それを超えた戯曲は我が国に、遂に生まれなかったと断ぜねばならないのだろうか。

キーン氏の名誉のために付け加えておくと、「七本槍」に難癖付けられた「紅毛文藝時評」は、この回、前半は伊藤整に対する疑問の提出となっているが、全四頁のうち後半二頁では、この回で扱う伊藤整の『文学入門』の優れた面をきちんと捉え、最後は「世界文学から見れば今後の日本文学の使命は、東洋的なタテの考え方と西洋的なヨコの考え方を合わすものであるかも知れない。伊藤氏は、このむずかしい問題をどう考えるか、紅毛の筆者は、氏のお教えを受けたい」と締め括っている。これらを無視した「七本槍」のコラムを読むと相当の違和を感じないか。「七本槍」氏、罪万死に値する、と言っておく。

くだんの「紅毛文藝時評」の締めくくりに近いところで、キーンが「私小説という孤独文学がはやっている。たまにヨコの立場から社会を論じようとする小説が書かれても、柔軟性がなくて大体単調である。それらの現象を考えれば、私の説にはある程度の信頼性があるかも知れない」と書いているのだが、コラムニスト「七本槍」氏、実はここに批判された私小説界隈の人物なのではあるまいか。それで、後半部の伊藤整を褒めたところは無視して、前半のキーンの言葉だけを取り上げて鬱憤を晴らしたのではあるまいか。

なお、恆存がキーン宛第二信の最後に「あなたの伊藤整に対する批判、あなたの名は出してありませんが、二ヶ所で同じ主旨のもの読みました。「群像」二月号の中村眞一郎の説、同じ雑誌の匿名批評 侃侃諤諤です。ご参考までに」と書いている。「侃侃諤諤」は文芸誌「群像」の名物コラムで、ちょっと嫌味な文章を売り物にしているのだろう、当時、誰が書いていたのか知る由もない。恆存は「同じ主旨」と書いているが、私にはそうは思えない。「侃侃諤諤」はむしろ日本の小説家や「新劇作家」が真摯に論争すべきことと片づけているのであって、キーンの意見に是非を言っているのではないと思う。

一方、中村眞一郎は、「文学」と「小説」の混同を戒めていると思えるし、エッセイの末尾を次のような言葉で締め括っている——「さつきのキーン氏が同じ文章のなかで云つてゐる。「小説を読むと世界や自分自身に対してより良い理解を得るが、一方戯曲を読み又は見る時には、われわれの理解を越えた打撃を与へられる」と。／ぼくは、今度は急に、黙阿弥を読みたくなつて来た。……」——これは見開き四頁の文芸時評だが、どちらかというとキーンを肯定的に観ていると思う。

五　西郷信綱、清水幾太郎、ミス・キシ、そのほか

キーンの第二信に出て来る人々について簡単に触れておく。

まず西郷信綱への言及だが、その折のいきさつを書く。昭和二十九年六月号の「文學」にキーンが西

郷信綱、永積安明、廣末保三名の手になる共著『日本文学の古典』の批判的な書評を書いた。
抜粋する――

三人の著者とも「矛盾」と云ふ言葉を盛に使ふ。その意味はマルクス主義に基くであらう。然し本当の矛盾は、三人が文学を愛して居るのに政治についての確信に縛られて、芸術的観念を否定することにあるであらう。

それよりも大きな怠慢の罪は日本文学史上の仏教の重要性を見くびつて居ることである。（中略）例へば中世の文学にどんなにか大きな影響を与へた禅は全然出て来ない。能を論ずる時に仏教との関係に触れなかつたのは、考へられない程独断的である。（中略）西郷氏の『日本古代文学史』に「文学の精神は宗教とは対立的なのであつて云々」と書いてある。さう云へば『神曲』も『失楽園』も文学ではなからう。そして『通小町』のやうな仏教のしみこんだ作品を平気で度外視し得るであらう。

――といった具合に手厳しい。これに対して西郷が同誌同年八月号に全編嫌味たっぷりに反論を書いたのだ。こちらも抜粋しておく――

……ハッキリいうが、キーン氏の文学のとらえかたは貴族的であり、プチ・ブル的である。こういういいかたが気にくわねば、たいへんお上品で紳士的でございますといいかえてもいい。

……キーン氏の国であるイギリスについていっても、私たちが日ごろ親しみ、かつ恩恵をうけている一連のマルクス主義の文学論文や文学史研究にくらべると、氏の論理や思考はおそろしくナマクラで、常識的で、感傷的である。

……「階級闘争との関係において、人民大衆の生活条件およびそこから生ずる諸問題との関係において」文学をとらえ、人民大衆が自己を変革し解放するのに協力していくのが文学史家の任務であると考えている。

——両者を読み比べると、誠実と節度という点でどちらがまともか、あるいはどちらが論理的であり、どちらが観念的空論であるか、わざわざ指摘するまでもあるまい。ちなみに西郷信綱は日本古典文学者で上代、古代文学が専門である。

次にキーンが「あなたの論文で一つ残念なのは清水幾太郎の扱いです」と書いた点だが、福田論文を何度か読み返したが、私にはそれほどのことだとは思えない。が、キーンのいう「おそらく清水は現在一種の重大な岐路にたたされているのではないか」というのは分かる気がする。これは「機をみるに敏」な清水幾太郎の左から右へシフトしたのかと思わせる発言を一種の危機的な「岐路」と言ったのではあるまいか。後に『日本よ国家たれ：核の選択』を書くに至る清水の転向の兆しをこの時期にキーンが予言していたとすれば、大した慧眼というべきだろう。この辺りのことは、中公文庫に収められている竹内洋の『清水幾太郎の覇権と忘却：メディアと知識人』五章「スランプ・陶酔・幻滅」に詳しい。そこでは、この頃からの清水をスランプに陥った時期として叙述している。前に触れた竹内の『革新幻想の戦後史』はいうまでもなく、本書も優れた研究書であるとともに実に読みやすい戦後論壇史となっている、どちらも一読をお薦めする。

さて、このキーンの指摘に対して恆存は「清水幾太郎氏に対する私の批判手ぬるいとのお考へ、もつともと思ひます。しかし私ハ彼とは戦争中一番親しくつきあつてゐました。いろ〳〵個人的な理由があつて、あゝなつたのです」と応えているが、私も詳しい事は父から直接は聞いていない。考えられるのは、一つには、二人とも同じような境遇に生れ育ったことにあるのではないか。清水は日本橋、福田は本郷区東片町、共に下町の生れで、いわば庶民の家に育つ。その後の旧制高校から東京帝大への道も同じであり、親近感が生れたとしても不思議ではない。

終戦前年、恆存は坂西志保[3]が主幹を務める太平洋協会アメリカ研究室の研究員の職を得ているが、これは清水の斡旋によるものだという。(余談になるが、戦後しばらくして、坂西志保は恆存と同じ大磯の、ものの五分と掛からぬところに住んでいた。私の記憶では坂西氏が後から越して来たように思う。）

また、戦後まもなく清水が創った「二十世紀研究所」に福田も参加していることからも、二人が親しい、いわば旧知の仲だったことは事実で「喧嘩屋コーソン」との異名を取った福田恆存も清水に対しては穏やかにならざるを得なかったのかもしれない。もう一つ、これは私の直観にすぎないが、二人には同じような「やさしさ」があったのではなかろうか……。いずれにしても、この辺り、私には確信の持てる所ではない、お断りしておく。

次の「ミス・キシ」とは新劇女優岸輝子のことだろう。後に昭和三十五年（一九六〇）の第一次新劇訪中団の一員として訪中している。勿論、ここでキーンが触れたのはそれ以前の発言で、訪中以前の中国への憧憬だろう。いずれにせよ、左翼色一色だった当時の新劇団の面目躍如たる発言ということになろう。

岸輝子の「中国は天国だわ」という発言については、前にどこかで目にしたような記憶があるのだが、今あれこれ調べても分からない。あるいは、新劇団訪中公演後の誰か（岸自身？）の言葉を記憶しているのかもしれないが、あくまで曖昧な記憶と書いておく。

キーン第二信にある『曾根崎心中』だが、これはそもそもが人形浄瑠璃で、キーンの言うとおり人形の方が遥かに切なく美しい。人間はどうしても「生身」、いくら美しくても人形の可愛さ切なさは出ないと私は思う。

ただ、ここで言う扇雀とは亡くなった四代目坂田藤十郎、つまり三代目中村鴈治郎、すなわち二代目中村扇雀のことである。そう、あの扇雀飴のネーミングの元となった扇雀。当時、上方歌舞伎の美形として大評判というか大人気というか、まだ小学低学年の私の耳にすらその名前は聞こえていた。その後数年して我家に侵入したテレビのコマーシャルにも出演していたことを記憶している。女性の間の人気は凄かったのだろう。

その扇雀が演ずる『曾根崎心中』の女郎お初が大評判になったわけである。いわゆるお初徳兵衛で知られるお初のことだが、江戸以来久しく上演が途絶えていたものを、丁度昭和二十八年、キーン＝恆存の往復書簡の二年程前に扇雀により復活上演され、この舞台が大当りを取ったらしい。それを切掛けに人形浄瑠璃の文楽でも復活上演されたのがこの年、昭和三十年のことだという。

その両者を観て、キーンは「文楽座で秀逸な『曾根崎心中』を観ました。昨年、扇雀が出演している舞台を観てとても感動したのですが、明らかに人形の方が優れています。これは偉大な作品です、そして幸いなことに人形たちの方が近松が書いた原作を多かれ少なかれ忠実に体現しています」と書いたわけだ。

近松とシェイクスピアが比較されるのは、私にも全くわけがわからない。それこそ生身の人間が演ずる歌舞伎が頭にあると、そんな突拍子もない比較も生れるのかもしれないが、人形浄瑠璃でこの作品を観る観客は、おそらく誰一人としてシェイクスピアを思い浮かべないだろう。未だにそんな比較研究をしているご仁がいたとしたら、私はこう言っておく——シェイクスピアの戯曲のなんでもいい、人形を使って上演してみるがいい、それは単なる人形劇だ、と——人形浄瑠璃は「人形劇」ではない、あくまで浄瑠璃なのである。義太夫の語りがあるから、人形も動けるのである。優れた太夫の語る義太夫を聴けば、その意味はすぐに分かるだろう。

なお、リロは完全に消え去った作家と言える。『ロンドンの商人』も入手困難と思う。また、キーンの書くように、彼の『曾根崎心中』の翻訳のみならず、彼の研究がシェイクスピアと近松の相違を西欧のみならず我が国にも分からせてくれたのではなかろうか。

キーン第三信の終りに啄木の日記のことが出て来るが、キーンは『日本の文学』の中で「啄木の日記と芸術」という一文を書き、啄木の日記に着目——「『かなしみ』を本体とした歌よりも日記が本当の啄木に近いと思う」、「日記の中に出ている啄木は歌や詩や他の作品に出ている啄木より複雑な立体的な人物である」などと評価している。

このキーンのエッセイを読んだ時、私はキーンの文章のあちこちにクリスタルのようなきらめきというか、透き通って美しい文章を味わえた、一読をお薦めする。『日本の文学』は中公文庫に収録されている。なお三島由紀夫が解説を書いており、その冒頭に「キーン氏の「日本の文学」は、詩人の魂を以て書かれた日本文学入門で、学問的に精細な類書はこれ以後に出ることがあっても、これ以上に美しい本が出ることは、ちょっと考えられない。自分一人が発見した言いがたい美を、なるべく正確に、できれば自分がその発見から得た感動を少しも損わずに、そのまま読者〔中略〕に伝えようとすることは、告白以上の難事であるが、「日本の文学」は、その難事を成し遂げようとする情熱と緊張によって美しいばかりか、その或る部分はたしかにそれを成し遂げたことによって美しい」という、これまた美しい賛辞が書かれている。

キーン、恆存両者の手紙に書かれている啄木を左翼が利用する云々は、おそらくいつの時代にもあり得ることだろうが、恆存自身も「利用」はしていないが、昭和二十四年に河出書房版『啄木全集』に収められた『一握の砂』『悲しき玩具』の解説で、啄木を社会主義者と定義している（『福田恆存全集』第一巻、『福田恆存評論集』第十四巻参照）。勿論、それがテーマではない──『一握の砂』については「ずしりつと音をたてて經過する、とりかへしのつかぬ一秒を實感しうるのは、ただ意識の極度に緊張したときのみである。〔中略〕が、さう考へついたとき、啄木の短歌は、その前後に比を見ぬ獨自なものとなつてゐた」と書き、『悲しき玩具』については「意識の緊張度と明晰度とにおいて、かなり高いものもそうとうに見いだせる。〔中略〕そこにぼくたちは歌はれてゐる事實や心境よりも、歌つてゐる啄木の姿態そのものをはつきりと眼底に捕捉するおもひにうたれるのである」と記している。政治的な主義ではなく、あくまで詩人歌人としての力量や啄木の姿を論じている。

もう一つ、恆存が第三信の終りに「ハムレット一途」と書いている。これは『父・福田恆存』にも詳しく書いたが、この年の初めから『ハムレット』の翻訳に取り掛かり、翻訳と並行して文学座（芥川比呂志のハムレット）で稽古に入っていた時期である。それで、文学座の近くの宿で翻訳と稽古に明け暮れていた恆存のもとに「家内」が他の用もあってキーンの手紙を届けに来たということだろう。文学座の舞台は四月十五日に名古屋で幕を開け、東京公演は五月八日から二十六日まで東横ホールで上演、大評判となったわけである。

この演出の前後、「文藝」一月号（つまり前年秋より執筆）から「日本および日本人」の連載も始めているのみならず、年譜に拠れば、その他、新聞や雑誌の単発の原稿も数知れず書いている。殺人的を通り越したスケジュールである。キーン宛の手紙をよく書いたものだと感心している。

その殺人的スケジュールの合間に、キーン宛第一信の終りに「お手紙よみなほしてをりますともう一度お目にかゝつてよくお話したい気もちになります。一度出ていらつしやいませんか。二三日、大磯の拙宅に泊つていらつしやい。夜はお話しあふことも出来ませう。」などと書いている――そして、事実、キーンは泊りがけで大磯の家に来た。但し、手紙の遣り取りの直後ではなく、数年後の夏の事であった。

コラム4

恆存の俳句

これも父の書斎を整理していて見つけた四百字詰め原稿用紙、一枚。恆存が編集に携わり古今書院から出した雑誌「形成」の用紙を使っている。一面二十の句が書いてある。しかも艶っぽいものばかり。

恆存が「形成」に関わりだしたのは昭和十五年(一九四〇)、数えで二十九歳の時である。全集年譜などから、いつまで関わったのか、雑誌が廃刊になったのかなどは全く分からないが、その二年後の秋から二ヶ月ほどは支那、蒙疆等々への視察の旅に出ていることなどから考え合わせると、雑誌編集に携わったのはせいぜい一年余りのことではあるまいか。もっとも、このコラム自体には、その事実はそれほど大きな問題ではなく、要は「形成」に関わった頃、つまり恆存が二十代の終わり頃に書かれたものではないかという推測はあながち間違ってはいなかろう。で、いくら昔の「大人の時代」にしても、三十歳にもなるかならぬかの「若造」が、以下に挙げる句を創作したとしたら、驚くばかりである。わが父のことと考えると、感動を超えてエールを送りたくなる。

全体に付けた題が「女体はうねり」と来ているのだから恐れ入る。(最初の「大いなる」を棒線で消したのは上出来と褒めておこう。)

なお、上に付した番号だが、恆存がランダムに書いた句に、あとから順番を付したのだと考えられる。また16後とある句は欄外に書かれている。あとから想を得て16の次、17の句の前に持っていきたいという意味だろう。

また、○△は、自分でいい作(傑作⁉)と思ったものや次点と思った印ではあるまいか。5の「牡丹花…」、16の後の「情慾の…」の句などは欄外に書かれている。今回はその数字と「後」に従って並べてみた。

※

大いなる女体はうねり
1　白き肌に湯たばしつて光あり
2　清き人の眼蓋のむくみ春おぼろ
3　のけぞりしあぎとのしろし目にしみる
4　腸《はらわた》のしびれくねつて趾《ゆび》にぬけ
4の後　ともどもに骨もくだけよ椿落つ
5◯　牡丹花のくづるや女体にうねりあり
6◯　おくれ毛の唇《くち》に交らふ熱さかな
7◯　節々の痛みに涼し夏の朝
8　小松原うなじ枕す汗しとど
8の後　酔ひ痴れて白き腕《かひな》に血を吸はん
9◯　熾《さかん》なる樂欲《げうよく》ハ沈黙《しじま》と對《むか》ひ居り
10△　襟元にこぼれる白さ秋の月
11△　まぢはりの後吹く秋の風さびし
12△　秋の夜の房後のむなし白湯《さゆ》のあぢ
13△　逆光の生毛にひかる乳房かな
14　女《め》の快樂《けらく》われより遠し壁のしみ
15◯　冷《ひ》やかなる女体に黒砂のぬくみあり
16　肉體《からだ》もて肉體《からだ》おほはん木枯を聴く
16の後　情慾のうたげに沈む夜の雪
17　なほも深く交はらん術はなくもがな

※

以上、全二十句が書かれている。恒存ファンの方も、そうではない方でも、恒存にこんな艶っぽい句が書けたなどと思うだろうか。私は、「まさか」と思う方なのだが、明らかに恒存の筆跡である。さもなければ残しておくとも思われぬし、他人の作なら、何某作と書かれていてよさそうにも思う。

　恆存さん、評論やらシェイクスピアなどという辛気臭い道に進まずに、俳諧の世界に遊んだほうがよろしかったのかもしれない。

　それにしてもだ、3、4、7、13の句……いやいや、どの句にしても、実体験からしか生まれぬような気がしてならぬのは、私だけであろうか……。

　……シェイクスピアの下訳で、「直しようがない」と父を呻らせた私、この道では父の足下にも及ばない。

第五章
キーンへの手紙、その後

①葉書　昭和三十年（一九五五）三月五日消印
京都市東山区今熊野南日吉町二十三　ドナルド・キーン様

御本本日拝受。御好意厚くお礼申述べます。私の本も近日中にお送りします。（例の平和論騒動です）目下ハムレットのほんやくに躍起となつてをります。[1]シェイクスピアの口語訳など所詮不可能事と知りました。しかしこのドン・キホーテは諦めません。四月の末には京都で公演されます。私も演出家としてついていきます　お目にかゝるのをたのしみにしてをります。お元気で。　匆々

②書簡　昭和三十年（一九五五）五月十二日消印
新宿区牛込砂土原町一ノ二　嶋中鵬二様御内　ドナルド・キーン様

お元気の事と存じます。昨夜東京に泊り、今朝お目にかゝりたく嶋中家[2]へお電話しましたら、まだおいでにならぬとのこと、とりいそぎ宿にて一筆したゝめます。

明日の送別会、出席できず残念です。当日のこと知る前に先約してしまひましたので。そんなわけでもう日本では当分お目にかゝれぬと存じ二三用件したゝめます。

一、まづお願ひごとですが、お帰りになりましたら、本、或ハレコードなど買つてお送りいたゞくやうお願ひすることあるかもしれません。その節ハどうぞよろしく。もちろん送金の手はございます。また、日本で必要な本などありましたら御遠慮なくおつしやつて下さい。

二、日本のユネスコ国内委員会の翻訳委員をやつてをりますが、日本文学中、(古典から現代までふくめて)何か訳してみたいといふものおありでしたら、お申出で願ひます。もちろん、既に翻訳者が決つてるるものもありますので、なるべく候補作名多数列挙して下さいまし。

恐らく福原先生[3]などからもお話あつたことゝ存じますが、福原先生か私に、どちらでもけつこうですからおつしやつて下さい。

三、大阪でハムレット御覧いたゞいた由、ありがたう存じます。ずるぶん不備のこと多いと存じますが、現在日本では精一杯の出来かと存じます。東京では今廻り舞台を使ひ、くろごを使つてやつてをります。従つて暗転なし、どんどん片づけていきます。これだけは世界唯一のシェイクスピア劇と存じます。これを観ていたゞきたかつたのですが、どうも残念です。

どうぞ今後ともよきお仕事をつゞけられますやう。私たちはみんなあなたのうちによき日本の理解者を、おそらくはじめて、それを見いだして喜んでをります。しかしさういふことから離れても、今後のおつきあひをお願ひいたします。あなたが、婦人公論に書いてをられたやうに、日本人とかアメリカ人とか、日本の理解者とか、さういふことの前に虫が好かぬやつとか、肌があふ人とかがあるものです。さういふ結びつきからでなければなにも生れないでせう。

日本文学についてのお仕事できましたら、お見せくださいまし。私もいろ〳〵仕事を見ていたゞきたいと思つてゐます。

最後に御健康を祈ります。

福田恆存

ドナルド・キーン様

追伸　今日ハ大磯で鉢木会です。おいでいたゞきたかつたのですが、もし私にな〔に〕か御用がありましたら、十四日マチネー、たぶん東横ホールに行つてをります。

---

③エアログラム　昭和三十年（一九五五）九月二十三日消印

Mr. Donald Keene ℅ Japan Society, Savoy Hotel E58th, NYC U.S.A

一

ふたゝびお便りありがたう存じました。前の時はもうすぐイギリスをお立ちと思ひ、いきちがひになつてはと、そのまゝ失礼してしまひました。二度目のお便りでまだイギリスに御滞在のこと知りまして、もつとも、中央公論の御文章で、あるひはと存じてをりましたが、とにかくおゆるし下さい。ハムレット評、過褒であります。感謝いたします。崖のうへ、たしかに馴れあひみたいに見えませう。又の機会にお願ひいたします。今年中に一晩の芝居に書きなほしてみるつもりです。来年五月の文学座の台本を頼まれてゐますので、それにあてるつもりです。

シェイクスピアの方は二回目、Taming of the Shrew[4]が出、今、マクベス[5]にかゝつてをります。アメリカにおちつかれたら御住所お知らせ下さい。送らせていたゞきます。

さて日本は相変らず、いゝところも、悪いところも。しかしジャーナリズムだけは御存じのとほり、そこで食ふものの辛さも御存じのとほり。来年はどういふ風が吹きますものやら。

御世辞を申しあげるわけではありませんが、日本文学研究の外人中、大兄の評価、今や最高のものと極つた形です。中村光夫が七月末アメリカ経由で帰国、大兄に会ひたくて会ひそこなつたことを悔やんでをりました。中村君の話によれば、今度コロンビア大学でサンソム卿のあとに就任されるよし、おめでたう存じます。のみならず、私たち日本人としてもうれしいことです。

数日前砂川町の基地拡張問題で、毎日新聞がインタビューに来ました。三十行（十五字詰）で意見を述べろといふのです。小生答へて曰く「さういふことに簡単に答へちやいかぬと書いたはずだ」記者曰く「そんなに意地をはらなくてもいゝでせう」、再び答へて曰く「中央公論にあれだけ書いてもわかつてもらへぬものが、三十行で意をつくせるやうに書けますか？」それでやつと退散しました。

ケンカばかりするやうですが、先日「かなづかひ」問題と当用漢字制定について、又四十枚ばかり文句をつけました。[6] 来年は学校教育に文句をつけるつもり。もうそれだけで、あとは自分の仕事に専念します。日本語では照れくさいので英語で申します I miss you! またいつかお目にかゝりたいと思ひます。

④エアログラム　昭和三十年（一九五五）十二月十五日消印

Mr. Donald Keene ℅ Department of Japanese, Columbia University, New York 27 N.Y. U.S.A.

日本流に新年おめでたうといはせていたゞきます。現代美術館の（ニューヨークの）ギリシアのつぼの絵をプリントしたカードを送つて下さつたのはあなたでせうか。宛名の日本字の筆蹟からさう判断したのですが。もしさうでしたら、御礼申しのべます。そのまへに度々お心のこもつたお便りありがたう存じました。そのたびにお目にかゝつてお話したいと思ひながら、御返事さへさしあげず失礼してをります。おゆるし下さい。お懲りにならず、お便り下さいますやう。遅れてもかならず御返事さしあげます。こちらからさしあげないで、お便りだけを待つのは大変けしからぬことですが、昨今の超人的な忙しさで、ついさういふ図々しいことも申しあげるやうなことになつてしまひました。かういふ私および貧しき日本の事情をお見のがし下さい。どうも弁解してるると、ますます図々しくなるやうです。これでやめます。

日本文学のアンソロジーありがたう存じました。とてもすばらしい。自分が今シェイクスピアを訳してゐるだけに御苦心のほどよくわかりますし、あなたの御訳業に人一倍敬意を表する次第です。東京新聞には高橋義孝が、この御訳業と前著『日本文学史』について触れ、私たち日本人も、やつと、真の日本文学理解者を外国人のうちにもつたといふ意味のことを書いてをりました。（高橋は独文出身の批評家で、私の小学校時代の友人です）自分のことのやうにうれしく思ひました。先日、『マクベス』をお送りしましたが、そろそろお手もとに届くころと存じます。私の戯曲集、うつかりしてゐるうちにミス・プリントのまゝ、再版が出てしまひました。思ひ切つてこのまゝお送りしようと存じます。それにいつか書評していたゞいた『崖のうへ』、一晩の芝居に改め、『明暗』と解〔改〕題して、「文學界」に発表しましたが、これは来年五月、文学座上演、その少し前に単行本として新潮社から出版される予定です。一緒にお送りします。やはりストレスは考へて書きましたが、[8]今度はあなたにもう一度現代日本文化の問題として読んでいたゞきたいと思ひます。『崖のうへ』では罪といふことが観念的にきこえたかと存じますが、どうしてこんな問題が私たちの前に出てきたか、それが『明暗』ですこしわかつていただけるかもしれません。一言でいへば、許されないといふきびしいものにぶつからない私たちの心のうちに〔の〕空虚さを背景の人物のうちに出してみたのです。もちろん、あくまで背景としてですが。『斜陽』もう完成なさつたでせうか。ときどき、アメリカの智識階級の動向お知らせ下さいまし。

明治以後の日本文学の翻訳のとき注意していたゞきたいことは、それぞれの時代にヨーロッパの文学の運動、といふより翻訳作品に影響されてきたといふことです。（今日に至るまで）その点いづれまた書きます。何かきいて下されば、すぐ御返事します。

⑤葉書　昭和三十一年（一九五六）九月七日？消印

京都市東山区今熊野南日吉町二十三宛↓東京都新宿区砂土原町一ノ二、嶋中鵬二方に転送

御招待ありがたう存じます。[9]まことに残念ですが、小生十三日朝から十日ばかり講演旅行[10]に出かけますので拝見できません。拝見すれば、また原稿の種になるので、まことにくやしき次第です。武智さんによろしくお伝へ下さい。なほ仄聞すれば、十五日御帰国とのこと、本当でせうか。今度はゆつくりお目にかゝつてと思つてゐたのですが、もしまだ御滞在なら帰宅後お目にかゝりたいものです。京都のはうがお気にいつてるらしく、当然ですが、われ〳〵には不便です。近いうち歌舞伎の台本書[11]きます。これは御内密に願ひます。

⑥エアログラム　昭和三十二年（一九五七）五月一日消印

Mr. Keene ℅ The Dept. of Japanese, Columbia University, W. 116st N.Y.C. U.S.A.

お元気のことゝ存じます。昨日人からきゝましたが、ペン・クラブ大会[12]においでとのこと、この会には私は大した意味を認めてをりませんが、又あなたにお目にかゝれるのがうれしい。

このまへゆつくりお話できず心残りになつてゐたからです。『班女』中央公論社で見ました。御訳はすばらしいのですが、あの上演[13]は失敗でした。でも評判がよかつたので何よりです。マッカルパインさんの奥さんだけがせりふの美しさをだしてゐただけで、あとの人は作品の本質も翻訳者の努力もわからずにやつてゐました。詳しいことはお目にかゝつて話します。

なほ、いつごろ日本へいらつしやいますか。

じつは私の『明智光秀』といふ脚本が、この夏（八月六日から二十八日まで）上演されます。この脚本はマクベスのアダプテイション（？）で、松本幸四郎さんに頼まれて書いたものですが、吉右衛門劇団の内紛のため、文学座と幸四郎との合同で上演されることになり、私としてはかへつて意味ある仕事になり喜んでをります。演出も私がやります。幸四郎さんと話してゐたら、あなたの噂が出て、京都の町を、あなたが裃をつけ、幸四郎さんが洋服で歩いたときいて大笑ひしました。見ていただけたら大層うれしいのですが、御都合つきませんか。それからもし楽な気もちでお書きになれたら、幸四郎さんの芝居の憶ひ出でもなんでも、けつこうですから二枚から四枚くらゐ、パンフレットにのせるための原稿をお書きくださいませんか。お忙しければ、けつこうです。手もとに脚本がないのですが、そのうちプリントしてお送りします。しかし『明智』のことでなくてもけつこうです。締切期日は七月十五日です。

お願ひかたがた、近況報告まで。

お体をお大事に
五月一日
福田恆存
キーン様

この書簡⑥に関連して、ここで続けて、恆存が『明智光秀』の公演パンフレットに書いた一文を挙げておく。タイトルなしの作者の弁である。（なほ、このパンフレットにはキーンとフォビアン・バワーズが幸四郎礼賛の記事を書いてゐる。）〔欄外＝都留氏のこと、どつちもどつち、困つたことです〕

一昨年、文藝春秋新社の上林吾郎さんを介して幸四郎さんから歌舞伎脚本の依頼を受けたとき、「マクベス」を下敷にした謀反劇を書こうと思った。私は「マクベス」を、自分をも他人をも信じ切れぬために自滅していく人間の悲劇と見ている。それには明智光秀が恰好の主人公と思われた。

問題は妖婆の扱いだが、これも主人公の心理に即して、かれの眼に映じた妻の心の裏面を現すものにしようとした。そのため、私の「明智光秀」は「マクベス」にくらべて、はるかに近代人になっている。（「マクベス」にくらべて下手であることは論外である。）もっとも、光秀の眼が妻のうちに妖婆を認めただけではなく、あらゆる女性のうちにそれは実在するものなのかもしれない。それなら、妖婆は幻影ではなく客観的存在である。そう思うのは作者の主観であり、したがって光秀はおまえだろうといわれれば、ちと返答に窮するのだが。

なるほど、私はどうも「マクベス」にこだわりすぎるようだ。学生のころ「マクベス」論を書いたことがあり、俳優座で上演した「現代の英雄」でも「マクベス」を下敷にしている。が、これは「明智光秀」とちがって、パロディーである。

ある友人が、もう喜劇は書かぬのかといった。そんなことはない。喜劇は書きたいし、書くつもりでいる。だが、それは悲劇を書きたいという気もちと裏腹のものであって、ただ現代を材料とするとき、その同じ気もちが私に喜劇を書かせてしまう。現代の悲劇が書ければ大したものだが、それは難しい。「明暗」でもなかなかうまくいかなかった。「明智光秀」が悲劇になりえているか否かは観客の批判にまかせるとして、とにかく私は現代から逃れようとして史劇を書いたのである。ただ歌舞伎の松本幸四郎、あるいは吉右衛門劇団に奉仕しようとしたわけではない。

書くことを約束したのは一昨年だが、じっさいに書いたのは去年の末から今年の始めにかけてである。しかし、いろいろな理由で吉右衛門劇団による上演は不可能になった。その理由の一つかどうか知らぬが、その劇団の人が私の脚本を見て、「なんだ、これはまるで歌舞伎じゃないか」と少々不平顔だったという話を上林さんから聴いた。おそらくその人は南北の「時今也桔梗旗挙」でも聯想したのであろう。そして私に脚本を頼む以上、歌舞伎になにか新風を吹き入れることを期待していたのにちがいない。歌舞伎における最近の新作物流行もそれを求めてのことであろう。

じつは私は、その不満を伝え聴いて、内心得意だった。なぜなら、私はいささかなりとも異質の新風を吹き入れたつもりであり、しかもそれが歌舞伎の人に異質と気づかれなかったからである。その後、この作品が「文藝」に出たとき、正宗白鳥さんが例の皮肉で、これは歌舞伎役者にはできない、新劇でやるべきだといっておられた。これもまた私をいい気もちにさせた。異質を認めてくださったからだ。しかし、歌舞伎の役者にできぬかどうかは舞台を見ていただくこととして、今度の歌舞伎役者と新劇役者との共演は、どうやらこの作品の宿命だったようである。以上、自讃まで。

⑦エアログラム　昭和三十二年（一九五七）六月十九日消印
Dr. Donald Keene Yaddo Saratoga Springs, N.Y. U.S.A.

キーン様　　　六月十九日　　　福田恆存

お手紙ありがたう存じました。それに原稿もありがたく頂戴いたしました。さぞ御迷惑だつたことと、今になつて悔やんでをります。

お忙しいところ、本当にありがたうございました。

十四日からけいこがはじまつてをり、私は東京の文学座の前の宿屋に泊りこんでをります。

幸四郎に原稿見せましたところ、喜んでをりました。バワーズさんのもありがたうございました。

パンフレットにのせさせていたゞきます。お会ひになつたらよろしくおつたへ下さいまし。

小説たのしみにしてをります。私はもう二三年したら小説を書くつもりです。[14] 三島君の近代能楽集の翻訳もたのしみです。クノッフは売れぬと思つてゐるらしいですが、私はかれらが考へてゐる以上に売れると思ひます。正直にいつて、私は三島君の戯曲は多幕物より、これらの一幕物の方がずつとすぐれてゐると考へます。三島君の芝居の登場人物は一人一人がモノローグをいつてをり、ダイアローグによる劇的発展がなく、それらのモノローグがばらばらに投げだされたまゝの状態で、そんなとき外から偶然が働きかけて劇的クライマックスが造られるといふ仕組みですから、多幕物だとどうしても構成がゆるむのではないでせうか。その点一幕だとシチュエイションが純粋に現れて、それが劇の主題を表現しうるので成功するのだと思ひます。

レコード御心配かけてすみません。シェイクスピアはロメオとジュリエットだけお願ひしたう存じます。オルフェはデッカでもけつこうです。よろしくお願ひします。

今いらつしやる所、大層いゝところらしくうらやましいかぎりです。ゆつくり御静養なさるやう。

七月には三島君におあひになるでせう。これは三島君がうらやましい。私ももう一度、世界一周に、今度は家内をつれて出かけたいと思つてゐますが、果してこの夢、実現するかどうか。

⑧書簡　昭和三十三年（一九五八）二月二十六日消印
Dr. D. Keene ℅ Dept. of Japanese, Columbia University, New York 27 N.Y. U.S.A.

お元気ですか。今日まで御無沙汰しましたことお詫びのしやうもありません。いつも気にかけてゐるのですが、書きたいことがたくさんあつて、しかも落ちついたひまがなく、思ひだしては、さぞ怒つておいでだらうと想像し、それがまた書くことをためらはせます。

それにもう一つ理由があるのです。いただいたレコード――遅ればせながら、いきとゞいた御選択厚く御礼申述べます――まだ聴いてゐないのです。これは暇がないのではなく、プレイヤーがこはれてしまつたからです。なほさせて、一度聴いてから御礼を書かうと思つてゐたのですが、なほしてくれる人が見つかりません。電圧やサイクルが不調の日本ではアメリカで買つた機械はどうも具合がわるいらしく、これで何度こはれたかおぼえてゐないくらゐ。今度はいよ〳〵だめのやうです。そのためまた〔「だ」か〕聴けぬのが残念ですが、日本では得られぬ珍しいものもあり、大いに喜んでをります。

プレイヤーは新しく作らせようと思つてゐます。聴いたときに改めて御礼を書きます。

その後お仕事はどうなつてをりますか。

古典をやるか現代をやるかずゐぶん迷つていらしたやうですが、やはり両方やつていくより仕方はないでせう。私もジャーナリズムにつきあふか、もつとやりたいことをやるか迷つてゐます。しかし私のばあひ、あと十五年くらゐしか仕事が出来ぬと思ふと、[15]だんだんつきあひがわるくなりさうです。芸術に関するかぎり、どう見ても人類は堕落の一途を辿つてゐるとしか思へません。ジャーナリズムは人工衛星に恐怖したり、あるひは進歩の夢に酔つてみたりしてゐますもの〻、それもルネサンス人の夢や恐れにくらべれば、どうやら無理に自分の尻をたゝいてゐるやうな感じです。芸術のみならずです。私は本質的にはペシミストらしい、でも、ペシミストだけが本当にオプティミスティックになれるのだといふ自負もあるのですが。

いや、こんなことを書きはじめる気はなかつた。今、中村光夫の芝居の演出[16]で、東京に滞在中です。中村君が芝居を書くとはお思ひにならなかつたでせう。他人の芝居の演出は始めてなので、皆目見当がつきません。どうも不安です。

シェイクスピアの翻訳は遅々として捗りません。一年間訳しためて、毎月一冊づゝ出すつもりだつたのです。去年の六月からはじめて、やつと二冊訳しをへただけです。この分では今年一杯潜水泳法をつゞけなければなりますまい。しかし、それでは飯が食へません。翻訳家を大事にしないと日本文学が海外に紹介されぬとおつしやつた言葉を想ひだします。この翻訳国日本でも、シェイクスピアとなると、飯がくへぬ状態です。

昔、それを完訳した坪内逍遥は当時のインテリとしてもつとも恵まれた大学の先生として給料をもらつてゐたから出来たのですが、こちらは雑誌原稿を全部一年間書かぬと宣言したその覚悟は見あげたものの、どうやら苦しくなりました。

泣きごとはそのくらゐにして、少々自慢話をしませう。ジュリアス・シーザーの訳ではエポック・メイキング（？）なことを企てました。ブランク・ヴァースの各一行を、ほとんど忠実に、その順序で訳してみたのです。道楽ではありません。さうすべきだと信じたからです。たとへば芝居では、話すことが、他の登場人物にすぐ心理的影響を及すのですから、シンタックスを変へることは望ましくありません。一例をいふと、アントニーが市民を相手にアジテイションをやるところがあります。英語では「シーザーは与へた、市民一人一人に七十五ドラクマづゝを」となるのですが、こゝでアントニーは市民に期待をもたせ、その顔色をうかゞひ、相手をじらせることが出来る。つまり「シーザーは与へた」までいつて、一寸間をおき、みんなの顔をじろじろ眺める、そのあとでも七十五ドラクマとすぐいはず、「みんなに」「一人一人に」と二度もしつこくくりかへし、最後に七十五ドラクマといふのです。〔18〕日本語の普通のシンタックスにすると、アントニーはそれだけの芝居ができず、したがつて場面がドラマティックになりません。〔17〕

といつて、どこもかしこも倒置法を使つたら、読みにくいし、喋る日本語としてもをかしくなります。そこをいろいろ工夫してみたのです。

来年のことをいふと鬼が笑ひますが、本になつたらひとつ読んでみてください。『ジュリアス・シーザー』ほどではなくても、ほかも全部そのつもりで訳します。戯曲のときは、散文よりその注意が肝心のやうです。ことにブランク・ヴァースはたゞ律の問題だけでなく、各行の独立といふことにも特徴があると思ふのですが、いかがでせうか。御意見うかゞはせて下さい。

三島君は元気で帰つて来ました。[19] 相変らずですが、少し意地わるくなつたやうです。もう少し様子を見ませう。

話は違ひますが、この間、ファーズさんに、今度のロックフェラーのフェーローに、芥川比呂志と中村眞一郎を推薦しておきました。お会ひになつたら、もし御同感でしたら、ことに芥川君のこと御推薦下さい。

私の著作集全部で四冊出ました。[20] みんな届いてゐるでせうか。最後のは今月のはじめに送つたはずです。しかし、いつか東京で話したこと、じつは驚きました。私のものを紹介していたゞかうなど夢にも考へませんでした。日本人が読んで意味のあることで、本家の西洋では意味がありません。私の著書は評論でも戯曲でも翻訳です。日本人が読んで意味のあることで、私のシェイクスピア翻訳と同じことで、私の著書は評論でも戯曲でも翻訳です。日本人が読んで意味のあることで、本家の西洋では意味がありません。たとへば「日本および日本人」など、お読みくだされば解つていたゞけると思ひますが、あれで私は日本人を説明できたとも思ひませんし、あのなかに出てくる西洋人にたいする観察があれだけで割り切れるものとも思ひません。たゞ現在、日本人があゝいふことを考へてみるのも必要だといふだけのことです。さういふことばかり書いてゐる自分がさびしくもなりますし、それでいゝのだとも思ひます。日本とは妙なところです。日本のインテリとは妙なものです。あなたの「碧い眼の太郎冠者」[21] 大抵読んでゐましたが、大層おもしろかつた。地方新聞の随筆で少し宣伝しておきました。二、三冊は多く売れたかもしれません。

この間、幸四郎夫妻に会ひ、あなたが楽屋を訪ねたときの幸四郎の不愛想について詰問(?)しました。彼はびつくりしてゐました。楽屋にゐるとき、よくさうなることがあるといつてゐました。たゞあなたの心を曇らせたことを悔い驚いてゐたのです。決してお気にかけぬやうに。そのことはいづれまたお目にかゝつたときに。

今度はいつおいでですか。楽しみにしてをります。私も行きたいのですが、今のところ金もひまもありません。そのうち英国皇室からシェイクスピア宣伝の功をねぎらふ勲章でももらつたら、もう一度世界一周でもしようと思つてゐます。

つまらぬことばかり書きました。あなたもお忙しいことでせうから、おひまがあつたらまたお手紙ください。返事ではなく、モノローグで結構です。ではお元気で春をお迎へ下さい。

二月二十五日　夜

福田恆存

ドナルド・キーン様

---

⑨エアログラム　昭和三十三年（一九五八）四月二十三日消印

Dr. D. Keene Dept. of Japanese, Columbia Univ., New York 27 N.Y. U.S.A.

その後お元気ですか。今日は少しいゝお便りさしあげます。今度私たち鉢木会（大岡、吉川、中村、吉田、三島、福田）が編集同人となり、真の意味での文学芸術の雑誌を季刊で発行することになりま

した。出版社は丸善です。今まで普通の出版をやったことのない会社ですが、基礎はしつかりしてるので信頼できます。名前は「聲」とつけました。ロゴスの聯想も含んでゐます。第一号は十月一日に出ます。それから一月一日、四月一日、七月一日と続きます。

同人雑誌でなく同人編集の雑誌です。もちろん原稿料も普通なみに出ます。

それでお願ひがあるのですが、何か原稿を書いて下さいませんか。何でも今一番お書きになりたいものを書いて下さい。枚数も御自由です。〆切は七月末です。少し位お待ちします。日本文学に関係したことでも結構ですし、翻訳の苦心談でもいゝですし、又、一般の日本文化についての皮肉でも、ほめことばでも結構です。よろしくお願ひします。日本文で書いて下されば、ありがたいのですが、英語でも翻訳させるから御自由にして下さい。

この五月においでになるといふ噂をきゝましたが、本当でせうか。それならまことにうれしいのですが、今度こそ、ゆつくりお遊びにいらして下さい。

最後にお願ひですが、次の書物お送り下さいませんか。○印だけは航空便でお願ひできればうれしいのですが。あとはゆつくり船便でけつこうです。出版社は Samuel French 25W. 45 th Street, N.Y. です。

King Henry IV (Part One)
○Much Ado About Nothing } French's Acting Edition
Romeo and Juliet

Twelfth Night
Tempest

なほ○印はもしお出でになるなら、これだけでもお持ちいたゞければ幸甚です。必要なのは七月一日以後です。又Antony and Cleopatraが同じシリーズで出てゐたら、今日にもほしいのですが、（今訳してゐるので）しかし、未刊らしいですね。又同じ会社からThe Vocal Music of Shakespeare's Playsが出てをりますが、そのうちのAntony & Cleopatra, Hamlet, King Lear, Love's Laboure's Lost, Macbeth, The Marchant of Venice, A Midsummer Night's Dream, Much Ado About Nothig, Othello, Romeo & Juliet, The Tempest, Twelfth Nightを船便で送つて下さればありがたく、これもAntony & Cleopatraだけお出でになるときお願ひできればありがたいのです。

右、自分勝手なことばかり書きました。お目にかゝるのを楽しみにしてをります。

福田恆存

⑩エアログラム　昭和三十三年（一九五八）十二月十四日消印
Mr. Donald Keene c/o Japanese Dept., Columbia Univ., New York 27 N.Y.

クリスマスおめでたうございます。あはせて新年の御祝詞申述べます。その前にしばらくぶりのお便りうれしく拝見いたしました。ハムレットの写真[22]、手もとにいゝのがないので「芸術新潮」に頼んで、先月二十八日にお送りしたはず　もうお手もとに届いてゐることゝ存じます。どんな写真か見るひまがなかつたのですが、もしお役に立つのがありましたらお使ひ下さい。

それから聲に花子[23]のことお書き下さるとのこと、もう二号には間に合ひませんので、第三号にぜひともいただきたう存じます。二月二十日が〆切です。何枚でも結構です。英語でも日本語でも御自由にして下さい。

もちろん日本語で書いて下さるに越したことはありません。一枚千円ですが、その点お含みおき下さい。

おかげで聲は好評でした。一万刷りましたが九割うれたとのこと、もちろん季刊ですからまだもどつてきませんが配給会社でさう言つてゐるさうです。今まで創刊号でこれだけ動いた雑誌はないと驚いてゐたさうです。しかし二号はどの雑誌でもガタ落ちですから油断はなりません。

二年間もぐつてシェイクスピアばかりやつてゐたのですが、「沈黙を破つて」こゝ二十日で百八十枚書きなぐりました。少し、金がなくなつてきたのと、今の家をなんとかしなければならなくなつたからです。いつまでこゝにゐられるか、一生のうち二度とこれだけいゝ家に住めさうもなく、その意味でもぜひ一度遊びにいらしていたゞきたかつたのですが。

とにかく荒かせぎで御返事おくれました。

おゆるし下さい。来年はおたがひにいゝ仕事をしませう。

福田恆存

⑪エアログラム　消印不明

Dr. Donald Keene, Dept. of Japanese, Columbia University, New York 27 N.Y. U.S.A.

先月十五日付のお手紙二十日の朝、講演旅行[24]に出かけようとしてゐるところへ到着いたしました。帰つて来ると御承知のやうに雑誌の〆切間近か、それに「聲」の原稿が重つてつい御返事が遅れてしまひました。お許しくださいまし。

「聲」の原稿、実は今日くらゐまでは間に合ふのでお待ちしてゐましたが、つひにいたゞけず残念です。今度は（第四号）六月十日発行、〆切は四月三十日です。一週間位は遅れても大丈夫です。（発行月を三月、六月、九月、十二月、即ち三月の倍数月に改めました）今度こそ必ず御寄稿下さい。

日本紹介の本をお出しになる由、たのしみにしてをります。

社会学者の卵が悪口を言つたとのこと、もちろん気になさりはしないでせうが、私は社会学者を、ことに日本のそれを全く信用してをりません。旅行の場合でも長く滞在の場合でも、その国について語るといふことは、つねに「私はかく見た」といふことであつて、社会学などの与り知らぬことです。もちろん紹介といふ目的をもつた本である以上、客観性は必要ですが、その客観性はあくまでアメリカ人の生活と切離しては考へられますまい。日本人の眼にふれさせたくないといふお気もちは解ります。私が「日本および日本人」や「坐り心地の悪い椅子」のなかで西洋やアメリカについての観察を書いた時にも同じ思ひでした。しかし私には見せていたゞきたいし、もし悪評が出た場合、お力になれゝばとも存じます。

それにしても今後日本のことで調べなければならないことがありましたときのために、今度日本へいらしたとき二人の青年[25]を御紹介しておきませう。まじめで英語が出來、アメリカにも並々ならぬ関心をいだいてをりますから、きつとお役に立つと存じます。

家のこと御心配おかけして申訳ありません。御好意、身にしみてうれしく存じます。詳しく書かねばお解りいたゞけますまいが、それはお目にかゝつた時のことにして、色々考へた末、あくまでこの家に住まうと決心いたし、そのつもりで改造をはじめました。あるひはそのためまたあとでtroubleを起すかもしれませんが、日本人特有のdesperate optimism[26]を発揮し、「あとは野となれ山となれ」といふ心境です。さういふわけで、この夏おいでいたゞければ、又いつでも定宿にしていたゞけると存じます。決して借金の下心ではありません。なにしろ八十坪、庭七百坪の広大なる邸宅ですから[27]。

去年の暮はモスクワ芸術座[28]、一月二月にはイタリア歌劇、二月三月にはフォンーテインと、こゝのところ、いや、つねに相変らず、わが日本は国際見本市です。ことにモスクワ芸術座騒動のときは私の喜劇の材料にしたいことばかり、いづれお目にかゝつたときお話します。

福田恆存

キーン様

---

⑫エアログラム　昭和三十四年（一九五九）四月十二日消印

Dr. D. Keene ℅ Japanese Dept., Columbia University, New York 27 N.Y. U.S.A.

御返事遅れてすみません。
実は私の仕事が一かたついたところだつたので、自分で調べてみたのですが、つひに解りません。そこで今、鷗外専門の高橋義孝君[29]に問合せました。二三日余裕をくれとのこと、その返事を得てからお知らせしようと思ひましたが、とりあへず中間報告まで。なほ高橋の話では鷗外自身が「花子」の成立過程について書いたものがあるよし。[30]一寸全集をのぞいて見ましたが見あたりません。あるいは椋鳥通信[31]の中でせうか。いづれ高橋からそれも知らせてくるでせう。
次の便をお待ち下さい。ぎりぎりの〆切は五月二十日です。よろしく
キーン様　四月十一日　福田恆存
余談。昨日、皇太子結婚、馬鹿騒ぎをする新聞雑誌およびその附録の大衆と、全く無視しよう、無視すべしと主張する雑誌およびその附録のインテリと、またも日本は二つに割れました。

⑬書簡　消印不明

Dr. D. Keene ℅ Dept. of Japanese, Columbia University, New York 27 N.Y. U.S.A.

高橋君から次のやうな返事がまるりました。詳しいことは生松氏にたづねるやうにとありますが、たぶんこれで十分と存じます。於菟の「森鷗外」は手もとにありましたので、該当頁を切りぬいて同

封します。おすみになつたらお返し下さい。〔32〕いつで〔も〕結構です。

なほ高橋は前にあなたのJapanese Literatureを東京新聞でほめたくらるで、好意的に骨折つてくれたことと察しますので、おついでの節、おはがきでもお出しになつておいたらと存じ、左に住所を書きしるします。

東京　豊島区高田本町二の一四八二

私とは小学校、中学校ともに一緒だつた旧友です。専門はドイツ文学。マン、カロッサに傾倒した男です。もちろん英語は私程度に理解します。（お忙しいでせうから私への御返事は御無用に）

右とりいそぎ御返事まで。

福田恆存

キーン様

⑭エアログラム　昭和三十四年（一九五九）五月二十一日消印

Dr. D. Keene ℅ Columbia University, Japanese Dept., New York 27 N.Y. U.S.A.

また返事が大層遅れてしまひました、お詫び申上げます。原稿ありがたう存じました。大層面白く、かつ日本の文学史家にとつても貴重な資料を御提供いたゞきありがたう存じます。

たまたま十四日が私の家で鉢木会があり、一同に見せました。皆、喜んでをります。

十五日にはレコード到着、お心づくし厚く御礼申上げます。鷗外の場合は私がたま〳〵数日ひまだつたのと、私自身興味をもつたのと、そんなわけで自分でお手つだひしただけのこと、それも大して時間をかけたわけではなし、わざ〳〵御礼を送りいたゞいては恐縮です。私の場合は外国人にいろいろ力を貸すよりは、外国人に力を借り、何かと「利用」してるるやうで、少々気がさしてまるりました。以後決して御心配下さらぬやう。お願ひしたいことがありましたら、率直に申上げます。それにしても三枚とも大層すばらしい。バルトクは私の大好きな作曲家です。私は「音痴」で楽譜も読めず、歌もうたへず、過去の日本の音楽教育を恨んでるるものですが〔33〕、その「音痴」のせるか、現代音楽がさつぱりわかりません。電子音楽などは、ビューンといふ音が鳴りだすと、無条件に笑ひの筋肉が刺戟されて来てどうにも我慢がならない方です。それどころか、印象派さへ少々敬遠しがち。それがバルトクだけは好きなのです〔34〕。彼には古典につながる太線が一本通つてゐる感じがします。ことにヴァイオリン・コンチェルト〔ト〕〔35〕はいゝですね。弦楽四重奏は二枚もつてるましたが、これはまだ無く、はじめてです。それからリサの声の美しさ、この世のものには非ざるごとし、すばらしいです。

心から御礼申述べます。

お原稿、なほしてよいとのお言葉ですが、二三助詞の使ひ方で、間違ひではなく たゞ日本的でないものがありましたが、その他は全く手慣れたもの、文句なしどころか、立派な日本語なので、鉢木会の諸公たち忸怩たるものでした。ことに私が驚いたのは漢字やかなづかひに全く間違ひのないことです。日本の文士でさへ（たとへば漱石をごらんください）間違ふかなづかひをあなたは一つも間違つてゐない。大岡、中村二人の曰く「いやになるね、かういふ外国人が出てくるやうでは」私曰く

「これで英語の方はたしかなのかね」。お笑ひ下さい。

二十九日の御来朝たのしみにしてをります。

恆存

私は三十日に岡崎、三十一日京都、一日関西大学、二日帰京。京都か或ハ東京か、どちらかでお目にかゝれませう。夏には大磯へおいで下さるのを待つてゐます。

家内より、よろしく。

---

⑮書簡　昭和三十四年（一九五九）六月十八日消印
京都市東山区今熊野南日吉町二十三　ドナルド・キーン様

啓　御状拝誦　実はお便り申上げようと思つてるたところです。この月末御上京とのこと、あいにく私ハ、二十五日から七月四日か五日まで東北へ出かけます。一日までが文春の講演、あとは一度も行つたことのない那須で少し遊んで来ようかと思つてをります。しかしあなたの日本御滞在の御予定によつては一日に帰つて参ります。

東京へ出ておいでの日取がお決りでしたら、すぐお知らせ下さい。京都へお帰りになる日も、又、アメリカへお帰りになる日も。

もし御都合ついたら一度泳ぎがてら泊りがけでいらしていたゞきたいのですが、こちらの都合を申しますと、例の改築いまだ片づかず、この分ではおそらく七月十五日ころと思ひます。まだその頃こちらにいらして御都合おつきでしたらいゝのですが　早くお引揚げになるやうでしたら、大工と相談、一区切りつけさせます。大部分出来上つたのですが、あと納戸と洗面所が残つてをります。せめて洗面所のところで区切りをつけたら、いらしていたゞいても、まづ〳〵御迷惑はおかけしないと存じます。

三島君のところはニュー・オーリンズ・フレンチ・コータ〔クオーター〕、私の所ハ数寄や〔屋〕ぶしん、いづれにせよ日本文士、目下成金になつて普請ブームだなどといふ情報を流さないで下さい。私の所など実に面白いケースでいづれお目にかゝつてお笑ひ草までにお話いたします。

レコードのことよくわかりました。私が悪うございました。

以後よろこんで頂戴いたします。今までと同様！

六月十六日

福田恆存

キーン様　侍史

⑯葉書　昭和三十四年（一九五九）七月十八日消印

京都市東山区今熊野南日吉町二十三　ドナルド・キーン様

先月末お便りをいたゞき御返事さしあげる暇もなく旅に出てしまひました。大磯へ来ていたゞく日取をお打合はせしようと存じつゝ、大工の仕事の予定が立たず今日まで延引御無礼申上げました。余り長い工事にうんざりしてをります。

しかし、それもどうやら二十五日頃完成の見とほしがつきました。二十六日は父の十三回忌法要にて親類が集りますので、二十七日を中一日おいて二十八日より八月二日までの間に一両日泊りがけで遊びにいらしていたゞければ何より幸甚です。[36] もし御都合つきましたら御予定御一報下さい。又、御都合わるいやうでしたら、改めて御相談いたしませう。私は三、七、八日以外は在宅。

⑰書簡　昭和三十五年（一九六〇）一月二十三日〔封筒なし。日付末尾。内容から昭和三十五年と推定〕

ドナルド・キーン様

御無沙汰申訳ありません。こゝ二、三箇月、すさまじい忙しさでした。何からお話し申上げてよいやら。

まづお原稿[37]ありがたう存じました。大層面白く、早速、聲に頂戴いたしました。好評で喜んでをります。雑誌は一月十日に発売、まだお手もとにとゞかないでせうが。

次は芸術新潮の件、[38] これも大好評です。たゞ一つ、紹介者の松原正君が気にやんでるのは、アブリッヂと断つてゐるのに武智鉄二が不満を述べてゐること、これはキーンさんにあやまつておいてくださいとのことでした。[39] お許し下さい。松原君は去年の夏、拙宅でキーンさんに御紹介した二人の一人、キーンさんの正面に腰をおろしてゐた人です。

次に御深切にお教へ下さつたコロンビア大学の日本中国学生フェローシップの件、本当にありがたう存じました。遅ればせながら、沼澤洽治君[40]を是非お願ひしたう存じます。沼澤君は、これまた夏、あなたの右どなりに腰をおろした人です。現在甲府山梨大学で英語を教へてゐる大層優秀かつ真面目な青年で、今度中央公論社から出るエリオット全集でも評論を訳すことになつてをります。ことにアメリカ文学を専攻してをります。お申越の二つの条件は文句なしにパスすること保証いたします。たゞ問題は時期のことです。これは一に私の失策です。一つは旅行してゐたため、お手紙拝見するのが遅れたためですが、沼澤君が甲府にゐたため、つい連絡を怠り、うつかりしてゐるうちに期日ぎはになつて、今日やうやく会へたわけです。なんとか特別のおはからひをお願ひいたしたく存じます。もしだめでしたら、また来年応募するからと本人も申してをりますが、私の怠りのためなので、出来ればよろしくお願ひいたします。

そのため、本人からは、おそらく申込書に必要であらうと思はれる事項を書いて署名したものを、事務所とあなたと両方に送ると同時に、事務所へは二月一日より少し遅れゝば正式な書類に書きこめるからと言つて書類を送つてもらふやう、この手紙と同時に手紙を出すことになつてをります。それゆゑ一言、あなたから事務所の方へお口ぞへしていたゞければ幸甚です。保証人が必要な場合はもちろん私がなりますし、もう一人必要なら適当な人を選びます。

もちろん、御無理なさいませんやう、又の機会もございますから。

なほこの六月には日本にはじめてのプロデューサー・システムで、幸四郎のオセロー、森雅之（羅生門[41]）のイアーゴーで『オセロー』[42]を演出します。見ていたゞきたいものです。

申し遅れましたが、シェイクスピア全集[43]昨年末から配本はじまりました。近く第二回が出ます。前のと同じですが、新しくきれいな本になりましたので、お送りいたします。

芸術新潮、聲のお礼はどうしませうか。この夏いらつしやれば、その時にと思つてをりますが。

一月二十三日　福田恆存

⑱書簡　昭和三十五年（一九六〇）四月十四日消印
Dr. Donald Keene Dept. of Japanese, Columbia University, New York 27 N.Y. U.S.A.

お元気のことと存じます。いつものことで御無沙汰のお詫びもはづかしいくらゐです。今、そばにあなたのお手紙を三通置いて、改めて長い御無沙汰を後悔してをります。深くお詫び申しあげます。

去年の十一月からは　わが生涯最高の忙しい時期に突入した観があります。

まづその月に新潮社版シェイクスピア全集第一回配本が始りました。

第二に、聲の私の論文が動機になつて、役人独裁の国語政策に反対する國語問題協議會が生れ、以後その仕事にひきずりまはされながら、シェイクスピアの校正や翻訳に寧日なき有様。

第三に、十二月の始めから幸四郎主演のオセロー上演といふプロデューサー・システムによる新企画に巻きこまれ、その配役に一苦労し、一方、オセローの完訳を急いでゐる最中、御存じのやうにバワーズ旋風〔44〕。幸四郎に助言を求められ、バワーズさんの知らない陰の苦労を致しました。

オセローの翻訳は今月の始め一応完成しましたが、それはカットした台本用で、上演と同時期に出す予定の全集用としては、目下穴埋め中、数日で完成といふところに漕ぎつけて、どうやら気分が落ちつき、かうして筆をとつてゐるところです。それに一週間ばかり前、沼澤君からフェローシップ成功の報を受け、お礼の言葉を申上げずにゐられなくなつたこともあります。お手紙でお忙しいことを承知してをり、かたはら沼澤君のことでお骨折、かつ御迷惑をおかけしてゐることも知つて、大層心苦しく存じてをりました。とにかくありがたうございました。厚く御礼申述べます。本人も御厚情に報いるべく大いに勉強してきたいと申してをります。

向うへ参りましたら、何かとお世話になることでせうが、同時に、大兄のお役にたてばと念じてをります。

歌舞伎渡米の裏話、既にお聞及びと存じますが、今度日本へおいでになつたら、詳しくお話いたします。

ただ結論として、幸四郎には気の毒でした〔45〕。私がゐなければ、オセローの話は出なかつたでせうし、さうすれば、念願のアメリカ行きが実現できたのですから。かうなるとオセローをどうして〔も〕成功させなければなりません。ある新聞はからかひ半分に「幸四郎が渡米をしりぞけたことの可否はオセローの成功不成功にかかつてゐる」とありました。一つ気になることは、バワーズさんが、別れ際には「プロデューサー・システムはまうかるでせう」と冗談のやうな、皮肉のやうなものを残して行つたことです。とんでもない、日本の新劇界を御存じのキーンさんにはお察しがつくと思ひますが、主な出演俳優はみな損をして出てをります。これで失敗して、皆に悪口言はれると、改めてプロデューサー・システムもこれで沙汰やみになるでせうし、出演俳優はかはいさうですし、私の責任重大になりました。

いづれにせよ、大兄には見ていただけます。

六月一日初日で十九日まで産経ホール。

幸四郎のオセロー、森雅之（羅生門の）のイアーゴー、新珠三千代（東宝）のデズデモーナです。

二十一日から四日間、大阪、神戸、京都ですから、あちらでもお会ひできますが、出来れば東京の廻舞台で見ていただきたうございます。

お手紙の中の疑似スタニスラフスキー・システム[46]についての悪口、全く同感です。といふより、日本の新劇はそれから出発してをり、それだけなのですから始末に負へません。私がシェイクスピアを新劇界にぶつつけようと再三試みてきた理由はそこにあります。インチキ・スタ・システムではシェイクスピアはどうにもなりませんから。たとへば、『ハムレット』の亡霊の性格は？　職業は？　収入は？　などと「研究調査」してみても始りません。演劇芸術は、役者、観客が現実の自分ではない自分にならうとするための、あるいは真の自己を発見し、それに到達するための演戯（プレイ）だといふことを、日本の新劇人は忘れてをります。

聲は本庄氏に申しましたから、もうお手もとにとゞいたことと存じます。おかげで好評でした。また何か書いてください。近松翻訳の苦心談はいかがでせうか。

あなたは近松にチ（ツ）カマツて、私はシェイクスピアに振りまはされて〔47〕、全く何の因果でせう。

五月のはじめバロー〔48〕が東京にも来ます。ハムレット、ミサントロープなど見るのを楽しみにしてをります。

あなたの最近のお手紙に、日本のやうな金持国と、大いに怒気を含められたお言葉を拝見、なんとも返す言葉がありません。私はだんだん日本が解らなくなりました。そして嫌ひになつてきました、困つたことです。

私はあと十年しか仕事が出来ないでせう。それも九分までは生活に追はれて――むりをしてゐるからだとおつしやるでせうが――残りの一分で何が出来るやら。シェイクスピアに二年かゝつて、いや、十分を全部使つてみたところで、眼高手低の軽薄才士に何程のことが出来ませうか。私の思想の落ちつく先はやはり「生れざりしならば」のやうです。それが本音らしく、あとは、それこそみなむりをしてゐるやうなもの。

家内からよろしくと申出てをります。お元気で。

一日〔も〕早く日本へおいでくださいますやう。

キーン様

四月十四日未明

福田恆存

⑲**葉書　昭和三十五年（一九六〇）八月二十四日消印**

京都市東山区今熊野南日吉町二十三　ドナルド・キーン様

残暑お見舞申上げます。まだ御在京のことゝ存じます。そちらでは幸四郎にお会ひになりましたか。過日新潮社より「新潮」九月号届けさせましたが、あまり乱暴なのでお驚きになりましたか。[49]そろそろ村八分になりさうです。なほ別便にて読売に書いた続篇[50]お送りします。京都でお約束した聲の原稿、中央公論にお出しになつたのが それでせうか。直接あの事件に関係なくとも、日本の友人あての（あるいは私でも結構です）手紙の形でもよろしいですから九月五日までに私宅、あるいは丸善にお送り下されば幸です。意をつくしませんが、とりいそぎ。

〔欄外＝沼澤君のこと御深切にありがたうございました〕

⑳**エアログラム　昭和三十六年（一九六一）一月十一日消印**

Mr. Donald Keene ℅ Japanese Dept., Columbia Univ., N.Y.27 U.S.A.

クリスマスのお祝詞、及びお手紙ありがたく拝見いたしました。弁解から書き始めるのが例になりましたが、実は昨年十一月末から風邪を引きこみ半月ばかり寝たり起きたりでした。風邪と解つて安心しましたが、その間、結核らしくもあり、少々憂鬱でした。そんなわけで暮はあわただしく、ついクリスマスのお祝ひを申述べそこなひました。お許し下さい。

お手紙、本当にびつくりいたしました。御労作〔51〕を私にデディケイトしてくださるなどと、おそらく例のジョークだらうと思ひなほしました。たとへジョークでもうれしくお受けいたします。

今度のお手紙で大層面白かつたのは紅楼夢評と禅攻撃です。いづれも小生大賛成。支那文学は小説稗史が出はじめたときに精神（フランス流にいへばエスプリ、支那流に言へば志）を失つてしまつたのだと思ひます。いや、それを失つて詩がなくなり小説の時代が始つたといふべきでせう。日本でもかなり似たことが言へます。しかし、近松には詩があります。いや、あれは詩です。そしておそらく最後の文学です。

それにしても日本にはおつしやるとほり、支那小説のセルフ・サティスファイドの堕落はない、幕末に馬琴が出てゐるし、明治に入つて西洋にその危機を救はれました。もつとも妙に救はれすぎて、御承知のやうに現在のごとく自分から「はぐれた」インテリを大量生産してしまひましたが。

それから禅についての反撥、全く私と同感、あれは今申したインテリの性格とよく似てゐます。本来セル〔フ〕・サティスファイドな資質の中に眠つてゐる日本人が下手に自己否定の技術を輸入した結果に生じた似非宗教です。奴隷の思上り、いらだちといふべきでせう。そちらで喧嘩が起つたら、さういふふうに考へてゐる「優れた」日本人もゐるといふことを御紹介下さい、呵々。今年から読売新聞に「愚者の樂園」を定期執筆します。あるいはあなたの御説を御紹介させていただくかもしれません。

申し遅れましたが、コロンビア大学のフェローシップ案内状、ありがたうございました。一人優秀なのがゐて、今すゝめてをりますが、どうなりますか。決つたら改めてお願ひいたします。また、沼澤君のことでお気づきのことがありましたら、どうぞ御遠慮なく注意してやつて下さいまし。

聲が、二、三日うちに出る第十号でつぶれます。〔52〕残念ですが、毎号百万円近い損なので、いかに丸善でも我慢できなくなつたのでせう。しかし、十号、二年半、いささかの効〔「功」か〕はあつたと思ひます。いつもおほめいただき、又、御寄稿いただいたのに御期待にそひえず心苦しく存じます。第九号と第十号に翻訳論をのせました。一度よんで下さいまし。

では、又。今年はあなたにとつてよき年でありますやう。

近松、一日千秋の思ひで待つてをります。家内よりもよろしくとのこと。

キーンさま　　福田恆存

一月十日

㉑エアログラム　昭和三十六年（一九六一）三月十二日消印

Mr. Donald Keene c/o Department of Japanese, Columbia Univ., New York 27 N.Y. U.S.A.

いつもの事ですが、またおわびの言葉から書き始めねばなりません。エヴァーグリーンのお話について、せつかくお心づかひいただきながら御返事をさしあげず申訳ございません。おゆるし下さい。

昨年の秋から冬にかけて一生のうち最も忙しい時を過したと申上げたその時の閑暇もつかのま、一月末からまた忙しくなりました。例の嶋中事件[53]に余計なおせつかいをして、結果は嶋中氏に大分迷惑を掛けましたが、文字どほりてんてこ舞ひ。

それがすむと国語問題が燃えあがり、それが私達に有利に転換しさうになつて、多少は私も張本人ですので、大奮闘を強ひられました。おかげでアントニーとクレオパトラの翻訳すつかり遅れてしまひました。

ところで、その間、鉢木会、例の通り毎月一回づつ催されてをりますが、二月の会で御好意皆に伝へたところ、結論が出ぬうちに皆酔払つて散会。三月の会で、やつと結論が出ました。その後、今日まで延び〳〵になつたのは私の責任です。

といふのも、結論と申しても結論らしいものではなかつたからです。御心配のやうな、アメリカから金を貰つたり、アメリカの出版社と提携したりすること自体に気を使ふインテリは「残念ながら」わが鉢木にはをりません。ただ、結論が出ないのは話があまり甘すぎて、皆半信半疑であるため、又、アメリカの出版社が私達を援助するにしても、それでどういふ利益が得られるのか、又、具体的にどういふ方法で援助できるのか、それらのことがさつぱり見当つかず、お受けする、しないの結論が出なかつたわけです。[54]それで私がキーンさんに問合はせて見ようといふことで、あとはそれなりになつてしまひました。

その問合はせを今日まで怠つてゐたのは、やはり雲をつかむやうな話であるからです。

もちろん、キーンさんを信用しないのではありません。キーンさんの私達に対する信用が大きすぎるのが心配で、エヴァグリーンの方はそれほど私達を信じてゐるわけはなく、一、二ヶ月の延引の間に、おそらく話は消滅してしまつたのではないかといふ気がしてゐたからです。

㉒葉書　賀状、昭和五十二年（一九七七）一月二日消印
北区西原一の四十　十の七百七　どなるど・きいん様

寿

押印

まさかまだ御在日とは存ぜず
賀状遅れて申し訳ございません
近世日本文学史も年末書庫の整理をしながら、つひ読みふけつてしまひまして
色々共感する処あり、かつ御教示頂け厚く御礼申述べます

白恆存

※

キーン宛の恆存の手紙は、昭和三十六年（一九六一）三月十二日付を最後にふつりと途絶える。そして、昭和五十二年（一九七七）の年賀状一枚が残されている。

一、昭和三十六年に二人の書簡往来なり人間関係が途絶えたのか？　ならば、最後の年賀状は書くまい。他にもクリスマス・カードや年賀状があってもおかしくないはずだ。

二、キーンがその後の恆存の手紙を紛失したのか？　三島の書簡が百通近く残されていること、その他の文人の書簡も多く残されていること等々から考えても、紛失説は余り考えられない。と言って二人が仲たがいしたというのも、それまでの手紙の往来から、考えにくい。

三、恆存と若手俳優たちが文学座から分裂し、財団法人現代演劇協会を設立、劇団「雲」を傘下に置いたのが昭和三十八年（一九六三）一月。最後の手紙が書かれた昭和三十六年辺りから、この蠢動は始まっていたと考えられる。文筆活動、シェイクスピア翻訳等々に忙殺されてキーン氏との書簡の遣り取りが途切れたのか。勿論、分裂の兆し・可能性など、キーン氏に話すはずもない。これも憶測の域を出ないが、口外出来ぬ「陰謀」を裡に抱えていた恆存が書簡を書くのが億劫になった……？

結局、これは謎のまま。また、クリスマス・カードや賀状も最後の一枚のみというのは解せない。あるいは紛失説も否定できないのかもしれない。

それにつけても、以上の恆存の書簡の間に入るべきキーンの書簡が我が家に残されていたらと悔やまれるというか、残念というほか言葉が見つからない。それを第四章の往復書簡と同じように読めたなら、どれほど仕合せなことか。ドナルド・キーン研究もさらに深まることだろう。

これは三島家にも言えることで、百通になんなんとする三島の手紙の間に入るキーンの手紙があると、二人の友情も手に取るように見えるのかもしれない。著作権継承者の子息、平岡威一郎氏が積極的であらんことを祈るのみである。恆存の三島宛の手紙もあるのではあるまいか……。

コラム5

ドナルド・キーン宛、もう一通の手紙
——近代文学史上の新発見？

第五章で紹介した恆存からの書簡は既に述べたように、コロンビア大のC・V・スター東亜図書館が所蔵している。ところが、時期的にはそれらの時期に属しているもう一通の航空書簡が、令和五年（二〇二三）になってあらぬところから見つかった。つまりキーンは、この新発見の手紙を前記図書館には預けなかった、あるいは、一通だけ別に保管したために預けそこなったのかもしれない。真実は不明だが、本書が刊行される前に見つかったことは幸運としか呼べない。

私が色々な資料を渉猟している中で、さまざまな用事や願いごとがあって、御養子のキーン誠己さんに連絡を取っていた。するとある日、本書担当編集者から興奮気味の電話があったのだ。もう一通、キーン家に恆存の書簡が残っており、これが非常に意味のある書簡だというのである。で、誠己さんに依頼して、コピーをメールで送って頂いた。「近代文学史上の新発見？」というサブタイトルは大げさではない。第五章の書簡④と⑤の間に入る。

左にその手紙を挙げる——。

エアログラム　昭和三十一年（一九五六）五月四日
消印
Mr. Donald Keene　Dept. of Japanese　Columbia University　New York 27　N.Y.　U.S.A.

〔55〕お元気でせうか。お仕事はかどりますか。隅田川は終つたこと丶存じます。浮雲は大変でせう。

ごぞんじでせうが、はじめての言文一致の試みですので、古いものが、まだ尾をひいて残つてをりますので、当時はとても新しく思はれたことが、いまでは妙に古くさく感じられます。明治の人が羽織袴に、山高帽や靴をはいたのと同じスタイルです。しかし、二葉亭の精神は生きてるますし、なんといつても日本最初の近代小説ですし、明治の世相もうかがへますし、それがアメリカに紹介されるのはたのしみです。それからお読みになつたかどうか知りませんが鷗外の「ぢいさんばあさん」あれは今の日本人ではありませんが、やはり無意識のうちに日本人のうちに残つてるる美的（?）倫理なので、紹介していたゞきたいのですが、外国人には通じませんかしら。

この前のお手紙で、戯曲のことお問ひ合はせがありましたが、現代の日本では相変らず、小説が文学の大道で、戯曲も詩も無視されてるる状態、御推薦できるやうな作品がなくて残念です。たゞ一つ仲間ぼめではなく、三島君の「近代能楽集」といふ一幕物集（能の現代的アダプテイション）が、長さといひ、内容といひ、おすゝめできると思ひます。

その中の「卒塔婆小町」などいかゞでせう。

戯曲の話で想ひだしました。私の「明暗・崖のうへ」がそろそろお手もとに届くころと存じます。「明暗」は「崖のうへ」を一晩の芝居になほしたものです（この三月四月に上演されました。）アメリカのどこかの本屋で、日本の一幕物集をだしたいといふ話があり、日本の数人の劇作家のものが選ばれましたその中に「崖のうへ」がはいつてをります。私はもし訳されるならキーンさんにといふ注文をつけましたが、お忙しいでせうから、どなたか信頼できるかたを御紹介くださつてけつこうです。（たゞし、まだきまつてるません。）

「ハムレット」の翻訳、演出で、岸田演劇賞と文部大臣賞をもらひました。オブザーヴァーに書いていたゞいた御縁にお知らせいたします。

「リチャード三世」の翻訳も、近いうち届くことゝ思ひます。以上、先便さしあげたあと、私の近況、お知らせかたがた。

目下歌舞伎（菊五郎劇団）の演出をしてゐます。新作でつまらぬ作品ですが、小生、近く「明智光秀」をドラマタイズしたい気もちあり、勉強がてら引き受けたまでです。

勉強（apprenticeship）が金になるといふのも、自由日本のありがたさ、大いに利用すべしと思つてゐます。

新潮の批評など気になさらぬやう。やはり勉強が金になる日本のわるい面とお見のがし下さい。「知る人ぞ知る」といふ日本のことはざは「知らぬ人は知らぬ」の裏であります。

レコードお願ひしたいものもあるのですが、「見かへり品」がないのでためらつてをります。なにかお役にたつものはありませんか。

お元気で。

福田恆存

キーン様

――もう読者にはお解りだろう。この手紙はキーンが京都大学大学院に留学した翌々年の事。もちろんキーンは既に三島の作品をあれこれ読んでいたには違いない。が、こういう形で三島の『近代能楽集』の翻訳を勧めたのが福田恆存だったということ。キーンが自分でも目を付けていた可能性も否定し得ないが、なんといえばよいか、まっさらな白紙の状態で福田が慫慂しているという事実。果してキーン氏がこの書簡以前に『近代能楽集』に接し、その翻訳を企図していたのかは分からない。が、いずれにしても、三島の「世界進出」の後押しを福田がしていたわけだ。

そして私には、なによりも恆存が三島のあの一幕劇集を薦めていたことが面白いのだ。『近代能楽集』に対する恆存の評価は一貫してぶれなかったわけだ。というのも、後年、私が芝居の世界に入ってから、つまり恆存が六十代だろうか、私に向かって、こうまで断言したことがある。「三島の戯曲でいいのは『近代能楽集』だけだ、後はみんなだめだ」と。言われたころは私には、その意味がよく分からなかった。が、そのうち、たとえば『鹿鳴館』を読んでも、その舞台を観ても、私もこれは本当の戯曲ではない、少なくとも対話（ダイアローグ）から成り立つ戯曲とは違う、と恆存の言葉が納得できた。

影山伯爵夫人朝子を演ずる杉村春子にとっては、これほど満足のゆく作品は無かったろう。影山伯爵を演ずる男優にとっても同じことだ。一人朗々と正面きって観客に語り掛けるのは、ある種、役者冥利に尽きるし、これほど気持のいいことはないだろう。いわば様式美の美しさであり、その科白を語る快感である。私が後に劇団四季の舞台を観た時の日下武史も、節度は持しつつ、この一種の快感を味わっていたのは間違いない。

会話＝対話は常に相手の（互いの）俳優同士の間合いやその日その日の調子の良し悪しに、互いに影響を及ぼし及ぼされ、二人であれ大勢であれ、常に複数の役者の生の変化（化学反応）に左右されつつ、綱渡りのような過程を経て「劇」を推進してゆく。三島の多幕物にはその要素が少ない。そういう状況があったにしても、一人で長科白を構築するだけで、しかも、それが観客を突き動かすというより、観客を酔わせるように書かれた科白が多用される。

三島戯曲を否定したいのではない。三島のこれ等の戯曲は、実は歌舞伎をバックボーンにしているのではあるまいか。正面を切る芝居が正調だと言える芝居、これは歌舞伎では幾らでも観られよう。裏返しに歌舞伎の演目から眺めてみると、実は『勧進帳』が、そういう歌舞伎の演目の中にあって唯一と言ってもよいくらい、「対話」を前提にした出し物なのかもしれない。山伏問答にみられる言葉の応酬による対立や緊張は、我が国の「戯曲」の中では〝稀有な〟と表現してもよい。あの場にはシェイクスピアにも通ずるものがある。

三島の『近代能楽集』は対話劇に慣れた米英の役者や観客にすんなり受け入れられる、おそらく恆存はそれゆえにこそ、キーンに先ず『近代能楽集』を訳すよう勧めたのだと私は考えている。

第六章
演劇人への手紙

一　芥川比呂志への手紙――『ハムレット』の頃

　さて、芥川比呂志宛となると、指がキーボードの上をさ迷い出す。芥川と福田の蜜月時代から決裂までをそれなりに知っているようで、本当のところは何も知らないからだ。知ったかぶりをするつもりも毛頭ないが、憶測も怖れず私自身の「考え」を綴って行くほかあるまい。

　最初にお断りしておくが、これら比呂志宛の書簡は三女、耿子《てるこ》さんからお返しいただいたものである。

　恆存が大岡昇平作の『武蔵野夫人』を脚色し、戌井市郎の演出で文学座によって上演されたのが昭和二十六年（一九五一）五月、三越ホールに於いて（この稽古場での出来事は「第二章　女性演出家への手紙」の「三　恆存、『武蔵野夫人』脚色の頃」参照）。秋山忠雄役で芥川は出演している。五月五日初日の舞台であるが、体調が悪化して十四日慶應病院に入院。十四日からは宮口精二が代役を務めている。

比呂志の肺結核の病状はその折々で悪化もすれば、小康状態の時もあったのだろう。

そして、入院した芥川が二ヶ月余りで退院したと聞いて恆存が出した手紙が次の一通ということだろう。

①書簡　昭和二十六年（一九五一）九月六日消印
目黒区上目黒五ノ二　六五八　芥川比呂志様

前略　御退院との事、およろこび申しあげます。

一度もお見まひに伺はず、申しわけありません。始終心にかゝりながら、つい雑事に追はれて失礼致しました。何とぞ御容赦下さいまし。

妹より、部屋のこと承りましたが、その後いかゞですか。実はこの土地に大内館といふ宿屋あり、そこのおかみさん好人物なので、一寸相談しましたところ、奥は宿屋として使つてゐるが、表の二階はお貸ししてもいゝといふことです。

八畳と六畳、両方、借りて下されば好都合だが、片方でも可の由、両方なら月三千円、片方なら八畳二千円、六畳千五百円、もちろん食事は別。宿屋の名目上、自炊されては困るが、前に大同軒といふ仕出しやあり、そこなら月三千円位で賄つてくれるといふ話です。早速間を見せてもらひましたが、冬は暖かさうです。海は五分とかゝりません。たゞし国道ぞひなので、自動車の雑音が難です。それも八畳の方なら大分静かになるでせう。なほ大同軒の食事が気に入らねば、大内館でもやつてくれるといふのですが、これは米持参で一日三百円位、もつとも家庭料理のように、（家族と同じにすれば）もつとやすくなるような口ぶりでした。

もうどこか適当なところおきまりでしたら　とにかく、もし、右の条件で御希望あれば、至急御返事なり、或はおいで下さるなりして下さいませんか。お出で下さるなら、八、九両日は避けて下さいまし。もつとも九日は四時頃以降でしたら、在宅します。

いずれにしろ、あらかじめ電報でも下されば幸甚です。といふのは、ある老人で、その部屋を借りたいといふ希望者あり、おかみさんは老人を好まないので、躊躇してるものの、もしあなたがだめなら、そちらへO・Kの返事出したさうでしたから。

右意をつくしませんが、おしらせせまで。

福田恆存

芥川様

退院後の療養を芥川は恆存の住む、空気のいい海辺の大磯でと考えたのだろう。大同軒というのは私の記憶にもなく、もはや影も形もない。大内館は大磯の中心に位置し、駅からも海岸へも好立地、高級とまではいかなくとも、かなりしっかりした大磯随一の旅館といってもよい……いや、よかったと過去形にすべきだろう。海水浴場としては大磯の海もすたれ、夏の客はロングビーチに奪われ、そこへもってきて今般のコロナ騒動……実はこの宿、令和四年（二〇二二）閉館どころか、なにをどうしたか倒産したという。で、売りに出され、町民はいずれ解体の憂き目と思っていたのだが、義侠心に富むFなる男が購入、そのまま残すというのだが、F氏、どうやら持て余しているらしい……と、風の便りに聞いた。

芥川はこの大内館で転地療養した。それどころか、おそらく転地療養は名目上のことであり、実は恆存に持ち掛けたい「相談事」があった――これについては本章後段に引用した、恆存自身による「私の演劇白書2　雲が出来るまで」（三二一頁）をお読みいただきたい。

それはそれとして、この折の慶應病院への入院は胸部疾患二度目の発病らしい。

次の芥川宛の書簡はそれから約二年後。恆存が米英留学中、ニューヨークから送った手紙である。これまでの二年間、芥川の肺疾患も小康状態を得ていたのだろう。殊に昭和二十七年に入ると、サルトルの『恭々しき娼婦』、森本薫の『退屈な時間』、恆存の『龍を撫でた男』、二十八年にはウィリアムズの『欲望という名の電車』など、かなり頻繁に出演している。

②書簡　昭和二十八年（一九五三）十一月十六日消印
東京目黒区上目黒五ノ二　六五八　芥川比呂志様

一　芥川様　　11月15日　夜　　福田恆存

この頃お体いかゞですか。ちようどルッサンのお稽古中と存じますが。

あなたには、すこしはましな観劇報告をしようと思つてゐたのが、御無沙汰の主因。そのつもりでゐて、尾崎氏あての私信（でたらめですよ、あれは、ただし内しよ）を東京新聞にのせられてしまつて、いゝ恥をかきました。そのせいか、アメリカのこと、芝居のこと、うつかり書くとどこかで活字になりさうで、怖くて書きにくくなりました。さう簡単に結論の出るものではありません。一年後に結論が出て、それが前に書いたのとちがつたりすると、事めんどう故、段々手紙書くのがおつくうになりました。そんなわけで、かうして御無沙汰のお詫びがてら筆をとりましたものの、そのおわびだけでなにも書くことはなささうです。

とにかくこゝ数年、本当に御厄介になりました。面と向へば照れくさくて申しあげられませんでしたが、小生の脚本が板にのり、なんとか見られるようになつたのは、全く大兄のおかげだと思つてをります。同時に、小生を今日も文学座に、また、劇団につなぎとめてゐるものは、やはり大兄の存在だと思ひます。とにかく龍〔1〕の時の変なヒガミは解消して下さい。龍の成功はあなたのおかげであり、僕が真にさう思つてゐることくらゐわかつて下さるでせう。それほど人が信じられないとすれば、大兄も浮かばれませんな。

それから妙子、裕行、いつもお世話になります。

どうも遺言状みたいになつてきました。以上で御礼はやめます。

東京新聞に書いたことにも本当のことはあります。実は Eliot のほんやくで未だにふうふういつてるるしまつ、ロクに芝居も見てゐないんですが、Broadwayには失望しました。もちろん、本格的な芝居はこれからでせうが、いくつか芝居を見、その劇評を読んでゐると、それも大体予想できるような気がします。さて芝居の話は敬遠することにして、〈The Teahouse of the August Moon に（芝居の話にはちがひありませんが）M〔a〕riko Niki といふのが出てゐます。その紹介によると、東京生まれ、昨年十一月アメリカに渡り、コロンビア大学でデザインと語学の勉強中とのこと、この彼女、東京の聖心女学院の卒業生で、文学座に籍を置き、アトリエではHamlet, Our Town, On Borrowed Time に出演した由、又その後映画では野性、東京無宿にも出たとあります。ごぞんじですか。（本名は大内だといふ話もきゝました。）文学座も国際的になりましたね。大変評判です。（但し、日本の女性ならだれでもやれることをやつてゐるだけ、つまり、日本の着物を着、一寸した小踊りををどり、日本語を喋るといふだけのこと、それが、やんやなのだからバカバカしいです。）〔欄外＝ここは大内氏の遺族に内緒〕〔「遺族」は「家族」の間違いではあるまいか。〕

そもそも、芝居が、脚本からしてさういふもの、東京新聞に書いたとほり、沖縄におけるアメリカの軍政をヤユしたものですが、大尉がデモクラシーを教へるための学校を建てようとして、逆に土地の人間の自然愛や、虫かごや漆器などの美しさに感化されて、学校を建てる金で、土地の人間の希望どほり茶屋を建ててしまひ、上官から叱られるといふ話（その上官、そのあとでワシントンからの命令で占領政策が変り、ワシントンの連中が民情視察に来るといふので、毀した茶屋を再建し、ゲイシャ・ガールの踊りを賞でるといふところで終つてゐます）この筋書きでお解りのとほり、脚色者も原作者（事実にオキナワにいつたことのある軍人）も、茶屋といふものを諒解してゐない、芸術と自然を鑑賞する清遊の場所だとおもつてゐるのです。そして芸者は、踊と歌とをよくする芸術家だと思つてゐやがる。いやになつちまひますよ。

もしこれがさうではなくて、大尉がさう思ひこみ、上官も大尉からきいてさうおもひこみ、ワシントンから視察団が乗りこんできて、これもさうおもひこみ、そのあとで、土地の人間が、彼等のムチを笑つて、うまくしてやつたりと裏で舌をだすのなら、まあどうやら風刺になつてゐるでせうが、ニュー・ヨーク中、さう思つてゐるものは一人もゐない。さう考へてくると、風刺は劇場の外で、ニュー・ヨークのそとで、行はれてゐることになります。

作者が、軍部を風刺し、ヤユしてゐるのでなく、その作者を戦後迎へたオキナワ人、そして彼にこの作品を書かし、Broadway にそれを上演させ、劇評家や New Yorker に軍部を笑はせてゐるオキナワ人こそ作者で、当の作者はアメリカ人を代表して風刺の対象になつてゐることになります。

まあ、事実そんなものです。反日、或は日本に全然興味もなく、知識もないアメリカ人のほうがまだましで、なまなかの親日外人といふのは、この程度にしか日本を見てゐないのでせう。（この程度といふのは茶屋を芸術と自然鑑賞の場と考へる程度にです）

あなたに向つて腹をたててもしかたありますまい。

しかし、Broadway 以外で、いゝ芝居を見ました。隣の州の New Jersey は Summit（サミット）、こゝは New York から一時間ばかりで、東京に対する湘南、鎌倉に当るところですが、たまたま、ダブリンのアベイシアターの連中がアメリカを興行に歩いてゐて、Shadow and Substance（影と実体）〔2〕見物しました。僕は慌てて前日脚本を読んで用意していきましたが、あれなら英語を全然知らなくても、楽しめるといふような芝居でした。抑揚がとてもきれいで、しぐさのひとつひとつが、キザで気どつてゐて、見てゐてたのしい。役者も、あゝ手ばなしで気どれたら楽しいだらうと思ひました。カブキなどさうですが、もうすこし現代的な、知的な気どりかたでした、あなたのように（またヒガミますかな）。

それから、やはりNew JerseyのMontclairでTurn-about Theatreといふのを見ました。ごぞんじでせう、高級よせですね。一晩、終始、涙が出るほど笑ひました。だいぶ種を仕入れました。種だから公開はしません。〉

書きだしたのが六時、今七時、これから着がへをして、カーネギー・ホールへ出かけます。ヘルシンキの合唱団が来てゐるのです。僕は合唱といふ奴を楽しく聴いたことがありません。今夜はどうですか。これでダメならもう合唱はきかないことにします。まとまりませんが、以上。今ふと、うつかりすると、この手紙、また利用されるんじやないかと思ひました。もしさうだつたら、赤で印をしたところ〈へ〉で区切った部分〉の中から適宜文章を直して（これは必須条件）取捨御自由にご採用下さい。

〔欄外＝長岡さんによろしく。芸術新潮の御文章つゝしんで拝見したとおつたへ下さい。Picnicについてナルミさんからお手紙いただきましたが、あれは文学座として決定ずみのことですか。〕

——〈封筒に“The Teahouse of the August Moon”の舞台写真を掲載した新聞の切り抜き同封〉

冒頭の「ちょうどルッサンのお稽古中」というのは、この年の秋、関西と東京でほぼひと月の公演をしたアンドレ・ルッサン作『あかんぼ頌』（演出は岩田豊雄。関西初日十一月二十二日）のことである。「とにかくこゝ数年、本当に御厄介になりました」というのは『龍を撫でた男』をはじめ『武蔵野夫人』『キティ颱風』と恆存の関わった作品では常に主役または主要な役を演じてきた芥川への恆存なりの本心吐露である。「小生を今日も文学座に、また、劇団につなぎとめてゐるものは、やはり大兄の存在」という言葉も掛け値なしの本音のはずだ。第二章で引用した田村秋子の『龍を撫でた男』への「にがて意識」にかかわらず、家則役の芥川の天賦の才ゆえに、和子役の田村の瑕瑾（？）も目に付くことなく、箍の弛まぬ喜劇が成立したのだろう。これは、私も悔しいというか、観てみたかった。と言っても当時五歳の私が観てもなにがなんだか分からずに退屈していたろうが。なんの舞台の時だか、東横ホールで上演された父の作品を観に行き、私と二歳上の兄は叔母妙子に付き添われて、東横のエレベーターで昇降を繰り返していたという（『ハムレット』ではない。あの舞台は記憶に残っている）。

「それから妙子、裕行、いつもお世話になります」の妙子叔母については前に書いたが、裕行というのは、やはり文学座に入座していた私の叔父、母の弟のことである。この西本裕行は、遅咲きの花といってもよいが、劇団が変遷して「昴」になってから頭角を現し、それこそ芥川が務めるような主役を片端からやっていた。また、アニメ『ムーミン』の登場人物スナフキンの吹き替えでも評判を取った。西本裕行というと、舞台俳優よりも声優だと思っている人も多いと思われる。

「M[a]riko Niki」はマリコ・ニキだが、例の『文学座五十年史』を丹念に見ても、それらしき人物は見当たらない。[3]『ハムレット』も杉村のガートルード、森雅之のハムレット、中村伸郎のポローニアス等で一場のみを昭和十五年（一九四〇）に錦橋閣で二回上演した記録があるのみである。文学座のそのころを知る人ももはやいないだろう。大内氏というのも不明、お許し願いたい。

沖縄を舞台にした戯曲が上演されていたのも、「なるほどなぁ」と思うほかないが、「やっぱりな」とも感じる。恒存が書くように、戯曲（舞台）全体に「いやになつちまひますよ」と言いたくなる。隔世の感とはこの七十年のことだろうか。

ダブリンのアベイシアターの舞台なら、悪いわけはないだろう、と現代から私が言っても無意味かも知れぬが、英国の詩人、たとえばジョージ・バーナード・ショーにしてもオスカー・ワイルドにしても出自はアイルランド。アイルランド人の詩的才能、文学的才能を侮ってはいけないのである。

カーネギーホールに何を聴きに行ったのか。滞米中の「日記」によれば、この十一月十五日は日曜日で、恒存が聴きに行ったのはヘルシンキから来たコーラス。この日の欄に「僕は今までコーラスに興味をもつたことがない。それでためしてみたかつたのだ。Beethoven の Missa ではがつかり。ところが、今夜、はじめて chorus のよさを知つた。60人の人間が、たった一つの楽器のようにコンゼンとした音をだす。」とのみ記している。何の曲を聴いたのか等々の詳細は分からない。

次に掲載する一通は芥川宛ではなく、文学座宛の手紙であり、六月に行われた岸田國士追悼公演『牛山ホテル』のパンフレットに掲載された「海外通信」である。時系列、内容等を考えて、ここに挿入する。

番外　昭和二十九年（一九五四）六月　文学座『岸田國士追悼公演』パンフレット「海外通信」

ヨーロッパから文学座宛の手紙

ロンドンの劇團の様子をきかせろといふ御註文ですが、ここの劇場街のウェスト・エンドも、さう大してブロードウェイと違つてゐはしません。高級な連中はやはりスター・システムにあきたらず、會員組織のレパートリ・シアターをすすめてくれます。

ただ「藝術新潮」に書きましたが、シェイクスピアものだけは、さすがに本場です。「ハムレット」「コリオレイナス」「十二夜」「テンペスト」などをオールド・ヴィック劇場で觀て大いに感心しました。シェイクスピア誕生日の四月二十三日にはその生誕地のストラットフォード・アポン・エイヴォンでお祭りがあり、河畔の記念劇場で「眞夏の夜の夢」「オセロー」を觀ましたが、これは餘り面白くありませんでした。今年は同劇場所屬の二流だか三流だかの劇團が出てゐる由、つまらぬ時にぶつかりました。オールド・ヴィック座の「ハムレット」や「テンペスト」を觀てゐると、日本のシェイクスピア劇にも何とかしてあの雰圍氣とテンポを出したいものとつくづく思ひます。觀てゐるうちにバタバタと片づいていきます。壮大華麗な夢の世界が眼の前に次から次へとくりひろげられ、そして闇の中に消えていく、そんな感じがします。演出にも問題はありませうが、何より飜譯をやりなほさなければなりますまい。〔後略〕

こうして恆存は日本におけるシェイクスピア上演の可能性を探り始めたわけだ。いうまでもなく最も衝撃的だったのは、例のマイケル・ベントール演出、リチャード・バートン主演の『ハムレット』だった。

「日本のシェイクスピア劇にも何とかしてあの雰圍氣とテンポを出したいものとつくづく思ひます。觀てゐるうちにバタバタと片づいていきます。壮大華麗な夢の世界が眼の前に次から次へとくりひろげられ、そして闇の中に消えていく、そんな感じがします」という穏やかな書き方をしているが、続く「何より飜譯をやりなほさなければなりますまい」というのは、既にこの「短信」をロンドンで書いたときには、恆存自ら翻訳のみならず演出まで手を染めることを決意し覚悟していたからこそであろう。オールド・ヴィック劇場の片隅でペンライトを持ってメモをしていた恆存の脳裏には芥川比呂志のハムレットが浮かんでいたに違いない。

次の葉書は、その『ハムレット』上演より二ヶ月程前に書かれたもの。特に註釈を付けるほどのことはなかろう。

③葉書　昭和三十年（一九五五）二月二十六日消印
東京目黒区上目黒五の二　六五八　芥川比呂志様

この頃ゆつくりお話できる機会が得られず残念です。とりいそぎ一筆、稽古はあなたの体が完全に自由になるまでお待ちします。十日頃には映画が終るといふ話きゝましたので。それから髪の毛、今日から公演の終るまでトコヤにいらつしやらぬよう。

ことに襟足ヘップバーンでいきますから。ひまを見てそろ〳〵フェンシング仲谷君とべんきょうはじめて下さいまし。オフィリア、御希望に添へなくて残念です。どうしてもその気になれませんでした。シェイクスピア全集のことで河出からお願ひに出てるると存じますが、よろしくお願ひいたします。

匆々

仲谷昇がレイアーティーズをやり、御前試合の場のフェンシングの稽古が必要だったのだろう。オフィーリアは文野朋子が演じている。河出からの「お願ひ」は今となってはまったく分からない。全集の宣伝に使う材料として、ハムレットを演ずる芥川に稽古に入る前の気がまえなどを頼んだのだろうか。続けてもう一葉の葉書を挙げておく。これは東京公演（五月八日～二十六日）に先立つ関西の旅から一足早く帰宅した恆存が、大阪公演中の一座に送ったものである。

④葉書　昭和三十年（一九五五）四月三十日消印
大阪市東区天満　毎日会館　文学座御一同様

旅装とくまもなく、原稿に追はれ、それでも今日中公の「ハムレット論」はつい投げざるをえなくなりました。残念ですが、二十九日で八割五分売れてしまつてゐる由　もう宣伝の必要もないでせう。しかし、うかうか刺客なんてやつて、いゝ気になつてゐたものだから、稿料かせぎそこなひました。いづれ損害バイショウもらひます。稲垣君がバラしたものだから、東京ラクの日のもつと珍案、ついに御破算恨みますぞ。

妹にことづけしたやう、せりふのセンテンスとセンテンスの間　諸君の鼻下の長さにつきあはぬやう短く願ひます。東京の舞台ケイコ大変ですよ。たゞ当るだけなんてことでなくギュウ〳〵やりませう。期待されてゐるだけ、しつかりやりたいと思ひます。しかし今度の芝居と旅行で、諸君の「気心」（といふものがあるとすれば）わかつて、仲間入りできて大収穫でした。では何分よろしく。

東京公演の切符は四月二十九日段階でほぼ売り切れが見とおせるので、あちこちの雑誌やら何やらで恆存が宣伝のために原稿を書いたりインタビューを受ける必要もないから、中公の原稿を投げても構わないだろうと逃げているわけだ。このいわば日本における画期的シェイクスピア復活公演、『文学座五

十年史』の備考欄には「シェイクスピアと初めて本格的に取り組む。大入り」とあり、翌昭和三十一年（一九五六）一月に東横ホールで再演される。『五十年史』その項の備考欄には「総計初演とも66回上演。夜の当日売りを入手のため早朝より行列するほどの相変らずの盛況。初のテレビ中継放送さる」と書かれている。渋谷の東横百貨店の周りを取り巻くように切符を求める列が出来たという話は、当時私も聞かされていた。七十年近く前の娯楽がどんなものだったか、取って付けたようなもの言いになるが、私はスマートフォンも無ければ、テレビも無い時代の落ち着いた、人間が自分の脳と身体を十全に働かせていた時代に帰りたい。

葉書に戻る。「うかうか刺客なんてやつて」というのはこういう経緯である。三島由紀夫がそうであるように、演出家というものは稽古場と劇場でいい気持で演技している俳優を観ているうちに（もしくは、出来の悪い俳優を観ているうちに）自分も何かしたくなってうずうずしてくる。三島は確か『鹿鳴館』の公演だったか、職人役で毎日自分の作品に「出演」していたというが、恆存もその気になったのだろう。我家でも嬉しそうに「自慢話」をしていた記憶がはっきりある。「文学座々史」年譜の配役欄に四月二十四日（大阪）恆存、小瀬格に代わり特別出演という記録が残っている。

ハムレットが叔父王と思い込んでカーテンの蔭のポローニアスを殺してしまうのはご存じだろう。さらに、その死骸をどこかに始末してしまう。その場所を問い詰める昔の学友ローゼンクランツとギルデンスターンは、ハムレットの正面から詰め寄る、後ずさりするハムレット、その背に二人とともに追ってきた衛兵（刺客）が、グイと剣を突きたてて逃さない。もちろんそれで白状するハムレットではなく、その場を躱して再び逃げ去るのだが、その時の「刺客」の一人を大阪で恆存が演ったのだそうだ。

　父の自慢話によると、ハムレットを演じていた芥川が、いつもとは違う鋭い剣の突き立てにギクリとしたらしい。その「刺客」の切っ先にただならぬものを感じたとか、感じなかったとか。父はそれを、自分の「演じた」刺客の「鋭い芝居」がハムレットをギクリとさせたのだと、我家で一人悦に入っていた。実際には父は手加減が分からずかなり本気で剣を突き出し、その乱暴な剣先に芥川がギクリではなくビックリしたというのが真相だと、私は勝手に決め込んでいる。

　葉書に戻るが、東京の楽の日の「珍案」、実現されず、従って私も聞いていないが、いかなる珍案だったのだろうか。バラしてしまって実現を阻んだ稲垣昭三氏をウラむしかあるまい。

　東京公演の舞台稽古でさらに科白の間を詰めたいという演出家としての願望を読むと、もっとスピーディな舞台運びを期待していたとも言えるが、第五章のドナルド・キーン宛の書簡⑱にあるとおり、廻り舞台の効用もあり、舞台転換や芝居の展開にはかなり満足していたフシが窺える。

「諸君の「気心」わかつて」という一節、文学座の若いグループとの近しさや信頼感が感じられる。が、喜劇の蔭に悲劇が潜むように、これこそずっと先の分裂騒動の序章と言ってよいのである。一年後の次の葉書をご覧頂きたい。昭和三十八年（一九六三）の文学座からの劇団「雲」分裂は、さらに七年後のことである。

⑤葉書　昭和三十一年（一九五六）三月十一日消印

目黒区芳窪町二十五　芥川比呂志様

今度はうつたうしい芝居、御病中申しわけありません。さて例の件、岩田老に私的、公的両理由、ざつくばらんに話して諒解を得ました。（その時まで、老は知らぬやうでした）はつきり座の方へ申出るのは記念祝賀会がすんでからにいたします。それまでは知らん顔にしておいて下さい。妹夫婦にもまだ黙つてゐますから。

神西さんは恐らくやめるでせう。それだけでをさまりませう。

あなたの見とほしきいて一寸悲観しましたが、又この頃、新しい希望が出てまゐりました。けつきよく金等の準備です。御病中あなたはじつと静養してゐて下さい。

そのまゝ文学座に残る気もちでいらして下さつた方が、私としてはかへつて気が楽です。それで終つたとしても、文学座と私との関係、実質的には変りはしませんから。従つて大兄を頼みにする当方の立場も、変りはしませんから。いづれ拝眉のうへ万々。

「うつたうしい芝居」とは昭和三十一年（一九五六）三月に第一生命ホールで上演された恆存作の『明暗』のことである。もちろん、主役の康夫は芥川である。

「例の件」というのはこの時期の時系列からして、恆存の文学座退座のことであろう。驚くのは先に書いたとおり、ここに既に分裂の兆しが現れている事である。「見とほし」「悲観」「希望」「金等の準備」

……どう読んでも、分裂と新劇団設立がこの段階で話題になっていたことは明白だろう。続けて「御病中あなたはじつと静養してゐて下さい。そのまゝ文学座に残る気もちでいらして下さつた方が、私としてはかへつて気が楽です」という文言が何を明らかにしているか言うまでもない。つまり「金等の準備」の整うあてもないこの段階では、単に個人としての文学座退座が想定されていて、新劇団設立はそれほど具体的な構想があったわけではないのだろう。いずれにせよ『明暗』の稽古中から杉村と福田（あるいは文学座の若手）との間に、何等かの軋轢やズレがあったと考えてよいのではないか。

結果として、福田はこの四月に文学座を一人で退座する。入座は昭和二十七年の十月、「座員」としては僅か三年余りのこととなる。芥川は未だ退座せず、文学座と八代目松本幸四郎一統との合同公演である恆存作演出『明智光秀』で織田信長を演じたりしている。葉書のように、恆存と文学座との関係は、この段階では全く悪化する様子もなく進んでいたわけだ。この辺りは、推測の域を出ないが、岩田豊雄の存在によるところが大きかったのではあるまいか。また、葉書にも書かれているとおり、恆存には「病中」の芥川に無理な負担を掛けまいという慮りもあったと思われる。

なお福田と入れ替わるように、三島由紀夫がひと月前の三月に文学座に入座している。

二　芥川比呂志への手紙――「もし文学座を離れるなら」

次は、信濃町の慶應病院に入院している芥川に宛てた葉書である。

⑥葉書　昭和三十一年（一九五六）六月二十八日消印
東京新宿区信濃町　慶應病院気付　芥川比呂志様

病院から御見舞ひいたゞくとは小生一生の不覚であります。しかし老いこんだとは余りに情ない「若い女性」一般への聴えもどうかと思はれます。正直の処、妙子が来たときは腰の痛みひどいものでありました。坐薬の結果です。しかし一念発起、あれから毎日家でクラブを振りつゞけ、きのうけふは完全にしやんとしました。近く颯爽たる姿にて御見舞ひに参上するつもり　逆縁ながら御覚悟肝要と存じます。しかし経過良好とのこと、何よりです。

話もたまりましたが、遊びがてらお目にかゝるのが楽しみです。しかし退院九月末になさいませんか、涼風と共にといふ方がいゝと思ひます。末筆ながらお家の方々によろしく。

恆存の不調がなんであったか不明だが、私の知る限り胃下垂と便秘に苦労していた恆存のことである。「坐薬」といい、その結果だとする「腰の痛み」にしても、ゴルフクラブを振り回して健康を回復しているところをみると、この当て推量、当たらずといえども遠からずであろう。

芥川は『明暗』（三月六日～四月十二日）公演後、再び入院したのであろう。入院せねばならぬような肺の疾患を抱えた身で、『ハムレット』にせよ他の作品にせよ、いわば体力勝負の舞台をよく続けたものだと頭が下がる。

——同じく慶應病院宛。

⑦葉書　昭和三十一年（一九五六）七月二十四日消印
東京新宿区信濃町　慶應病院　別館　芥川比呂志様

月末御退院の由、おめでたう。それだけにいよ〳〵御自重のぞましく存じます。おたがひにせいぜいうぬぼれて自分だけの体に非ずと思ふことにいたしたいものです。田村女史　昨今の天気と同様、梅雨型配置いまだからりとせずといふところ。まあそんなものでせう。結局は日和見、それまた健全と思ひます。

それこれ御報告がてら月末までに伺ひたいのですが、暑いので、どうなるか。もしだめなら、北軽迄お尋ねしようかとも思つてゐます。カントクがてら。

田村秋子に触れて、「昨今の天気と同様」云々とあるが、田村はこれより一年半余り前、昭和三十年

の一月に文学座から与えられていた「名誉座員」の座を辞している。まして、二年近く前の昭和二十九年六月公演『牛山ホテル』（岸田國士作）を最後に完全に舞台を離れているのだが。この頃、田村は結腸炎（結腸癌か）のため入院し、何度かの開腹手術をしているが、ここでの言及は病気や入院とは関係なさそうでもある。名誉座員の「称号」を返上した後、役をやるわけでもなし退座するでもなし、その辺りのことを言っているのだろうか。

体調不良もさることながら、田村にとって築地座以来の恩師と言うべき岸田國士が昭和二十九年三月『どん底』演出中に倒れて急逝している。六月の『牛山ホテル』は追悼公演であり、それに出演してから舞台への意欲も削がれたのだろう。[4]

この「月末御退院」は慶應病院からの三度目の退院である。最後の「北軽」はいうまでもなく北軽井沢で、岸田國士の別荘があった。恆存は、退院後空気の澄んだ彼の地で転地療養しようという芥川の予定が分かった上で書いているのだろう。私がまだ四歳の頃だったか、我家でも両親と兄と四人で、岸田別荘から遠からぬ空き家をひと夏借りて暮した。幼いながらにさまざまの断片的記憶がある。明確な記憶、痕跡が一つ――スズメバチの巣があるから気を付けろと母から言われ、言われれば却って気になるのが人間の常、兄と二人で傍を通った、先頭を歩く兄に警戒警報を発したスズメバチは二番目を歩く私を刺した。今なお、指先程の大きさのケロイド状の記念の印が背中に残っている。

岸田今日子や姉の衿子と遊んでもらったのか、会っただけだったのか、記憶が曖昧である。谷川徹三の別荘があり、若き日の谷川俊太郎にも遊んでもらったと思う。草むらから飛び出した兎が私より大きいので、恐怖を感じた情景も鮮やかに残っているが、まぁ実際には、私の体より兎が大きく映じたということであろう。幾ら四歳児とはいえ、それより大きい兎となるとチンパンジーくらいはあろう。それは、私の脳裏にのみ存在する兎ということか。

芥川にこの時期のことを書いたエッセイがある。「北軽井沢にて」という題で、岸田國士のことを次のように書いている。

「演劇の教師として、劇団の首脳として、先生は、誰も真似手のない独創的な構想を立てられながら、それが実行に移されてゆくうちに、そこに託されたご自分の理想が、中途半端な、出来合いじみた現実と化してゆくことに我慢がならず、途中で投げ出してしまわれるようなことが、たびたびあったように思われます。近くは、文学立体化運動と呼ばれた「雲の会」の場合なども、その一例といえるでしょう。俳優の教育、劇団の経営、舞台の組織、万事がそうだったといっても、言い過ぎではないかも知れません。〔中略〕「雲の会」の主張は、かえってその自然消滅した後に、いくらか実現されたようです。それまで劇場とあまり縁のなかった文学者、美術家、音楽家の演劇への参加と活動とは、戦後の新劇の一時期を、かなり特徴のあるものにしました。」（「悲劇喜劇」昭和三十一年十月号。『決められた以外のせりふ』所収）

「北軽井沢へ来ています」という軽やかな書き出しで始まっていつの間にか人物評に移って行く。芥川は父親譲りかエッセイが上手い。

恆存の次の葉書二枚は、前の葉書の二日後のものである。

⑧葉書二枚　昭和三十一年（一九五六）七月二十六日消印
東京新宿区信濃町　慶應病院　芥川比呂志様

新聞で御承知かと存じますが、NHKでマクベスをやることになり、一時間五十分なので、ほとんど全部がをさまります。で、少しは真剣にやりたく、配役なども後の舞台のために既成事実をつくりたく、慎重にしたいのですが、御意見うかがはせて下さい。三津田、中村、杉村、この三人は、殊に後二者はたのまぬつもり、マクベス役に何より困つてるます。北村では品がなさすぎる。宮口では声が世話になり過ぎる。ラジオは声が重要なので。

舞台中心で考へると（これは文学座のでなく、我々の舞台中心でいけば）マクベス（芥川）、マクベス夫人（田村か南）、妖婆（北城、加藤治、福田、岸田、丹阿弥）、バンクォー（加藤和）、ダンカン（仲谷）、隊長（北村）、マクベス夫人の侍女（日塔）、刺客（加藤武、稲垣、山岡、有馬、高木）、貴族（神山、内田、小瀬、その他）、門番（加藤武、北村、高木、宮口、有馬）、マルコム・ドナルベイン（仲谷、杉）、シーワード（三津田、宮口）、その他まだ重要なのが残つてるますが、粗雑な思ひつきで、まづ右のとほり。そこで大兄のお智慧を拝借したいのですが、舞台中心に配役を考へておいて下さいませんか。ラジオはそれを基準に、あとでヴェ〔テ〕ラン連中に既成事実をつくりあげられぬやうに、配役します。杉村は映画なので、それを理由に引こんでもらひませう。中村はぜんぜん無視といきます。来年のシェイクスピア（文学座）はじゃく馬に行かうと思ひますので、マクベスで味をしめられ、ぜひマクベスをやれといはれるのが、いやなので、右のやうなことを考へたのです。

問題はマクベスですが、幸四郎、松緑を考へたのですが、両方とも都合わるく駄目、どうしても文学座ユニットです。いまのところ加藤和夫を考へてるますが少々力が不足です。（しかし、それも映画でだめらしいのです。）文学座以外でもいゝから名案はないでせうか、森とか宇野とか、だめでせうか。

月末までにうかがへぬ節は、あとは八月六日出京、そのころお宅にいらつしやれば参上して、（夕方）ご意見うかゞいたく、そのころまで考へおいて下さい。また、スケジュールお教へ下さい。音楽は也寸志さんにお願ひしたく。

ラジオドラマ『マクベス』は全く知らなかった、我家で話題になった記憶もない。なんといっても「配役なども後の舞台のために既成事実をつくりたく」の一行がすべてを語っているのではあるまいか。舞台で演ずるなら当然マクベスは芥川でという話は、二人の間で前から話題に出ていたのだろう。杉村を外したい、なんでもいい役は攫って行ってしまう杉村への言及は、のちに私自身もさまざまの形で聞かされている（これについては改めて杉村宛書簡の項で言及したい）。それはさておき、マクベス夫人に田村秋子か南美江が想定されているのが興味深い。[5] この段階で、福田も芥川も（？）田村がまだ舞台に出る可能性を考えていたことになる。杉村（ラジオドラマ制作の折も映画で出演不能だった）や「ぜ

んぜん無視」された中村伸郎などベテラン連中の中にあって、田村は敬遠されていなかったわけだ。義理の叔父、加藤和夫（叔母妙子の夫）などから、杉村ではなくて田村が頑張っていさえすれば、といった趣旨の発言を聞いている私としては、前にも書いたが、友田が戦死せず、夫妻が文学座の中心になっていたら、その後の演劇界の歴史は随分と塗り替えられていたのだろうと思わずにはいられない。

この時のラジオでのマクベスは加藤和夫に落ち着いたが、芥川にやってほしかったことはいうまでもない。芥川が健康なら、この二枚つづりの葉書は無かったろう。

『じゃじゃ馬ならし』は文学座では結局日の目をみず、上演されたのは劇団「雲」創立後の昭和四十一年（一九六六）二月、日生劇場との提携であった。芥川はクリストファー・スライの役で出ている。（「現代演劇協会デジタルアーカイヴ」を検索すれば、詳細な配役や画像等も見られる。）

ここで芥川宛の書簡は五年程、間が空く。この間、前にも触れた八代目松本幸四郎（初代白鸚）らと文学座の合同公演で恆存作演出の『明智光秀』を昭和三十二年八月に東横ホールで上演。芥川の織田信長。新劇史上初の歌舞伎との合同公演という事になる。『文学座五十年史』に従えば、九十三・九％の大入り、とある。「切符売捌は、窓口及びプレイガイド扱六、五〇〇枚、座員扱四、八五二枚、支持会扱三、六三〇枚、松本幸四郎扱一、六〇〇枚、都民劇場扱一、一〇〇枚、労演扱一、〇〇〇枚」で合計一万八六八二枚。

それはさておき、文学座の舞台『マクベス』は昭和三十三年十月に東横ホールで上演される。前の書簡で恆存が希望した配役は、マクベス夫人の杉村春子を除けば、ほぼ成立しているのではないか。中村伸郎はスコットランド王の侍医役に回り、三津田健は老ダンカンをやっている。杉村の他はベテラン排除に「成功」していると言えるだろう。マクベスは言うまでもなく芥川比呂志である。これも『文学座五十年史』の備考欄に「大入り」とある。

前述の『明智光秀』はこの『五十年史』にも掲載されている。一方、そこには載らず、恆存全集の年譜では文学座公演として扱っているものに、昭和三十五年（一九六〇）六月に産経会館ホールで上演された八代目松本幸四郎主演の『オセロー』がある。デズデモーナを新珠三千代、イアーゴーを森雅之が演じた。これは当時プロデューサー・システムという言葉で騒がれた公演で、恆存年譜の「『文學座』により」という表記が違うと言うべきだろう。

その時のプロデューサーが、次の書簡冒頭に出てくる吉田（史子）という女性である。この『オセロー』公演のプロデュースで頭角を現し、その後、芥川比呂志と水谷八重子が出た『黒蜥蜴』（二七三頁に載せたパンフレットを参照）など異色の企画で名を知られたが、四十二歳の若さで急逝した。

⑨封書　昭和三十五年（一九六〇）六月八日消印（封筒裏「六月七日」）
東京目黒区芳窪町二十五　芥川比呂志様

一　用紙にて失礼します〔原稿用紙に書かれている〕。東京でゆつくりお話しいたしたく存じつゝ、稽古に追はれ機会を逃しました。本日吉田女史よりの電話にて御伝言承りました。十二日公演後（東京に泊りますので）お話し出来ればと存じます。

森雅之名優説は単なる伝説と解りました。名の字がつくとすれば　ごまかしの名人であります。稽古中科白をおぼえず、毎日思ひつきばかり。そのせりふをおぼえぬのも結局演出のダメを寄せつけぬための煙幕と知つたときは既に遅く、見事してやられました。ご覧になれば解りますが、せりふは出たらめ、意味さへ通じれば、とばさうとひつくりかへさうと勝手次第、リズムはみだれ、テンポは遅く、腹が立つてしかたなし、それを尾崎ごときが、訳者のせりふのリズムを生してゐるといふのだから呆れてものが言へません。要するにオセローを食はうといふ、けちな役者根性。

つくづくあなたがなつかしくなつて、この手紙書いてゐる次第。

椎野君[6]は、芥川さんと森さんの劇団を作りたいと言つてゐましたが、とんでもない話です。私はまつぴら。もし文学座を離れるなら、あなた中心といふことをお考へ下さい。しかし、今のところ、その必要も感じませんが。ただ、今度のやうな企画には御参加いたゞきたく、そのことなど十二日にお話したいのです。右とりあへず。

福田恆存

芥川様

書くまでもないが、森雅之に関する記述は『オセロー』のイアーゴー役への言及。消印や封書裏の恆存自身による六月七日という日付から考えれば、『オセロー』の幕を開けた頃に吉田女史からの伝言があり、森雅之の稽古態度に呆れ返ってこの手紙を認めたと考えてよかろう。尾崎は劇評家尾崎宏次と考えて間違いあるまい。

「つくづくあなたがなつかしくなつて」という言葉だけなら単なる懐旧の情で済むが、やはりこの書簡の終りの数行も、三年後の分裂を匂わせる。「もし文学座を離れるなら、あなた中心といふことをお考へ下さい。しかし、今のところ、その必要も感じませんが」というくだり——未だ具体的に劇団「雲」設立が視野に入っていたとは考えられぬ。が、なにやら意味深長な含みのある一行である。この辺りの、分裂への経過は今となっては一切明らかではない。

さて、前述の吉田史子女史プロデュースの『黒蜥蜴』のパンフレットに恒存が芥川のことを書いているので、次に挙げておく。パンフレットによると、この公演は昭和三十七年（一九六二）三月三日から二十六日までサンケイホールで上演された。制作・吉田史子、主催・サンケイホール、協賛・財団法人都民劇場及び日本電建となっている。これについては、私が余計な解説的なことを書くまでもあるまい。（なお、このパンフレットも芥川家に保存されていたものを耿子さんからお借りした。）

実は、恒存の原稿が今なお芥川家に保管され、耿子さんも大事にしておられる。そもそもは比呂志自身がパンフレット制作者に依頼して原稿を手元に譲りうけたのだろう。

「黒蜥蜴」パンフレット用原稿

芥川比呂志

この正月、中村光夫の「パリ繁昌記」で芥川が見せてくれた大学教授は大層面白かった。あの役をあれだけにこなせる役者は今の新劇界では他にいない。新聞の劇評は余り芳しくなかったが、それは一つには芥川に対する期待が大きいからであり、また一つには芥川のうちにある種の劇評家を反撥させる何物かがあるからである。

芥川の成功する役には二つの型がある。「パリ繁昌記」の大学教授がその一つであって、私の「龍を撫でた男」の家則や「キティー颱風」の浩平もそれに属する。もう一つの方はハムレットである。役の型としてはマクベスもキャシアスもこれに属するが、ハムレット程には受けなかった。

現代の諷刺的な世話物喜劇の主人公と時代物的な古典悲劇の主人公と、両方に秀れた演技力を示すという事になれば、文句の附け様が無い。事実、芥川は日本の新劇が始めて生んだ最も正統的、かつ天才的な役者なのである。去年、ロザモンド・ギルダーが日本に来て、「ヴァイオリンを持てる裸婦」の芥川を見た後で、目を輝して私にこう言った。「あの人だけは希望がもてます。もし西洋に生れたなら、天才キーンになれた人でせう。あの人だけは天才の閃きがある。本当に残念です」

ギルダーはかつて私が学生時代に愛読した、演劇雑誌「シアター・アーツ」の編集者であり、この四十年間、毎晩、ブロードウェイの芝居を観て暮してきたアメリカ最高の劇評家である。その人からたとえ条件附でも芥川は「天才」と呼ばれたのだ。私は我が事の様に嬉しくなって、こう答えた。「あの時の芥川は彼の最上の出来ではありませんでした。もしあなたが彼のハムレットを、あるいはその他二三の喜劇の主人公を御覧になったら、〈西洋に生れたなら〉という条件を抜きにして、現在の彼をそのまま天才とお呼びになるでしょう。本当に残念です」と加えた。

芥川が成功する役の二つの型と私が言ったものには、詮じ詰めれば一つの共通性がある。ハムレットは自分の行動を強烈に意識している。中村光夫や私の喜劇の場合でも、芥川の特技が発揮されるのは、自分や他人の心の動きがよく見えている人間、あるいはよく見えていると思っている人間、そして善意からにせよ悪意からにせよ自分の思いどおりに他人を動かそうとする意識家を演じる時である。

その点では、今度の「黒蜥蜴」の名探偵も芥川に打って附けの役と言わねばならない。名探偵こそ、他人が良く見え、それに対して最も意識的に行動する役柄だからである。成功はまだ見ぬうちから解っている。

ただこれまでのところ、私達の芝居はあくまで写実的な現代の喜劇であって、そこには自分より大きなものを信じて行動する人物は出て来ない。それに較べると、ハムレットは単なる意識家であるばかりではなく、最後の一線ではそういう自分を超える運命を信頼し、その測り知れぬものに自分を預ける。ハムレット役で最高の才能を示した芥川は、恐らく日本に良き劇作家のいない事に髀肉の歎を味わっている事であろう。せめて三島由紀夫の浪漫主義的奇想が世俗的な意識家を英雄にまで昇華する事によって、芥川の渇を癒さん事を祈るのみ……

冒頭に「芥川のうちにある種の劇評家を反撥させる何物か」と恆存は書くが、この「反撥させる」ものこそ、恐らく恆存自身も持ち合せていた「意識家」「意識」だったのではないか。それは、時に人を冷たく見せる。冷静で、周囲にいる人間にはいつも心の底を見透かされているような落ち着かなさを感じさせる。実際に冷たいのではない。むしろ、彼等は人から愛されることを望んですらいるだろう。芥川はそうだったに違いない。

芥川の成功する役柄には「詮じ詰めれば一つの共通性」があると恆存がいうのはよくわかる、芥川自身が恆存の言う「共通性」である「意識家」そのものだったのではないか。私の推測に過ぎないが、彼の深酒は、その意識から逃れるための酒ではなかったか。これはつらい、しかも酒は肺結核の彼の体を蝕む。それをも十分意識し、見据えた酒だろう。悪循環以外の何ものでもない。私は彼の名演技をもっと観たかった。老成した芥川の舞台も観たかった。惜しまれる、そういう他ない。

それにしても、彼のハムレットを憶えていないのが悔やまれる。記憶にあるのは、義理の叔父加藤和夫演ずるホレイショーの「おやすみなさい、ハムレット様」という科白と、ホレイショーにいだかれたハムレットの姿である。あとはレイアーティーズとのフェンシングのみ。その他も観た記憶があるような場面があるが、これはすべて後に舞台写真を見て、私が脳内につくり上げた幻影に違いない。

一方、その後彼が出演したピランデルロ作『ヘンリー四世』のヘンリー四世、ロバート・ボルト作『わが命つくるとも』のトーマス・モア、大阪万博のキリスト教館で上演されたエリオット作『寺院の殺人』のベケットなどは、かなり鮮明に記憶している。ことに大阪まで出かけて観た『寺院の殺人』は忘れがたい。この作品は東京に戻って日経ホールで上演されたが、円形舞台（正確には六角形）のキリスト教館の臨場感は、なおのこと忘れがたいものとなっている。なお、東京公演の舞台稽古の最中に三島の自決があり、トーマス・ベケットの殉教と三島の死がダブって、私には余計に忘れられない舞台となった。

そういえば、ピランデルロのヘンリー四世にしてもベケットにしても、「意識家」という言葉にぴったりであろう。要は怜悧な頭脳の持ち主、芥川の得手とする役柄はそういう言葉で表せる。恆存脚色演出の『罪と罰』における検事ポルフィーリィなど、怜悧の最たるものと言ってよかろう。

一つの記憶がある。六本木に現代演劇協会のホールがあって、私がそこでの稽古を見学に行った折のことだ。たしか『ジュリアス・シーザー』だったと思う。昭和四十二年（一九六七）、私が十九歳ということになる。一番後ろの席に座って見学していた。休憩時間だったのだろう、出演はしていなかった芥川が酔眼で私に絡んできた。「お前が恆存の息子か」といったことだったように記憶する。その時の表情は、今でも眼に浮かぶ。瞬間私の頭を掠めたのは、龍之介の息子が恆存の息子に絡む……これは一種のライバル意識か、そうだとしたら無用のこと、どちらの比較も芥川家の「勝ち」だろう。が、私も一種の意識家なのかもしれない。ニコリともせず、芥川を無視した。この時、芥川四十七歳。三十歳も下の若造の無視に、芥川氏、確かスゴスゴと引き上げてしまった。いまになって、私も若かったと反省、絡み返すなりおどおどするなり、もっとよい反応が出来なかったものか。いやいや、私が意識家などということはあるまい、単に冷たい人間であるか、あるいはどう対処してよいか分からず、防衛本能ゆえに無視を決め込んだのかもしれない。

ところで、芥川のハムレットについてここに記しておきたいことがある。芥川のエッセイ集『決められた以外のせりふ』に「バローの『ハムレット論』」という一文が収録されている。今では古書として、手に入るか入らぬかという時代になってしまった、引用が長くなるが、その中から二カ所、引いておく。一つは芥川のハムレットに関すること、もう一つはジャン＝ルイ・バローのハムレット論に触れた箇所である。

私達の「ハムレット」の初演のとき、私の演技について、〔中略〕山本修二先生[8]の「ハムレットの内なる生命の爆発力、あるいはそれを狂気とよんでもいいが、そういうものの表現が不十分である」という批評は、忘れられない。初演の四日目に、京都で見られた折の批評で、これは演出家である福田さんの要求にもそのまま通じているところがあった。むろん、表現の技術のみに関わる批評ではなかった。同時に、もっと深いもの、もっと本質的なもの、ハムレットを演じる役者にとって、というよりも、およそ役者にとって、いちばん大切なものにたいする強い要求を、それは含んでいるように、私には思われた。そういうものを、福田さんが私に要求し、山本先生は、私がそれにこたえていないことを、指摘されたのである。

ハムレットは一種の万華鏡のような存在であり、哲学者のように見えるかと思えば狂人のようにも見え、無気力な男に見えるかと思えば一流の意識家とも見える、その全体がハムレットなのだという（バローの）指摘などは、福田さんも、演出に際して強調されたことである。ハムレット劇におけるフォーティンブラスの役割を、重要視している点も、共通している。

「玉子の殻ほどのくだらぬこと」のために、剣をとって起ち、生命を賭けて危難に赴くフォーティンブラスこそ、真に行動的な英雄であり、彼を後継者とし、一切をゆだねて死んでゆくことによって、ハムレットの精神は力づよく甦《よみがえ》るのである。

「傷つき、毒がまわって、死のうとする時、ハムレットはホレイショーに心をうちあけます。

ハムレット　頼む、ホレイショー、このままでは、のちにどのやうな汚名が、残らうもはかりがたい！　ハムレットのことを思ふてくれるなら、ホレイショー、しばし平和の眠りから遠ざかり、生きながらへて、この世の苦しみにも堪へ、せめてこのハムレットの物語を……（福田恆存訳）

ハムレットはこのとき、高貴で、優しさにあふれています。役者は、ここではもう、肉体的な死の苦痛の演技をやめるべきだと、私は思っております。ハムレットは浄らかな存在、自己を超えた存在になりつつあるのです」（バローの言葉の引用）

こんな箇所にぶつかると、私は思わず微笑する。そうか、あなたもやっぱり、そう思って、やっているのですね。

そうだった。福田さんになんべんも注意され、自分でも、たしかにそうあるべきだと思いながら、激しい決闘の場面の後で、あの、一晩の芝居の最後を締めくくる、静かないくつかのせりふをいうことは、ほんとうに辛かった。息が切れ、涙がこみあげ、心をしずめようとすればするほど、肉体的なもの、生理的なものが沸き立って、私を苦しめた。あの時、汗みどろになって横たわっていた私は、高貴でもなく、優しくもなかった。ただ、最後のせりふを言いおわった後にかならずやってくる朗らかな解放感を、天使のおとずれをでも待つように、待ち望んでいるだけだった。

山本修二の言う「内なる生命の爆発力」「狂気」というのは多かれ少なかれ、役者に必須の特質かもしれない。一方、恆存が常々言っていたように、役者・演劇人は常識人であらねばならない。が、一旦、舞台に上がった役者には、常人には無縁の狂気や爆発力が必須であろう、殊にシェイクスピア悲劇の主人公においては。そのような狂気や爆発力こそ観客が求めているものであろうし、演劇芸術という生身の人間が観客の前で他者になってみせるという、それこそ一種狂気じみた芸術、生業の醍醐味なのだと思う――それが、引用前段の言わんとするところではあるまいか。

後段はバローのハムレット論そのものだが、バローの言葉「自己を超えた存在」にせよ、芥川の言う「朗らかな解放感を、天使のおとずれをでも待つように、待ち望んでいる」心境にせよ、これまた、そういう芸術、生業を己が職業として選んだものの宿命を語っている。バローの「浄らかな存在、自己を超えた存在になりつつある」という言葉も、人間が芸術によって越え、達し得る高みを語っているのだろう。

舞台や演技の話は、こうしていくら書いても実際に現前させることが出来ない。もどかしいが、饒舌を避け、このくらいにしておく。

コラム6

『リア王』の幕切れ

シェイクスピアの『リア王』には、副筋ともいえる物語が描かれている。福田恆存が翻訳に付した解題を読んで頂ければわかるように、この作品ではリアの悲劇の主筋のネガとしてグロスター伯の悲劇が、いわば交互に演じられ、リアが舞台にいない時にも観客は常にリアの運命を共有できる。狂気となって荒野を彷徨うリアに付き合うのは道化と、ケイアスと名を変え変装してリアを守る忠臣ケント伯爵、そして、愚かな父グロスター伯に遠ざけられた誠実な息子エドガー、彼は狂気を装っている。エドガーはリアに遠ざけられた誠実な娘コーディーリアのネガともいえる。

庶子に欺かれ盲目となって荒野をさすらうグロスターは、同じく荒野を彷徨するリアと行き会う（四幕六場）、そしてリアをその声で王と認識する。その場のグロスターの問いかけとリアの応じる言葉が原文では、“Is’t not the King?” “Ay, every inch a king.” 声からリアではないかと思ったグロスターの問いかけは「王では?」という訳でよかろう。一方、リアの返答は翻訳者でさまざまである。every inch をどう考え日本語に移すか。

坪内逍遥「さうぢや、悉く王ぢや。」
福田恆存「うむ、指の先まで王だぞ！」
小田島雄志「この五体のすみずみまで王だ。」
松岡和子「そうだ、髪の毛の先まで王だ。」
河合祥一郎「どこをとっても王だ。」

どれが良いと思うか、どれが好みかは読者の御自由である。

恆存はシェイクスピアを一通り訳した折に、『シ

エイクスピア　バースデイブック』なるものを記念に作って新潮社から出した（非売品）。バースデーブックというのは海外では見かけるが、大抵はそれぞれの日付に箴言名言などが一つずつ割り振られ、日記として使ってもいいが、名前の通り、知人や親戚の誕生日などを記録しておくものらしい。それがあれば、バースデーカードを忘れずに済むという具合である。もちろん逝去の日を書き込んでおいてもいいし、結婚記念日などを書いてもいい。

で、恆存はリアの前《さき》のセリフも一月二十二日の欄に挙げている。ただ、そこでは戯曲の前後の流れがないので「この身は指の先まで王だぞ！」とアレンジしてある。

ちなみに三月三十日にはハムレットの「生か、死か、それが疑問だ……」のくだりが載っている。これはこの日がハムレット役者芥川比呂志の誕生日だからである。この種の友人知人、家族親戚の誕生日にそれぞれに「ふさわしい」言葉を載せている。私の誕生日にはハムレットの「己れの宿命がはじめて目をさましたのだ」（一幕四場）という言葉を入れてもらった。どういう心かは御想像に任せる。

それはさておき、劇団「雲」第十五回公演（昭和四十二年・一九六八）『リア王』で、芥川比呂志はリアを演ずる。四十七歳の時、ハムレットから十二年余りの歳月が流れている。

『リア王』の粗筋まで書いているわけにはいかぬが、『ハムレット』に比べ、この作品は主人公を演じる俳優には楽というか、出突っ張りという辛さはない。ただ、それなりに年齢を重ねた俳優が演ずる故、若い体力で押し切る事も出来ない。肺結核に苦しんだ名優芥川には、どうしてもやりたい役でもあろうし、体力的に厳しい役でもあろう。

リアは幕切れ近く正気を取戻しかけるが、コーディーリアの死を眼の前にして、狂気と正気を行き来しながら終末を迎える。その折のケントとのやりとり——実はここの解釈をめぐって、演出の恆存と芥川の意見が対立したという。

まず、そのやりとりを記しておこう。

リア 辺りが霞んで見える。お前はケントではないか?

ケント は、左様でございます、下僕《しもべ》のケントにございます。では、同じ下僕のケイアスはどこにゐるか御存じでいらつしやいますか?

リア あいつは良い奴だ、間違ひは無い、あの男ならきつとやつつけてくれる、それも鮮かなものだ。だが、疾うに死んで、腐つてしまつた。

ケント いいえ、死には致しませぬ、私がその男にございます、實は——

リア それも直ぐに解るだらう。

ケント 御境涯がお変りになつたそもそもの始めから、お苦しみの道中を片時も離れずお供をして参つた——

リア よく來てくれたな。

ケント その男なのでございます。もうこの世に何の慰めも無くなつた、どこからも光は射さない、死んだやうな世界。上の二人の姫君はみづからお命を縮め、絶望のうちにお亡り遊しました。

リア うむ、俺もさう思ふ。

問題は、リアはケントをはっきりとケントと認識したのかしなかったのかである。恆存はリアはケントを認識できなかったと考えた。芥川は認識したと演じたい。

東京での稽古休みの日に自宅に戻った父は、まさに、ぼやいていた。「あそこは、リアがケントのことを分からないから、余計悲劇になるんだよ、分かっちゃぁ、甘くなる」――概略そのようなことを言っていた。

いくつか要素が重なって、芥川は演出家と異なる路線に舵を切ったのではないか。一つには、たとえグロスターの副筋の存在ゆえに出突っ張りにならずに済んだにしても、三時間近い長丁場のあとでは、『ハムレット』上演からさらに体力の衰えていたであろう芥川には、強靱な演技がもはや不可能だったのではないか。また、年齢ゆえにも日本的情緒と調和の世界に入るほうが楽だったのではないか。あるいは、リアが幕切れのこの場で、死を迎える寸前に正気に戻る、それが雄々しいと考えたのか。

恆存は、この悲劇の幕切れは、リアの死によって、底なしの悲劇が完結しなくてはならぬ、愛娘《まなむすめ》に死なれ、その死の事実も理解と拒絶の間《あわい》を揺れ動き、忠臣ケントとケイアスが同一人物であったなどという事にはリアの意識が届くはずもなく、ほとんど虚無の世界をさ迷うがごとく、さらに言えば、リアに残された意識は、コーディーリアを失ったことゆえのいやます狂気の世界をさ迷って最後の科白を吐き出して死を迎えるのだと考えていたのではないか。

真相は謎のまま、これらの言葉は筆者の世迷言と片づけて頂きたい。最後に一つ、付け加えるなら、芥川の舞台をハムレットをリアをもう一度観てみたい。ないことねだりと承知のうえで、宿痾の肺結核を吹き飛ばした芥川の芝居を、幾らでも観てみたい

——

三　杉村春子への手紙

杉村春子への書簡は少ない。最初に挙げる二通は早稲田大学演劇博物館に保存されたものである。恆存の文学座入座は昭和二十七年（一九五二）十月、『龍を撫でた男』の稽古中のことと思われる。そして翌年九月、恆存は米国へと旅立つ。昭和二十九年春に英国に移り、その年の夏にロンドンを離れ、ヨーロッパを巡って帰途に就く。次の葉書は、その途次ヴェネチアから杉村に送られたものである。ただ、断っておくが、この節に掲載する三通の他に杉村宛の書簡があったのかどうかは定かではない。

①絵葉書　福田恆存↓杉村春子　昭和二十九年（一九五四）ヴェネチアから

七月十八日、ロンドンを立つ数日前、お心づくしの品拝受。どれもこれも好物ばかり。御繁忙中の御配慮身にしみてうれしく、且つ、文学座にもまだ全く忘れ去られたわけでもないらしいといさゝか気をよくしました。

パリ、オランダ、スイスを経て、ただ今、ヴェニス。又一週間もしたらパリに舞ひもどり、再びイタリー、ギリシヤと廻つて、九月中頃には帰国の予定です。一日も早くお目にかゝるのを楽しみにしてをります。名にし負ふ恋の都ヴェニスも一人では一向おもしろくありません。

文学座の諸兄姉を想ひ帰心矢の如し。皆さんによろしく。

「文学座にもまだ全く忘れ去られたわけでもないらしいといさゝか気をよくし」たのも、「一日も早くお目にかゝるのを楽しみにして」いるのも、そして「文学座の諸兄姉を想ひ帰心矢の如し」というのも、あながちお世辞とは言えまい。杉村が「心づくしの品」をわざわざ恆存の旅先に送ったことから考えても、両者の仲は悪くはなかったと考えてよかろう。

これまた私の憶測になるが、次の書簡となるとその関係は稍々微妙になりはじめていたのではないか。恆存がヨーロッパを巡って帰国するのが昭和二十九年九月、翌昭和三十年四月から五月にかけてが『ハムレット』の大成功になるわけである。それは杉村のガートルードとして記憶されるのではなく、芥川比呂志のハムレットであり、福田恆存の新訳シェイクスピア第一弾であるわけだ。恆存の颯爽たるデビューであり、芥川の理知的なハムレットの人気がガートルードを上廻ったことはいうまでもあるまい。この『ハムレット』は先にも触れたが、大好評のため翌年一月五日から十五日に十五回の再演の運びとなる。次の書簡はその楽日の翌日十六日の夜に書かれている。冒頭の「昨夜は失礼」というのは『ハムレット』楽日の打ち上げの席ででもあろう。

で、直後に唐突に始まる「配役の話」というのは後出の恆存作『明暗』の配役のことである。一月の『ハムレット』再演に続いて、三月初旬から第一生命ホールで幕を開けた。私の註釈は取敢えずここまでにして、書簡を読んで頂こう。

②書簡　福田恆存↓杉村春子　昭和三十一年（一九五六）一月十七日消印

昨夜は失礼しました。〔9〕配役の話が出ましたが、みなさんもゐたことですし、汽車の時間も迫つてゐたので、詳しく申しあげられませんでした。おつしやつたこと私も考へてゐましたが、それはあくまで考慮に入れおくべきことで、第一義の問題ではないと思ひます。もちろん杉村さんもそのおつもりでおつしやつたと承知はしてをりますが、やはり文学座の芝居として、アンサンブルとして、一番よく出来るといふことが第一義の問題と考へます。

実は昨夜は昨年の暮に岩田氏と会ひ、「明暗」〔10〕を三月公演と決定したとき、話しあつた配役大体きまつてゐたのですが、慎重にしてそれは戌井さんにも話してをりません。でも杉村さんに私の考へおつたへしておかうと存じます。まだ変更するかもしれませんし、未定の役もあり、他のかたにはお伝へ下さいませんやうに。「明暗」は「崖のうへ」に基いたもので、ラジオで成功したので、その配役は変へまいと思ひます。本来ならば、瑞枝の役、杉村さんに当然来るべきものですが、あれは南がやつて成功してをりますので、南にかはいさうですし、それに対外的に考へて、いゝ若い役を杉村さんがとるといふデマがあることですし、失敗したならとにかく成功してゐる南を押しのけて杉村さんにしていたゞくとまたうるさいので、やはり南といふことで御諒承いたゞきたく、私の立場も御賢察願はしう存じます。

「崖のうへ」のときは、

河埜松子　長岡輝子
河埜康夫　芥川比呂志
河埜瑞枝　南美江
河埜祥枝　福田妙子
土井　鳴海弘
刑事　北村和夫

右のとほりでしたが、土井と刑事を変へようと思ひます。土井は私の思つたとほりいかなかつたからですが、刑事は今度かきなほして、北村の柄ではまづくなりますので。（しかし、あるひは北村になるかもしれません。）

土井は宮口さんに頼みます。

問題は松子と杉子ですが、これは長岡さん、杉村さん、或はその逆と考へてをります。

柄からいふと、松子に杉村さんですが、杉子は喋らず動かずでしかも一番この芝居の、いはゞタイフウの眼みたいな役割で、ことによると柄だけで長岡さんときめられないのではないかと思ひます。

いづれにせよ、この二人は若い人には任せられず、昨夜のお話の賀原、荒木、丹阿弥、日塔[11]といふところは、梅子、洋子に廻つてもらはうと思ひます。私としては梅子に賀原か荒木、（丹阿弥でもいゝと思ひますが）と考へますが、いくら原作者でも演出家の戌井さんにいくらか配役の余地を残しておかなくては失礼でもあり、「崖のうへ」以外の配役はなるべく戌井さんにまかせようと考へてゐます。
右について御意見ありましたら、至急御返事下さいまし（電話ででも十八日午前中位に）。なほ三津田さんは出られぬといふ前提の下に考へてをります。もつともこつちでいろいろ気をもんでゐても杉村さんはどうなのでせうか。中村宮口芥川は大丈夫らしく、これは一人一人、それとなく都合きいてあります。なほ自分の芝居に妹をだすことは、私のたちとしても一番いやなことですが、実はこれは妹の性格をモデルにした役ですので、崖のうへでもだしましたし、柄である程度おせました。もちろん芸は未熟ですが、これを機会にうんともんでやりたく、その点は杉村さんにもよろしくお願ひいたします。
実は私の友人の作品といふのが丁度杉村さんを主人公にしたものなので、二十周年最初のも〔の〕としても、恰好で、そのためにも、私は極力、「明暗」を第二作とするやうつとめたのですが、どうにもならなかつたのです。私としても、十分手を入れられず、ごたごたのうちに上演するつらさお察しのうへ、いろいろ御不満もありませうが、今度の配役御諒解願へれば幸です。
右とりいそぎ
一月十六日夜
福田恆存
正月、岩田さんのお家でお目にかゝつた際、御相談しようと思つたのですが、大岡がゐたのでやめました。遅くなつてすみません。

この書簡の要点は一目瞭然、『明暗』の配役にある。『ハムレット』の打ち上げの席で杉村がその話題を持ち出したのだろう。冒頭の数行、ことに「文学座の芝居として、アンサンブルとして」という辺り、作者として杉村に釘を刺していることは明らかだ。あとに出てくる「いゝ若い役を杉村さんがとるといふデマがあることですし、失敗したならとにかく成功してゐる南を押しのけて杉村さんにしていたゞくとまたうるさいので、やはり南といふことで御諒承いたゞきたく」というくだりからすると、ラジオの『崖のうへ』で南美江が演じた瑞枝をやらせてくれないかと、杉村が恆存に迫ったと推測して間違いない（『福田恆存全集』第五巻、もしくは『福田恆存評論集』第十二巻の「覚書五」参照）。杉村本人には「デマ」という表現を使っているが、そういう蔭口があることは事実だったという証拠だろう。

実は、このことを証する論文を恆存自身が「中央公論」に書いている。昭和三十八年の三月号に、「演劇集団「雲」設立の経緯」という題で掲載された。少々長いがその一部を引用する。

……私もかつて文学座に籍を置いた事があつた。当時、杉村春子は私に向つて「女の劇団は駄目だ、文学座に一本筋を通してくれ」と頼んだものである。人の好い私は多少その気になつた。そしてまづその第一着手に自作「明暗」の主役を南美江に配し、杉村を「ふけ」に廻した。それまでも、それ以後も、杉村は若い女の主役をすべて自分のものと決めてゐるが、それこそ新劇団として筋が通らぬからである。もちろん、杉村は不満の意を洩した。「私が若い役を演れるのは、後五年しか無い、南さんや賀原さんはまだ先があるのだから、どちらかをふけに廻してくれ」と言ふ。私は頑として応じなかつた。それで良かつたと思つてゐる。なぜなら、それから早くも満七年になるが、杉村は依然として若い主役を演り続けてゐる。一方、南、賀原、荒木、その他の女優達は既に四十、つひに一杉村のために演劇的青春を喪失してしまつたのである。女優ばかりではない。文学座の男優達を見るがよい。宮口精二、芥川比呂志を除いて、杉村の相手役を勤めて来た連中は、単に女主人公の引立役として終始し、立役の出来る者は一人もゐない、これまた青春を喪失してしまつたのである。何の事は無い、雲の同人となつた男女優は、彼等を鏡として、そこに数年後の自分の姿を眺め慄然としただけの事である。〔中略〕

かういふ根本的な不満が十年も続いて、漸く今頃になつて爆発したといふ事の方に、世間は寧ろ不審を懐くべきであらう。私は杉村を中傷するために右の事を言つたのではない。まだ後がある。「明暗」の配役を切掛けにして、私は文学座を止めた。それも曖昧にではなく、はつきり杉村の非を責めて止めたのである。

殆ど説明の要はないかとも思われる。結局はそういうことなのである。恆存が食言を弄することはあるまい、これが、少なくとも、恆存の眼に映じた当時の文学座の実像なのである。なお、劇団「雲」のパンフレット三号にも恆存は同じくこの分裂の経緯を書いている。次節の「二つの分裂劇」において、重複を恐れず詳しく観てみたい。

さて、ここでごく簡略に『崖のうへ』と『明暗』について書いておく。米欧の旅から帰った恆存は二ヶ月後にはラジオドラマ『崖のうへ』を執筆、文学座の役者で中部日本放送から放送されている。それを、いわば「副筋」を付けて一晩芝居に仕立てたのが『明暗』である。

主題を一言でいえば、過去の罪が現在を突き動かし人々を破滅させる、といった態の作品。あるいは過去に突き動かされて罪を犯し自らを死へと追いやる人間と、「見ている」だけでなにも行動出来ぬ人間との対比という事も出来る。

『崖のうへ』でいえば、主人公は康夫と瑞枝の夫婦二人。松子は瑞枝、祥枝の母。土井は昔からの康夫の友人であり瑞枝とも通じている。「見ている」だけの祥枝を除き後の四人はみな死ぬ。『明暗』となると、副筋が付いてさらに複雑になるが、右の点を押さえておけばよかろう。

つまり、杉村はガートルードのように主人公の母ではなく、『明暗』では康夫(芥川)の妻瑞枝をやりたかったわけだ。恆存は、『崖のうへ』と同じ配役で瑞枝は南美江でやりたかった。あるいは、親身になって杉村に対する「デマ」を防ぎたいと思ったのやもしれぬ。いずれにしても、杉村が若い役(女主人公)をやりたがった形跡は明らかである。

書簡に出てくる杉子(松子の妹)、梅子(同)、洋子(外部から闖入したモダンな若い娘、梅子の私生児）は『明暗』で新たに創作された人物たちである。

「実は私の友人の作品といふのが丁度杉村さんを主人公にしたものなので」のくだりだが、これは同年末に上演された三島由紀夫の『鹿鳴館』のことであろう。杉村はヒロインの影山伯爵夫人朝子を演じている。

で、『明暗』の東京公演に続く関西・名古屋公演が終るのが四月十二日、『文学座五十年史』に従えば恆存が文学座を退座したのも、その四月なのである。関係悪化というほどのことはなかろうが、関係良好ならば、退座はすまい……とはいいながら、前にも触れたが八代目松本幸四郎一統との『明智光秀』は文学座が協力し、『五十年史』にも文学座公演として取り扱われている。この辺りの状況はもはや分からない。

なお『明暗』の配役は次のようになっている。

河野　松子	杉村　春子
同　杉子	長岡　輝子
同　瑞枝	南　美江
同　祥枝	福田　妙子
同　康夫	芥川比呂志
岡田　彰	中村　伸郎
同　梅子	北城真記子

同　進　　　　　　稲垣　昭三
同　洋子　　　　　岸田今日子
土井　達也　　　　松浦　竹夫
刑　事　　　　　　宮口　精二、小池　朝雄

さて、次の書簡は昭和三十五年（一九六〇）に行われた第一次新劇団訪中公演にまつわることである。俳優座、民芸、文学座、ぶどうの会、東京芸術座の五劇団からなる訪中公演で、『夕鶴』『女の一生』と『死んだ海』、それに加えてシュプレヒコール『沖縄』『安保阻止のたたかいの記録』『三池炭鉱』だったという。

しかも、『女の一生』は改作して上演するという。次の書簡はそれについての恆存の批判というか忠告の手紙である。

但し、この書簡は前の二通のように演劇博物館に収められているのではない。杉村が破り捨てたか。これも憶測に過ぎない。では、なぜここに収められたかというと、『父・福田恆存』にて紹介した大岡昇平宛の書簡同様、投函した書簡のカーボンコピーが杉村からの返書と共に纏めて我家に保管されていたのである。

長文の書簡なので、出来る限り註を付けておく。なお、「第二に」が二度出てくるのは恆存のミスだが、そのままにした。

③書簡カーボンコピー　福田恆存→杉村春子　昭和三十五年（一九六〇）

暫くお目にかゝりませんがお噂は始終うかゞつてをります　お元気らしく何よりです、なほ遅ればせながらオセローの際の文学座の御協力厚く御礼申述べます。

実は今度の訪中公演「女の一生」の改作を含めてその他の新劇団の態度を批判するやう「芸術新潮」から頼まれました。

断つてしまへば何のこともないのですが、やはり書いておきたいと思ひます。その理由は後で述べます。

しかしこれまでの文学座と私との関係からいつても、その前に一応私の考へを申上げ、出来ればそれを採りあげていたゞきたいのです。対文学座との関係ではなく、対あなたとの関係といふことになれば、ここ数年のわだかまり[12]から言つて、かういふ申出をする段階ではないかもしれませんが、いきなり雑誌に局外者としての批判を書いて読んでいたゞくより、やはり「内輪」のものとして御忠告申上げた方が解つていたゞけるかもしれませんし、又さうすべきだと思つて筆を取りました。公私を別にして虚心にお聴きいたゞきたいと思ひます。

週刊新潮の談話拝見しました。高飛車な言葉でお気に障るかもしれませんが、あなたは間違つておいでです。

第一に、「女の一生」を書いたときの作者とあなたとの関係において、あなたには作者の考へや、作品の意図が十分解つてゐるとおつしやつてゐますが、それがたとへ事実であつてもその改作は許されません。又遺族に著作権がある場合でも、それはあくまで経済的な問題であつて、作品の内容形式については、たとへ遺族でも愛児でも、愛人でも、立入ることは絶対に許されないのです。もし一たびそれが許されるとなると、それこそどんな弊害が起つてくるか分りません。今の場合はあなた一人だからよいのですが、他の作家の場合、色んな人が、私は当時の彼をよく知つてゐたが、真意はかうだつた、あるいはかう変へても真意は歪められないと言ひだしたら、一体どういふことになるでせう。

それにもし作者が生きてゐて、弾圧のない現在なら、又中共のひとに見せるなら、部分的改訂ではかへつて真意をそこなふから、もつと全体に手を入れたい、それが許されなければ止めてくれと言つたらどうなるでせう。良心的な作家ならさういふはずです。もちろんあなたのために書いた作品だからあなたがやりたいと言へば、諦めて許すかもしれません。しかしさうなると、あなたは友情を利己的に利用したことになります。言葉が過ぎるかもしれませんが終ひまできいて下さい。

第二に、尾崎氏[13]のやうに「改悪になつてゐない」といふ考へ方ですが、改悪とか改善とかではなく、改めることがいけないのです。あなたは「終戦後上演するに当つて、アメリカの植民地政策を悪く言つてゐるセリフを削つた」から、今度もさうしてよいとおつしやいますが、それは話が全く違ひます。実はその場合も、文学座の権力に対する弱い態度が出てゐるので、何もレジスタンスなどといふ大仰なことでなく事情を述べ、筋をうまく通しさへすれば、当時にしても通つたはずです。私たちでも、終戦直後はアメリカを批判する文章や座談会をやりました。しかし仮にそれが不可能だとしても、それと今度の場合は違ふと思ふ。占領軍がどうしても許さないといふなら、一部削るのも仕方ないことでせう、現に上からおさへつけられてゐるのですから。しかし、今は誰もおさへつけてはゐません。もし西園寺氏[14]から何らかの強制があつたなら、むしろこちらの真意を説いて理解してもらふべきで、そのためには私たち皆で出来るだけのこと力添へをしたでせう。

私達は戦争中にも同様のことを間近に見聞きしてきました。今では軍部の圧力などと言ひますが、実は当時の文化人が、軍部が何も言はないのに、あるいは言つてもこちらがは〔側は〕何も押さないで、むしろ言はれぬさきに向うの意に合ふやうなことをして機嫌を取つてをりました。さういふことを二度くりかへしたくないと思ひます。

第二に政治問題です。安保のことはあなたと私とでは意見が違ひますが[15]、ここでは書ききれません。しかし、私も自説を固持せずに申しますが、冷静に客観的に見て、アメリカ側につくのと、中立あるいはソ聯中共側につくのとでは、日本の将来のためどちらがいいかと言はれゝば、それぞれ理窟があり、五分と五分です。ここ数箇月の新劇人の動きは、それがあまりに一方的で、相手は全く間違ひで、自分の方が絶対的に正しいと思ひ込んでゐるかのやうです。米英打つべしの態度はまるで戦争中と同じではありませんか。杉村さん、あなたは新劇人のさういふ雰囲気にまきこまれておいでではありませんか。私も政治の裏側はあまり知らぬはうですが、その私から見ても、彼等は政治を操つてゐる手の動きをあまりに知らなすぎます。

第三に新劇人も利用されてゐるが、その新劇人に文学座も利用されてゐるのです。しかも馬鹿にされながら利用されてゐるのです。週刊新潮（昭和三十五年八月二十九日号）に（某劇作家談）として尾崎氏のあとに出てゐた談話[16]をおぼえておいでですか。あれはあるいは私か、それにちかいものとお思ひかもしれませんが、さうではありません。私は文学座、あなたに直接言はぬあるいは言へぬ悪口は他に申しません。あの話は左翼の人の言葉です。誰といふ必要はありますまい。なぜなら、その人個人の意見といふのではなく、左翼系の、むしろ新劇界一般のといつた方がよいでせうが、文学座観なのです。今更便乗しようとしてあがくのは醜態だといふことです。

彼等はみなさう考へてゐるのです。日頃政治的乃至は左翼的演目に見向きもしないで、その手持ちがないため無理に取つてつけたやうな改稿をやつてと見られても仕方ないと思ひますが、私はやはり文学座びいきで、さういふ左翼の遣口を憎みます。なぜなら、無色の、といふより、むしろ「現状維持派」で、観客層も一般社会人を多数にもつ、したがつて最も社会的に有力な文学座を同行することによつて、訪中公演が無色の文化交流、国民外交であることを示し、自分達の行動を日本の一般社会から浮上つたものでなくし、又、そのことを中共への手土産としようとしてゐるからです。少くとも結果としてはさうなる。したがつて、文学座が一番政治的に有力な役割を果すことになるのです。

第四に、右のことと関聯しますが、それほど改作までしなくてはならないなら、他の作品をもつてゆけばよいといふことになる。その点、私は今日まで、あなたとどうしても対立してしまふ。私はあなたに対しては憎まれ役ばかりつとめてきましたが、陰で人々があなたのことをなんと言つてるるか、ごぞんじでせうが、本当によく考へてください。あなたのため、文学座のため、新劇のため、申上げるのです。もちろん、私自身のためもあります。私が自分の演劇の理想を実現するのは文学座を措いてないからです。しかし日本に新劇が育つ場も文学座を措いて他にないと思ひます。あなたの演技力も人柄も情熱も、文学座に対する愛情も私は認めてをります。しかし唯一の欠点は公私混淆といふことです。御自分でもそれを意識しておいでにならない。恨みがましいが、私をなぜ忠告者として受入れてくれなかつたのか、私だけではない、岩田さんでも三島さんでもさうです。あなたの強い性格が、御自分をそのままに受入れてくれぬものを弾き出してしまふのです。もつとずるく大きく立廻つてくれることを望みます。公私の別といふのは、この場合には、改作してまで「女の一生」をもつてゆかうとしないことです。過去の文学座の歩みを崩してまでさうしないことです。もし政治的な信条から、あなたがその過去の文学座に疑問をもたれたなら、今後の課題として再出発すべきで、今、即応するのは最も拙いやり方です。安保闘争を今後の文学座に（中共から帰つて来て）どうもちこみ、どう責任を取るお考へか、それが決つてるないで、改作訪共はなすべきではありません。

もつと早く解つてるたら、以上のことお目にかかつて申上げたでせう。さうすれば、よく解つていたゞけたでせう。しかし、お帰りになつてからでも遅くはない。もし、私の話をきかうといふお気もちさへあれば、いつでも過去を水に流してお話したいと思ひます。それはそれとして、事がここまで運んでしまつた以上、手は一つしかありません。もし少しでも私の右の主旨わかつていたゞけたとすれば、改作は最小限にとゞめることです。その理由は、考へなほしたが、やはりよくないと思つたですむことです。私の手紙のことなどおつしやらなくてもいい、私も黙つてをります。たとへば、週刊新潮85頁二段目三段目は明かに行過ぎで、さうまでしなくてもいいと思ひますし、もし抗しきれねば、文藝家協会としても著作権〔二字不明〕でお力添へできると思ひます。

以上、意をつくしませんが、意中おくみとり願ひます。お目にかゝつて申上げれば、なんでもないことでも、手紙ではとかく開き直つた形になり、いろ〳〵お腹立ちの言葉もあることゝ存じますが、

私としては

カーボンコピーはここまでで終っている。おそらく、この後は結句の決まり文句のみで本題はここまでだったのであろう。

さて、冒頭に出てくる尾崎宏次の「「改悪になつてゐない」といふ考へ方」だが、彼自身の言葉を、戸板康二著『対談戦後新劇史』のうち、「訪中公演」という大塚道子、波多野憲、尾崎宏次の座談から引いておく。「戯曲万能主義でいけば、手を加えたことは間違いだということになりますけれども、そういうことはないと思うんだね。芝居は生きもので、アダプテーションというのはありうるわけですよ。シェイクスピアだってあるんだし、向うから日本へきた場合だってアダプトするわけですからね。そういう点ではアダプテーションは自由だと思う。訪中日本新劇団が考えたアダプテーションであって、向うに迎合するということではないと思います。それならプロットも変っちゃうはずだ。」——口先の誤

魔化し、実に雑駁な物言いと思う。

実際の「アダプテーション」とやらを見てみよう。「週刊新潮」から恆存が引用したものの孫引きになるが——

〈原作〉↓栄二「僕は三、四年前には、清国へ渡って馬賊になろうと真面目に考えていたんだ」（第二幕）

〈改訂〉↓栄二「僕は三、四年前には、中国へ渡ってあの広い大地で労働をしたいと真面目に考えていたんだ（以下略）」

このセリフに続けて、原作にない次のようなやりとりが挿入される。

けい「仲仕の人達のことでございましょう。私の父も日雇いの仲仕をしていたことがありますよ。」

栄二「そうだ。お前はきっとわかってくれると思うよ。その仲仕たちのことだがね。いいかい、けい。世界は金持と貧乏人に分けられるってことは言うまでもない。金持は少しで貧乏人は多勢いる。金持は富を失うまいと望むが、貧乏人は、」

けい「やっぱりお金持になろうと思うんでしょう、私、知ってますわ。」

栄二「そうじゃない、全然違う。いい世の中になるために、幸福な生活を守るために、貧

乏人も金持もいない世の中をつくること、そういうことを考えているんだよ。(以下略)」(第二幕)

そして、終幕幕切れ。原作では次のようになっている——

栄二「……それは今夜の様に月の明るい夜、人気もない公園で燕尾服と夜会服を着込んだ老人夫婦が静かにカドリイルを踊ると云ふんですがね、どうですわたし達も此の月の下でカドリイルを踊つてみませんか。」

けい「え。」

栄二「いえ。其の老人達の色褪せた式服にもはなやかな昔が数々折り込まれてゐる様にわたし達の老年にも一つや二つの思ひ出があらうと云ふものですよ。」

けい「ほんとうに。踊りませうか。」(二人顔見合せて靜かに笑ふ)

——このいわば抒情的科白がどう「アダプト」されたか。

けい「長い、おそろしい夢でした。この横倒しになった錆びた金庫が私です。これまで私のしてきたことはただもう無意味に思えてならない気がしているんです。」

栄二「そいつはあなた一人だけの事じゃありません。おけいさん、あなたのような人たちが、私たちの国には男も女もいっぱいいます。そういう連中が、まるで気狂いのように戦争を呼び起し、そして戦争は彼等を罰しました。その人たちがみんな、戦争の火遊びにこりたかどうか、私にはまだわかりませんが。」

けい「栄二さん、私にはわかりました。ほんとうにはずかしいことだと思います。多くの戦争犠牲者に、とりわけ私達の家に最も縁の深い中国の人民の方達に、心からお詫びをいいたいと思います。どうか、この戦争が、私たちにとって浄《きよ》めの火となってくれることを祈っています。（以下略）」（若者たちの歌がきこえはじめて幕）

――概略、かくの如し……これを尾崎宏次は「アダプテーション」だという。違う、かかるものを「偽善」と呼び、「迎合」と呼び、「卑屈」と呼ぶ。改悪どころか改作とさえ言える、何をかいわんや。

中村伸郎は『おれのことなら放つといて』（ハヤカワ文庫）の中で、『女の一生』上演についてこう書いている。

……かなりの上演回数を経た頃の昭和二十八年、文学座十五周年記念パンフレットに私はこう書いた。

「この辺で『女の一生』の台本を森本の仏前に返すべきである。『女の一生』が文学座の或る時期を大きく支えてくれたことへの感謝の意をこめた上で……」

と。その理由は、若しいま森本が生きていたら、もう止めてくれと言うか、大きく書き直していたかどっちかだろう、が今やそれも出来ない。上演を重ねていて、第三幕の総子の見合いの件りなどの客席の哄笑は大衆劇のウケ方のそれであり、またそんな質の狙いが随所にあるからこそ「女の一生」が日本の各地を巡演して、僻地に至るまで平明にウケたのである。が僻地ならまだいい、都会の上演の客席の中に若し森本がいたら居たたまれずに、もう止めてくれと言うだろうから……と。

森本薫の心情も察するに余りあるが、なによりも、杉村春子はこんな浮ついたセリフを恥ずかし気もなく言えたのだろうか。幕切れで気持ちよく言えたとなると、照れ臭さを通りこす。それが役者のサガなのだろうか？

また、この「アダプテーション」は素晴らしいという輩が、少数といえどもいまだにわが日本にいるかもしれないという一抹の不安がよぎるのも情けないのだが、この話はここまでにして書簡に戻ろう。

（なお、冒頭で杉村にも断っているように、恆存は「芸術新潮」昭和三十五年十月号の「藝術と政治の問題――安保・訪中公演をめぐつて」〔後に「藝術と政治――安保訪中公演をめぐって」と改題〕で、この件について詳しく論じている。福田恆存全集第四巻及び福田恆存評論集第五巻所収。）

では、恆存の理路整然というか情理を尽くした問いかけに、杉村はどう応えたか、以下の書簡をお読み頂きたい。

④書簡　杉村春子↓福田恆存　昭和三十五年（一九六〇）八月三十一日消印

福田恆存様

お手紙ありがたうございました。そして数々の御忠告いただきまして、お礼申上げます。いろ〳〵申上げたく存じますけど、私には書いて自分の考へをお聞き願へる力はございませんので、また　何か申上げたにしてもお考へを変へていただくことは出来ないことですから　いつか拝眉の節にでもいろ〳〵申上げたいと存じます。ただ「女の一生」のことにつきまして、私が公私混同しているとのこと、森本さんの他の作品にまで私がそんなことを云つたりしたりした時には、そう仰言られても仕方がないと思いますけど、「女の一生」だけは違ふと、私は信じています。だいたい現在の「女の一生」は終戦後田宮虎彦さんの出版社から（森本さんと田宮さんが大学のお友達とか）田宮さんのおすすめで病床でプロローグとエピローグを書き直をされたものです。それはよろしいんですけど、一幕から五幕まで、占領中いろ〳〵さしさわりのあるところを、作者自身が、もう手を加へることも面倒だつたらしく、ただ消したような状態で出版されました。したがつて、芝居のながれもなく、おかしなつぎはぎだらけの本が出来ました。その上戦後すぐの出版で落丁は多く、頁は前後し　そのまゝ知らない人が上演したらとんでもないものが出来上ると云ふような本でした。京都で森本さんが寝てる時、時々お見舞に行つていろ〳〵そのことも話しました。

そして亡くなつて追悼公演のときも戦時中の本は焼けたり其他で手に入らず、自分たちの覚へていたセリフをこんなこと云つたわね、など云つてあちこちに入れたり、つゞかないところは戌井さんが、つけたしたりしたものが、今日の原本と云はれるもののもとなのです。プロローグとエピローグを、最初の形にして、戦争中にだけ云つた言葉をとつて上演したこともありました。

上演に適当な形で残つていないのですから、それからの度々の上演に、みんなの意見も入つたりして、その度に少しづゝ云つたり云はなかつたり、もつとわかりやすいセリフで云つたりして来ました。それがいけないと云はれれば、もう仕方のないことで、私たちどうしようもないことです。今度相手が中国なのでそれに安ポのことなどもからんで、話が大きくなつて来ました。

それにこの作品に関しては、私 どんなに云はれても私のやり方は、森本さんに対していけないことをしていないと信じていますから、それが改作と云ふ一般的な問題になると、また別な話しで、そこをはつきり私が云はなかつたのも悪かつたかしらと思いますけど、いくら云つてもそれぐへの考へ方はちがふんですから、その立場でどんなふうに云はれても仕方がありません。アメリカに気がねしてカットした最初の人は森本さんです。このことだけは一寸申し上げておきます。

それから新劇人会ギで私が、また文学座が利用されてるようにお考へですけど、これも御心配なくと申し上げます。安ポのことにしても自分の考へにしたがつてやつたことで、文学座で反対の立場の人を無理に引つぱつて行つたおぼへもありません。岩田先生の御意見で文学座として「政治的な立場は表明しない」ことになつたので、私たちは個人としてグループとして参加して居ります。それ迄止められることはないと思いますし　また止められることでもないと思います。このことについてはいづれ折が御坐いましたら御考へをお聞せいただきたいと存じます。

それから私は福田さんと、喧嘩をしているとは、思つていませんでした。

福田さんのお仕事の場所として文学座が適当だと存じますし、また文学座も福田さんとお仕事御一緒にしたいと思つて居ます。福田さんのシェイクスピアの、お仕事は、ほんとうに立派なものだと思いますし、文学座をその場所にしていただきたいと願って居ります。来年は〔17〕シーザーをおやり下さいます由でよろこんで居ります。文学座をお止めになる時は、劇団と云ふとてもやつかいな団体を外からご覧になつていたあなたを、やりきれないものにおさせしたようです。ゴミみたいな仕事までふくめて、全部を投げ出しても足りないくらい、精力のいる仕事です。三十年ちかくその中にいて、その仕事をして来たものさへ、いやになるくらいですから、あゝ云ふことになつたのもあたりまへと思つて居ります。芝居に対しても劇団のあり方に対しても意見がちがふのも当然だと思つています　私もいろ〳〵云はれるのには恐ろしいことですけどなれました。とてもまともな神経では受けきれないほどのことを云はれ云はれして来ました。かげで人が何を云つているか、時には早く駄目になればいゝ、後何年くらい、だなんて、まるで私はぢやまもので、今まで文学座に対して、いけないことばかりして来たようなことさへ云はれました。創立以来二十何年やつて来てさへこれですもの。「けいい」のセリフのように「私はもう驚きません」と云ふより仕方のないことです。

とにかく、一生こんなことがあると思はなかつた、外国での公演です。文学座の人たちと一緒に出来るだけいゝ芝居をしたいと云ふことだけ今考へています。そうして一緒に劇場で中国の人と働くことは私たちに沢山のお土産をもつてこさすでせう。安ポの支援で「反アメリカ帝国主義」を強く叫んだ中国にそのまゝついて行けない人は今度行く人達にも沢山います。文学座の人たちはほとんどさうです。帰つて来ましたら、またにぎやかなことでせう。いつぱい申上げることはございますけど、私のつたない書き方でなか〳〵思ふことも充分に申上げられませんので、これで止めます。

どうぞ喧嘩中などお思いにならないで下さいますようお願い申上げます。

くど〳〵およみづらいと存じます。御判読下さいまし。

それから、最初から二時間半にするために、カットが多いゝので、森本薫作、戌井市郎改訂となつて居ります。

残暑がきびしうございます。御自愛下さいますように。

杉村春子

八月三十日

単純な手紙である――恆存のロジックに対して、杉村は徹頭徹尾、情緒と現状固執で押し通しているのだから。これについて云々する余地などあるまい。そして、こと『女の一生』に関しては森本と自分の愛情（信頼）関係の上で、一歩も譲らない。自分に関しては情で防御し、改作問題に関しては、いわ

ば居直って立場の違いで突っぱねている。つまり平行線をたどるしかない両者の書簡と言えよう。「森本薫作、戌井市郎改訂」となっていることで恆存は「ロジカル」に納得したわけか。

私がいま言えることは、よく恥ずかしげもなく、改訂後の幕切れの（たとえば「浄《きよ》めの火……」などという）科白を言えたものだという素朴な感想と、現代の日本人はこの古い改作・改訂をどう受け取るのか興味があるということくらいであり、情と「改訂」で押しかえされた恆存の心情を慮ってしまうということくらいだろうか。

それはさておき、恆存はこの往復書簡をなぜ残したのか。単純に考えれば「藝術と政治」を書くためともいえるかもしれぬが、杉村の返書を待って稿を起こすつもりだったとも思えない。カーボンコピーを残したことも含め、謎といえば謎である。大岡昇平との往復書簡にしても同じことだが、後の諍いにそなえてという辺りが妥当な推量であろうか。恆存の「藝術と政治――安保訪中公演をめぐつて」を併せ読んで頂くと、筆者の思考がより鮮明に伝わるだろう。

四　二つの分裂劇――恆存、『私の演劇白書2』

（一）第一の分裂劇

さて、恆存と芥川の道行と決裂であるが、これはこれでやはり私が詳らかにできる事ではない。が、文学座からの劇団「雲」の分裂に関しては恆存が二つの文章を残している。一つは杉村宛の昭和三十一年（一九五六）一月十七日消印の本章書簡②に関連して引用した文章の元の論文である。つまり、「中央公論」昭和三十八年三月号に掲載された「演劇集団「雲」設立の経緯」なのだが、これは総合誌の読者向けに書かれた経過説明である。

もう一つは、翌三十九年五月に「雲」が上演したルイジ・ピランデルロ作『御意にまかす』（岩田豊雄演出）のパンフレット「雲」三号に掲載された、「私の演劇白書2　雲が出来るまで」という相当に長い論文である。後者は「雲」の文学座離脱の経緯を説明するため、岸田國士提唱になる「雲の会」設立から説き起こしての、いわば新劇史の一部ともなっている。なまじ何も知らぬ私が簡潔にするよりは、恆存をして恆存を語らしめようとする本書の主旨に従って、手紙でもなく、また長いものだが、全文掲載する。本章の芥川及び杉村宛の書簡を補強する内容である。

なお、恆存には『私の演劇白書』という書物がある。御存じの方もいようが、昭和三十二年の七月から約一年に亙って恆存が観た数々の舞台についての劇評を「芸術新潮」に書き、昭和三十三年の暮れに刊行したものだ。恆存はその第2部を「雲」のパンフレット二号（昭和三十八年十一月）から書きだし、以下はその連載第二回に当る。（この論文は『福田恆存戯曲全集』別巻に収録されている。）

※　※　※

私の演劇白書２　雲が出来るまで

福田恆存

序

私は昨秋「聖女ジャンヌ・ダーク」の稽古中から外国行きの準備に忙殺され、初日を開けると直ぐ十二月四日に羽田を発つてロンドンに出掛け、年末にはニューヨークに移り、年を越して一月二十三日に帰国、直ちに「リチャード三世」の稽古に入つてしまつたため、自分の演出した「リチャード三世」と民芸の「夜明け前」と、その二つ以外に日本の芝居を全く観てゐない。それでは演劇時評の態をなさぬので、今回は私が新劇に関係し始めて以来、今日に至るまでの回想記を書く事によつて、日本の新劇界に対する間接的批評に当てようと思ふ。実は現代演劇協会と雲の設立を発表した当時から、われ〳〵について色々な噂が飛んでをり、今まではそれらを顧みる暇もなかつたが、その噂の殆どすべては悪質な、或は笑止なデマであつて、しかもその多くが私に対する反発や敵意から生じたものである。が、その飛ばつ散りが、現代演劇協会及び雲に及ぶのは迷惑な話だし、またこれから現代演劇協会の仕事をして行く上にも非常に不利である。この際その種のデマを一掃したいと考へ、それには今日まで私が新劇界でどう動いて来たか、殊に私の仕事の殆ど唯一の場所であつた文学座とはどういふ関係にあつたかを語らなければ、充分納得して貰へぬであらう。

一　岸田國士氏と「キティ台風」

これはもう何度か話した事だが、私が新劇を中心として芝居を良く観たのは高等学校時代から大学初め頃まで（昭和五、六年から九年まで）の事であり、今は失はれた最初の戯曲もその頃に書いた。当時、私は劇作家にならうと思つてゐたのである。しかし、その後、私の関心は文学や哲学に移つて行つて、大学を出てからは、全く芝居を観なくなつてしまつた。戦後、私が文壇の仲間入りをしたのは文芸評論家としてであり、終戦の年から約三年間文芸評論を書き続けた。二十三年八月に再び戯曲を書いた。当時、椎名麟三・船山馨両氏の編集による雑誌「次元」に「最後の切札」といふ題で戯曲を発表したのが、私が再び戯曲に還つて来た最初の仕事だつた。その次は、当時鎌倉文庫から出てゐた、木村徳三氏編集の雑誌「人間」の二十五年一月号に発表した「キティ颱風」である。これは文学座三幹事の一人であつた岸田國士さんの推薦によるものだつた。

その岸田さんとの交際は、戦争中、私が文部省で出してゐた「日本語」といふ雑誌の編集をしてゐた頃か、それともその前の、古今書院で出してゐた「形成」といふ雑誌の編集をしてゐた頃か、記憶が明確でないが、用件は原稿依頼だつた。しかしその後ずつとお目にかからずに終戦を迎えた。戦後、再び岸田さんとの交際が始つたのは、私の妹の妙子が芝居をやりたいと言ひ出したので、日暮里の岸田さんのお宅に伺ひ、妹の事をお願ひして以来である。確か二十三、四年の頃だつたらう。二十四年の十月に「キティ颱風」を脱稿した時、岸田さんに見て頂だいたのもその縁によつてである。岸田さんはこの作品の文学座上演の推薦もして下さり、同年三月、長岡輝子演出により、三越劇場でその実現を見た。私が新劇の実際に関係するやうになつたのは、この「キティ颱風」以来である。

二　雲の会

岸田さんとの交際はその後益々深くなつた。そして二十五年の秋には、氏を中心とする雲の会が結成され、私はその世話役を引受けた。その趣旨は、日本の現状では戯曲を文学と考へる習慣が非常に少く、文学といへば小説が中心、と言ふより「文学」といふ言葉は小説の代名詞の如くに使はれて、その中には戯曲や詩は含まれないかの如くであり、文壇と劇壇とが全然無関係になつてゐる。特に新劇は文壇から取り残されてしまつた。文壇はもつと開放的だが、劇壇は余りに閉鎖的だ、これを打ち破りたい、そのためには、文壇を中心とし、文壇だけでなく画壇、楽壇の人々にも広く呼びかけ、いはゆる「文化人」一般にもつと新劇を見て貰つて、外から新劇に刺激を与へねばならない、さういふところから新劇を広く豊かなものにしたいといふ事にあつた。これには私も全く同感だつたが、それは実は岸田さんのみならず、文学座の設立趣旨であり、その設立当時、岸田、久保田両氏と共に同劇団三幹事の一人となつた岩田豊雄氏起草の声明書にも十分に強調されてゐる事だつた。ただ雲の会の場合は劇団運動ではなく、言はば観客運動に留つた。雲の会の命名者は中村光夫氏で、アリストファネスの喜劇「雲」に因んで満場一致採択された名前である。吾々の劇団名に雲を選んだのも、この雲の会の精神の継承にある事は今更言ふまでもなからう。

この雲の会が出来ると同時に、その機関誌を作らうといふ事になり、岸田さんの弟子で今東宝にゐる椎野英之君を編集長とし、雲の会編集「演劇」が翌二十七年一月に白水社から創刊[18]された。その創刊号に、私が喜劇「龍を撫でた男」を書き[19]、同年十一月にやはり文学座で長岡さんの演出により上演された。また同じ年の「群像」七月号に私は戯曲「現代の英雄」を書いた。これは俳優座の委嘱により千田是也主演を予定して書いたのだが、どういふわけか主役は小沢栄太郎に変更になり、田中千禾夫演出で同年六月に上演された。文学座以外の私の仕事としては、このほかに鳴海四郎氏との共訳のバリー[20]の「あつぱれクライトン」が昭和二十八年に、また二十六年の秋に書いた「幽霊やしき」が二十九年に、いづれも民芸によつて上演されてゐる。その他はすべて創作、翻訳共に、私は文学座を自分の仕事の場として来た。

この雲の会の運動を通じて私は段々新劇の世界に引込まれて行つた。恐らく、岸田さんの腹は最初からその辺にあつたのだらうが、二十六、七年ごろ、私は岸田さんの薦めにより神西清さんと一緒に文学座に入つた。しかし、この頃はまだ新劇の世界に浸り切るといふ腹が二人とも決まつてをらず、言はば逃げ腰であつた。自分たちの文筆生活の妨げにならぬ限りといふ条件を、神西氏と二人で交々強調した事を覚えてゐる。私の新劇に対する態度は全く受動的で、座員と言つても定期的に通ふといふ事もなく、ただ文学座の文芸部に名を連ねてゐる程度で、その方針や出し物に嘴を入れるわけでもなく、むしろなるべく引込まれないやうに用心してゐたのである。

三　岩田豊雄氏と久保田万太郎氏

ちようどその頃、岩田豊雄さんが私の住む大磯に居を移された事から岩田さんと私との交際が始つた。当時の文学座設立者、幹事の三人のうち、今では岩田さん一人が健在であるが、雲設立後は、同氏も顧問に退き、幹事制は無くなつた訳なので、遠慮なく言はせて貰ふが、幹事制は少くともこの十余年間、甚だ弊害の多いものであつた。さう言つても恐らく岩田さんから抗議は出まい。同氏の「新劇と私」といふ著書を見れば、氏自身その事を間接に述べてゐるから。といふのは、第一に三幹事が三すくみの形になつてしまふからだ。第二に三人とも演劇人ではない、いや、演劇人だけではないといふ事である。岩田さんも岸田さんも久保田さんもみな文壇で仕事をしてゐた人で、その事が文学座といふ名称及びその本質的な性格とも関係がある。さういふ意味で文学座に外から新鮮な空気が入つて来るといふ長所があると同時に、三人とも本腰を入れて文学座を背負つて立たうといふ気がなかつた。あつたとしても、お互ひに対する遠慮からそれが出来ないといふ、三すくみの状態だつた。

ところで、岩田さんは言はば男性的にものを割り切つて考へるタイプの人だから、私が岸田さんの紹介で文学座に入り、岩田さんにはいはゆる挨拶がないといふやうな事で、私を疎んじるやうな事はなかつたし、殊に大磯移転後は時折、お目に掛る機会が出来、色々お世話にもなつたが、久保田氏の方はさうは行かなかつた。別に氏が女性的といふ訳ではないが、氏は人情家で文学座との関係でも、仕事を通じてと言ふより、座内の個人との義理人情との附合が主であつたので、私が岸田さんの紹介で新劇界に入り、文学座に入つたといふ事は、氏と私との関係を決定的に拙いものにしてしまつた。それに、これは岸田さんの手落ちであるが、雲の会を作る時に、久保田さんに挨拶しなかつた事が、氏を大分怒らせたらしい。さういへば、岩田氏にも挨拶をしなかつたやうに覚えてゐる。なるほど、あの時は岸田さんがそれを敢へて無視したのだが、顧みると、私自身、さういふ点に気の附かぬ事が多く、意外な処で多くの人の感情を害してゐるやうである。たとへ岸田さんが反対しても、私がそれに気附き、岩田、久保田両氏の賛同を得るべきであつた。

四　「ハムレット」

ロックフェラー財団の奨学金を得て、私は二十八年九月に日本を発ち、アメリカ、ヨーロッパを回り、丸一年目の二十九年九月に日本へ帰つて来た。その間の二十九年三月に岸田さんが亡つてゐる。これは私には非常に痛手だつた。私が出掛ける前、岸田さんから、あなたが帰つて来たら今度は本腰を入れて新劇運動をやつてくれと言はれた事がある。それがアメリカで頂戴した手紙ではもつと具体的であると同時に謎めいた言葉になつてゐて、あなたの帰国は文学座にとつて一つの転機とならう、といふ事が書いてあつた。結果から言へば、これは岸田さんの私に対する「遺言」みたいなものになつた。といつて、私の文学座に対する気持が氏の激励で積極的になつてゐて、それで氏の訃が私を落胆させた訳ではない。ただ、私にそれほど期待を掛けてくれた人が、自分の留守中に亡つたといふ事が私を悲しませたのである。とにかく、私はまだ新劇人あるいは文学座の座員だといふ自覚を十分に持つてはゐなかつた。

転機はロンドンに渡つてのち、当時のオールド・ヴィック座でベントール演出の「ハムレット」を観た事にある。リチャード・バートンのハムレット、クレア・ブルームのオフィリア、その他、粒よりの役者たちの演ずる「ハムレット」を観て、芝居とはこんなものか、シェイクスピアとはかういふものかといふ事を、私は初めて知つた。もつとも私のシェイクスピアに対する傾倒は高校、大学時代からだつたが、それはあくまで戯曲を読んでの話で、日本人がこれをやれるとは思はなかつた。現代の日本の新劇役者が喋れるやうな日本語に直せるとは夢にも思はなかつた。ところが、オールド・ヴィックのベントールの演出とバートンの演技を観て始めて、これなら自分で訳せると思つたのである。のみならず、出来たらこれを自分で演出したい、これを文学座への土産にしたいといふ気になつた。

私は帰国の際、四つの仕事を予定してゐたが、その一つがシェイクスピア全集の翻訳である。第二が国語問題、第三が道徳及び教育の問題、第四が知識人批判であるが、この最後のものは当時、沸騰してゐた平和論に水を差したもので、「中央公論」の昭和二十九年十二月号に発表されたが、これが私を新劇界の「孤児」にさせる直接原因になつたやうである。これは必ずしも私のひがみではあるまい。当時も今と同様日本では劇作家の絶対数が不足してゐるのだから、私が戯曲を書き始めた事は文学座のみならず、新劇界全体に歓迎されたのであり、前述の様に、俳優座も民芸も私の作品を容れてくれる程、寛大であつた。現に、外国へ行く前には俳優座から、帰つてきたらぜひ第二作を書いて貰ひたいと頼まれてをり、事実帰国直後、会見の申込みがあつたが、その後ばつたり縁が切れたのは「中央公論」十二月号のためと考へるほかはない。民芸の方は、これも前述通り、帰国した二十九年十二月に「幽霊やしき」をやつてゐるが、平和論争が起つたのはその稽古の真最中なので、今更、止める訳にも行かないのだらうが、立場上さぞ迷惑した事と思ふ。いづれにせよ、これで私は民芸、俳優座と縁が切れた。序でに言つておきたい事は、この平和論争による私のスキャンダルは、当時の文学座にとつて、何の問題にもならなかつたといふ事実だ。その事はまた後で述べる。

帰つて来て芥川比呂志と会ひ「『ハムレット』をやらう、今日本でハムレットをやれるのは君しかゐない、翻訳は僕がやる」と言ふと、今でもよく覚えてゐるが、彼は即座に「しかし演出家がゐない」と言つた。私が演出するなどとは夢にも思はなかつたからだらうが、ベントールの演出を伝へる、詰り、彼の演出の翻訳をやる、その意味でも翻訳者だといふ立場で、関堂、荒川両君が色々助けてくれさへすれば、出来ると考へてゐた。それでも芥川君は浮かぬ顔をしてゐたが、私がベントール演出の細部を順々に説明したら、彼もやうやく納得してくれた。

しかし、この計画が実現したのは、岩田さんのお蔭である。私の演劇活動の恩人は最初は岸田氏で、氏の亡き後は岩田氏が常に私の支持者になつてくれた。岸田さんはフランスの近代劇から出発した人で、古典劇はもちろん、シェイクスピアには全然興味を持つてゐなかつた。私に期待してゐた岸田氏は、私がシェイクスピアを土産に帰国したと知つたら、例の癖でびんの毛をよぢり引張りながら、憮然とした面持を見せたに相違ない。一方、岩田さんは近代劇の心理主義に疑問を持つてをり、シェイクスピアを高く評価してゐるので、私の案を非常に喜んでくれ、文学座でのハムレット上演は即座に実現し、三十年四月、名古屋を振出しに、関西各地を廻り、東京の五月、東横ホールのそれで幕を閉ぢた。

五　当時の文学座

平和論争で、文学座は少しも動揺しなかつたどころではない、私は「ハムレット」の稽古中、座長格の杉村春子から、今後の文学座をよろしく頼むとまで言はれた。少しはお世辞もあらうが、今まで文学座の仕事には筋が一本通らぬ弱味があるから、それを通す役を演じて貰ひたいといふのである。私は自分でそれが出来るかどうかわからないが、とにかくそちらから相談がある限りはお手伝ひしようと答へた。芸術的に筋を一本通すといつても、劇団の仕事は個人による小説の場合と違つて、やはり経営を抜きにしては考へられない。理想主義一本で芸術々々といふ訳には行かないのである。大変な仕事だと思ひながらも、私は自分の仕事の限界内で、出来るだけ多く劇団の経営状態を知らうとした。またさうせざるを得なかつた。私の純粋に芸術上の意見が採用されなければ、なぜさういふ事になるのかを知り、それが経済問題と不可分であると知れば、これも自分の能力の許される範囲内で解決に当つてみようとした。ところが、二、三度さういふ事があつて、漸く解つた事は、文学座がそれを望まないといふ事だつた。或日私は杉村さんから言はれた、あなたは芸術上の事で筋を通してくれればいいので、経営の事まで考へてくれなくてもいいといふのである。

ただその前に、かういふ事があつたのを覚えてゐる。「ハムレット」の稽古をしてゐる頃から、当時の若手で今雲に来た連中たちの間に、文学座の幹部に対する不満が非常に強まり、どうしたらよいかと相談を受け、たまたま「ハムレット」の関西公演中大阪で一晩ゆつくり出来る日があつたので、そのとき彼等と話し合はうといふ事になつた。〔21〕彼らの不満はやはり、文学座に芸術的な一貫性がないといふ事にあつた。それがときどき燃え上つては沈み、燃え上つては沈みして来たのだけれども、「ハムレット」の時、それがたまたま大物で全座員総当りといふ事で、珍しく文学座全体が興奮してゐたし、私のやうな素人の演出家兼翻訳者が中心になつてゐても、といふより、かへつてそのために稽古場に新鮮の気が漲り、若手連中も潑溂としてゐて、幹部連中が押され気味であつた。事実、今の雲に来てゐる役者以外は、興行成績は別にして、幹部の大部分は「ハムレット」を良い芝居とも面白い芝居とも考へてはゐなかつたのである。「ハムレット」に限らず、シェイクスピアにも彼等は興味を示さなかつた。私はただ洋行帰りとして利用されただけに終つた。しかし、さういふ事は後で段々解つて来た事で、大阪で若手と話し合つてゐる時は、両者探り合ひで、一向要領を得なかつた。役者というものは、自分に良い役がついた時は満足してゐるし、長く良い役がつかないと不満が出る、若手連中の幹部に対する不満といふのもその程度のものだらうといふ位に、私は単純に考へた。もちろん、その気持は役者として当然の事であり、それを無下に野心とのみ割り切れないとは思うのだが。問題はその個々の役者が自分の不満を押へて行くだけのものが、当時の文学座に欠けてゐたといふ事である。

六　文学座退座

「ハムレット」は好評だつたので、三十一年一月に再演される事になつた。それから同年三月に私の戯曲「明暗」がやはり文学座で上演された。この三十一年といふ年は文学座の二十周年に当り、それを記念して正月の「ハムレット」再演を皮切りに、あとは日本の作家四人の創作劇を上演する事になつたが、その第一回を受持つた田中千禾夫氏がどうしても都合がつかず期日まで書けぬといふ事で、私が代打を引受ける事になつた。それが出来たのはたまたま私が外国から帰つてきた二十九年の秋に、中部日本放送から芸術祭のラジオドラマを書けといふ注文があつて、私は詩劇を書き下ろし、「崖のうへ」といふ題で放送して貰つた。これが意外に好評だつたのを幸ひ、もともと一幕物の芝居にしたいと思つてゐたものだから、翌三十年の秋に書き加へて「明暗」と改題し「文學界」の三十一年新年号に発表してあつたからだ。

ところが「ハムレット」再演の千秋楽の日に一寸問題が起きた。といふのは「崖のうへ」には三人の女が出て来る。私の芝居には珍しく、それぞれ良い役で、長岡輝子さん、南美江さん、それに妹の妙子が出たのだが、この「崖のうへ」は実は妹をモデルに理想化したものであり、私の結婚前ずゐぶん世話になつた妹だが、文学座に入つて以来何もしてやれなかつたので、その妹の為にといふ気持が私にはあつた。尤も問題は妹の事で起つたのではない。妹の役は確かに重い役だが、女の主役は南の演つた瑞枝である。それが殊に好評だつた。だから、私はその時の配役を「明暗」でも維持したい旨、演出の戌井市郎氏に希望した。それでも、文学座の芝居としてやる以上は、やはり杉村を主役にしないとまずいのかと言つたら、彼は言下に、そんな事はない、「崖のうへ」の配役でいいから、その通り行かうと言つた。ところが、「ハムレット」の楽の日、終電車に間に合ふやう急いで帰らうとした私を杉村が追ひかけて来て、立話だつたが、瑞枝を自分にやらせて貰ひたい、老け役には賀原、南、荒木など幾らでも巧い人がゐるからと言ふのである。〔22〕私は急いでゐたし、面白くない話なので、それは考へてみると言つて別れた。それからもう一度演出家に相談して、僕は望ましくないが、さうまで言はれたらどうすべきかと聞いたら、戌井氏は構はぬ、原案通りで行かうと言ふので、私は杉村に手紙を出し、経緯を説明し、諦めて貰ひたいと書いた。すると杉村から返事が来て、私もあと五年しか若い役はやれない、だからどうしてもこれをやりたいといふ申入れがあつた。それでも私はもう腹を決めてゐたからそれには答へないで、ただ自分は作者としてこれ以上配役に口出しするのもどうかと思ひ、戌井氏に、あなたさへやる意思があるならば、最初の案で通してくれと伝へて、結局さうなつてしまつた。

それが私と杉村春子との間がまずくなつたそもそもの原因だが、似たやうな事はその前にも度々あつた。これは私と杉村春子との宿命と言へば宿命だが、「キティ颱風」の時には、こんな芝居は詰らないと言ふのを、演出家の長岡さんが一所、懸命なだめながらやつてゐた。また「龍を撫でた男」の時には、たまたま杉村の先輩の田村秋子の方が主役をとつたといふことも杉村には面白くなかつたらう。それから「ハムレット」といふのは言ふまでもなく芥川の芝居である。「明暗」でもまたそのやうにして杉村が老け役に回り、女では南が主役といふ形になつてしまつた。杉村と私とは前からさういふめぐり合せだつたのである。どちらが悪い訳でもない。さう言ひながらも、結果としては杉村の悪口になつてしまつたが、私は杉村といふ女は悪い人間ではないと思つてゐる。ある意味では文学座の為を一番純粋に考へてゐる人間だらう。ただその純粋は論理を全く欠いてゐる。単に自分のわがままを通してゐる時でも、本人は全くそれを意識しない、文学座の為だと思つてゐる。が、それを押へ指導する男性が文学座にはゐないのだ。それが杉村の不幸であり、文学座の弱点になつてゐる。杉村も時にそれを自覚すればこそ、私に向つて文学座に一本筋を通してくれと言つたので、ただ単におだてて利用する気だけとは、私は未だに思つてゐない。しかし、結果としてはさうなるのだ。

幾ら強くても、女の強さには女の限界がある。今、結果としては利用されたと言つたが、文学座は戦争中の創立当時から、今言つたやうな宿命を担つてゐる。前に述べた様に、三幹事が文壇人である事、三すくみであつた事もその一因をなしてゐるのだが、内部に主体性が無いから、とかく外部の看板を借りたがる弱さがあり、その癖、その看板が一つの力となつて内部に浸入して来るのを極度に警戒し、三すくみを幸ひにその危険から免れる。

事実、私自身経験した事だが、私を押へるには当時の二幹事を利用し、二幹事の圧力を逃れる為に私を利用するといふ、新しい三すくみ体制が出来上りかけてゐたのである。私に次いでその役を当てがはれたのが三島由紀夫氏であると言つたら、穿ち過ぎであらうか。

それも私は文学座の、ましてや杉村の計画犯罪とは見ない。その保身術は弱さから来る自然のものである。いつでも責任の所在がはつきりせず、腹を立てても、その持つて行き所がなく、どんなに強く打ちこんでも空を打つ様な張合ひの無さ、それは所謂「前近代的」といふやうなものではない。家族主義、温情主義と言つてもよいが、それよりもむしろもつと根本的に母系家族的性格といふべきで、その意味で私は熊の生態を聯想し、不潔感に堪へられなくなつた。去年の一月、私が雲設立の際、記者会見で「文学座に入つてみなければ解らないものがある」と言つたのは、遁辞でも何でもなくかういふ実情が簡単に説明できなかつたからである。

そこで私は「明暗」の三月の東京公演の最中で、当時文学座の理事をしてゐた中村伸郎に、文学座を辞めたいといふ意思表示をした。その時にも杉村の事をざつくばらんに話して、私は杉村を個人的に憎んでゐる訳でもないが、自分の考へてゐる事を通すには、やはり杉村がゐたのではだめだと思ふからと言つて、私は口頭で退座願を出したのである。

七　第一次謀反計画

当時私は芥川にその事を話し、ここで新しい劇団を作らないかと相談した。なぜ芥川君にさういふ話を持ち出したかといふと、それには訳がある。話は少し前に遡るけれども、昭和二十六・七年だつたと思ふ、芥川が「武蔵野夫人」上演のあと最初に胸を患つて大磯に療養に来てゐたが[23]、その頃彼が私の家へ遊びに来た時、自分は今文学座を辞めて独立したいと思ふけれども、たつた一人では舞台活動ができない、だから劇団を作りたい、私に一緒にやらないかといふ相談を受けたのである。私はその頃、前に述べたやうに、まだそれほど演劇運動に深入りしようといふ気がなかつた事、自分にそれをやつてみるだけの自信もないし、実績もない事、一方芥川も、まだその当時は独立して劇団を主宰するだけ世間に認められてゐなかつた事などを理由に、まだその時期ではないと答へた。それに文学座といふものをまだ十分に理解してをらず、芥川の悩みも本当には解つてゐなかつたのである。もちろん、私は俳優としての芥川に、当時から嘱望していた。今までにない新しい、そして真の意味の役者の誕生は彼をもつて始ると思つてゐたのだが、まだ機熟さずといつて、芥川の計画に反対したのである。その後、私も文学座へ入つて一緒にやつてゆくやうになり、彼は「ハムレット」によつて、その実力を明らかにし、自他ともに許す新しい役者として登場して来た。私はここで文学座をやめる以上、芥川との約を果さうと思つた。文学座に深入りすまいと思つてゐながら、その頃の私はもう芝居そのものにはすつかり深入りしてゐたのである。そこで私は芥川に、前に大磯で話した時と同じ気持が今あなたにあるなら、僕は今度は一緒にやる、その代り、あなたが劇団の指導者になりなさい、僕は後から全面的に援助する、僕ばかりでなく、僕の友人にも全部協力してもらうやうに頼むと言つて、言はば第一次謀叛計画を立てたのである。しかし私は経済的には全く自信がなかつたといふ事もあつたが、今から思へば、まだ自分が全責任を負ふ覚悟をする程十分に芝居に深入りしてゐなかつたと言へよう。

私から退座の申出を受けた中村伸郎は、それでは岩田さんと相談してくれ、自分も岩田さんと相談するから、まだ辞表受理とせず、外部にも内部にも発表しないでくれと言つた。そこで私は岩田さんに会つて、辞めると言つたところが、岩田さんは私の気持を理解し、気持良く諒承してくれた。あとで聞いたところによると、中村伸郎はまさか岩田さんが承知するとは思はなかつた。留めてくれるものとばかり思つてゐたといふ話である。ところが事情がひつくり返つてしまつたので、中村は久保田さんのところへ相談に行き、私の代りに三島由紀夫を文学座に迎へようといふ事になつた。私には正式に退座願いを聞き届けたといふ返事が来ないうちに、次の後釜を見つけるなど、前述の通り文学座の性格を現してゐる。

それを私は漏れ聞いたので、これは困つたと思つた。といふのは、芥川を中心に劇団を作るとすれば、当時の私の仲間であつた鉢木会の連中（大岡昇平、神西清、中村光夫、三島由紀夫、吉田健一）にも相談役になつて貰はうと思つてゐたので、鉢木会で一人だけが向うへ行つてしまふといふのも困ると思つたので、直ぐに三島氏に電話をかけて、実はかういふ訳で、僕は文学座の中ではとてもやつてゆけない、芥川中心に中堅連中を糾合して新しい劇団を起さうといふ考へでゐる、文学座には既に退座の意思表明はしてあるので、あなたの所に話があつたのだと思ふが、今度の劇団には鉢木会の人たちの力を借りたいと思つてゐた、もう少し見透しがついたら相談に行かうと思つたのだが、とにかくさういふ情勢だけはお知らせする、しかし久保田さんへのあなたの義理もある事だから、僕としては文学座入りを思ひ留つてくれとは言へない、ここは寧ろ久保田さんの依頼に随ひ、その後、文学座が厭になり、吾々の方に来てもいいと思つたら、その時は、協力して貰ひたい、さう申し入れた。すると三島氏は本当に困つたやうな声を出して、それは困つた、あなたがゐると思へばこそ入るので、自分一人になつてしまつては困る、僕もやめようかと言ふ。私は色々の事情、人間関係を慎重に考へ、無理をしないやうにと言つて、電話を切つた。考へてみれば、三島氏は文学座と関係しても、私の様にはならないだらう、ただ名を連ねてゐるだけで、あくまで小説が本業だから、私の様にどうにも我慢が出来ないといふふうにはなるまい、さう私は思つた。とにかく三島氏は私の考え方の通りに動いて私と入替りに文学座へ入つたのである。〔24〕その後間もなく神西さんは亡つたから、事実上は文学座で三島氏が殆ど一人で私の代りをやるといふ事になつた訳だが、私の予想した通り、また三島氏自身も初めからその積りだつた通りに、彼はそれほど文学座全体の仕事に関係はしなかつた。それに三島氏は私と違つて、女性を主人公にする、といふ事は杉村を主人公にする芝居を書き続けたので、文学座との附合ひが長続きしたのであらう。

八　文学座の「左傾」

ところで、その第一次謀叛計画はだめになつてしまつた。これは私がまだまだ本腰を入れてゐなかつた事もあるが、「ハムレット」の稽古中に相当盛り上つてゐた若手連中の謀叛気も少々時期がずれて、それを一つ方向に結集する事が出来ないでゐるうちに、ずるずるべつたりに沙汰やみになつてしまつた〔の〕である。しかも、その後、私と芥川とが謀叛を企てたといふ事は、杉村を初め文学座中に知れ渡つてしまつたのだが、さういふ処も如何にも文学座らしく、それで文学座と私とが縁切りになつてしまふやうな事はなかつた。勿論、岩田氏が常に仲に立つてくれた事もあるが、三十二年八月には松本幸四郎と文学座とが一緒になつて私の「明智光秀」を私の演出でやつてゐる。

それから三十三年十月には文学座で私の訳・演出で「マクベス」をやつてゐる。この時マクベス夫人をやつた杉村は非常に悪く言われたが、私はむしろよくやつたと思つてゐる。だが、やはり杉村といふ人は女で、自分が悪く言はれるとその作品が嫌ひになつてしまふといふところがある。やる前には非常に喜んでゐたのだけれども、悪く言はれると、作品まで悪いもののやうに思ひこんでしまふのである。「明暗」の時もそれと似たやうな事があり、あの主役はとても好きだからと言つておいて、いざその役が取れないとなると、稽古に入つて、作品の悪口を言ひ始める、中村と一緒になつてこんな道徳感は今の人間には通じないと文句を言ふ。

といつて、私は杉村に恨みつらみを言ひたいのではない。次の「ジュリアス・シーザー」上演への道筋を明かにしておきたいのである。といふのは、私の作品を文学座でやつてくれるのもいいけれども、杉村始めもうお年寄り連中には遠慮して貰はうといふ気持になつてしまつた。そしてこの「マクベス」を最後に、しばらく文学座との縁は切れ、文学座からも何も言つて来なかつた。ただ、その後は安保闘争の年の三十五年に松本幸四郎の主演で「オセロー」をやつた時、文学座に役者を借り、演出部の関堂、荒川両君を借りた事があり、文学座との附合いはその程度だつた。

ところが安保闘争の直後、有名な訪中公演があり、日本の新劇団がみな芝居を持つて中国へ行つた。あの時に文学座は森本薫の「女の一生」を中国の都合のいいやうに改作して持つて行つたといふ事件があつて、あちこちの週刊誌の話題にもなつたりした事がある。たまたま私は、安保反対闘争直後の「新潮」八月号に「常識に還れ」といふ題でその批判を書いたところから、新劇団の訪中公演についても批判を書いてくれと「芸術新潮」から頼んで来た。依頼の主は今当協会の事務局長であり、当時、「芸術新潮」の編集次長をやつてゐた向坂隆一郎である。新劇に少し詳しい人なら知つてゐるやうに、安保反対闘争を境として、一時静まつてゐた新劇界が急にまた左翼的になり、新劇人会議といふものが出来、それまでは俳優座や民芸、ぶどうの会などとは別個に、良く言へば芸術至上主義的で、悪く言へば政治的に無関心な劇団として通つて来た文学座もこの風潮に巻き込まれてしまつた。文学座全部がではなく、文学座のごく一部が巻きこまれたといふべきである。尤も文学座の「左傾」といつたところで、大した事はない。今度の「喜びの琴」上演拒否[25]の時も似たり寄つたりで、ある役者は「お前は共産主義者か」と訊ねられ、「いや、俺は共産主義は信じてゐない、ただコンミュニズムを信じてゐるだけだ」と答へた笑話の様な実話が伝つてゐる程で、杉村の場合も、一昔前の新しい女として、女性解放運動の延長線上に気分的な左翼運動を結びつけてゐるに過ぎまい。もちろん一部の若手に左翼もゐるが、安保闘争に参加するにせよ、訪中公演をやるにせよ、それとふだん文学座がやつてゐる芝居と余り関係がなさ過ぎるので、左翼であつてもなくても、その矛盾撞着に不満を持つのが当然である。

訪中公演の「女の一生」改作事件といふのは、忘れた人もゐるかもしれないので、簡単に説明するが、とにかく中国に日本が被害を与へた事を謝るせりふを入れたり、最後に革命歌を響かせたりするやうな変な改め方をした。それでゐて再び日本へ帰つて来て「女の一生」を上演する時には、また元通りに、中国版とは違ふものをやつたのである。私は今までの文学座との附合いもあり、「芸術新潮」にいきなり書くのも酷だから、一応杉村に手紙を出して、私は「芸術新潮」に書くけれども、それにしてもここで思ひ直してくれないかと申入れた。もう相当話は進んでいる事だらうから、どうせ言つても改まらないだらうとは思つたけれども、せめて最小限度の改作にしてくれないか、さうしないと後で色々問題が起きるだらうと書き、なぜ改作がいけないかといふ理由を、かいつまんで箇条書きにして、杉村に反省を促したのである。ところが杉村から返事が来て、それはまじめな手紙だつたが、例の通り筋の通らない内容で、ただ戌井市郎が手を加へた事を明記するとあつた事を覚えてゐる。それにしても、帰国してから元に戻すのは何としても理屈が通らない。が、それ以上に私が腹が立つのは「芸術新潮」に書いた私の文章に対して、私が名を挙げて批判した左翼の演劇人や劇評家がすべて沈黙を守り、自分をも文学座をも弁護しなかつた事であり、その腹いせに雲の設立やその仕事に因縁をつける卑劣な根性である。

さういふ事があつてから、もう私はこれから文学座と仕事をして行くといふ事に対しては情熱を失つてしまつた、殊に、若い人達はよいが、ヴェテラン連中と一緒にやるのは嫌だ、今まで何回か稽古をやつてゐて、あとで必ず厭な思ひをするから、今度やるとすれば、芥川以下の中堅とやると言つた事がある。シェイクスピアをやりたいといふ話は始終文学座の中で出てゐたが、それなら中堅だけで「ジュリアス・シーザー」をやらうといふ事になつた。本公演だと幹部の閉出しは難しいから、アトリエ公開公演に話を持つて行く様に荒川、関堂両君に頼んだ。さういふ事で「ジュリアス・シーザー」は三十六年九月に上演されたが、これが文学座と私との芝居の上での関係の最後になつた。

九　私は策士

その少し前、三十六年四月に面白い話を聞いた。これは文学座と少し離れるけれども、私が安保闘争で平和論以来再び保守反動ぶりを発揮した事が原因だが、一方では日生劇場の話が進行し始めており、また、ぶどうの会が安保闘争後分裂して、天野君を中心に〝造形〟という劇団ができた。そういう背景の中で、安保反対闘争で敗北した後の新劇界乃至左翼全体の一種の被害妄想があつたと思ふのだが、私の事で悪質を通り越して抱腹絶倒のデマが飛んでゐる事を知つた。私の中学の同窓会は毎年四月四日に開れるが、その日、ある通信社の記者が会場の上野精養軒へやつて来て、実は重要な問題で二つ質問したいと切出した。その第一の質問は、ぶどうの会の分裂及び日生劇場入りした浅利慶太、石原慎太郎両君の黒幕は私だといふ噂だが本当か、私はライシャワー大使を知つてをり、財界人も知つている、さういふ関係から、安保闘争当時の新劇界の左傾を憂へ、ライシャーワー攻勢と結びつき、ライシャワー氏と財界の走狗となつて、新劇界の左翼切り崩しをはかつてゐる、その一つが日生劇場に浅利、石原両君を送り込んだ事であり、それからぶどうの会を分裂させた事だといふ説があるが、ほんとうかといふのである。それを聞いて私は、冗談じやない、当時の私は大使に面識もないし、財界人を知らない、ぶどうの会の連中も全然知らない、ただ、ぶどうの会の装置をやつてゐて造形に移つた本宮君は向坂隆一郎の義弟で、同君がその人を連れて一度遊びに来た事があるので知つてるるが、その後は一度も会つてゐないと答えた。それから日生劇場については話が全く逆で、五島昇氏が日本生命の弘世現氏から今度劇場を建てるといふ相談を受け、五島氏がゴルフ友達である石原氏に相談し、石原氏がそれならばと友人の専門家浅利氏に相談して日生劇場をこしらへ始めたので、すでに劇場のプランは完成し、建物が建ちつつあつて、それは安保闘争以前から始つてゐるのだから、安保後のライシャワー攻勢などといふものは、たとへあつたにしても、それとは何ら関係も無い、それから僕は浅利君から相談を受けて専属演出家という事になつたのだと説明して、それはその記者もすぐ納得した。をかしいのは第二問である。それは、次期国連大使の交渉を私が自民党から受けたが、さすが保守反動の福田もそれは断つた、といふが本当かといふのである。これにはさすが保守反動を名誉とする私も空いた口が塞がらなかつた。そんな事をどこから聞いたのだと言ふと、これは二つとも代々木へ行つて情報部長とか何とかのK氏に会つて確めて来たのだと言ふので、私は、それでは日本共産党もおしまいだ、僕を国連大使になどと考へる程日本の保守党やアメリカ帝国主義を甘く見てゐる様では、日共ももう末だ、第一、もし本当なら僕は断らないよ、遊んでゐて食へる商売なんて、さうざらにないからね、と言つて笑つた。恐らくこれは新聞記者が私に鎌をかけたので、K氏の談話といふのは嘘だらう。日共の名誉のためにもさう信じたいが、ただそれが鎌として使へ、一応職掌柄私に確かめてみたくなる雰囲気は当時まだあつたので、今からは想像もつくまい。

処でその後、状勢は一変した。現代演劇協会はアメリカの幾つかの財団から金銭的にも、仕事の上でも援助を受けるやうになつた。財界とも知り合ふ様になり、多大な援助を受ける事になつた。それらは創立前には殆ど予想できなかつた事であり、いづれも私や劇団員の個人的友人関係から紹介されたものである。その人達に心から感謝する。同時に、皮肉な様だが、それも左翼陣営が私達を目の敵にしてくれたお蔭で、昔から言ふ様に、捨てる神があれば、いや、あつて始めて拾ふ神も出て来るものらしい。

十　雲の設立

次に雲の分裂について話す。「オセロー」のあとで、それに出た今の雲の役者が二人程遊びに来て、「シーザー」の相談のかたはら文学座に対する不満を漏した。さういふ不満が出ると私を思ひ出すといふのは、前に私と芥川とが事を企てたといふ事があるからだらう。さて、二人が不満を盛んに述べ立てるので、私はその頃日生劇場の専属演出家といふ事になつてるたので、もし不満があれば、飛び出したところで、何とか助けられると思つたので、万一、どうにも我慢出来ない時には、一人、二人で事を起しても芝居は出来ないから、私に相談してくれと言つておいた。さうすると三十六年になつて、「シーザー」が終つた直後だつたらうか、小池朝雄と仲谷昇が私のところへ遊びに来て、もうやり切れないから出たいと言ふのである。その直接の動機は、中国から来た役者たちを新劇人たちでもてなす会があつた時、そこでの新劇人の態度が実に卑屈で不愉快だと言ふ。細い事は一々述べないが、最後に小池が腹を立てたのは、村山知義氏が文学座の連中の傍に来て、何とかアロハといふ歌を歌はうと言い出した。その歌はよく知らないが、左翼人の間ではやつてゐる歌らしく、小池がそばの加藤治子に、「治子ちやん、歌つちやいけないよ、そんな歌」と言つたのだそうだが、それがもとで小池は誰かに部屋の片隅に連れて行かれ、会が終るまで説教で釘づけにされた。最後に、これからその何とかアロハで中共の演劇人を送り出さうといふ動議が出た。その瞬間、いきなり小池が大きな声で「ノー」と怒鳴つたといふのである。私は、さういふところでさう言うのはやはり非礼だらう、黙つて歌はないで失敬すればよかつたのだ、と言つた。仲谷も、小池よりは冷静だから、小池も表現の仕方が実にまづいと言つてゐたが、とにかく新劇人の会ばかりでなく、文学座の中にもさういふ気分があるのは自分達は遣り切れない、もう止めると言ふのである。

小池も仲谷も日生といふ事は頭になく、独立した一つの劇団をつくつてやつて行きたいから、私に相談に乗つてくれないかといふ話だつた。私は、たとへ彼らの気持は純粋であつても、やはり経済的基礎といふものは大事だから、日生がどの程度、後楯になつてくれるだらうか。ただ日生の為に奉仕してしまふのではなくて、あくまで我々の新劇活動を援助してくれるという事についてどのくらゐ熱意があるだらうかといふ事を、浅利氏と相談してみた。浅利氏と始終連絡を保ちながら半年程話を進めてみたが、結局それは日生では無理だといふ事が解つた。

そこで何とかほかの方法で彼らを助けようと思つたが、そのときも芥川は入院してゐたので、今度やるとなつたら私が主になつてやらなければならない、病気の芥川には黙つてゐて話を進めて行かうといふ事にしたのだが、どういふ訳か、その時きりで後は半年程音沙汰なく、私はどうやら熱がさめてしまつたのだらうと思つた。その後、関堂、荒川両君と会つたが、やはり演出部は役者よりも冷静だし、もう一度文学座内部で最後の努力をしてみたいといふ気持もあつて、私に、もう少し様子を見てゐてくれといふ事だつた。もちろん五、六人当りをつけた者に話して進めてはゐるのだが、やるとしても一体誰に話したらよいのか、どういふ形で脱退し、そして新劇団をつくり、どうやつて運営して行つたらいいか、見透しがなかなかつかないからと言ふのである。

私も、どうやら日生はうまく行きさうもないと思つたので静観する事にした。が、そのうち静観を通り越して、私はこれは駄目だと思ひ始めた。実は日生以外に金のメドがついたのだが、更めてそれも断つた。だから三十七年の夏の始めに稲垣昭三が現れた頃には、私はどうも新しい劇団を作る事自体が重荷になつて来た。金のメドがついたとなると、話が急に現実的になり、自分の肩にかかつてくる荷の重さがひしひし身に迫つて来たのである。ところが、稲垣が私のところへ来て、実はようやく不満分子の大同団結が出来て、すつかり具体案も出来、出る事になつたと言はれても、私は動かなかつた。第一、大同団結といふのも半信半疑だつたのである。私は稲垣に対して、正直に僕は重荷になつて来たと言つた。「ハムレット」の時、皆と相談した時と同じ様に、皆の不満はてんでばらばらで、消極的な不満で一致しても積極的な理想となると一致せず、第一、それを持つてゐない、もつと率直に言ふと、僕にやれといつても、僕を利用するといふだけのやうな気がして仕方がない、僕は人に利用されるのは嫌ではないが、ただ利用されるだけにしては重荷であるばかりでなく、それだけでは君達も必ず失敗する、しばらくの間は僕を信じて僕の独裁にしてくれないと、とてもだめだと思ふ、ところが皆にさういふ気持があるとは、僕には信じられないと言つた。すると稲垣が、今まで不満はいつもあつた、しかし、それが今度のやうに一つに盛り上つたのは文学座始つて以来で、今を外しては自分達はもう駄目になる、もう一度皆と話合つてくれと言ふ。そこで中心人物七、八人と数回会つた。私は稲垣に話したやうな事を更に具体的に話し、私が加はる場合、誰にどういふ不利が起るかを意地悪いくらゐ執拗に話し、当人の考へを匡した。事実文学座では、福田は文学座を利用してゐるだけだといふ見方が一般的で、雲の役者の中にも、当時さういふ福田観を持つてゐた者もゐたからである。また私自身、それを否定する気もない。私は他人の誤解を誤解だと言切れる年令を既に過ぎてゐる。誤解にしても、それこそお互ひ様といふものであらう。

だが、さういふ会合を重ねてるるうちに、私はふと反省した。かういふ事は手を打つて、右が鳴つたか左が鳴つたかを問ふやうなもので、私が持掛けたか持掛けられたか、どちらとも言へないが、少くとも私の方が年上であり、芥川との事もあり、今逃げるのはずるいといふ事、それに相手が自分を信頼してくれぬからといふが、それこそお互ひ様で、信頼といふものも惚れた腫れたと同じく、どちらが先かといふ事はなかなか微妙な問題で、向うが信頼してくれないから俺は向うを信頼しないと言へば、向うだつて同じやうに言ふだらう。私はさう思ひ直した。確か十月の半ば頃だつたらう。

関堂君の家へ集つた時、私は思つた通りの事を皆に言つた。[26]半ば冗談みたいに、それでは、お互ひに欺かれるまでやらう、裏切つたやつが悪いのだといふ事になつた。しかし、その日、私に最後の決意をさせたものは、私が新たに当てにしてるたアメリカの財団から金が出なくても、無けなしの私財を投出してもやるといふ一同の言葉を聞いた事だつた。

後書

以上、普通の常識では書くべき事でない事を数々書き連ねた。しかし、その真の動機はとかく閉鎖的になり、裏表の話がひどく違ふ新劇の世界に天窓を開け、すべてをガラス張りにしたいと、今のところ多少意地になつてるるからである。決して現在の好調に良い気になつてるるのではない。意地の張りついでに言ふが、雲にしても、十で述べたやうに不信と信との兼ね合ひで出来た集団であつて、分裂崩壊の危険を内蔵してゐる。良い気になれるどころの騒ぎではない。が、私はそれで良いと思つてゐる。それが劇といふものであり、人生といふものである。好い加減な慣れ合ひで、お互ひの不信をごまかして行く事、それだけは吾々のやりたくない事である。劇団員消息欄に「××君に双生児誕生」などといふ記事の代りに、「××君ハムレットを○○君に配役されて、一時は脱退決意」とか「△△君、福田理事長に不信任案提出」とかいふ記事がのるやうにしたいものだ。呵々。

※　※　※

文学座からの脱退「事件」は昭和三十八年（一九六三）のこと。一月十四日の毎日新聞のスクープで始まったとされ、それまで全く洩れることなく隠密裏にことは進んだと思われているが、稍々、違う。註26に引用した恆存の「日誌」、一月十日にこう書かれている。「……向坂荒川両名残り四時過ぎまで今日佐貫[27]（産経）を通じ新劇の石澤[28]へと情報洩れたる模様　記者会見を急遽十四日に繰上げる事にする」と。つまり産経はスクープを取らなかったのか、裏を取ろうとしていて毎日に抜かれたのか。また「日誌」の十二日の項には「雲　文春に洩れたるにつき電話　おさへる」ともある。つまり十日に産経に、十二日に文春に、そして、十四日に毎日に洩れたわけである。この中で毎日のみ、漏洩ルートが解っている。

毎日新聞のスクープは、あろうことか、というかあるべきことぞとでも言った方が正しいのか――十一日に勧誘されて進退に迷った丹阿弥谷津子がこともあろうに毎日新聞学芸部のデスク日下令光に相談したのだという。日下は日曜日にもかかわらず社にいた高野正雄に伝え、高野が、偶然毎日新聞社の近くにあって、文学座が『クレランバール』の公演をしていた第一生命ホールに直行、丁度ホールから出てきた長岡輝子、加藤新吉、木村光一にでくわした。三人は何も知らない。八方手を尽くし、丁度脱退メンバーが集まっていた脱退組演出家荒川哲生宅に電話を入れる。このくだりは、中丸美繪の『杉村春子：女優として、女として』（文春文庫）に詳しい。

高橋記者は恆存にも裏どりをして、談話も取り、十四日朝刊のスクープとなったわけだ。が、前記「日誌」のとおり、恆存は産経から石澤への情報漏れを知っていたからこそ、朝刊による「スクープ」当日の十四日に東京會舘での記者会見も繰上げることができたのである。細かい事であるが、「日誌」一月十一日の欄に「記者会見十四日東京確定」とある。

また、十三日の「日誌」には「大岡を訪ね雲の話　十二時三十分で出京　声明書持参　大磯にてサンデー毎日の増井と一緒になり車中日生の談話を取らる　品川駅にて妙子に声明書渡す　三島を訪ね雲の諒解を求む　長岡に電話　自宅にも劇場にも見当らず　H・N・J[29]に立ち寄り雲の事務所に行く　毎日スクープ明朝刊との事　仕方なく　談話を寄せる　二時過ぎまで打ち合はせ」とあるが、事ここに至るまで大岡昇平、三島由紀夫にも言わなかったのだろう。ただし大岡には一月の七日に電話しているので、なんらかの話をしたこともあり得るが、三島には東京會舘での記者発表の前日まで伏せたことは間違いなかろう。また、大岡、三島共に電話ではなくわざわざ自宅を訪ねて打ち明けるところは、恆存の律儀・誠実というところではないか。長岡輝子にも伝えようとあちこち探しているのも恆存らしい。

京都にいるはずの宮口精二には、同じく京都入りする文野朋子に手紙を託してもいる（「日誌」十一日にその記述あり）。これは「雲」への誘いではなく、事ここに至った事情説明や謝罪・挨拶であろう。残念ながら「日誌」には、宮口への手紙の後日譚は出て来ない。おそらく、恆存の宮口への気遣いであったのだろう。

この時期、文学座ではマルセル・エーメ作『クレランバール』を第一生命ホールで上演中だった。分裂組からも、稲垣昭三、内田稔、杉裕之、谷口香、新村礼子の五名が出演していた。公演の最中に毎日新聞のスクープ、針の筵だったろう。知らなかった杉村春子の怒りも凄まじかったらしい。が、六〇年安保騒動の際の杉村らの国会デモへの参加、昭和三十五年訪中公演と『女の一生』改作問題といった文学座の「左傾」が分裂組を脱退へと「追いやった」ことは否定し得ない現実だったといえよう。

恆存の「日誌」、一月十四日当日の欄には、「砂防会館に行き覆面を脱ぐ（中略）三時半東京会館　雲の発表　六時半　芥川を訪ね報告（荒川関堂同道）七時過ぎ二たび雲　九時四十六分にて帰磯」とある。「覆面を脱ぐ」とは既にホールをなんらかの名目で契約してあったのだろうが、改めて、文学座からの脱退と新劇団設立を説明し、その旗揚げ公演のために借りたことを打ち明け、了解を求めたのであろう。そう云えば十二月二十日の「日誌」には「大倉製紙に義父を訪ね砂防会館手附金三十万円借金激励さる」という記述がある、資金のやりくりにはそれなりの苦労があったと思われる。

こうして、昭和三十八年（一九六三）初頭に文学座から「雲」が分裂する。昭和三十一年（一九五六）四月に恆存が『明暗』の配役などをきっかけに文学座を退座する当時の芥川宛の葉書からおよそ七年、芥川が大磯の旅館で療養生活を送って、恆存に自分達の劇団を創る相談をしてからは、実に十二年近くの時を閲している。

（二） 第二の分裂劇

さて、第二の分裂劇に移る。つまり、昭和五十年（一九七五）「雲」から多くの役者が脱退、演劇集団「円」を作ったのだ。それを受けて恆存は「雲」の残留組と「欅」を統合して劇団「昴」の一劇団制に戻した。「統一する・一つに纏まる」という思いを込めて「すばる」という名称にしたことは「第二章　女性演出家への手紙」の「三　恆存、『武蔵野夫人』脚色の頃」で述べた。

ここで昭和五十八年（一九八三）、現代演劇協会創立二十周年の折に福田恆存が書いた一文をお読み頂きたい。

※　※　※

創立二十周年を迎へて

福田恆存

どうやら今年で二十年目です。

その間、いろいろな事件がありました。

最初の十年間は、萬事好調に過ぎましたものゝ、實はその十周年の頃から事は始つてゐたのであります。十周年記念は昭和四十八年の六月にホテル・オークラで行ひましたが、それは簞笥町に在つた最初の事務所を賣り拂つて、この千石に三百人劇場を建てるため、假事務所にゐたためであります。

私はその年の七月末から八月に掛けて、海外旅行を致しました。その留守中の懸案として、雲・欅の對立を何とかせねばならぬと考へてゐた私は、歸國すると同時に、雲は芥川比呂志が、欅は私が擔當するという案を立て、その通りに實行致しました。禍根はそこにあると申せませう。といふのは、三百人劇場の柿落としが行はれたのが翌年の昭和四十九年四月、雲の大量脱出はそのまた翌年の昭和五十年八月のことであります。

二十周年といつても、その後半の約十年間は全く血の滲むやうな苦しみのうちに、役者諸君も研究所や事務局の諸君も懸命になつて働いて來ました。何しろ脱出前の人々の稼ぎを想定して作つた三百人劇場です。それが半減してしまつたのですから、本來なら一時的に芝居を止めてでもと思つたのですが、私共は芝居をやるために集つたのであり、三百人劇場は芝居をやるために造つた劇場であります。虚假の一念といふほかはありません。雲と欅を一體化して劇團「昴＝すばる＝統る」と名づけ、絶えず二つの稽古場を奪ひ合ふやうにして、今日まで芝居をやつて參りました。

一方、時代は十年前とは較べものにならぬくらゐ一變しました。書物とは言へぬ書物が漫畫といふ名で多くの人々に讀まれ、芝居とは言ひかねる芝居が前衛劇といふ名で流行し、今日、外見上は正に芝居の黄金時代であります。そこでは、演劇から文學を追放しようといふ運動が盛んでありますが、その追放された文學を私どもは丹念に拾ひ上げ、その重荷を背負ひながら、よろよろと歩いてゐるといふのが現狀であります。幸ひ、昴の諸君も虚假の一念に徹して今日まで懸命に努力して參りました。

が、芝居は所詮、お客が居なければ成り立ちません。皆様方こそ、たとへ數は少からうが、私どもにとつては掛け變へのない理解者であることを信じ、創立三十周年には再びこゝでお目にかゝれるであらうことをひそかに念じてをります。

どうぞ最後までお見捨てなく、お附合ひ下さるやう祈つて止みません。

※　　※　　※

「雲・欅の對立を何とかせねばならぬと考へてゐた私は、歸國すると同時に、雲は芥川比呂志が、欅は私が擔當するという案を立て、その通りに實行」とあるが、いかなる形での、あるいはいかなる意味での対立か、私は知らない。が、恆存の文章冒頭の「最初の十年間は、萬事好調に過ぎ」という言葉には疑問を感ずる。

「雲」が文学座から分裂したのが、昭和三十八年（一九六三）の一月。「雲」の俳優たちは、さあ、これからは福田恆存を指導者と仰いで俺たちが中心の劇団を創り、いい舞台を生み出すぞと、それぞれがそれぞれの思いを胸に秘めての出発だったに違いない。ところが、僅か二年余りを経た昭和四十年の冬、映画プロダクション「にんじんくらぶ」の倒産を受けて、所属俳優のうち、南原宏治、岡田眞澄、藤木孝、菅井きんら九名が現代演劇協会に移籍、劇団「欅」を結成、宝塚出身の鳳八千代も直後に参加した。恆存は——「雲」が芸術性の高い戯曲の上演を、「欅」は「市民劇」と称して娯楽性の高い、いわば「気楽な」とでもいったらよい舞台を創る——という方針を立てたのである。

前掲の創立二十周年の恆存の言葉を私はそのままには受け取れない。「萬事好調」というのも頷けない。

「雲」を創った俳優たちの気持を考えてみてほしい。さぁ、これから俺たちの……と夢を膨らませていたところへ、映画俳優や宝塚出身の役者たちの劇団が並列して設立されてしまった……恆存はそれなりにしかるべき人々に根回しし、了解を求めたことではあろう。だが、人間の心は優越感の裏に必ず劣等感を併せ持つ。「雲」の役者の言葉として私がよく耳にしたのは、「俺たちは学校が違う」というものだった。つまり、（「左傾」以前の）文学座という、まさに文学としての演劇を担う場で研究生として学び、その「舞台」で育った自分達と、映画・テレビや宝塚の舞台出身の役者では土台が異なる、自分達の方が上（高級・高踏）だという意識が芽生えたに違いない。そして「福田はなぜ、分裂してきたばかりでまだ地歩を固めていないうちに、別の劇団を財団法人現代演劇協会傘下に擁しなくてはならないのか」といった不満や疑問が湧いたことも否定しえまい。優越意識と同時に、福田に軽んじられたような冷たくあしらわれたような劣等感も持たざるを得なかったろう……。

そもそも、劇団を創るつもりで脱退してきたら、財団法人が上にあり、その傘下の劇団という妙な姿になった、そのことにも疑問を感じた役者も大勢いたことだろう。事実、私は恆存の義弟、西本裕行の口から「僕たちは劇団を創ったはずなのに、財団法人て、なんなの」という不満を耳にしている。

今にして思うのだが――役者が株を持ちあう株式会社では、「雲」分裂時の文学座同様、分裂組の役者が所有する株の方が多ければ、「文学座」もアトリエも「雲」に乗取られる可能性があったらしい。恆存はさきの「雲が出来るまで」で「私は策士」とまで言っている。財団法人なら、経済（金銭）はすべて法人（理事）が握る。株式会社では株主が握る。この視点から恆存は組織を財団法人化したのではあるまいか。「策士」以外の何ものでもない。後に私が理事長として三百人劇場を手放す決断をした折も、そして財団法人から「昴」を切り離した折も、つねにこのシステムが財団に幸いした、というか、金銭的にも財団主導で物事を進められた。もちろん、恆存がそこまで見通したという意味ではないが。

横道にそれるが、三百人劇場を作ることに恆存は反対だった。荷物は軽い方がいいと考えたのだろう。建設を進めた「雲」の役者の中心的な人々はみな「円」に去ってしまい、劇場を維持するだけの収入は、残留組では十分には得られなかった。この第二の分裂が、決定的に「昴」の致命傷になったことはいうまでもなかろう。

この分裂の折、出ていく役者たちが事務所に来て法人の定款等々を調べ、自分達の稼ぎや財団の経済、財産に口も手も足も出せないことを認識して悔しがったらしい。「策士」が株式会社ではなく財団法人を創った意味は、それなりにあったとも言える。

「欅」が第十回公演に『もしも、あの時…』という、ブランドン・トーマス作『チャーリーの叔母さん』を恆存が脚色した喜劇を上演している（昭和四十九年・一九七四）。まさに「もしも、あの時」、「にんじんくらぶ」が倒産しなかったら、「もしも、あの時」、恆存が「欅」結成に動かなかったら……そういう思いも私にはある。が、それでも「雲」はやはり分裂していたのかもしれない。「欅」がなくとも、それぞれの担当を決めなくとも、結局は芥川と福田という両雄並び立たず、どこかでなんらかの離合集散はあったに違いあるまい。禍根はそれぞれの劇団の担当を決めたこと自体にあるとは到底思えない。私はそう考えている。先に挙げた「私の演劇白書2　雲が出来るまで」の「後書」に出てくる次の一文を再読願いたい。

「雲にしても、十で述べたやうに不信と信との兼ね合ひで出来た集団であつて、分裂崩壊の危険を内蔵してゐる。良い気になれるどころの騒ぎではない。が、私はそれで良いと思つてゐる。それが劇といふものであり、人生といふものである。好い加減な慣れ合ひで、お互ひの不信をごまかして行く事、それだけは吾々のやりたくない事である。」……「雲」の第三回公演のパンフレットで、恆存は既にこう書いているのだ。この一節ほど痛烈に「人生」を的確に描出した言葉も少ないだろう。

ついでに、蛇足ながら書いておく。父が家に戻った折に口にしたことだが――「「雲」の役者達は俺のことを先生って呼ぶんだよ、「欅」の連中は、福田さん、福田さんて言ってくれる」――「欅」の方が自分のことを対等に友人扱いしてくれる、それが父には嬉しかったのだ。この態度の違いは、私に対する態度の違いともなる。ホテル・オークラの近く、麻布箪笥町に稽古場兼事務所があったころのこと、近くの喫茶店に私は劇団の誰だかと一緒に入った。そこに先客として「雲」の若手だった橋爪功がいた。連れが、私のことを恆存の息子だと紹介した、その刹那、私より七歳近く年上の橋爪の顔に一瞬の緊張が走った、その表情が今でも忘れられない。恆存の存在は、どうしても「雲」の俳優たちにとっては「先生」「指導者」となってしまうのだろう。これはある意味、敬意であり、礼儀でもあるかもしれないのだが。

それに較べて、確かに「欅」の役者達は違った。私に対しても友人のように気楽に接してくれた。稽古の後、父も連立って屢々近くの居酒屋に行った。見学に行っていた私も誘ってくれるし、なんの分け隔てもない。いや、それは父がいようといまいとに関わらずで、そういう酒席は本当に楽しかった。岡田眞澄の家に私が家族を連れて遊びに行ったこともあれば、鳳八千代の家に役者達何人かと押し掛けたこともある。藤木孝とは六本木をうろついた記憶もある。そういうことの出来る素地が、どういうわけか「雲」の役者にはなかった。

さて、第二の分裂からおよそ三十年後、平成十九年（二〇〇七）に矮小な第三の分裂劇がある。この年の一月に財団法人傘下にあった劇団「昴」と演劇研究所を合議の上で財団法人から切り離し、劇団「昴」は独立、研究所も演劇企画ＪＯＫＯとして独立する。第二次分裂の折もこの第三次分裂の折も、要《かなめ》になったのはマネージメント部を掌握する事務局長であったのも単なる偶然ではあるまい。（なお、「昴」はその後社団法人化した。）

財団法人現代演劇協会は以後六年活動したうえで、平成二十五年（二〇一三）にノエル・カワードの『夕闇』を最後の公演とし、財団（及び「雲」）発足五十周年を期して十一月の末に解散した。劇団「昴」は今もなお活動を続けているが、恆存や私がいた頃とは毛色が全く異なっている。シェイクスピアも上演しない劇団となった。おそらく観客層も全く変質しているのであろう。

なお、「五十周年の節目」として私が締め括りとして書いた挨拶や、前掲の恆存の二十周年の挨拶も、財団法人現代演劇協会「創立五十周年誌」に纏められているが、数年前、その五十周年誌を基にして、ネット上に「財団法人現代演劇協会　デジタルアーカイヴ」を起ち上げた。紙媒体と違い多くの画像を載せられたのがせめてもと思っている。検索して頂けば簡単に見つかるはずである。

コラム7

カナダからの手紙
——久米明に

昭和四十三年（一九六八）の秋、恆存はカナダのトロント大学の日本学専攻科（正確な名称は不明）でふた月ほど「日本文学近代化小史」と称する講義を行っている。私は運転手兼料理番として連れて行かれ珍道中を展開するのだが、そのことはさておき、カナダの恆存から久米明宛の手紙が一通ある。久米明といえば、舞台俳優としてと共に、ハンフリー・ボガートの吹き替えや「鶴瓶の家族に乾杯」のナレーションでおなじみだろうか。「ぶどうの会」の中心的俳優でもあったが、その解散後劇団「欅」の一員となり、劇団「昴」でも長年活躍、『セールスマンの死』のウィリー・ローマンも当り役となった。

劇団「雲」分裂後、劇団「昴」が出来た頃は恆存のよき相談相手だったと思う。というより、むしろその後の私の良き参謀となってくれた。

で、カナダ、トロントからの手紙である。この頃は書簡から電話の時代になっていたため、劇団関連の用件となると恆存は電話を使うことが多かった。メールやライン全盛の今どきではないので、思い立ったら夜の夜なかに電話するからたちが悪い。自分は朝方の三時四時まで仕事をする癖が付いているせいか、夜中の十二時を廻っていても平気である。演劇関係者には夜更かしの人が多かったが、恆存の電話は度を越していて一時を過ぎて掛けることもしばしばだった。さすがの役者達も音を上げたらしいが。その電話の相手に久米明もいた。この頃、筆まめな恆存も書簡を書く機会は減ってはいたはずだ。が、カナダからでは、金もかかるし時差もある。幾らなんでも電話はしにくい——というわけで、次に久米氏宛の恆存からの数少ない手紙の一つを紹介する。書かれたのは同年十月の末と思われる。そのことには後で触れる。

久米殿　今度もあまりぱつとしない役で御免なさい。しかし、逆ねぢを食はせる様ですが、多少、あなたにも責任がありますよ。良く言へば遠慮がちで物静かで、自分を他人に押し附けようとしない、そのお人柄が舞台でも損をします（得することもあるけれど）、作者も演出家もとかく安全第一主義になり、実生活上の柄で配役しがちで、これは十分反省してをりますが。でも、舞台テレビを問はず傍役役者と自分を決めてしまはないで下さい。毎日テレビの時、あなたの事で、その事を皆に注意して置き乍ら、今度は自分の作品で、やはりそのイメージに囚われてしまひました。

しかし、佐渡《サワタリ》の役は第四幕で本領発揮、そこは遣りがひあると思ひます。人の口を封じる時、出だしをどもるやり方でなく、さつと鋭く剣を突き出す調子でやつて下さい。後はゆつくりでもよろしいですが。そして、言葉遣ひは丁寧でも、秘書らしいてきぱきした語調と態度がほしい。決して年寄りくさくなく。

いづれ順番で、あなたの満足する芝居が書けるでせう。

（不渡手形になるといけないけれど）

恆

追伸　きのふ、一度に沢山手紙書き、運悪くあなた宛てのこの一枚が机の向うに落ちてゐて、失礼しました。それが何かを象徴するなどとひがまないで下さい。

劇団「欅」の第一回公演では、バーナード・ショーの作品を恆存が翻案した『億萬長者夫人』（『福田恆存全集』第八巻・『福田恆存戯曲全集』第四巻所収）の主役を鳳八千代が演じ、男優では岡田眞澄が相手役を振られていた。その評判が良く、第二回公演は『億萬長者夫人』の再演、第三回公演は山崎正和作『霧の中』で南原宏治が主役だった。そして、恆存がトロントにいたこの時期に上演された『ドン・キホーテ　日本に現る』（『福田恆存戯曲全集』第五巻所収）では主演は岡田眞澄、相手役は内田朝雄、ヒロインはやはり鳳八千代。この戯曲を書き措いて恆存はさっさとトロントに旅立ってしまったわけだ。それゆえの、いわば詫び状である。この作品はジェームズ・バリーの『天晴れクライトン』に想を得て恆存が翻案したものである。粗筋は省くが、佐渡という久米の演じた役は、政治家一家に仕える執事役。主要な役どころは四幕仕立ての全幕に登場するが、佐渡は一幕と四幕にしか出ない。ただ、恆存が触れている四幕では、一家の者の不用意な発言などを咄嗟の機知で家族に代って救う役どころ。その科白の出だしのタイミングを外したり、間延びしたりしたら喜劇のおかしみが台無しになる。そういう意味では重要な役でもある。

その辺りを恆存は「佐渡の役は第四幕で本領発揮、そこは遣りがひがあると思ひます。人の口を封じる時、出だしをどもるやり方でなく、さつと鋭く剣を突き出す調子で」とか「秘書らしいてきぱきした語調と態度」といった表現で、それとなく海外からダメ出しをしたわけであろう。久米明の科白というのは、落ち着いた口調になりがち、ややもするとゆったりと重くなりがちなきらいがある。恆存の手紙は役の軽さを謝罪しながら、久米にとって「痛いところ」を衝いているのかもしれない。（私もトロントにいたわけで「雲」、「欅」、「昴」を通じて、これは私が観ていない数少ない舞台の一つ。実際の舞台がどうであったか、観られなかったことは悔やまれる。）「出だしをどもるやり方でなく」というのは、窮地に陥りそうな主人公たちを咄嗟に救うために、慌てて「どもる」のではなく、ほかの人々の機先を制して突き刺すように鋭く喋って周りを黙らせてしまえ、といったことだろう。

「いづれ順番で、あなたの満足する芝居が書けるでせう」とあるが、その約束は果たされなかった。その代わり、福田演出ではシェイクスピアその他でいい役を演じている。『ヴェニスの商人』のシャイロックがその筆頭だろう。ノエル・カワードの『花粉熱』、筒井康隆の『スタア』等でも主役を演じている。

括弧書きの「不渡り手形」云々は、恆存の遊び心。実はこの封書に同封されたものがある。トロントでは、金銭面も私が引き受けていた。というのは私名義で銀行口座を開き小切手を使った。で、私名義の小切手を一枚同封している。久米明氏宛に「五百万ドル」をというもので、サインはDon Quixote、つまり、ドン・キホーテ、日付は一九六八年十月二十八日。東京で『ドン・キホーテ日本に現る』を稽古中の久米に「不渡り」どころか、偽の小切手を送ったとでもいうところである。

恆存の「追伸」は御愛嬌。

※

続けて、久米明のほうが残した恆存の印象を挙げておく。ルーズリーフに横書きされたもの、最初のメモは、実はカナダからの手紙への返信にもなっている。

福田さんの一面

どう考えても、僕の人生、いささかあなたまかせ、風のまにまにの側面があると思う。自分を中心に考えないで人の気をかねる性格が「あちら立てれば」の生き方を生んでるようだ。調子いい人だと家の中でもいわれる。

福田恆存という人に惹かれるのは、この僕のええカッコウシに正反対の自我の強さをもっているところだ。自分を持していささかも揺るがなかった。その姿勢は死ぬまで変らなかった。しかし、単なる頑固ではなかった。

相手をみとめ、己が非を悟ったときは潔く改めた。一言皮肉をつけ加えるのを忘れなかったが。悪かったということを出しおしみしなかった。欅第二回公演カナダよりの手紙の折がそうだった。それが福田さんの愛敬であった。公的なことは分からないが、仲間内、私的な面では愛すべき一面をふんだんに披露していたと思う。

つまり、恆存のカナダからの配役に関する潔い「謝罪」を久米は正面から受け止めていたわけだ。

なお、ここで、第二回公演と書いているのは、第一回公演『億萬長者夫人』が好評で再演となり、再演ながら第二回公演と呼ばれて、形式上は『ドン・キホーテ　日本に現る』が押し出された形で第四回公演になった。

また、久米明が自らを「人の気をかねる性格」と見ていたのも、なるほどと思わされた。そこが氏の性格のいいところと私は捉えていた。

次のメモのタイトルは「福田さんの厳しさをみたEpisode」――

福田さんの厳しさをみたEpisode
74年6月（昭和四十九年）〝もしもあの時…〟
三百人劇場初公演、打ち上げのときたまたまstaff待ちで巣鴨の呑み屋に先行した4、5人、先生をかこんで飲み始めた。たまたま、秋の〝億万長者夫人〟の再々演が鳳氏の健康問題で危惧される状況が話題に出た。マネージ問題で欅をはなれ客演で参加した岡田ファンファン、その負い目もあり、彼らしい追従の気持ちもあり、好評に気をよくした興奮も手伝い、福田さんに、先生〝もしもあの時…〟をやりましょうよと勢こんで口走った。それに対し、福田さん、ピシャリ一言「君の言うべきことではない」、身の程をわきまえろという厳しい一言に、ファンファン青くなって固まった。先生の厳しさをみた気がした。

その後ファンファンは欅をやめた。

『もしもあの時…』はイギリスの劇作家ブランドン・トーマスの『チャーリーの叔母さん』を恆存が翻案した抱腹絶倒の喜劇。私も笑い転げた記憶がある。ファンファン（岡田眞澄の愛称）の長身の女装姿が面白く、この舞台の成功も岡田の好演に負うところ大だった。そこはフランス人の血が流れている岡田のウイットに富む科白の上手さもあり、身長の高さが却って女装した「叔母さん」役にうってつけだった。「欅」の舞台の笑いの源泉は、いわば「遊び心」。そういう意味で恆存自身も岡田を買っていたはずだ。

にも拘らずである。劇団員から一歩離れて客員的存在になったばかりの岡田が、しかも「打ち上げ」の席で自分から言い出すべきことではないというのが恆存の考え方なのだろう。岡田からしてみれば、大成功の初日の打ち上げの席で、主役を演じた意気揚々たる気分も手伝ったのであろう、ついお追従の一つも言いたくなったのかもしれないし、自分の「寄与」に鼻高々だったのかもしれない。が、恆存は、その種の「傲慢」を嫌う。福田恆存の一面が見事に現れたエピソードといえる。

なお、現代演劇協会のホームページをご覧頂くと、

『億萬長者夫人』『ドン・キホーテ　日本に現る』『もしもあの時…』、それぞれの画像や配役などのデータもみられる。(https://onceuponatimedarts.com/)

　岡田眞澄という俳優だが、私は好きだった。「調子に乗った」エピソードはさておき、機知に富んだ科白を嫌味なくストレートに言える、言っている当人も本気なのか遊びなのか分からぬような科白の扱いが上手かった。『億萬長者夫人』の好評は必ずしも鳳八千代の好演のみによるものではなく、カウンターパートの岡田の科白回しの軽妙さに負うところ大だったと、私は考えている。

「欅」という、ホンの一瞬蜃気楼のように出現して消えて行った劇団を私は惜しむ。劇団「雲」の役者達は、「欅」に肩入れする恆存へのやっかみや公演ごとに軽い喜劇で客席を沸かせる「欅」の役者達への嫉《そね》みもあったのかもしれない、前にも触れたように、宝塚出身の鳳や映画界育ちの岡田に対して「学校が違う」と批判をしていたが、私の眼には、学校の違う二人の方がよほど「大人」に見えたし、話も気楽にできた。「欅」の役者達も、「雲」の役者とは異なり、私を恆存先生の息子という見方をしないでくれる。前にも触れたが、鳳氏のアパートに若い役者たちと押しかけたり、岡田家には、私の子供が小さい頃に家族連れで遊びに行き、向うも同年代の子供がいて、一緒に庭でバーベキューをしたりした。単純に少し若い友人として附き合ってくれた。一言でいうと、大人の付き合いが出来たのは「学校」の違う「欅」の役者達だった……。

終章

下諏訪の友へ

友とはいかなるものなのか——。福田恆存の友人というと、まず頭に浮かぶのは鉢木会の面々だろうか。確かに、中村光夫、吉田健一、あるいは長い仲違いの時期はあったにしても大岡昇平などとは親しかった。ただし、これらの面々は「文士仲間」と呼べなくもない。一方、なにかの折に力になってくれた旧制浦和高の同窓生、原文兵衛（元警視総監）や、小学校からの友人高橋義孝（独文学者）などの名前も浮かぶ。

——が、この章で扱う友も、明らかに本当の「友」に違いない。名前は黒田良夫、誰も知るまい。長く下諏訪に住んだ男、言ってみれば市井の人、恆存よりほぼ二廻り歳下の友人である。その黒田に宛てたあれこれの手紙を本書の最後に挙げる。

手紙に入る前に、黒田良夫とはどういう人物でいかにして恆存と知り合ったか、必要な知識として書いておこう――そう記しつつ、さて、なにから書けばよいのか戸惑う。詩人、書家、画家、そして教師……。裏返して、中学の美術教師の傍ら、書を能くし絵画を楽しんだ人物と言ってしまえばいいのかもしれない。本人は画家として世に出る事を渇望していた。

誤解を恐れずに言えば「人誑《たら》し」とでもいうか。何しろ「著名人」の懐に飛び込むことにかけては天才と呼んでもよい。一方、氏と親しく付き合った岩村建設の岩村清司氏〔1〕の言によれば、地元では煙たがられていたふしもある。思想堅固ともいえるし、頑固とも呼べるのかもしれない。

私も数回会ったことがある。劇団「昴」を諏訪の後援会長となって呼んでくれたことも一再ならずあり、私が演出した『リチャード三世』の舞台も呼んでもらい、同行した私を一日、霧ヶ峰へのドライヴなどでもてなしてくれた。霧ヶ峰では、自然の静けさのうちに佇み息をのむ私の邪魔をすまいと一切言葉を掛けず、離れたところで沈黙のうちに待っていた、そういう気遣いの出来る人物でもある。令和四年（二〇二二）九月五日に逝去されたという。

氏は長い年月をかけて巡り合った人々との交流、その場の会話を書き溜めていた。その稿を纏めて『黒田良夫著作集』三巻本として岩村氏らの協力を得て自費出版している。その二千頁を優に超える回顧録に描かれる、氏と交際のあった著名な人々の名を挙げてみると――出身の武蔵野美術大学で出会った亀井勝一郎はさておいても、金原省吾、高田好胤、谷川徹三、谷川俊太郎、萩原葉子、堀口大學と切りがない。これらの人々と書簡の往還があったり、先方の家に遊びに行ったり……。相手の胸に飛び込むのが上手く、この人と思いこんだら己を殺してでも相手に尽くすところがあった。その相手の一人が福田恆存だった。

下諏訪の地からこれらの人々を訪問しては、会話を楽しみ、教えを乞い、いつのまにやら親しき友となっている。あの谷川徹三が東京の自宅や北軽井沢の別荘に彼を招いて、よもやま話に耽るかと思えば、哲学を論ずる。一緒にテレビを眺めていることもある。杉並の家から近所の店や新宿辺りの店に共に食事に出かけてもいる。息子の詩人、俊太郎は下諏訪の黒田の家を訪ねて泊まってさえいる。それらの交友の記録を浩瀚な書物として残したわけである。

いい書をものすし、油絵、水墨画、墨絵、版画を能くし、我家の床の間にも、墨絵だったろうか、掛け軸にした氏の作品を懸けていたことがある――黒田氏について書くと切がない、この辺りで恆存との交友に移る。

『福田恆存全集』年譜の昭和三十一年（一九五六）九月の項に「掛川、豊橋、辰野、松本にて講演」とある。恆存、数え四十五歳の時。この「辰野」とあるのは実は宿泊した場所で、講演は近くの箕輪町だったことが黒田の年譜で分かるのだが、『人間・この劇的なるもの』に感銘を受けた黒田はその講演に赴き、講演後、控室に押しかける。この時、黒田二十四歳。

翌年の正月に黒田が年賀状を書いたのだろう、一月五日消印で恆存からの年賀状が伊那市室町の黒田宛に送られている。文面は「御慶　丁酉《ひのととり》　元旦　福田恆存」。黒田はこの時、伊奈郡の南箕輪村中学校で美術の教師をしていた。時に国語や他教科も受け持ったらしい。ここから二人の文通が始まっている。

黒田は恆存の書簡類をこの最初の年賀状から平成六年（一九九四）の葉書まで、通し番号を付けて保管していた、約四十年近くで、丁度百通になる。本章ではそのうち二十通余りを抜粋しながら挙げて行く。いわば「教師」と「学生」から友人へと変っていく二人の姿を思い浮かべて頂ければ幸いである。

恆存の第二信はおよそ一年余り後、南箕輪中学校宛の葉書である。黒田が自分の書いたエッセイなどを送ったのだろう、こう書いてある——「「私の授業」〔中略〕におけるあなたの教育観（？）共感するところ多く、大層面白く読ませていたゞきました。私も教育には関心をもつてをります（何故なら物を書くといふのも教育の一つですから）。又、教育についていろ〳〵書きもしました。しかし　あなたのは何より実践者の言葉として人を打つものがあり、その点教へられるところ多く、御礼申述べます」——まだ、他人行儀な社交辞令の域を出ない。

次の葉書は昭和三十五年十月十一日消印、最初の出会いからおよそ四年後。恆存による「教育」が始まっている。「〔前略〕御元気さうで　それに仲むつまじさうで何より　あなたの文章はいつも書いてゐる気持が伝つてうれしいのですが　一方　その時の気分でしか伝はらぬ欠点あり。手取早く言へば子供の言葉のやうに舌たるくて　文章以前であります　学校はむつかしいといふのはよい事です　やさしくなつたらおしまひですが、それにしてもなぜむつかしいのか言葉に翻訳できると解決のいとぐちだけはつかめるやうに思ふのですが、これは局外者の言葉でせうか」

黒田はこの前年結婚、亀井勝一郎の仲人の予定、が、亀井夫人の体調不良で急遽知人の高校教師夫婦に交代してもらったという。その新婚生活を恆存が「仲むつまじさうで何より」と書いたのだろう。「学校はむつかしい」云々は、おそらく教師を始めてまだ日も浅い黒田が教育（授業）の難しさでも訴えたのではないか。

恆存の十信目に当る葉書、消印は昭和三十九年（一九六四）四月九日消印、宛名面に恆存が「花祭りの頃に」と書いている。「〔前略〕生徒諸君の版画　敬服致しました　教師としてのあなたに／私は勘三郎その他の役者にあなた程　打込んでゐないし、あなた程効果を挙げる事は出来ませんでした〔後略〕」――勘三郎とあるのは、この年の三月、劇団「雲」の役者が脇を固め、歌舞伎の十七代目中村勘三郎の主演でシェイクスピアの『リチャード三世』を上演、恆存が演出を務めたことに触れたのである。その折の勘三郎やほかの役者達に対して、自分はあなたが生徒に打ち込むほどにはできなかったという意味だろう。

次は十一便。同年十月十六日の消印。便箋三枚だが一枚目を略す。「お手紙の道徳教育　さぞお困りでせう　日教組も馬鹿なら文部省も馬鹿　迷惑するのはまじめな先生と生徒　僕は本当の道徳教育は歴史と自然と言葉と芸術のみと思つてをります。それらについての知識を得るのではなく、それらから学ぶ事、それ以外に方法はありますまい。あなたは絵を通じてそれが出来るはずです。子供に絵を描く喜びを教へてやつて下さい。過去の立派な絵を通じて、自然や人間のうちに美を見る目を子供に授けてやつて下さい。それで十分です。といつて現場に居れば文部省の押しつけもさうは無視出来ないでせうから、まあ好いかげんに「ごまかして」おけばよいでせう。いづれお目にかゝつて実情を伺ひたいと思つてゐます〔後略〕」――今でも道徳教育なる科目（時間）があるのだろうか。私が中学の頃に生れた「教科」であるが、そのばかばかしさに対して、恆存は道徳は学校で教科として教えるものではないと考えている。「本当の道徳教育は歴史と自然と言葉と芸術のみと思つて」いるというくだりは、恆存のエッセイ「言葉は教師である」や「自然の教育」に意を尽くされている、是非、殊に後者を読んで頂きたい（『福田恆存全集』第五巻、『福田恆存評論集』第十六巻所収）。

少し飛ばして第十六便、昭和四十三年の賀状に移る。前年末に受け取った黒田氏からの長文の手紙への返信を、現代演劇協会の年賀状の余白に書き込んだものである。その文面を紹介する前に、黒田氏が長文の手紙で何を書き送ったか、著作集所収のエッセイ（上下二段組で四頁半余り）から、ごく一部を抜き出しておく。

……権力こそが絶対真理であり、現代にあっては自然の秩序さえも造っていくのです。おそろしいことです。私は生徒に対し今自衛隊があり、ベトナムで戦争が行われている。どんなことがあっても自衛隊だけには入れたくない。自衛隊は軍隊だ兵隊だ。兵隊は人殺しだ。殺人をさせてはいけない。私は私の生徒を殺人犯にするにしのびません。又憲法を軍備を持てるよう改めることがあったら、必ず反対するようにも話しました……

後は推して知るべし、である。知り合ってから十年余り、自分の話の何を聞いていたのだろうと恆存が訝しんでも不思議はあるまい。恆存が年賀状の余白に細かい字で書いた返信、左のごとし。

ベトナム戦についてのあなたのお考へは　左翼の宣伝を一方的に信じ、何等確実な資料に基かず、アメリカだけを悪玉視してるます。とてもお答へ出来るものではありません。次に戦争観も全く単純浅薄な戦後の風潮に影響されたもので、これまたお答への仕様がありません。戦争も平和もひとしくくだらぬものですが、いづれのためにも生命をすてる覚悟も信仰もあなたには無い様です。私は戦争より殺人より悪い最大の悪は弱さだと信じてをります。以上、十分なお答へになつてるませんが、一人一人に納得して貰へる様に、そのたび書いてるる暇はありません。私の考へ方を本当に知りたいなら私の本を読んで下さい

恆

手厳しいが率直な返事である。それに対する黒田氏の返信——「それを読み、一瞬三十五年の過去が真暗になりました。しかし次の瞬間私は何かピカピカ光る大宇宙の空間に放り出されたような気持ちでおります。勇気もなかったのです。よそ見せずはじめっから真直ぐ歩いて行けばよかったのです。うろうろすることはありませんでした。心入れかえます。一所懸命やります。」そして、地の文に「私は納得できたのである。私は生き返った思いがした。それから猛然と先生の著書を読みはじめた。〔中略〕先生のはがきを境にして私の人生観や社会観が変わっていくのが分った。私はこの時から、一層福田恆存という人に喰いついて離れまいと決心した」とある。ここから黒田氏と恆存の本当の付き合いが始まったのではあるまいか。二人の距離はこれを機に縮まり、信頼関係が出来上がって行ったようだ。

暫くは年賀の挨拶が主であるが、諏訪の土地のものを贈った黒田への礼状なども多い。黒田が自分の句集を贈呈し、恆存が「〔前略〕かういふご趣味がおありとはぞんじませんでした。いづれも楽しく拝読。秋蛙ふと天を見て死ににけり　天日を長き身に受け蛇穴へ　など感銘。やはり近作の方に秀句多く、当然の事ながら感服いたしました〔後略〕」と応じたり、黒田が何らかの形で公にした文章、おそらくは学校教育批判の一文なのだろう、それを送られた返信には、「拝復　抜刷拝読悉く同感　絵の教師のみならず、今日の小中学校教師は同じ過ちを犯してをります　このまゝでいつたら一体どうなる事か、私も今まで声を涸して啓蒙にこれ努めて参りましたが、一向効あがらず、もうあきらめかけてをります。孤軍奮闘、敗戦覚悟の力戦、祈り上げます」とある。昭和四十四年（一九六九）九月三十日の消印になっている。

同じ趣味の書の話題、大磯の気候の報せ、諏訪を訪ねたいという願望、黒田から大磯訪問を希望するが、忙しさゆえの断りなどを経て、やがて、昭和五十年（一九七五）の一月に漸く二人の都合が合致したのだろう、黒田が大磯を初めて訪う。――「前略　今日は愉快でした　見事な筆蹟その他貴重なお土産ありがたう。ところで近く良質の朱肉お送りしますので、お願ひした書の落款　それまでお待ち下さい。右取急ぎお願ひまで　敬具」という葉書が一月三十一日消印で出されている。箕輪での恆存の講演以来、黒田は東京での劇団「昴」の舞台を観に来たことはあったろうが、ゆっくりと話せたのは初めてだったのかもしれない。

朱肉、落款は二人に書という共通の趣味があったればこその話である。黒田もかなりの字を書くし、恆存は若い頃から書を能くし、晩年まで書いたものをやたらに人に押し付けていた。世に福田恆存の書は至る処に埋蔵されているだろう。

次に書かれた手紙（便箋二枚）も書の話から始まるが、後半は話題ががらりと変る。

〔前略〕書ありがたく頂戴　印、小生の葉書遅れたらしく残念。いづれまた気に入つたのが出来たとき改めて頂戴します。近日中にお送りします。「風」拝読、お気持よくわかります　大いに頑張つて下さい　いづれ機会を見て、あなたの学校見学に参りたいと存じます／さて夏の対談の件ですが、決定いたしました　時日は八月二日より一週間、正味はそんなに掛らぬと思ひますが、私が偶々七月中旬より芝居のけいこで夜は潰され、昼間も何かと不意の出来事あり、右一週間午后二時から五時まで、御予定を開けておいて頂きたいと存じます。なほ七月末にはもつとはつきりした予定が出せると思ひます。〔後略〕（昭和五十年・一九七五、二月十八日消印）

最初の「印」は前掲の葉書に書かれた朱肉で黒田氏の書に落款を押してほしいという連絡が付く前に、氏は自分の家にあった朱肉を使ってしまったということだろう。「風」は黒田個人刊行になる冊子である。

で、後半の「夏の対談」、定かなことは不明だが、福田＝黒田の対談が企画されたことは確かで、それがたとえばラジオかテレビで流されるか、雑誌に掲載されるか、なんらかの話が成立していたわけだ。

少なくとも恆存は黒田を数回にわたって対談が出来る相手と認めていたわけだ。が、この対談は、黒田氏の体調不良が原因で流れ、幻に終ってしまった。黒田が恆存の箕輪町における講演を聴きに来ての控室訪問から、十九年の歳月が流れている。黒田はこの七年前に下諏訪に居を定めて、近隣の学校の教師をしていた。

その葉書の後は賀状のみで恆存の方からは手紙を出していない。次に挙げる書簡は昭和五十一年十月十一日消印で書かれている。封書も二枚の便箋も墨書されたもの。

不義理真に忸怩たるものあり　さぞ御不快の事と存じてをりました所　わざ〳〵遠路お訪ね下さり　お心の籠れる品々頂戴　相変らぬ優しいお心持深謝致しをります
石埜さんの硯　真に使ひよく今後も愛蔵愛用致す積り　今もその硯を使用しての第一回試運転　正月用にと壽　文字一筆お送り申し上げます　教育についておかきになつたもの　他にどの位おありか一度全部見せて下さい
余り当てにはなりませんが或は出版してくれるところもあるかと存じますので
右取急ぎ御礼まで
からたちの実の香りをほのかにかぎつゝ
十月十一日未明

福田恆存敬具

一　黒田良夫様

　この時期は、丁度劇団「雲」の分裂があり、その残党と劇団「欅」を統合して劇団「昴」を起こし、三百人劇場の運営の一助ともなればと、劇場で「土曜講座」を企画したり、芥川龍之介の『河童』を脚色して演出し、坂東玉三郎主演の『班女』（三島由紀夫作）を演出するなど、恆存は従来の原稿書きのほかに大忙しの年だった。それゆえの書簡の不義理でもあったろう。文中の「石埜さん」とは諏訪方面の高校の教師で、既に書いた黒田氏の仲人亀井勝一郎のピンチヒッターを買って出た人である。「壽 文字一筆」とあるが、これは恆存がしばしば年賀状に壽の字を一字のみ墨書していたもので、硯を貰って、時節柄、正月用にと稽古を始めたのだろう。

「教育について」云々とある、この件は恆存の好意と優しさの表れではあるが、無名の中学教師の書いたものが、そうは容易に出版されようはずもない。この話のほかに、書簡ではどこにも触れられていないが、黒田の絵画展をやろうとしたこともある。黒田は無論、好意として受け止めたろうが、人間、必ず下心もあれば、夢も見る。私などは、性格としてこの種の事はとても言えない。もちろん、私が言っても誰も期待はしないだろう。そこである、福田恆存に言われれば、もしや可能性があるのではと、相手に期待する心が生じてもおかしくはあるまい。もちろん、黒田が、それを超えて、だめで元々と考える人物であることは、私も重々承知であるし、そこには長い歳月の間に二人の信頼関係が確たるものになっていたのだろうが……。

一方、黒田氏は書画の個展を度々催している。次に載せる一文は、そういう折の推薦文であろう。昭和五十三年（一九七八）七月十五日の消印である。

私は黒田君とは長い付合である。彼の人柄は今日稀有の宝であり、教師としての情熱、能力もやはり他に求めがたい貴重な存在である、絵の教師としても、また他のあらゆる学科の教師としても。が、私は黒田君の書を無条件に礼讃するわけにはいかない。寧ろ黒田君の人間としての、また教師としての美点が黒田君の書にマイナスの働きをしてゐる様に思へてならない。書や絵に限らず、良き教師は必ずしも良き芸術家、良き学者とは限らない。逆に教へる事の情熱や技術が芸術家の情熱や才能を抑制する事が間々ある。恐らく黒田君は今その別れ道に立つてゐるのではなからうか。以上、個展にはふさはしくない言葉であるが、私は芸術家を必ずしも教師より高級な仕事とは思つてゐないので、感じたまゝを率直に述べ、右するか左するか、それは今後の黒田君の生き方に委ねたい。最後に一つ、私は黒田君の書に激しさの魅力を感じるが、これは私個人の趣味に過ぎぬとしても、書は静謐を以て上品《じようぼん》とするが如何。

如何にも福田恆存らしい、単純な礼讃文を書かぬどころか、切っ先を突きつけるような客観的に突き放した推薦文となっている。

これは二百字詰めの原稿用紙二枚に書かれているのだが、その推薦文に、もう一枚、原稿用紙の手紙が書かれている。「同封の推薦文ふさはしくなければ、よろしく御破棄下さい。静謐といふのは『解ってたまるか！』の幕切れみたいなもの（うぬぼれていへば）。又、世相を斬るが斬らせるになつてしまふといふのは色々の事情あり止むをえませんが、シモンズの場合、私は見事に斬つてをります。新聞ジャーナリズムを、相手をそれを十分に意識してをります。それが見える様にならないと、刀を抜くところも収めるところも見えないのに、相手が死んでゐる書は書けますまい」とある。

『解ってたまるか！』は恆存の戯曲、この年の一月に黒田はその稽古（劇団「昴」）を見学している。粗筋は省くが、幕切れで、主人公は地球上に人っ子一人いなくなることを想定して、その地上をすがすがしい朝日が照らす事を願って自らも命を絶ち、幕が降りる。その自然のみの無人の世界と朝日だけの幕切れに「静謐」という言葉を使ったわけである。

「世相を斬る」はフジテレビで昭和五十二年（一九七七）から二年に亙って日曜日に放映された。恆存がゲストを一人招いては対談する番組である。シモンズは、確かアメリカのジャーナリストだったのではないか。恆存が対談相手のシモンズを立てて、相手に斬らせていると黒田が不満でも言ったことに、そういう礼儀や遠慮も「止むをえない」と書いたのであろう。また「それが見える様にならないと」というのは、斬る相手と自分の斬る手さばきと、両方が見えるようにならなくてはいけない、そういう気持ちにならないと見事な書は書けないだろう、という意味ではなかろうか。

約十年の歳月が流れる。その間に恆存は黒田宛に二十五通の書簡を書いているが取り立てて云々するほどのものはない、割愛する。

但し、この間に恆存の身に起きたことには触れておかねばなるまい。この昭和五十三年は現代演劇協会創立十五周年にあたり、恆存は一人で年間四本の芝居を引き受け演出している。その第一が先の『解ってたまるか！』（二月上演、三百人劇場）であり、七月が恆存訳のイプセン『ヘッダ・ガーブラー』（紀伊國屋ホール）、九月にノエル・カワードの『陽気な幽霊』（三百人劇場）、十一月、ゴーリキーの『どん底』（三百人劇場）、その合間を縫って十月には演劇交流打ち合せのために韓国を訪問してもいる。その他にも演劇雑誌に劇評の連載など、執筆も相変らずの忙しさである。翌年も多忙、そして昭和五十五年（一九八〇）に入って、一月、肺炎のため十日間の入院とあいなる。忙しさに体力が追い付かなくなり始めたとでもいおうか。が、九月には物議をかもした「近代日本知識人の典型清水幾太郎を論ず」を、そして年末には秀逸というべき論文「小林秀雄の『本居宣長』」も物している。この年まではさほどの変化もなく、入院はあっても元気に過ごしていた。

翌昭和五十六年（一九八一）、年初は調子よく、一月には「言葉、言葉、言葉」を「新潮」の二、三月号に書き、二月には「問ひ質したき事ども：公開日誌から」を「中央公論」四月号に発表する。四月には歌舞伎の演出などもこなすが、五月に入り連休に脳梗塞を起こし一ヶ月の入院となる。この時は一応の回復をみるが、エネルギーや切れ味が削がれ始める。それでもこの年の秋にはエリオットの『カクテル・パーティー』（三百人劇場）を演出してかなり優れた舞台成果を挙げているし、翌年二月には川口松太郎の『業平』（三百人劇場）を演出、また六月にはシェイクスピアの『ヘンリー四世』の演出もこなす。

『ヘンリー四世』は諏訪公演も行った。その旅に恆存も帯同し、諏訪で黒田に会っている。というか、この諏訪公演を主催したのが劇団「昴」諏訪後援会長の黒田であり、教育委員会に働きかけて福田の講演会をも実現させる。演題は「教育を思ふ」。これが恆存の最後の講演となったと記憶する。

諏訪公演の直後に黒田に送った恆存の手紙を挙げる。

私にとつても仕合せな四日間、顧みて、私の過去五年間は月々火々水木金でした。以後は一日何もしない日といふのを週一日でも作りたいと思つてゐます。写真どうもありがたう。中の二枚はそれぞれ裏に③⑤とある通り三枚、五枚と焼増しして下さいませんか。〔中略〕

それから一日の夜、馬さし、本当に失礼しました。他はいづれも旨く頂戴したのですが、あれだけはどうも……お蔭であなたも食べられず、申し訳ありません。

「地名を守る会」たまたま同時に送られて来ましたので、久保海道の件、何としてでも保存して頂きたく、その方法など同会にお問合はせて、力になつてもらふのが一番と存じます。ただし読み易い字でお願ひします。僕でも黒田君の手紙読むのは一苦労、わからず仕舞ひの文章が必ず一つや二つはあります。

右、苦言を呈しましたが、とにかく楽しうございました。ありがたう存じます

七月十三日

福田恆存

――追伸　皆さんにどうぞ宜しく、殊に奥さん、及び石埜さんご夫妻に

普通は「月々火水木金々」だろう、「月々火々……」というのは聞いたことがない。恆存のいい加減な記憶ゆえなのではあるまいか。

「馬さし」云々は一夕黒田家に招かれた恆存が、出された馬刺しが苦手で失礼なことをしたということだろう。「地名を守る会」というのは、黒田の住所が下諏訪町久保海道だけで郵便は届くのだが、この久保海道という町名を変更しようという動きがあった。それに対抗して「地名を守る会」を紹介したものである。脳梗塞後のこの手紙は恆存の字も乱れだし、稍々読みづらくなって来ている。

ここから、恆存の評論等の執筆は極端に減っていく。講演も諏訪を最後に止める。この講演の直後だったかもう少し以前の事か定かではないが、父が言っていた――講演で、本筋から話を枝葉に伸ばして、元に戻そうとすると、どこへ戻ったらいいのか、本筋が分からなくなるんだ――こうして恆存は自分の切れ味が脳梗塞ゆえに衰えたことを実感したらしい。以後、講演も一切断るようになった。それでも翻訳は原文があるわけだからどうにかこうにか続け、ソポクレスの『オイディプス王』『アンティゴネ』、シェイクスピア翻訳の最後となる『リチャード二世』の三作を訳し、『オイディプス王』だけは自分の演出で昭和五十八年（一九八三）の秋に現代演劇協会創立二十周年記念公演として上演に漕ぎ付けた。その翌年、翌々年に、『ハムレット』『夏の夜の夢』の演出を手掛けるが、稽古場での衰えは蔽うべくも

なかった。ぎりぎり『オイディプス王』までと言えばいいのだろうか。

この時期から文藝春秋にて自選『福田恆存全集』の企画が持ち上がり、以後、その編輯と覚書に忙殺される。昭和六十三年（一九八八）の七月に刊行終了、直後の八月に恆存は夫婦で諏訪に出かけて行く。その八月五日消印の黒田宛の封書がある。便箋二枚にペン書きで、「前略　大体の予定出来ました　左に粗案を挙げます／〇十五日　花火見物の現場までといふのは、一、ムルハウス　二、石の花　三、ホテル成田屋の一階、辻舎／〇十六日　朝食ホテル、昼間は美ヶ原、霧峰　夕食は岡谷郊外の炉亭／〇十七日　朝食兼昼食は上諏訪並木通りの丸万　ここにて岩村さん平野さんにお目にかゝれゝばと存じてゐます／右の通りですが、十六日、美ヶ原、霧峰いづれも無理でしたら、そちらへ伺つて、御相談申し上げます／三日とも天気が良ければと念じて居ります／奥様によろしく　匆々不一／八月四日　福田恆存　黒田良夫様」とある。黒田氏は恆存が諏訪の店や宿の事を詳しく書いて寄越したので驚いたらしい。おそらく母、敦江が下調べをして相談したのではないかと思う。

全集も出し了え、忙しかった書斎の仕事もほとんど無くなり、勿論劇団経営や演出からも遠ざかった恆存にとって、諏訪への夫婦での旅行は愉しかったに相違ない。そう云えば、父が財団法人の理事長職を辞して会長職（名誉職）となり私と交代したのが、この年の三月だった。いわば名実ともに自由の身になったわけだ。諏訪に出かける前の月には、京都祇園祭の山鉾巡行見物を弟子筋の人々と妻と楽しんでもいる。

さて、諏訪への三日の旅行を愉しんだ恆存は、八月二十八日に長い礼状を黒田に書いている。

電話で申し上げたとほり、花火じつに見事なものでした　何だか、私には最後の花火のやうな気がしました。ありがたうございます

翌日は山へ連れて行つて下さり、本当にうれしく、霧のはれまに見えた八岳の裾野の大きさ、帰りの電車の中からも裾野だけ、かへつて　その方が、雄大な山形を感じさせる。これからも、山の全体像は眺めたくないと思ひました。私は車から出なかつたけれど（本当に寒かつた）家内は大層喜んでをりました。本当に親切にしてくれて嬉しかつたのです

柳蘭のあか　松虫草のあをが今も目にとびこんできます。

それから最後の日もよく附合つて下さいました。秋宮の映画もよかつたけれど、拝殿のうしろで、きやりを聴かせてくれたのは何よりでした

あの人の名まへを忘れました。直ぐ手帖につけておかうとして、その話に聴きほれて今はどうしてもわからない。今度おついでの節、手紙で教へて下さい。塩羊羹始めて食べたけれどあれはうまいものですね。この前、苦手だといつたのはどうしてだか、わからない。あの売り手の「奥さま」を「直観」で感じたのかな。今度頼んだら送つて下さい。（正月にでも）お代は勿論お送りします

丸万のそばうまかつたけれど、あの柔かさが一寸気になる。辻舎のコーヒ（カプチーノ？）うまかつた。岩村さん御夫妻、平野さんによろしく。もちろん奥様にはよろしく、家内もさう言つてくれと申してをります

本当に隅から隅まで気をつかつて下さり、さぞお疲れになつたでせう（ガラスの博物館まで予定に入れて下さつた！　あの時は実は私の体の調子最悪でした。腹がはり脚が痛く陽はかんかん照りつけるし……ところが丸万で「食へるかな」と一、二箸すゝつたところ、あと食べるごとに体の調子がよくなつて来たのです。あなたと肩の荷を取りかへつこしたのかな。その代り、私たちの帰つたあと急に疲れて来たでせう）

ではお元気で、この三、四日こちらは大層蒸しあつく何も出来ません。今年の夏は異常です。今日の八岳は霧、時々晴となつてをりました

匆々不一

八月二十八日

福田恆存

黒田良夫様、奥様

表に筆を使ひました。五十六年の病後はじめてです、ナッテキナイ！

この手紙、あるいは恆存が書いた最後の長い書簡ではなかろうか。昭和五十五年の肺炎と五十六年の脳梗塞と、それらがどれ程父を弱らせ痛めつけたのか、今さらながら気の毒に思う。しかも財団の経営、劇団の演目決定、全てに支障をきたしかねない父を、息子が切り捨てる。どちらにとっても悲痛な話だ。が、その後の父にこのような愉しきひと時があった。私は涙を禁じ得ない。黒田氏に感謝するほかない

が、その氏も既に述べたとおり令和四年（二〇二二）に亡くなっている。本書執筆に際して諏訪を訪ねた折、この手紙にも出てくる岩村氏に黒田家の墓を尋ねたところ、言葉を濁すように「とても不便なところですよ」と仰る。不便、面倒を何より嫌う私は即座に墓参りを諦め、翌日、かつて黒田氏が連れて行ってくれた霧ヶ峰に車を飛ばし、令和五年の春にあった例の山火事跡を眺めつつ手を合せた。

さて、この手紙のとおり「花火」は父にとって最後の思い出の花火となった。そのことはまた後ほど触れることもあろう。諏訪湖での盆の精霊流しも愉しんだようである。「八岳」は勿論八ヶ岳のこと、裾野の美しさはいうまでもない。車で走るとその規模の大きさがよく分る。中央高速道が通っている辺りは裾野もずっと裾の方だが、長い距離を甚だ緩やかに登り、また諏訪方面に向かって実に緩やかに降る。ガソリンのリッター当たりの走行距離の変化を見ていても、その昇降は面白い。「裾野だけ」に眼をつける辺りは、やはり恆存らしい。一説にはこの裾野の勾配を自然に伸ばすと富士山よりはるかに高い山が嘗てはあったという、嘘か本当かそういう話を聴いたことがある。が、七十二歳で八ヶ岳に登った我が身としては裾野だけでヨシとはしたくない……何も視界の利かぬ霧の中を最高峰の赤岳に登り、降りは始めこそよかったが、急峻な道が終り、行者小屋から美濃戸口まで、延々と岩と石だらけの河原沿いに降りてくるのは正直きつく、いつ麓に辿り着くのか、老骨に鞭打つとはこのことだった。

柳蘭、松虫草は山や高原でしばしば目にする花だが、山とは縁のない父が、ことに楚々たる松虫草を愉しめたのは嬉しい。

黒田氏の木遣りは年季の入ったもので、御柱祭でも仲間入りを許されて、御柱の例の木落し前の木遣りをやらせてもらったとか。秋宮拝殿の裏で恆存夫婦に自慢の喉を聴かせたのだろう。

塩羊羹は有名だろうが、好き好きかもしれない。私は好きである。売り手の「奥さま」、おそらく気取っていたかなにかで、恆存の癇に障ったといったことであろう。

「平野さん」は妙齢の美人で、主婦であるが素人ながらに小説をいくつか書いており、そのうち一つが確か「文學界」に載ったこともあるらしい。恆存に会いたいということで、丸万で岩村夫妻と同席した、写真も残っている。岩村氏にも尋ねたが、全く記憶にないとのことで、探すことも諦めた。元気だとすれば、七十近い年齢だろうか。

「食へるかな」云々のくだり、おそらく父は空腹だったのだろうが、体調がすぐれず空腹を空腹と感じられなかったのではないか。だから、食べるにつれて体調がよくなったのではあるまいか。いずれにせよ、父が三日間の諏訪旅行を満喫できたことが、今となっては幸いというほかない。

次の書簡はひと月余り後の十月二日に書かれたもの——

略　どうもこれからは新たに字は書けさうにもありません。昔、病気になる前に書いたのでかんべんして下さい。「君子有三変」は論語子張第十九にあり。鳥盡くれば良弓廃せらるは今や出典がわかりません。「良弓廃」と「廃良弓」と二つあります。どちらが本当かわかりませんの〔で〕両方送ります。意味から言つて「良弓廃」は間違ひでせうが、字はこの方がいゝのでお送りするわけです。万一書けるやうになつたら、又書いてお送りします。

十月二日

福田恆存

黒田様
　奥様によろしく

年が変り、平成の御代となつてふた月余り、三月二十三日に書かれた書簡がある。前便の追伸的なところから始まる――

（一）「鳥盡廢良弓」――陶淵明、別紙の通りです
　お手紙の「高鳥盡良弓藏」は別紙の「史記」淮陰侯《わいいんこう》列伝に当ります。註解の「当時の支配階級」は事実その通りですが、支配階級のみならず一般大衆も同じことでせう。
（二）「録音事件」私の方にも非はあります。虫の居所が悪かつたのでせう。あるいは、あなたの方に、私をつゝくものが何かあつたのかもしれない。それにしても、私はあの日以後、もうすつかり忘れてをりました。二度と口にしないで下さい。そのうち、私の方であやまらなければならなくなりませう
（三）昨日、あなたが卒業式に出てるる時におでんわしたのはきつと虫が知らせたのでせう　呵々。
長い間、御苦労様でした。私には「退職」といふけぢめはどこにもない、少しはウラヤマシイ気も致

します。少し暖かくなつたら遊びにいらつしやい。奥様と御一緒に。私は寒いのが何より苦手です。そちらに来ていたゞくのも、寒いと、つい億劫になります。梅は早いのは十二月に、遅くとも二月には全山といふと大げさですが、家中の白、紅、十一、二本が咲きそろひ、今は全部散りました。あなたのお手紙は三月二日ですから満開だつたでせう。今はこの春、人からいたゞいたしだれ桜が一本、早くも花をつけ、全部で六十輪ほどで満開、まだどうといふ風情もありません。私の生きてるうちに、果して、咲きみだれるといふところまでゆくでせうか。今は杏も散りました。花の季節です。クロッカス、ヒヤシンス、その前にミツマタ、サンシュユがなかなかきれいでした。いや、そんなこと話してるたらキリがありません

（四）私の書いたもの、文春のも新潮45のも、産経新聞のも、みんな喋つたもの。手を入れる程度に差があつただけのこと、まだ書けません。天皇条項、憲法から削つてしまふといふのも一案でせう。しかし、私はさうは思ひません。まあ、どうなつてもいいといへばいいのですが。

詳しくは、お目にかゝつて。随分、怠けた御返事、申訳ありません。まだ、シリが痛くて、始終、立つたり坐つたりして書いてをります。腰かけてるのが一番いいのですが、それではモノを書く気になれません。それが、御返事遅れた最大の理由です。昨日、お電話して、覚悟を決めて、書きはじめたのです。　乱筆乱文おゆるし下さい。

奥様によろしく

三月二十三日

黒田良夫様　　　　　　　　福田恆存

さて、陶淵明だが、いわゆる「飲酒　二十首幷序」のうち其十七の詩の最後の一行が「鳥盡廃良弓」である。「鳥が尽きれば、よい弓も廃てられる」ということで、弓そのものの話ではなく、比喩として「今まで重宝して使われていたもの（人）も不要になれば見捨てられ、見向きもされない」という、いわば警句めいた一行である。「高〔飛〕鳥盡良弓蔵」の方は、よく似ているが、恆存の説明の通り「史記」准陰侯列伝に出てくる一行で、「高く飛ぶ鳥が尽きれば良い弓も蔵《かく》される」ということだとか。意味するところは似たようなものである。後者は対の一行が「狡兎死走狗烹」と続く。「狡兎」とはすばしっこい兎、走狗とは優れた猟犬、つまり「すばしっこい兎がいなくなれば、よい猟犬も煮て殺されてしまう」という譬えである。

（二）の録音事件――何のことだろうか。その推理に入る前に、黒田氏は著作集に、恆存、谷川徹三、その他あらゆる人々との会話を克明に再現している。フィクションではないかというくらい克明であるのに、恆存の言葉は紛れもなく恆存の言葉になっているのだ。言っている内容もいかにも恆存らしい。しかもそれがかなり長い話だったり、会話の応酬だったりする。どうやって黒田氏はそれらの会話を再現できたのか不思議でならない。相当詳細なメモを取ったということより考えられないだろう。

で、私の推理ではこの「録音事件」、世の中の進歩と共に様々の録音機が生れ、ある時、黒田氏は恆存との会話を録音しようとしたのではあるまいか。それで、恆存が不快を表明した。黒田氏は記録の為とか、正確を期したいなどと食い下がったか……。いずれにせよ、恆存は拒否して終り、二人の間に気まずい空気が流れた、というところではなかろうか。それを黒田氏が手紙で謝罪し、恆存が右のように応じたと私は考えている。

（三）の冒頭はお分かりだろう。黒田は定年を待たず、この平成元年の三月を以て三十四年間に亙る教職を辞する。彼の理想が高過ぎたのか、生徒や周囲の教員が志操堅固ではなかったのか。「虫がしらせた」のは、いうまでもなく、黒田の早期退職を指す。その後の黒田は書や絵画の世界に遊び、畑を耕して過ごす。恆存が昔の長い人参の味が懐かしい、昨今の人参は人参ではないと嘆くと、畑で長人参を作る。昔ながらの一種クセのある味わい深い人参を毎年送ってくれたものだ。氏の著作集年譜に拠ると、この三月にかつて教鞭を取った南箕輪中学校、富士見南中学校、岡谷北部中学校特殊学級の、昔の生徒有志が慰労会をしてくれたというから、硬骨漢の黒田氏、いい生徒にも恵まれていたのだろう。

我家の庭の梅はその後私が数本植えたので、今では一体何本になるのか……。枝垂桜は文春の編集者が京の醍醐から取り寄せて、ベッドで寝ていることの多くなった父のためにと植えてくれた八重枝垂れである。父の歿後も咲き誇っていたのだが、庭の手入れをした折に造園業者が撒いた除草剤の煽《あお》りをくらって一時樹勢をそがれた。近年漸く復活しつつある。

その編集者はさらに父の寝所の窓から見やすいところに、今度は福島三春の滝桜の子孫樹を植えてくれた。こちらも、その盛りを愉しむのは今や私の役目となっている。三椏《みつまた》はもう二十年ほど前だろうか、虫が入って枯れた。山茱萸《さんしゅゆ》は今なお健在、七、八メートルの樹高になっている。

（四）の「私の書いたもの」とは新潮45の「可哀相な可哀相な『平成』」、「文藝春秋」臨時増刊号の「象徴天皇の宿命」のことだが、産経新聞は何が掲載されたのか、今や不明である。

天皇条項だが、恆存は常々天皇は日本の元首であり、憲法にそう書くべきだと主張していた――実際、「象徴」なんて有り得ないだろう、元首でいることは可能だが一億人を象徴するとなると、具体的にはどういうことなのか、と。確かにその通りで、「元首」と呼称する限り、元首否定派がいようがいまいが、単なる位取りにすぎない、そう呼んでおけば済むし、対外的には元首として存在する。が、象徴といわれると、「国」を象徴するにしても個人の集合体を「象徴」するにしても、具体的にはどういう概念なのか。「あんなのが俺の象徴などと、御免だ、日本の象徴などと言ってほしくない」などと言いだす輩も現れようが。

「始終、立つたり坐つたり」云々については、いまとなっては気の毒だったと思える。食事の折などでも、居心地悪そうに椅子から立ったり坐ったり、半分は家族へのデモンストレーションであり、同情を示しもしない我々への当てつけのようでもあった。しかし、こちらになにか手立てがあるわけでもない。母も半ばウンザリ、気の毒ではあっても、どうにも打つ手がなかった。言葉に出して同情を示せば、父の気持も少しは楽にはなったろう。だが、食事の度にそれをやっているほど家族とは、少なくとも我家はそれほど優しくはなかったということだ。

次の書簡は同じ平成元年の九月七日付。

〔前略〕誕生日おめでたうといはれても元旦の日を迎へるほど、自分も家族も楽しくはなさそうです。いや、とにかくありがたう。けふこのご〔ろ〕の暑さも漸く先が見えたやうです。あ、さうだ写真をどうもありがたう。とかく恥しながら稲の花は見たことはありません。代りに見ておいて下さい。こほろぎはまだ鳴いてはをりません。昼間はミンミン蟬がうるさいほど鳴いてをります。正午前ころからオオシイツクツクがそれに合唱、夕方からアヲマツムシがしきりに鳴きはじめます。カナカナやコホロギがそのうち鳴きはじめるでせう。でも私は夏型ですから、この季節が一番すきです。コホロギはカタサセ、スソサセと鳴くと母から教はりました。稲の花は見たことありませんが、私も神田の真中で六十五、六年前には赤とんぼをつかまえようとあちこち駆け廻つたものです。

今ではわが家に庭があることが一番のたのしみです。虫の音がきけてあなたの生活と同じになります。この間中から申上げようと思つたこと、それはベートーヴェンの弦楽四重奏十五番、このごろ毎日のやうにきいてをります。来年生きてるたら諏訪に行きます。さういつておけば、その約束を果すため、来年の今頃まで生きられるでせう〔後略〕

九月七日

黒田良夫様

（この辺りから書簡に不明な文字や書き間違いなどが、しばしば現れるようになる。私に確信の持てるところは、独断で適宜補っていることを御了解願いたい。)

父の誕生日は八月二十五日。確かに我家では誕生日を祝う習慣はなかった。私と兄が子供の頃は、母がそれぞれの好物を夕食の食卓に出してくれたが、数え年をもってよしとする父にならって、我家では正月にみんな一緒に歳をとるという空気があり、三が日は広い客間で毎朝雑煮とおせち料理だった。尤も、今と違って昔は三が日は商店は開かず、いわば保存食を作らねばならぬわけだ。あの頃の正月三が日の静けさはよかった、好きだった。凧あげや羽根つき、百人一首と、日常とは違った空気を愉しんだものだ。

コオロギの「カタサセ、スソサセ」はご存じだろうか。次に「ツヅレサセ」と続くが、漢字を当てはめれば「肩刺せ　裾刺せ　綴れ刺せ」となる。つまり、コオロギが啼き出したら、縫物を始めて寒さに備えよ、といった意味なのだろう。「神田で赤とんぼ」は今や想像がつかないが、丸の内の辺りも一面の草原で虫取りをしたと、これは母から聞いた。

弦楽四重奏十五番、これは確か谷川徹三も黒田氏と聴いていたと思うが、実は私もクラシックから何か一曲選べと言われたら、躊躇なくこの曲を挙げる。その経緯は『父・福田恆存』に書いた。あの天上から光が差すようなフレーズは美しい。このように父と好みが一致するのは当たり前なのだろうか、不思議な気がする。というのは、もう一つ同じような例があるのだ——令和四年の夏、立山に登ろうと安曇野から室堂平に行き、室堂山荘に一泊、翌日立山縦走を予定していたのだが、悪天候(強風と雨)に阻まれ、やむなく下山。浮いた一日を安曇野に遊び、はじめて念願の碌山美術館を訪った。碌山の作品が並ぶ展示室に入って、直ぐに「坑夫」に眼が釘付けになった。これはいい。国の重要文化財だという「北條虎吉像」や「女」よりはるかに良い。第二は「デスペア」だろうか。「女」と「デスペア」を逆にしてもいい。ここでも父と一致する。黒田の著作集を今回読み進めるうちに、碌山美術館を案内された父が、やはり「坑夫」が気に入ったということを知ったのだ。それにしても、「デスペア」の評価は低すぎると思う。この美術館を訪れる機会のある方は、是非、観て頂きたい。

閑話休題――

黒田氏は著作集の年譜で、恆存の影響を受けてクラシックを聴くようになり、コンパクトディスク（の再生装置の意か）を購入したと平成元年（一九八九）五月の項に記している。

書簡に戻る。「生きてゐたら諏訪に行きます」とあるが、もはや恆存が諏訪の地を踏むことはなかった。花火を見、精霊流しを愉しみ、霧ヶ峰に遊んだのが最後の諏訪訪問となったわけである。

同年十一月二十九日消印の封書。これは私の演出した劇団「昴」の『リチャード三世』（藤木孝主演）の諏訪公演直後の手紙である――

〔前略〕観客動員まことにありがたく存じます。さぞ、お疲れでせう。また、お仕事の邪魔になつた事と、恐縮に存じてをります。とにかく満員とのこと、千五百の席が埋まつた、逸、すつかり感心、かつ大喜びでかへつて来ました。山へも連れて行つて下さつたとのこと、ありがたう存じました。あなたのリチャード三世評、大したものです。絵と芝居とは違ふものゝ、やはり見るべきものは見てる

る。藤木評「なみだぐましいほどの熱演」「すごみのような」ものは感じられず、それが「馬をくれ、馬を」と「追ひつめられていく辺も今一歩」であり、悪党であつても「華やかさが」ほしいといふ、正にそのものずばりです。これだけの劇評が出たら役者も以て瞑すべきです。〔中略〕今日はこちらは一つ二つ浮かぶ雲あれども、正に秋晴れ（冬晴れといふべきでせう、寒いから）の好天気、諏訪はさぞかしと思ひます。

この頃、私もずつと元気、御安心下さい。

末筆乍ら奥様によろしく

不一

黒田良夫様

福田恆存

黒田は劇団「昴」の諏訪後援会を組織し、先述の岩村氏を事務局長に据えて、「昴」の舞台を何度も諏訪に呼んでくれたのだ。一人で数百枚のチケットを捌いてくれたという。この時は岡谷に出来たカノラホールの完成記念として岡谷青年会議所と共催で招いてくれた。

藤木というのは先年亡くなった藤木孝。考えてみれば恆存も黒田も藤木も、もういない。私一人が老残の姿を晒しているわけだ。藤木氏には生きていてほしかった、自死などせずに、生きながらえてほしかった。コロナ騒動で仕事がなくなっての事だろうか。真相は分からぬ。

で、藤木のリチャードに関する黒田評だが、ほぼ当っている、と、演出の私が突き放してはなるまい。敢て弁護すれば、三百人劇場で舞台を張り出して、最大でも二百七十人ぐらいの観客を相手に小さな劇場で演じていた主役リチャード、藤木は千五百人収容の大きな劇場で「元気に」なってしまったのだろう（嬉しくさえなってしまったのかもしれない）、旅先でのハイテンションといっても良いかもしれぬ。その結果、少々明るく軽くなってしまっても私には非難できない。

さらに、私はリチャードに一種の陽気さを要求した。さもなければ藤木で演る気にはならなかったろう。藤木の持ち味を生かすために、あるいは百歩譲って、悪党である前に陽気な悪党であってもあの役は成立する。ただし、幕切れ近くの「馬をくれ、馬を！」のところの黒田評は当っている。この段階では、リチャードも明るくはいられまい。「この国をやる」その代わりに「馬をくれ」というのは絶望の叫びだろう、ここは人格が破綻するくらいの深淵を見せてほしいが、藤木の体質、演技はどうしても陽性へと向かってしまい、軽くなったことも否めない。お許しあれ、間違っていたとすれば、配役の責任は演出家にある。

次の書簡に移る。平成二年（一九九〇）一月二十五日の夜に書かれ、封筒には恆存が二十六日と書いている。

一、候問寒中、候答寒中

右上は寒中の「御機嫌うかゞひ」の意味です。候《コウ・うかが》ひ問《モン・と》ふとは使へますが、候答とは使ひません。黒田君が伊藤仁斎くらゐになれば、人は使つて怪しみませんが、呵々――とにかく正解です。

二、「すばる」の語源は「すぶ」即ち「統ぶ」＝まとめる、支配する、統治するの意で、「その状態になつてゐる」が「すばる」《後出》或は「ちぢこまる」「狭くなる」といふ意味にもなります。兄のいふ「しみる」「こゞえる」も関連があります。（しみる、すゞし、しづく、しづか、等々、サ行音の言葉に共通の意味が多いのも偶然ではありません。ア、カ、サ、タ、ナ、ハ、マ等それぞれに何か意味の共通性があります。といつてそれだけで語源を云々するのはまちがひでせう。）星座の「すばるぼし」の意味には漢語の昴を用ゐます。一週間ばかり前に人名漢字で「昴」の字が認められたといふバカゲタことが発表されましたが、文部省の一部にはかういふ愚劣な仕事は懸命になつて行つてゐる役人がマダ存在します。地名改変と全く同じことです。閑話休題、私が雲と欅と二つの劇団を合せて一文字の「昴」にしたとき新聞や何かでわざ〳〵むづかしい字を使ふと言はれましたが、今になつて、やつと理解されたといへませう。

電話で、さむさ自慢、おくに自慢をされましたが、東京（それもどこの国かわからぬやうな所になつてしまひましたが）、関東のおくに自慢はどうにもしやうがありません。と申して寒さ、冷たさ（夏はこれにかぎる）は、これもどうにもしやうがありません。

五月に木版画展を開く由、御成功を祈ります。

今、私が何をしてゐるかと言はれると困ります。手紙を書いてをりますと答へるしかありませんが、あなたのお手紙をいたゞいた頃、何をしてゐたらうか、それを考へてもさつぱりわかりません。

とにかく元気です。この大寒は無事通りこせるでせう。

あなたも奥様もお元気で。お嬢さんも（さきほど電話にお出になつたのはお嬢さんでせう）みなさんお元気で。

一月二十五日　夜

福田恆存

黒田良夫様

黒田は恆存の「候問寒中」を「寒中に問ひ候《さうら》ふ」と読んでしまったのだろう。無理もない。「候」の字に「問ふ・うかがふ」の意味があるとは漢文をそれなりに学んでないと分からないだろう（私も知らなかった）。で、黒田氏、恆存の「うかがひ、とう」た手紙の返事に、「候答寒中」とやって、恆存から「授業」をしてもらったわけだ。次の段落二にしてもいわば恆存先生の授業のようなもの。

「おくに自慢」の件は文意が捉えづらいが、これこそ脳梗塞の怖ろしさで、文脈に乱れが出てくる。文章だけではなく、複雑な会話となると遣り取りが成立しない。当時、我家でも話がどこへ飛んだのか不明な、まさに不毛な会話が飛び交ったものである。

平成二年（一九九〇）、丁度私が英国に発ってひと月ほどした九月に恆存は夫婦で諏訪を訪れており、下諏訪の銀月旅館に投宿、この宿は今もある。碌山美術館のほかに、井戸尻考古館、清春白樺美術館などにも連れて行ってもらったようだ。

次の葉書には、同年十二月十日の消印。

「諏訪のきのふけふはと考へると、考へただけでふるへます。頑張つて下さい。想像もできない寒冷の地なのでせう。私も頑張ります。今日は（大磯）十六度、全く天国ですね。

「長英逃亡」は知りませんでした、探してみます。

いつか書いたことのやうな気がしますが、日本という国がつくづくいやになりました。山がなくて平野ばかりのノッペラボウ。いやになつても自分が生れ育つた国です、仕方ないとあきらめます。

よいお年を。奥様によろしく。

これは絵葉書ゆえ、宛名欄の下にいよいよ小さく書かれて字はいよいよ乱れ、判読に苦労する。『長英逃亡』は吉村昭の小説。黒田が読んで気に入り、勧めたのだろうか。

日本がいやになる、「平野ばかりのノッペラボウ」というのは実感だろうが、この時期は病院で肺気腫と気管支拡張の診断を受けるほど身体も弱っていた。この国に悲観的になるのも已むを得まい。精神的にも鬱に近い状態だったのかもしれない。

この時期、私は文化庁の在外研究員として家族を伴ってロンドンに演劇修業に出かけていた。ロンドンで受け取った手紙などにはさほどの衰えは見えなかったように記憶するが、翌平成三年夏に帰国した折、一年ぶりの父には思った以上の老いを感じたのも事実である。

次に挙げるのは、平成四年（一九九二）二月の封書。黒田が木立ちを描いた墨絵を軸装したものが、我家の床の間に掛かっている写真を同封してある。それはよいのだが、二百字詰め原稿用紙を四枚に切り、メモ用紙にした裏紙に書かれた走り書きである。欄外に二月六日筆、七日投函とある。

> 私は何が嫌ひといふか、むしろ怖しいとさへ思ふのは、コノ相模大磯程度の冬の一月から二月（三月も）の寒さです。雪景色ではありません。寒風それも曇り日、夜の《ママ》日の夕方からの寒さ、人間を生かしておいて「この寒さはドウダ参つたか！」と頭ごなしにドナリタテられてゐる毎日です。何も出来ません。書くことはもちろん読むこともできないのです。今日めづらしく陽がさしてゐます。上目づかひに上を向いて、「だが、もう一、二時間で真暗闇だ」と呟きながら、この手紙（？）かいてをります。もう十日もふろにはいりません。孫たちは毎日はいってをりますのに、私は寒くてはいれない。もうバカな話を書く余白がなくなりました。数へ81才老より

――二枚目に同封された写真に触れて走り書きで、「黒田良夫『木立ち』写真二葉、お供へが上がつてゐるのは元日のせゐで、他意はありません」、その下辺りに小さく「うらに寒さを恨むアホダラ経一筆」「廃てられた『良弓』のなれのはてのグチ」とあり、左端の方に、「one more stroke で、この寒さからのがれられます。オリンピック・シーズン（うつかり英語が口先に出てしまひました　失礼）」と、解つたような解らぬような走り書きが散らばって書かれている。おそらくはメモ用紙はついでで、正月に

黒田の絵を軸装したものを床の間に掛けた、そのことを知らせたかったのだろう。

粗雑なメモにしても、便箋の置いてある書斎に行くのも寒く、手近なメモ用紙に最低限のことを書き散らした印象である。「だが、もう一、二時間で真暗闇だ」とあるが、当時を思い返すと息子としても少々暗澹たる思いに捉われる。かわいそうとしか言いようがない。「うらに寒さを恨むアホダラ経一筆」はよく分らない。「うらに」がなければ、寒さへのくだらぬアホダラ経ですヨ、といった程度の与太とも取れるのだが。英文は、いうまでもなく「もう一息」とでもいう気持、もう一息で春が来る、寒さから逃れられるということだろう。オリンピックとは、一九九二年の冬であるからアルベールビルの冬季五輪である。

次に恆存が書いた葉書は二ヶ月後の四月三日付。黒田からその頃大磯ではどんな花が咲いているか尋ねて来たのだろう。


忘れぬうちにお答へします。庭に咲いてゐる花の木は山桜、吉井よしの、紅しだれ、富士ざくら、利休梅、三葉つゝじ、ぼけ、地面に咲いてゐる花は射莪《シャガ》、タンポポ、ヒヤシンス、水仙数種、すみれ、肥後すみれ、一人静か、その他、気違ひじみてゐます。いづれアルバムお見せします。

アルジャーノン、そちらで成功すればよいと存じます。長野日報のコピーありがたうございます。

よろしくお願ひします。

悪天候のおかげで、こんな汚いハガキになりました。

――おゆるし下さい。

この葉書はあちこちに吹き出しや書き損じがあって読みにくくなっている。老いゆえというより、急いで書いたのではないか。書き終ったところにあとから書き足したり、消して書き直したりしている。普通なら新たに書き直すところだが、気心の知れた友への気楽さもあり、面倒くささもあったのだろう。

「吉井よしの」はむろん染井吉野の書き間違え、これなどは脳梗塞後遺症と呼べよう。「紅しだれ」は前出の八重の枝垂れ桜、「富士ざくら」は小さなかわいらしい花をつける低木。「利休梅」は梅ではない。二、三メートルの低木で大きめの真っ白な花をつける。私の好きな花の一つ。是非、画像を探して見て頂きたい。「三葉つつじ」は関東三葉つつじとか東国三葉つつじと呼ばれ、まさに東国の低山でよく見かけるもので、大き目で濃いピンクの花を付ける。ぼけは説明するまでもなかろう。我家のものは比較的淡い色の花をつける。射莪は私の嫌いな花。あやめや菖蒲類と似た花を付ける。「すみれ」とあるのは正式には「たちつぼすみれ」のことだろう。「肥後すみれ」は今では消えた、地植えはなかなかうまく育たないようだ。ここに挙げられた草木は、ほぼ、三月から四月に花を付けるものを書きだしたのだと思われる。

たしかに「気違ひじみて」いるかもしれぬが、これは花狂いの母ゆえである。大袈裟にいうと、母に名を尋ねて知らぬ草木はないといっても過言ではない程の花好きだった。私は間違いなくその血を引いているようで、その後、無くなった草木もあるが、山法師やらなにやら、もはや、増やすところがないほどに草木が増えている。

アルジャーノン（に花束を）は、私が企画した劇団「昴」の演目。多くの媒体でヒットした小説ゆえ、ご存じの方も多いだろう。平成二年に菊池准の脚色で上演されて以来、劇団の「財産」となり、各地で旅公演をしたり、時たま東京でも上演されたりしている。その舞台を平成四年四月に、黒田たち諏訪後援会が呼んでくれた。その予告が長野日報に出て、黒田がコピーを送ってくれたのだろう。

「汚いハガキ」は悪天候のためではあるまい。雨に濡れて滲んでいるわけでもなく、ただ、書いては消した跡と吹き出しが多いのである。

次の葉書が、同年八月六日付。


九月においで下さるとのこと、心待ちにしてをります。こちらはまだ涼しいとは言ひかねますが、やうやく今日「涼風」がたちはじめました。九月には秋風といへるものが吹いてゐるでせう。明日（八月七日）は立秋と私の手帳には印刷してあります。

大物の絵は始めてでせう。でもこれが最後とはいへないかもしれない。とにかく出来上つたら写真をお送り下さい。

私は夏が好きですが、こんな厭な夏ははじめてです。夏らしい夏、私の好きな夏は今年になつて今日がはじめて、文債をかゝへこんで今日中にお返事をと思つてゐます。（ボールペンにて失礼します）

が、黒田氏がこの九月に大磯を訪問した様子はない。特に曖昧なところもないが、一つ、「文債」という言葉、私は父がしばしば使うので、なんとなく「ため込んだ手紙の返信の務め」くらいに考えており、事実、父も手紙や日記類にもそういう意味で使っている。今、小学館の日本国語大辞典を調べても載っていないが、ジャパンナレッジの全文検索で確認すると、漱石、有島武郎なども使っている。ただ、手紙より、書かなくてはならぬ原稿を指す印象を持つ。その後編集者が調べてくれたのだが、（精選版）日本国語大辞典に「文債」で立項があり、「締切までに完成できない原稿をいう」と記載されているという。手紙の負債の意味で使うのは恆存だけなのだろうか……。

最後の一行は「文債をかかえこんで日を重ねましたが、今日中にお返事をと思ってペンを執りました」くらいのつもりなのだろう。黒田宛の書簡の後半、殊に平成に入る頃からこの種の文章の乱れが散見されることにお気づきだろう。

『福田恆存評論集』の年譜の平成五年（一九九三）十月に「諏訪の黒田良夫来宅」という一行があるのだが、黒田の著作集の年譜にはその記録がない。黒田の年譜は実に細かいので、どう考えたらよいのか分からない。

さて、ここに取り上げる恆存の書簡の最後、つまり黒田に宛てた最後の葉書に移る。平成六年（一九九四）七月二十八日の消印になっているが、はがきの宛名面に七月二十六日と恆存が書いている。二日のタイムラグがあるが、それはよかろう——

毎日暑い日がつゞきます。でもそちらは諏訪湖のおかげで、大磯より涼しいでせう。夜は花火の夜のことが想ひ起されます。ずるぶん昔の話になりました。でも、あの日は事実あつたのですから、仕方ありません。花火は毎年上りますが、私の方は動けません。

奥様によろしく

黒田宛の最後ということは、相手が誰にせよ、あるいはこれが福田恆存の書いた最後の手紙だったかもしれない。昭和六十三年の夏に恆存夫妻が諏訪を訪れて花火を楽しんでから、既に六年の歳月が経つ。恆存がどれ程弱っていたか、文面からでは十分には想像できないかもしれないが、電話をかけても、父が電話口に出るのに時間が掛かるようになり、黒田氏は著書の中でも、それを気遣っている。私の知る限り、黒田家に残された手紙としてはこれが最後である。

その頃の父の姿が眼に浮かぶ、いつも息切れをさせ、声がか細くなっていた。この手紙の半年余り前には、絶対に罹ってはならぬ肺炎に罹り、伊勢原の東海大学付属病院に入院した。母が付き添いで泊りこんだが、疲労がたまり、正月に一晩私が交代で泊まったこともあった。翌年一月には大磯の東海大付属病院に転院、三月の初めにはどうにか退院できたものの、以後はほぼ寝たきりの生活だった。右の手紙はそんな折に書いたものである。

在宅療養とはいえ、酸素ボンベを抱えての生活だった。だが、それでも起きて電話口に出たり、葉書を書いたのだから、まさに老骨病身に鞭打って頑張っていたのかもしれない。黒田宛に手紙を書くことが少なくなる代わりに電話の遣り取りは屢々していた。黒田の著作集に恆存からの電話、あるいは、黒田からの電話の記述が散見される。

恆存の黒田宛の書簡は以上で終る。この葉書のひと月ほど前の六月、黒田は大磯に恆存を見舞いに来る。その折の情景を黒田は著作集に克明に描いた。河出書房新社から『総特集 福田恆存——人間・この劇的なるもの』が刊行された折、私は編集者に黒田の書いた恆存との最後の会見を収録するように勧めた。詳しくはそちらを見て頂きたいが、本章の最後に簡潔にその時の印象的な話を書いておく。

父はその頃いつもの畳敷きの寝所に病院のようなベッドを入れて酸素ボンベを傍らに休んでいた。殆ど寝ている状態で、起き上がるのは食事や用足しの時ばかりだった。もっとも、私は一番忙しい時で余り日常を見ているわけではない。

黒田氏が来ると父はベッドに半身を起こして話をしたという。最初の一言は「僕、もう黒田君に会えないまま、死ぬのかと思ってました」。父は「いつ死んだって、いいと思ってんです……だけど、死にたいってことではない……生きたいかって言えば、そうでもないんだな」と言ったとか。絵画の話、銀座の話、知人の話ととりとめもなく会話は進み、面会が四時間ほどに及ぶなか——

恆存「夕飯を一緒に食べませんか」

黒田「いえ——」

恆存「もう、黒田君に会えないかもしれないって思うんです」

黒田「そうですか」
恆存「最後の晩餐です」
黒田「ええ、頂きます」
恆存「黒田君来るって知ったときから考えていたんです。すしです。いいでしょうか」
黒田「ええ、いいです」

——そして、父は母に酒の用意を頼み、杯に注がれた酒を一口飲むと、「これ、黒田君飲んで下さい」と黒田氏に杯を差し出す。黒田氏も「頂きます」——さらに、父は皿に残してあった鮨を母に半分に切るように頼み、その半分を自分が食べると、残りの半分を自ら黒田氏の皿に移し、「これも食べて下さい」と——


それからなお暫く二人は時間を共にする。黒田氏が夜のうちに諏訪に帰るのかと思った父は氏に、「今夜は」と尋ねる。黒田氏が東京に宿をとっていると分かると、父はゆっくりしていくようにすすめ、五時間になんなんとする間、一度横になっただけで氏と対座したという。そして——

「そろそろ、失礼します」

「そうですか」

「有りがとうございました」と黒田氏は座布団から畳に下り両手をつく。氏は本当は「長いこと有りがとうございました」と言いたかったという。

「僕、おくりませんから」

「ええ、気をつけて」

「じゃあ、失礼します」と父は最後の言葉を返して、細くなってしまった白い右手を、蝶のように、ひらりと少し上げる。黒田氏は部屋を出る折に振り返ってもう一度父を見た。父は大きな机に両手をついて俯きかげんにしたままだったという――

出合いから約四十年――恆存と下諏訪の友との最後の別れであった。

註

第一章

〔1〕日本大学医学部予科。

〔2〕浜松市立中央図書館／浜松市文化遺産デジタルアーカイブ、及び小山晴久『「福田恆存の手紙」（上）故・寺田泰政氏に捧ぐ』（「遠江」四十三号・浜松史蹟調査顕彰会編）に拠る。

〔3〕五一頁に引用あり。

〔4〕本章註2に同じ。

〔5〕「國學院出身の先生」の意——國學院出身で掛川中学で教えている優れた教師を基準に國學院大學が進学に適した大学と「信じる気にはなれ」ないということだろう。

〔6〕この一節は肺が弱く虚弱で、年譜に従えば、大正六年、六歳の折に、肋膜炎、赤痢、ジフテリアと、さまざまな疾病を患った恆存の自戒の言葉とも思われる。

〔7〕旧制中学校は五年制だった。ただし、四年修了時にも旧制高校への進学が可能。寺田氏はこの時十六歳であった。

〔8〕旧制高校のこと。旧制高校の学生は帝大への進学を前提としていた。

〔9〕二十歳くらいか。いわば現在の大学に近い。

〔10〕國學院のような「専門学校」に行ってしまうより、予備校的・予科的な旧制高校への進学を勧めているわけだろう。

〔11〕本章註2、小山氏の論文から引く——「結果的に寺田氏は國學院大學を選択するのであるが、その理由を『遠州方言のアクセント』に、「昭和十八年四月、私は国学院へ入った。折口（信夫）・武田（祐吉）・金田一（京助）の三先生にあこがれていたのと、叔父寺田蜜次郎が、国学院を出、当時平安神宮の宮司をしていたからだ」と記している。」そういう意味では恆存の言葉通りに國學院を選択したとも言えよう。

〔12〕旧制浦和高校。新制の埼玉大学にいわば吸収された。恆存は浦和高校卒業。

〔13〕寺田氏が恆存を訪ねて上京し、帰宅してから認めた手紙に対する返信と考えてよかろう。

〔14〕父上の倅、つまり寺田氏のことであろう。

〔15〕昭和十五年の書簡①と、ここと、再三に亙るこの忠告は愈々恆存自身への叱咤激励と聞こえる。

〔16〕六頁参照。

〔17〕本章註2、小山氏の論文に拠る。

〔18〕切手の下に同じく墨書で「五円」とある。餞別を同封し、安全のため「速達」扱いで出したものか。

〔19〕告別式参列者に配ったテレホンカード。恆存の書で「花意竹情丁巳五月　福田恆存」と書かれている。昭和五十二年の五月に書かれたもの。「花意竹情」は北宋の詩人、蘇軾《そしょく》の言葉。「人を惹き付ける美しい花と、素直にしなる真直ぐな竹」という意味合い。テレホンカードの形やサイズに合う父の書を探したらこれが一番よかろうという、甚だ御都合主義で選んだ記憶がある。葬儀とはいえ花や竹は悪くないと考えたわけである。

〔20〕ちなみに母は大正十年の生れ、東京女子大学で国文学を学

ぶ。記紀万葉は言うに及ばず『源氏物語』、『枕草子』、『平家物語』等々、日本の古典と云えるものはほぼ読破していたようで、呆れるほどの物識りだった。父の思考力に対し、いわば「知識力」とでもいうか、謡を口ずさんだりもしていた。富山に住んだことがあるので、北アルプスの山々を始めあちこちの山に当時一人で登り、穂高だ槍だ剱岳だの、登って当たり前とでもいう顔をしていた。水泳も、クロールでは私はついに敵わなかったほどのスポーツウーマンだった。今、私がいい歳をして山に登ったりスキーをしたりするのは、すべてこの母の趣味である、草花弄りも。

〔21〕『朝日日本歴史人物事典』に拠って概略を記す――八木美穂《よしほ》（寛政十二年（一八〇〇）生、嘉永七年（一八五四）没。幕末期の国学者、遠江国城東郡浜野村（掛川市）の生れ、和漢の学を広く修め、『日本書紀』や『古事記』の研究をしている。幕末遠江における宣長古学派の一拠点として、多くの門人を抱え、維新期の遠州報国隊結成にも影響をおよぼしたという――ここにも遠州における国学の「血」が脈々と流れている。

第二章

〔1〕『わが町』はアメリカの小説家・劇作家、ソーントン・ワイルダー（一八九七～一九七五）の代表作の一つ。この作品でピュリッツアー賞を受賞している。

〔2〕劇作家・演出家の飯沢匡のことであろう。

〔3〕この小説は最初、このタイトルで新大阪新聞に連載され（昭和二十八年・一九五三）、のちに新潟日報に『由香子の秘密』として掲載された。その後単行本は『謎の女』として新潮社から出版されている。

第三章

〔1〕ラバの背に乗って渓谷を降りる観光旅行。恆存にもグランドキャニオンでラバの背に乗った写真がある。

〔2〕D・H・ロレンスの『チャタレイ夫人の恋人』（伊藤整訳）の出版に纏わる、猥褻図書か否かの裁判で、福田は特別弁護人を務め、吉田は弁護側証人として出廷した。

〔3〕『一族再会』のこと。

〔4〕『寺院の殺人』のこと。

〔5〕正しくは「英国紳士の対日感情」（「新潮」十一月号）

〔6〕「帰朝談の阿呆らしさ：英国に行った感想」（「文藝春秋」十一月号）

〔7〕吉田の飛行機による帰国と福田の横浜港からの出航（クリーヴランド号）が九月のこと、「この間大岡さんが立たれた……」は約ひと月後のこと。つまり、吉田は横浜に大岡の出発を見送りに行き、その時見た船と、帰国時に空から見た船とが「同じ型の船」という意味である。

〔8〕G・S・フレーザー（一九一五～一九八〇）、英国の詩人、批評家。スコットランド生れ。

〔9〕吉田健一「小説のゆくへ」（後に「春の野原」と改題）。「文藝」昭和二十九年一月号掲載。

〔10〕発言者の一行をマイナスした結果が五百枚ということだろう。

〔11〕「セリフの発言者」が各科白の前に一行分取って印刷されている。従って訳文の量に比して頁数が増えるため、福田は自分の取り分が多くなり過ぎと考え、大岡のいうように「神経的」に（細かく）気を使っている。

〔12〕実際に三百五十円の定価になっている。

〔13〕恆存はアルコールに弱かった。

〔14〕新潮社の担当者から恆存宛の書簡が残されており、最終的に六万部に落ち着いたらしい。翻訳モノの出版としては今からは考えられぬ大部数。海外の戯曲や評論が万単位で刷られることも、想像を絶すると言える。それだけの読者がいた、古き良き時代である。一般国民の知性に関わる深刻な問題なのかもしれぬ。

〔15〕「小説のゆくへ」のこと。本章註9参照。

〔16〕神奈川近代文学館に収められている。中身はないが、和気藹々とした会の空気が伝わってくる。

〔17〕ロックフェラー財団のこと。中村はユネスコの招待でこの年の七月より渡欧、ヨーロッパ各地を巡り、次いでロックフェラー財団の奨学金で昭和三十年(一九五五)六月に渡米している。

〔18〕坂西志保。明治二十九年（一八九六）～昭和五十一年（一九七六）。評論家。外務省の専門委員、中央教育審議会委員、憲法調査会委員、公安委員会委員など多岐に亙る活躍をした。晩年、恆存と同じ大磯に居住、親交があった。

〔19〕三島由紀夫は昭和二十六～二十七年（一九五一～五二）、朝日新聞特別通信員として世界旅行に出て、渡米している。

〔20〕「寄せ書き」に漢詩の如きものが書かれているが、その中の一語。

〔21〕読売新聞の編集者、山村亀二郎のことか。

〔22〕本章九九頁、新潮社から出版の全集のこと。

〔23〕七七頁及びその註参照。

〔24〕福田の送別会として、鉢木会の面々で五月に大島を訪れている。

〔25〕ウィリアム・バトラー・イェイツ（一八六五～一九三九）、アイルランド出身の詩人・劇作家。戯曲『鷹の井戸』が有名。

〔26〕トーマス・アーネスト・ヒューム（一八八三～一九一七）、英国の批評家。ほとんど独学で自然科学から哲学まで学ぶ。著作としては、遺稿・ノート類が纏められた評論集『ヒュマニズムと芸術の哲学（Speculations）』が有名。

〔27〕Curzon Street の誤り。

〔28〕本章註6参照。

〔29〕アイヴァン・モリス（一九二五～一九七六）、日本文学研究家。ウェイリー（本章註33参照）の弟子にあたる。後にBBCや外務省にも勤務したことがある。

〔30〕既出、本章一〇一頁及びその註8参照。

〔31〕オーナー・トレーシー（一九一三～一九八九）。イギリスのタイムズ特派記者として来日し、『カケモノ　占領日本の裏表』を著した女性記者。原著一九四八年刊、和訳は一九五二年文藝春秋新社より刊行。

〔32〕カーメン・ブラッカー（一九二四～二〇〇九）、イギリス

の日本学者。

〔33〕アーサー・ウェイリー（一八八九～一九六六）、イギリスの東洋学者、『源氏物語』の翻訳で有名。

〔34〕「英国文化協会」とでもいった機関。各国に出先機関がある。

〔35〕C・L・レン（一八九五～一九六九）。英国の学者、オックスフォード大学教授。

〔36〕ロンドンの中心街にある通りの一つ。

〔37〕ソーホー地区、ディーン・ストリート四十九番地にあったパブ、現在は「フレンチ・ハウス」という名のパブになっている。英文検索で画像も見られる。画像に写る建物は吉田が訪れた頃と同じと考えてよかろう。(https://pubshistory.com/LondonPubs/Soho/YorkMinsterDean.shtml)

〔38〕大正八年（一九一九）～平成二十五年（二〇一三）。外務省入省後各地大使館に勤務。駐イタリア大使等歴任の後、外務省退官。後にパ・リーグ会長も務めている。

〔39〕『福田恆存全集』第八巻所収。恆存の記憶通りで、冒頭に「スコッツ」が出てくる。

〔40〕リチャード・メイソン（一九一九～一九九七）。英国の小説家。『風は読めない』（一九四六）は一九五八年に映画化されている（邦題『風は知らない』）。代表作は『スージー・ウォンの世界』(The World of Suzie Wong　一九五七)。

〔41〕「文藝春秋」昭和二十九年（一九五四）三月号掲載。

〔42〕紅茶沸かし。

〔43〕tea と empty の語呂のような韻を踏んでいる。

〔44〕アイルランドのこと。

〔45〕ジョージ・オーガスタス・ムーア（一八五二～一九三三）、アイルランド出身の詩人、小説家。“Conversations in Ebury Street”はエッセイ集

〔46〕elm は楡《にれ》、ash は梣《とねりこ》。

〔47〕大岡昇平の小説。第二章五九頁、以下長岡輝子宛書簡を参照。

〔48〕British Council　本章註34参照。

〔49〕一一九頁既出の「メイソン夫妻」の妻のことだろう。本章註40参照。

〔50〕『戦争まで』は中村光夫のフランス紀行、一九四二年刊。

〔51〕『アポロの杯』は三島由紀夫の旅行記、一九五二年刊。

第四章

〔1〕『崖のうへ』。

〔2〕四九頁参照。

〔3〕一〇七頁及びその註参照。

第五章

〔1〕『ハムレット』の公演は四月十五日、名古屋の旅公演で幕を開け、京都・大阪と関西公演を済ませ、五月八日から二十六日まで東横ホールで上演された。文学座近くの宿に泊りこんだ恆存は稽古をしながら翻訳を進めるという綱渡りをしていた。

〔2〕　後の中央公論社社長、嶋中鵬二宅。
〔3〕　福原麟太郎（明治二十七年〈一八九四〉十月二十三日生〜昭和五十六年〈一九八一〉一月十八日没）のことだろう。英文学者・随筆家。『チャールズ・ラム伝』などを著す。
〔4〕　シェイクスピア作『じゃじゃ馬ならし』。（河出書房『シェイクスピア全集』第十六巻、七月刊）。全集については本章註43も参照。
〔5〕　同全集第四巻、十一月刊。
〔6〕「國語改良論に再考をうながす」、「知性」十月号に発表。いわゆる国語問題に恆存が乗り出した最初の論文。翌年二月にも「再び國語改良論についての私の意見」（後に「再び『國語改良論』に猛省をうながす」と改題）を「知性」に発表するなど、金田一京助と数次にわたり論争。
〔7〕　キーンは二年掛かりで“Anthology of Japanese Literature”“Modern Japanese Literature”（『日本文学選集』古典篇・近現代篇）を編集刊行している。ここは前者を指す。
〔8〕　科白で強勢の置かれる語を意識して書いている。詳しくは、文春学藝ライブラリー『父・福田恆存』の第二部中、「詩劇について少々抱負を――中村光夫（二）」参照。
〔9〕　ドナルド・キーン記念財団のホームページの年譜に拠ると、「9月13日、品川の喜多能楽堂で18時から行われた「ドナルド・キーン氏送別狂言会」（主催：ドナルド・キーン氏歓送会）で狂言『千鳥』の太郎冠者を演じる。主何某：梅原楽狂、酒屋：武智鉄二。谷崎潤一郎、川端康成、三島由紀夫、吉田健一、伊藤整、安倍能成、山本健吉、舟橋聖一、丸岡明、森田たま、松本幸四郎（八代目）、野村万作らが観劇する」とある。キーンはこの舞台に恆存も招待したのだろう。
〔10〕　年譜に拠ると「掛川、豊橋、辰野、松本にて講演。その間に佐久間ダムを見、妻と待合せて徳本峠を越え、上高地に遊ぶ」とある。
〔11〕　翌昭和三十二年（一九五七）、『明智光秀』を書き「文藝」三月号に発表、八月に八代目松本幸四郎一統と文学座との合同で上演（東横ホール）した。次の書簡参照。
〔12〕　国際ペン東京大会にアメリカ代表団の一員として参加。ジョン・スタインベック、ドス・パソスも来ている。
〔13〕　三島の『班女』を在日の米国人達が英語で上演。『三島由紀夫未発表書簡：ドナルド・キーン氏宛の97通』によると、はじめ三月二十日に上演するつもりだったようだが、実際には四月十日頃に上演されている。勿論、三島は意気揚々とした気分で「今、『班女』を上演して、パーティをすませて、家へかへつたところです」云々と、十三日消印の書簡でキーンに伝えている。演出は三島、武智鉄二と後藤（後の観世）栄夫の指導、作曲に黛敏郎。花子役にマッカルパイン（当時の東京駐在英国領事館代表William McAlpineの妻）、吉雄に『金閣寺』の翻訳者としても知られるアイヴァン・モリス。三島の書簡には「花子だけを能ガカリ、あとの二人はリアルにやります」とあるが、恆存はそれと気づかず、「あとの人は（中略）翻訳者の努力もわからずに」云々と書いたのかもしれない。
〔14〕　恆存は『謎の女』（昭和二十九・一九五四年、新潮社）のほかには小説は書かなかった。

〔15〕 実際には晩年は衰えつつも、舞台の演出も含めて二十五年近く仕事を続けた。

〔16〕『人と狼』の演出を文学座により、砂防会館ホールで上演している。

〔17〕 文の構造・構文。統語法。

〔18〕 ちなみに、この箇所の恆存訳を掲げておく――「これが遺言状だ、シーザーの印がおしてある。ローマ市民全部に洩れなく分配せよとある、全市民、一人一人に、七十五ドラクマづつ贈れと。」（二幕二場）。英文では左の通り。

To every Roman citizen he gives, /to every several man, seventy-five drachmas.

〔19〕 三島は前年（一九五七）半ばから米国を訪問、中南米も訪れ、翌昭和三十三年の一月に帰国している。

〔20〕 新潮社『福田恆存著作集』全八巻〔昭和三十二年（一九五七）九月～昭和三十三年（一九五八）六月〕のうちの四冊。

〔21〕 昭和三十年（一九五五）から「中央公論」に連載された「紅毛文藝時評」を中心に一冊に纏めた単行本。

〔22〕 芥川比呂志のハムレット（文学座公演）の舞台写真のことだろう。

〔23〕 鷗外作の「花子」。花子は実在の女優・踊り子、ヨーロッパで活躍、日本では知られていない。なお、三島由紀夫のキーン宛書簡24（昭和三十四・一九五九年四月二十一日）に、「鷗外の「花子」のことですが、実物の花子については何も知りません。そのことで、この間福田さんと話しましたが、高橋義孝氏や吉田精一氏は知つてゐるかもしれず、しかしそれもわかりません。福田さんが、きいてみる、と言つてゐました」と書き送っている。

〔24〕 この書簡最後の記述「モスクワ芸術座」来日は昭和三十三年（一九五八）暮から翌年にかけてである、従って、この講演旅行とは、『福田恆存全集』年譜から、昭和三十四年（一九五九）六月に秋田、横手、村山、山形、米沢を廻った文藝春秋新社の講演会ではないかと考えたのだが、そうなると、次行の「「聲」の原稿が……」は第四号に掲載した「私の國語教室」四などになってしまう。すると、キーンに「今度は（第四号）……」というのはおかしい。一方、それ以前の「聲」の原稿が書かれた前年の十月頃からこの年の五月頃までには、年譜や手帳などを見ても恆存が講演旅行に出ている様子はない。手帳や年譜から洩れた講演旅行が、「聲」第三号の〆切り二月を前にした時期にあったということか。そうすると「先月十五日付けの御手紙」とは昭和三十四年一月十五日付ということになる。また、傍証として、その頃、恆存は「新潮」に「批評家の手帖」を連載中であり、「聲」の第三号には連載の「私の國語教室」及び、毎号巻末に同人全員による「同人雑記」を書いている。なお、『福田恆存全集』年譜には、『埴輪』を書いたのが第五号となっているが、第二号の間違い。

〔25〕 一人は、間違いなく後出の沼澤洽治と思われる。もう一人は松原正か。本章書簡⑰参照。

〔26〕 あえて訳せば「絶望楽観主義」もしくは「やけっぱちの居直り」とでもなるか。

〔27〕 この家は関東大震災直後に建てられたと言われていたが、

当時建坪はおおよそ八十坪前後だったろう。が、庭七百坪は大ぼら。記憶では五百坪と聞かされていた。この家を買うに当たっては、一つ面倒が持ち上がった。売主が別の買い手と父とに、いわば二重売り（どちらにも三百万の売値）をしていた。しかも、別の買い手も金を支払っていて、売り手が返金しなかったのか細かい経緯は聞いていないが、結局、恆存がそれ相応の対応をしてケリを付けたらしい。大岡昇平・吉田健一と共に「前借り名人」の異名を取った福田恆存のこと、おそらくこの時も新潮社辺りから前借したものと思われる。

〔28〕　チェホフの『三人姉妹』を上演。イタリア歌劇は演目不明。フォンテインとはイギリスのバレリーナ、マーゴ・フォンテーンだろう、後にデイムの称号を授けられている。

〔29〕　本章書簡④参照。

〔30〕　キーンは「聲」第四号（一九五九年夏号）に「鷗外の『花子』をめぐって」というエッセイを寄せ、第六号（一九六〇年冬号）には「花子後日譚」を寄せている。その著述のために調べたいことがあって、恆存に問い合せてきたのだろう。

〔31〕　鷗外が海外から送った通信記事。明治四十二年（一九〇九）に「スバル」連載が始まったという。ゴシップから海外文化の潮流・世界情勢まで多岐に亙る内容だった。文庫本で入手可能。

〔32〕　鷗外の息子、森於菟の著作からの切り抜きは、この手紙と共にコロンビア大学のC・V・スター東亜図書館に収められている。「お返し」いただけなかったわけだ。

〔33〕　このくだりはほぼ正しい。但し、音痴ではなく、それを超えていた。歌を歌っているつもりでも、音の高低が存在せず、全ては強弱になり、従って大抵の歌は二拍子に近づく。お蔭を蒙って、私の兄もかなりの音痴、私も歌えば人に笑われる。ただし、我々兄弟の場合、責めを帰すべきは当時の音楽教育ではなく、ラジオなど付けると「ウルサイッ！」と叱られる家庭環境に帰すべきであろう。確かに狭い家で防音もヘッタクレもなく原稿を書いている父には、ラジオも子供の歌声もうるさかったに違いない、許せ、親父。

〔34〕　「現代」音楽のジャンルでいえば、恆存はガーシュインも好きで「ラプソディ・イン・ブルー」と「パリのアメリカ人」の入ったLPを所持しており、時々聞いていた。

〔35〕　確証はないが、また名前の読みも少々違うのだが、当時人気のあったリーゼ（リーサ）・スティーヴンス（一九一三〜二〇一三）のことか。メゾソプラノで、メトロポリタン歌劇場にも出ており、『カルメン』タイトルロールでも評判だった。

〔36〕　第四章の終りに書いたキーン氏の大磯訪問は、こうしてこの夏に実現したわけである。筆者が十一歳の時である。恆存は四十七歳。

〔37〕　この原稿が、「花子後日譚」と思われる（本章註30参照）。前年の〆切りに十分間に合って一九六〇年冬号の「聲」に掲載されたということだろう。その他にはキーンは「聲」全十冊に寄稿していない。

〔38〕　ドナルド・キーンが一九五九年に刊行した"Living Japan"を松原正が抄訳し、解説を付した「ドナルド・キーンの日本芸術レポート《その創造者たち》」（「芸術新潮」昭和三十五年

（一九六〇）一月号）のこと。

〔39〕松原正　昭和四年（一九二九）～平成二十八年（二〇一六）。学生時代から恆存に師事。恆存宅のはす向かいに住んでいた高田保の紹介により恆存の知遇を得、以後家族ぐるみの親交があった。筆者にとっては若い叔父もしくは歳の離れた兄といった存在である。早稲田大学名誉教授、評論家。一時期、劇作にも手を染め、『サイゴンから来た男』は恆存の演出（劇団「欅」）、『花田博士の療法』は筆者の演出（劇団「昴」）により上演されている。恆存との共訳も含め、英国戯曲の翻訳もある。なお、「アブリッヂ」はabridge「簡約版」のこと。松原正がキーンの文章を引きつつ紹介した記事に対し三島由紀夫、福田、武智鉄二などが感想を書いているのだが、武智が少々辛口の文章を寄せているので、簡約版を著した松原が「気にやんでゐる」ということだろう。

〔40〕沼澤洽治　昭和七年（一九三二）～平成十九年（二〇〇七）。東京工業大学名誉教授、英米文学者。次の手紙にもあるように、キーンの尽力でコロンビア大学への留学を果たしている。『怒りの葡萄』『セールスマンの死』等、劇団「昴」公演の多くの戯曲を翻訳してもいる。昭和三十二年（一九五七）に恆存を中心に「鳶の会」という読書会が出来るが、その会員が沼澤、中村保男、谷田貝常夫、横山恵一、佐藤信夫など。松原正、西尾幹二も加わる。正月などに大磯の福田宅に集まっての新年会や、東大寺二月堂のお水取り、山歩きなどを楽しむ。

〔41〕黒澤明監督の映画『羅生門』に武士、金沢武弘役で出ていた。

〔42〕八代目松本幸四郎、後の初代松本白鸚。デズデモーナには新珠三千代。産経ホールにて上演。

〔43〕恆存のシェイクスピア全集は、初め昭和三十年（一九五五）五月より河出書房から刊行された。『ハムレット』『じゃじゃ馬ならし』『マクベス』『リチャード三世』『夏の夜の夢』と、都合五巻出版されたが、昭和三十二年、河出書房の倒産により中絶。昭和三十四年（一九五九）十月より、改めて新潮社から出され、昭和六十一年の『リチャード二世』に至るまで十九巻が刊行された。昭和四十二年までに十五巻、その後、昭和四十六年から昭和六十一年までにさらに四巻、計十九巻。もともと、シェイクスピアの全戯曲三十六作品を訳す意図はなかった。あまりにも遅い進行に、新潮社は昭和四十六年刊行の『ヘンリー四世』までは通巻番号を付していたが、その後の『コリオレイナス』『十二夜』『タイタス・アンドロニカス』『リチャード二世』四巻は通し番号ではなく「補」とした。恆存は、これには相当不快を感じ、家族にも一度ならず不平を漏らしていた。

〔44〕フォービアン・バワーズ（一九一七～一九九九）米国軍人。戦後、GHQにより歌舞伎が廃絶の危機に見舞われた時、それに抗して歌舞伎を救った恩人と言われる。今世紀に入って、この説を否定する見解が出てきているが、この書簡を見る限り、少なくともバワーズが歌舞伎の米国公演に力を尽くしたことは事実であろう。

〔45〕初めての歌舞伎渡米公演に幸四郎は大乗り気だったのだろう。これに関して、三島がキーン宛書簡30（昭和三十五・一九六〇年四月二十一日）で次のように述べている。「歌舞伎渡米

がやっと決り、歌右ヱ門丈は大昂奮です。僕が編集した「歌右ヱ門写真集」をキーンさんにお送りするのだ、と言つてゐましたが、もう届いたでせうか？／ニューヨークでは、きつとキーンさんに歌舞伎の連中がいろいろお世話になると思ひます。みんな子供みたいな人たちですから、何卒よろしくお願ひします。／出し物は大へんよい選定ですが、時間を短かくしたのは反対です。アメリカの観客が「退屈の美しさ」をわからない筈はないのに！「忠臣蔵」の大序、松の廊下、判官切腹、城明け渡しを全部で一時間でやつてしまふといふのですから呆れます。」とある。確かに呆れる、ダイジェスト版のダイジェスト版といった態か。

〔46〕スタニスラフスキー・システムについての詳述は、それだけで一章を要するかもしれない。ロシアの俳優にして演出家、コンスタンチン・スタニスラフスキーの演劇理論に従ったもの。米国に移入され、リー・ストラスバーグによって「メソッド演技」として広まる。誤解を恐れずに、単純に割り切ると——役造りにおいて、型から入ることを避け、登場する一人一人の内面や性格を探って人物の造形をしていく。さらに単純な反論をすれば——型も内面も求められるのが役造りであって、恆存は、日本の新劇が余りに内面や感情に捉われ過ぎる傾向に猛省を促した。その一つの帰結が福田訳シェイクスピアとなった。以上、あくまで誤解を恐れぬ註釈である。

〔47〕シェイクスピアの英語綴り Shakespeare は、Shake（振る）と spear(e)（槍）から成り立っている。謂わば、シェイクスピアは「槍振翁」とでもいうところ——このくだりは、シェイクスピアの翻訳に忙しかった恆存が、自分がシェイクスピアに「振りまはされて」いると、キーンにはすぐにわかるであろう駄洒落をとばしたわけだ。

〔48〕ジャン＝ルイ・バロー（一九一〇～一九九四）フランスの俳優、演出家、後に劇団主宰。初めコメディー・フランセーズに属したが、後に妻マドレーヌ・ルノーと「ルノー＝バロー劇団」を結成、この年（一九六〇年）と、以後二回来日している。

〔49〕「新潮」九月号に恆存は「常識に還れ」を執筆している。

〔50〕なんの続編か不明。なお、朝日新聞には「常識に還れ・続——中野好夫氏に答ふ」を、九月六・七日に掲載している。「読売」というのは恆存の勘違いではあるまいか。この葉書が書かれた段階では、未だ掲載されていないがゆえの勘違いか。

〔51〕ドナルド・キーンは“Major Plays of Chikamatsu”（『近松門左衛門傑作集』）をシェイクスピア翻訳者福田恆存に捧げている。

〔52〕「聲」の第十号での廃刊について、三島のキーン宛書簡35（昭和三十六・一九六一年二月一日）には、こう書かれている。「ニューヨークではいろ〳〵お世話になりありがたうございました。本当に感謝してゐます。われわれは無事に帰国、又忙しい毎日に入つてゐますが、仕事のはうは目下のんびり、明日から新らしい書下ろし小説の執筆にかかります。キーンさんの近松論ももう御完成のことと思ひます。もし「聲」がつづいてゐたら、その邦訳を「聲」にいただければと思つてゐたのですが、残念にも、帰国したら、「聲」は第十号を以て、廃刊になつてゐました。これでわれわれは自由な仕事場を失つたことになり

ます。」

〔53〕　皇室に対する侮辱、不敬と読める深沢七郎の小説（「中央公論」誌に掲載）に憤った少年が、昭和三十六年（一九六一）二月一日、中公の社長嶋中鵬二宅に押し入り、家政婦を刺殺、嶋中夫人に重傷を負わせた事件。嶋中社長は留守にして無事。なお、この事件に関し、三島は二月一日付キーン宛書簡35で以下のように書いている。「新聞で御承知と思ひますが、嶋中夫人が刺され女中さんが殺されました。一日夜臨時ニュースがありすぐ、嶋中家へかけつけ、病院へも行きました。何ともいひやうのない事件で、涙も出ないくらゐです。一日夜は昂奮して、眠れませんでした。／二日朝犯人が逮捕されました。十七才の右翼少年です。／不幸中の幸といふべきは、嶋中夫人が一命をとりとめたことです。しかしあのいい奥さんをと思ふと、胸がかきむしられるやうです。／日本もおそろしい国になりました。みんなおびえてゐます。日本へかへつて匆々の事件で、僕は呆然自失、なすところを知りません。」「日本へかへつて」とあるのは、三島が渡米から戻って、の意。

〔54〕　このくだりは「聲」の廃刊とその後についての話題だろうが、それに関し、三島はキーン宛書簡38（四月七日付）にこう書いている――「「聲」の件につき御心配をかけて本当に恐縮です。中村〔光夫〕さんと吉田〔健一〕さんに早速相談しましたら、決してあきらめてゐるのではなく、財団のお金でもいただけたら実にありがたい、といふ話でした。もし、いい話がありましたら、どうぞすすめて下さい。もしアメリカの資金で「聲」が復刊したら、政治的な意味の全くない、実に純粋な文化交流の基礎になると思ひます。そしてあのままの形の編集をつづけて行くことが、一等よいことだと思ひます。どこへもおもねらずに。……自慢ではありませんが、「聲」は日本で一等いい雑誌だつたと思ふのに、日本の出版社がそれを維持できなかつたといふのは悲しいことです。」――恆存のスタンスとの微妙な違いが面白いところではあるまいか。「エヴァグリーン」というのはアメリカの出版社なのであろう。

〔55〕　永井荷風『すみだ川』を昭和三十一年（一九五六）に英訳している。なお、キーンは『日本の作家』で荷風のことを次のように書いている。

「私たちは家に上って荷風先生を待っていた。日本人はよく、きたない所ですがと自分の家をけなして言うが、荷風先生の家はこうした表現が適切でもあろうかと私が感じた最初の家だった。しばらくして荷風先生が現われた。着物をだらしなく着、前歯のかけたその顔は非常にみにくく見えた。

　ところが一度彼が語り出すや、こうしたほかの印象はすべて消えてしまった。私はあんな美しい日本語というものを聞いたことがない。彼の言ったことの内容を正確に思い出せないのが残念だが、私はあの言葉づかいと話しぶりを忘れることはないだろう。彼の、なにか古風な言葉づかいのために、その内容がすべて覚えられるように思えた。あれと比較できるほどの優雅さで英語を話すのは、私の経験ではバートランド・ラッセルだけだ。五官はぼんやりしていたが、私は強いよろこびを感じた。荷風先生に興味を抱かせるようなことが何も言えなくても、そんなことは全く問題でないと思われて来た。耳を傾けているだけで十分だった。」

第六章

〔1〕『龍を撫でた男』上演時のこと。
〔2〕アイルランドの劇作家ポール・ヴィンセント・キャロル（一九〇〇～一九六八）の代表作の一つ。この作品でニューヨーク劇評家賞を受賞している。
〔3〕次のフィラデルフィア美術館のサイト参照。ここで言及される舞台用のポートレートと思われる画像が見られる。
(https://philamuseum.org/collection/object/243750)

なお、"The Teahouse of the August Moon"は、一九五三年初演のジョン・パトリック作の戯曲。一九五四年に第八回トニー賞（演劇作品賞など）、ピュリッツァー賞戯曲部門を受賞。一九五六年にグレン・フォード、マーロン・ブランド、京マチ子の共演で映画化され、『八月十五夜の茶屋』というタイトルで我が国でも公開されている。
〔4〕第二章のコラム2「田村秋子のこと」参照。
〔5〕結局この時のマクベスは書簡にある通り加藤和夫、夫人が南美江だった。昭和三十一年（一九五六）八月二十三日の夜八時五分から約二時間で放送したようである。
〔6〕「雲の会」発行の雑誌「演劇」の編集者、椎野英之か。東宝撮影所文芸部を経て、この書簡の時期には東京映画に属していたと思われる。
〔7〕実は、私の脳裡にある記憶では、初演のホレイショーは間違いなく「おやすみなさい、王子さま」と言った。恐らく、上演時には、同時並行で進められた翻訳で、恆存は原文の"Good night, sweet prince"を直訳して「おやすみなさい、王子さま」と訳したのだろう。が、出版時に、童話的な「王子さま」という言葉を避けて、「ハムレット様」に訳し直したと考えられる。
〔8〕山本修二　明治二十七年（一八九四）～昭和五十一年（一九七六）英文学者、演劇研究家。京都大学、立命館大学などで教鞭を取りつつ、アイルランド演劇を中心に英米演劇を研究し、歌舞伎への造詣も深く、演劇評論も得意とした。
〔9〕後出「私の演劇白書2　雲が出来るまで」の六（三二二頁）参照。
〔10〕戌井市郎。『明暗』の演出家、文学座座員。長く数多くの文学座の舞台や商業演劇の演出家として活躍した。第二章の「三　『武蔵野夫人』脚色の頃」参照。
〔11〕賀原夏子、荒木道子、丹阿弥谷津子、日塔智子。
〔12〕恐らく昭和三十一年（一九五六）の『明暗』の配役以来の「わだかまり」であろう。
〔13〕二七一頁既出の尾崎宏次。
〔14〕西園寺公一のことであろう。日中文化交流協会常務理事として中国在住、新劇団訪中をけん引したと思われる。
〔15〕杉村は安保反対デモに加わり、多くの座員とともに、「個人」として国会へ押しかけた。
〔16〕「改訂稿では無理に〝人民〟と〝人民の敵〟の対立関係を打ち出そうとして公式的になってしまった。そのため中国の人民に心からおわびをいいたい、というセリフが逆に歯の浮くも

のとなった。もし本当に戦争の責任を感じているのなら、こんなはずかしいようなセリフで結べなかったろう」という談話。

〔17〕「私の演劇白書2　雲が出来るまで」の八（三三〇頁）を参照。

〔18〕正しくは昭和二十六年（一九五一）六月に創刊。

〔19〕『龍を撫でた男』の掲載は、正しくは「演劇」昭和二十七年（一九五二）一月号。第二章の「四　長岡輝子演出『龍を撫でた男』」参照。

〔20〕サー・ジェームス・マシュー・バリー（一八六〇～一九三七）。イギリスの劇作家、小説家。『ピーター・パン』の作者としても有名。

〔21〕二五八頁の葉書④、「今度の芝居と旅行で、諸君の「気心」（といふものがあるとすれば）わかつて、仲間入りできて大収穫でした。では何分よろしく」というのはこの折のことであろう。

〔22〕二八七頁、杉村春子への書簡②参照。

〔23〕二四六頁、書簡①参照。

〔24〕福田退座は昭和三十一年（一九五六）四月、三島入座は三月。

〔25〕三島由紀夫の戯曲、昭和三十八年（一九六三）。翌年正月、文学座によって上演される予定だったが、「思想的理由」から上演中止。これをきっかけに三島も賛同する役者達と文学座を脱退する。同年五月、浅利慶太演出により日生劇場で上演された。

〔26〕以下は恆存が残した「日誌」三種のうち、この時期のものからの引用である。「十月二十日　土曜日　雨後ミゾる　加藤と共に〔筆者註・前日妹の晴海のアパート、加藤和夫・妙子夫婦宅に宿泊〕（中略）小池朝雄の迎へにて関堂一の新居に赴く　文学座より独立の相談を受く　会する者　守銭奴マチネの為左の五人　関堂一　荒川哲生　小池朝雄　文野朋子　稲垣昭三　曙光見ゆ　希望と共に重荷を負ひたるの感（中略）八時四十七分にて帰宅　文学座の件につき敦江に報告しその賛同を求む」

〔27〕佐貫百合人（大正十三・一九二四～平成十九・二〇〇七年）のことと思われる。演劇評論家。産経新聞社などで芸能記者、のち国立劇場にも勤務した。歌舞伎の評論が中心。

〔28〕石澤秀二（昭和五・一九三〇年～）、演出家・演劇評論家。当時、演劇雑誌「新劇」の編集長をしていた。

〔29〕ホテルニュージャパンのこと。

終章

〔1〕岩村氏は、自宅に付属する形で、「黒田良夫文庫」という展示場を作り、黒田の作品を展示している。毎月第一日曜のみ開館するという。晩年に描いた墨による自画像はなんと二千五百点に上るという、これも所狭しと展示されているが、その他に版画絵画色紙などのいい作品が並んでいる。高田好胤が色紙に好んで書いた「放下」という言葉を、黒田も色紙に書いているのだが、これが高田好胤よりはるかに上手い。黒一色の墨絵や版画が多いが、癖があるともいえるし、力強さと繊細さと、見事に描き分けているものも数多い。

跋

本書は、初めの計画では実は福田恆存の三種類ある日記（日誌）の紹介となるはずだった。三種類とは、第一が昭和十七年九月から十二月にかけて、日本語教育振興会から派遣されて支那・蒙疆などを視察した折のもの、第二が昭和二十八年九月から一年間、ロックフェラー財団の給付留学生として米英欧を廻った折のもの、そして第三は、昭和三十二年九月下旬から昭和三十九年九月半ばまでの記録である。この第三は、和紙和綴じのもの三冊に日誌を認めているが、全て「墨痕鮮やかに」という印象。この和綴じの三冊については、山陰における文春講演会で津和野を訪れた折に、宿から「驛に向ふ途次民藝紙を商ふ喫茶店に立ち寄り、この帖四册を買ふ（一册四百六十圓）」とある。但し日誌は三冊、後の一冊の行方は分からない。

この三冊は、本文で触れたように、偶々、文学座からの劇団「雲」分裂の時期に当り、時折、緊迫した空気も伝わるのだが、ほとんどが「どこそこで会合、誰それ出席」といったことしか記されておらず、後は財界から三千万円近い寄付を集めたといった程度のことで、これも前二種類の「日誌」同様、いわば「記録」の域を出ない。機会があれば、どこかに抜粋形式で発表することも可能かもしれぬが、やはり、いまさらの感は拭えぬであろう。

——という次第で、本書は御覧の通りの書簡集となった次第である。書簡の方が、日誌よりもはるかに恆存の「肉声」が聞こえてくると、私は思う。

※

本書をなすに当って多くの方のお力を借りた。「教え子への手紙」では浜松の賀茂真淵記念館の小山晴久氏のおかげを蒙った。

「演劇人への手紙」のうち、長岡輝子宛の手紙は、市井の福田恆存研究家、金子光彦氏の「コレクション」に頼った、氏は古書店に出ていた長岡宛の書簡を纏めて購入したとのこと。このコレクションのあるなしで、福田恆存の印象が大分異なるものとなったかもしれない。芥川比呂志宛のものは御息女、耿子さんのお手を煩わせた。杉村春子宛は拙宅に残されたものと早稲田大学演劇博物館に保存されたものである。

キーン宛は、既に本文に書いた通り、拙宅保存のものとコロンビア大学C・V・スター東亜図書館蔵。鉢木会関連は、拙宅保存と神奈川近代文学館保存のものである。

そして、下諏訪の黒田良夫氏宛は、黒田氏の遺品を管理している岩村清司氏のお世話になった次第である。

以上、ここに記し各氏に心からの謝意を表する。

なお、これら手もとにあるものは、今後順次神奈川近代文学館に寄贈しようと考えている。その他に恂存の遺品もあれこれあるが、いずれ神奈川近代文学館に引き受けてもらえるものはすべて寄贈するつもりでいる。

※

本書の準備を始めてから終章を書き上げるまで、実は二年近い月日を掛けてしまった。その間、文藝春秋の田中光子さんは辛抱強く、お付き合い下さり、なににもまして、筆者が必要とする資料をくまなく渉猟、蒐集して下さった。氏の尽力なしでは本書は成立しなかった。ここに深甚なる謝意を表したい。また、「文學界」に異動した田中氏に代って最後の編輯から出版までの労を執られた丹羽健介氏にも心から御礼申し上げる。そして、二年近くの日々、私を励ましてくれた多くの人々にも心からの感謝を捧げる。

令和六年八月二十五日

福田　逸

編著者略歴

昭和二十三年（一九四八）神奈川県に生まれる。上智大学大学院文学研究科英文学専攻修士課程修了。明治大学名誉教授、翻訳家、演出家。著書に『父・福田恆存』（文春学藝ライブラリー）、共著に『誘惑するイギリス』（大修館書店）、『21世紀 イギリス文化を知る事典』（東京書籍）、『シェイクスピアと日本』（風間書房）等。訳書に『名優 演技を語る』（玉川大学出版部）、リットン・ストレイチー作『エリザベスとエセックス』（中公文庫）、アソル・フガード作『谷間の歌』、ノエル・カワード作『スイートルーム組曲』（以上、而立書房）他がある。舞台の演出も『ジュリアス・シーザー』『マクベス』『リチャード三世』等のシェイクスピア劇から、A・フガード作『谷間の歌』、N・カワード作『ヴァイオリンを持つ裸婦』『夕闇』等の現代演劇まで多数。商業演劇や新作歌舞伎の演出に、三島由紀夫『黒蜥蜴』、谷崎潤一郎『お國と五平』、立松和平『道元の月』等がある。

初出　第四章「ドナルド・キーンとの往復書簡」は「文學界」二〇二三年七月号掲載記事に加筆修正。その他は書き下ろし。

福《ふく》田《だ》恆《つね》存《あり》の手《て》紙《がみ》

二〇二四年十一月十日　第一刷発行

編著者　福《ふく》田《だ》 逸《はやる》
発行者　花田朋子
発行所　株式会社 文藝春秋
〒一〇二―八〇〇八
東京都千代田区紀尾井町三―二三
☎〇三―三二六五―一二一一
印刷所　大日本印刷
製本所　大口製本
DTP制作　ローヤル企画

ISBN978-4-16-391917-1　Printed in Japan